CB064593

A FEDERAÇÃO

ORGAM DO PARTIDO REPUBLICANO

Porto Alegre terça-feira 18 Dezembro 1923

A PAZ

todo o paiz ecôa festivamente a noticia da pacificação do Rio Grande

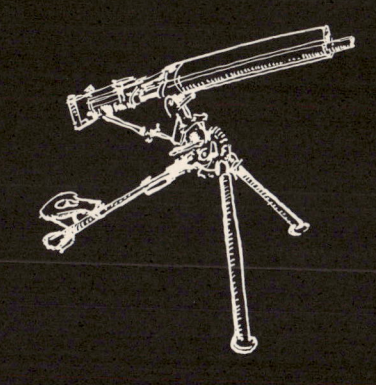

O tempo e o vento [parte III]

Erico 120 ANOS

ERICO VERISSIMO 1905-2025

Erico Verissimo

O tempo e o vento [parte III]
O arquipélago vol. 2

Ilustrações
Paulo von Poser

10ª reimpressão

COMPANHIA DAS LETRAS

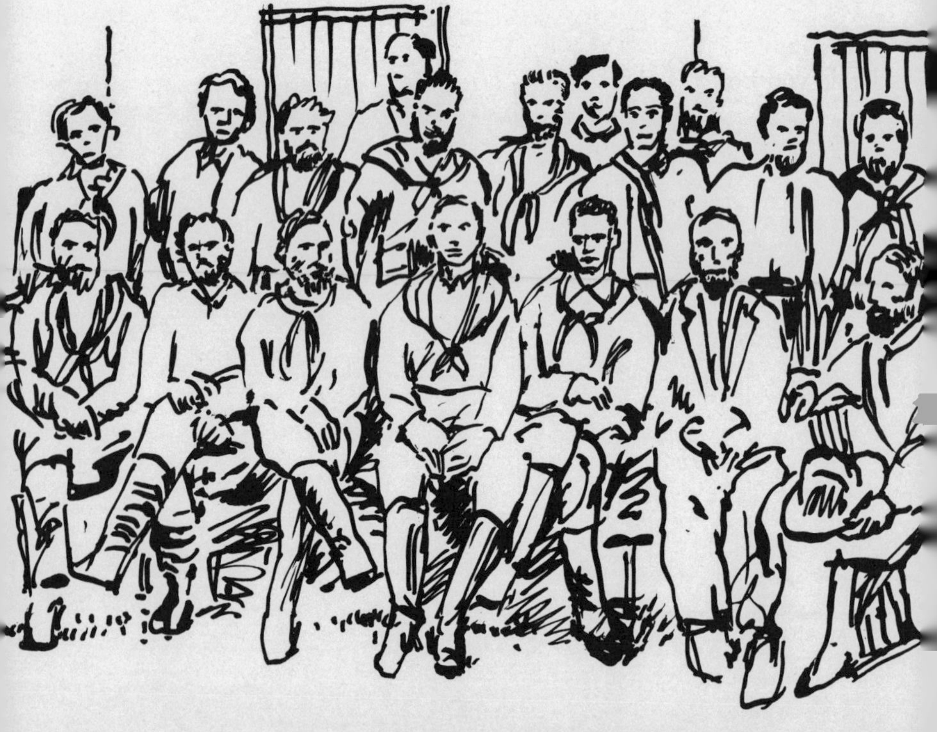

10 Árvore genealógica da família Terra Cambará

12 Lenço encarnado [continuação]
90 Reunião de família III
116 Caderno de pauta simples
126 Um certo major Toríbio
282 Reunião de família IV
342 Caderno de pauta simples

351 Cronologia
365 Crônica biográfica

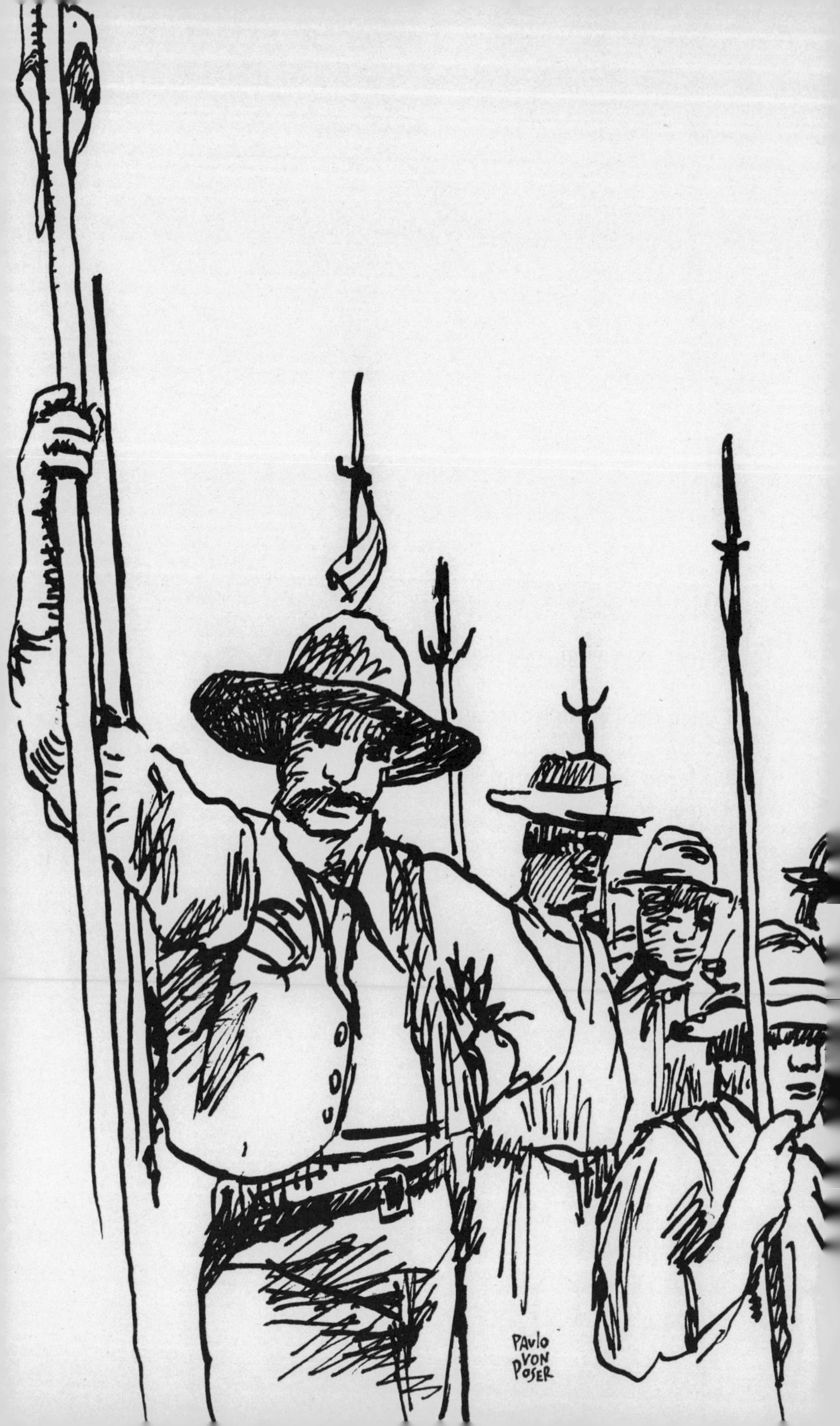
PAULO
VON
POSER

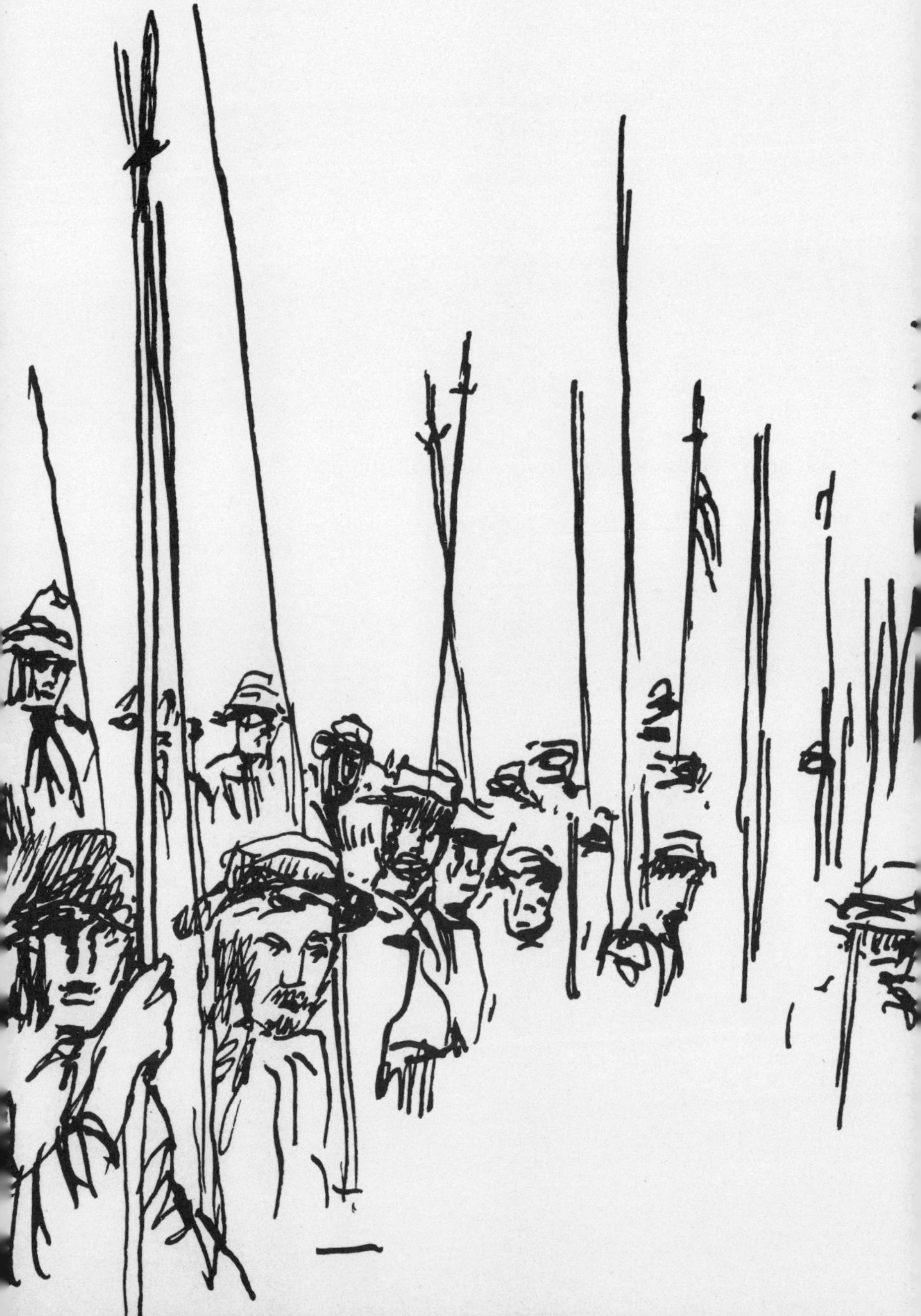

Árvore genealógica da família Terra Cambará

Família Terra-Cambará

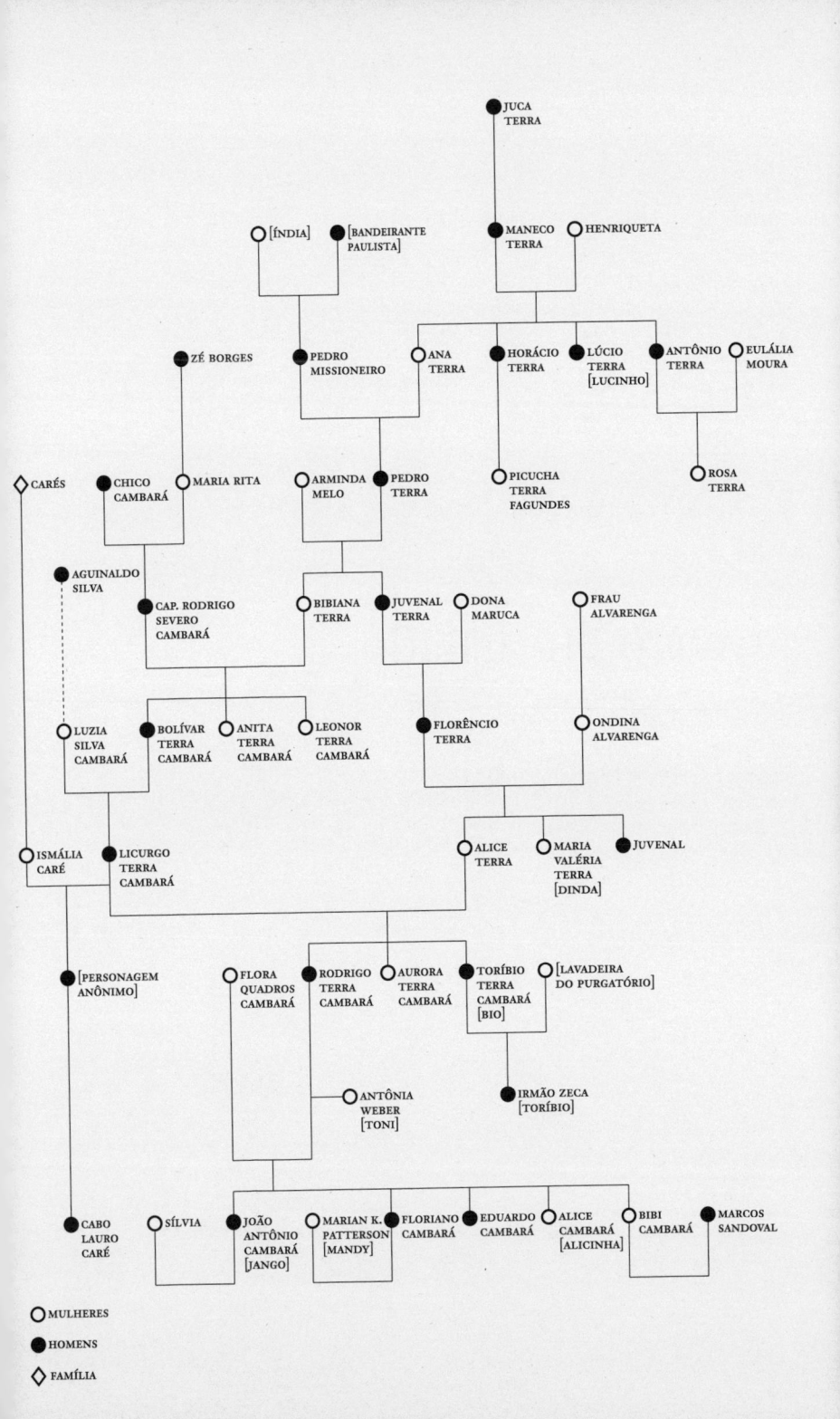

- JUCA TERRA
  - MANECO TERRA × HENRIQUETA
    - ANA TERRA × PEDRO MISSIONEIRO (filho de [ÍNDIA] e [BANDEIRANTE PAULISTA])
      - PEDRO TERRA × ARMINDA MELO
        - BIBIANA TERRA × CAP. RODRIGO SEVERO CAMBARÁ (filho de CHICO CAMBARÁ × MARIA RITA; irmão por parte de pai: ZÉ BORGES)
          - BOLÍVAR TERRA CAMBARÁ × LUZIA SILVA CAMBARÁ (família CARÉS; ligação tracejada com AGUINALDO SILVA)
            - LICURGO TERRA CAMBARÁ × ISMÁLIA CARÉ
              - [PERSONAGEM ANÔNIMO]
                - CABO LAURO CARÉ
              - (com ALICE TERRA, MARIA VALÉRIA TERRA [DINDA], JUVENAL — filhos de FLORÊNCIO TERRA × ONDINA ALVARENGA)
                - RODRIGO TERRA CAMBARÁ × FLORA QUADROS CAMBARÁ
                  - JOÃO ANTÔNIO CAMBARÁ [JANGO] × SÍLVIA
                  - FLORIANO CAMBARÁ × MARIAN K. PATTERSON [MANDY]
                  - EDUARDO CAMBARÁ
                  - ALICE CAMBARÁ [ALICINHA]
                  - BIBI CAMBARÁ × MARCOS SANDOVAL
                - AURORA TERRA CAMBARÁ
                - TORÍBIO TERRA CAMBARÁ [BIO] × [LAVADEIRA DO PURGATÓRIO]
                  - IRMÃO ZECA [TORÍBIO]
                  - ANTÔNIA WEBER [TONI]
            - ANITA TERRA CAMBARÁ
            - LEONOR TERRA CAMBARÁ
        - JUVENAL TERRA × DONA MARUCA
          - FLORÊNCIO TERRA × ONDINA ALVARENGA (filha de FRAU ALVARENGA)
            - ALICE TERRA
            - MARIA VALÉRIA TERRA [DINDA]
            - JUVENAL
    - HORÁCIO TERRA
    - LÚCIO TERRA [LUCINHO]
    - ANTÔNIO TERRA × EULÁLIA MOURA
      - PICUCHA TERRA FAGUNDES
      - ROSA TERRA

Legenda
- ○ MULHERES
- ● HOMENS
- ◇ FAMÍLIA

Lenço encarnado

[continuação]

18

Maria Valéria costumava ler os jornais todos os dias, com os óculos acavalados no longo nariz. Flora gostava de observá-la nessas ocasiões. A velha não podia ler sem mover os lábios. De vez em quando fazia um comentário em voz alta — hum! —, encolhia os ombros — mentira! — ou sacudia a cabeça — boa bisca! — e assim por diante...

Naquela tarde de maio a Dinda lia o *Correio do Povo*, sentada na sua cadeira de balanço, enquanto Flora bordava a seu lado. As crianças brincavam no vestíbulo, numa grande algazarra.

— Vão pro quintal! — gritou a velha. — Não posso ler com esse barulho.

Flora ergueu-se para fazer que os filhos cumprissem a ordem. Ao passar pela sala de visitas, surpreendeu Sílvia sentada na frente do retrato de Rodrigo, as mãos pousadas no regaço, uma névoa triste nos olhos. Quando deu pela presença da madrinha, ficou perturbada, como se a tivessem pilhado a roubar doces na despensa. Flora compreendeu tudo e comoveu-se.

— Minha querida! — exclamou. — Que é que estás fazendo aqui sozinha? Vai lá pra cima brincar com a Alicinha.

Quando voltou para a sala de jantar, minutos mais tarde, Maria Valéria lançou-lhe um olhar por cima dos óculos e perguntou:

— Que bicho será este?
— Que bicho?

A velha tornou a baixar o olhar para o jornal e leu:
— *Habeas corpus*. Todo o mundo está pedindo esse negócio.
— Ah! Deve ser coisa de advogado. O Rodrigo uma vez me explicou. Parece que é para tirar uma pessoa da cadeia.
— Hum...

Muitos assisistas tinham sido presos em Porto Alegre e outras localidades do estado: jornalistas, políticos e gente do povo. A coisa ficava cada vez mais preta.

A Dinda ergueu-se, brusca, amassou com raiva o jornal e atirou-o em cima duma cadeira, como se aquelas folhas de papel fossem as principais responsáveis pela situação em que se encontrava o Rio Grande e o resto do mundo. Aproximou-se da janela e olhou para fora.

— Chii! — exclamou. — Estamos bem arranjadas...
— Que foi que houve?
— A dona Vanja vem nos visitar. Está atravessando a rua...

Flora sorriu. Maria Valéria embirrava com a tia de Chiru. D. Evangelina Mena era uma velha limpinha e ágil, com algo de passarinho nos movimentos e no olhar. Grande ledora de novelas folhetinescas, falava difícil, empregava vocábulos e frases que a gente em geral só encontra em livros ou notícias de jornal. Era talvez a única pessoa em Santa Fé que usava palavras como *alhures, algures* e *nenhures*. Nunca pedia silêncio; sussurrava: *caluda!* Quando queria estimular alguém, exclamava: *eia! Sus!* — *Caspité!* era uma de suas interjeições prediletas. Para ela povo era sempre *turbamulta*; mãe, *genitora*; vaga-lume, *pirilampo*; cobra, *ofídio*. Tinha seus adjetivos, advérbios, substantivos e verbos arrumadinhos aos pares. *Aspiração* nunca se separava de *lídima*. *Massa* sempre andava junto com *ignara*. E podia haver uma coisa *preparada* que não fosse *adrede*?

Sorrindo, Flora foi abrir-lhe a porta. Tinha uma ternura particular por d. Vanja. Divertia-se e ao mesmo tempo comovia-se com essas peculiaridades da velhinha que tanto irritavam Maria Valéria.

E ali estava a criatura agora no portal do Sobrado, com seus olhos azuis de boneca, suas roupas imaculadas, um chapéu com flores e frutas de pano posto meio de lado na cabeça completamente branca. No rostinho enrugado e emurchecido, havia ainda uma certa graça e vivacidade de menina.

— Olaré!

Flora abraçou-a e beijou-a.

— Entre, dona Vanja. Mas suba devagarinho a escada.

Maria Valéria recebeu-a com um simples aperto de mão e imediatamente seus olhos de Terra focaram-se, críticos, na tia de Chiru. Reprovava a maneira como ela se vestia. Só faltava botar bananas, laranjas e abacaxis como enfeites no chapéu! E verde-claro era lá cor que uma mulher velha e viúva usasse?

D. Vanja sentou-se, pediu notícias de Licurgo e dos "meninos". Apesar de ter verdadeira adoração pelo sobrinho, não parecia muito preocupada por sabê-lo na revolução. Para ela, aquele movimento armado era apenas uma espécie de parada. Romântica, só via o lado glorioso das guerras. Recitava com frequência "O estudante alsaciano", sabia frases célebres de grandes generais da história. Sonhava com ver Chiru voltar da revolução feito herói, "feliz, coberto de glória, mostrando em cada ferida o hino duma vitória" — como dizia o poema. Não lhe passava pela cabeça a ideia de que seu querido sobrinho pudesse ser morto. Preocupava-se um pouco, isso sim, com a possibilidade de o "menino" apanhar algum resfriado, a senhora sabe, "as marchas forçadas nessas estepes do Rio Grande, nos dias hibernais que se aproximam, as geadas branquejando as campinas infinitas... enfim, todas essas contumélias da sorte, inclusive o perigo de comer alguma fruta verde e ter algum distúrbio intestinal, que Deus queira tal não aconteça".

— E vacê como vai? — perguntou-lhe Maria Valéria, sem o menor interesse.

A visitante disse que ia bem "graças ao Supremo Arquiteto do Universo". (Era viúva dum maçom.) Ao dizer essas palavras alisou uma prega da saia. Depois abriu a bolsa bordada de contas de vidro coloridas e tirou de dentro dela um lencinho rendado recendente a patchuli. Soltou um suspiro.

— Mas estou muito triste, hoje... — murmurou.

— Que foi que aconteceu?

— Não leram então o *Correio do Povo*?

Flora teve um sobressalto.

— Alguma notícia ruim?

— Muito ruim. Morreu a Jacqueline Fleuriot.

— Quem?

— Então não sabem? A personagem principal d'*A ré misteriosa*, que o *Correio* estava publicando em folhetim. Apareceu hoje o último episódio. O jovem causídico finalmente descobriu que a ré que ele defendia tão ardorosamente, por pura piedade, outra não era que sua própria genitora. Muito tarde, tarde demais! Com a saúde minada por tantas emoções, a pobre Jacqueline, depois de abraçar o filho, entregou a alma ao Criador.

Maria Valéria e Flora entreolharam-se. Uma revolução convulsionava todo o estado, irmãos se matavam uns aos outros nos campos e nas cidades, e ali estava d. Evangelina Mena com os olhos cheios de lágrimas por causa d'*A ré misteriosa*. Era demais! Maria Valéria sentiu a necessidade de fazê-la voltar à realidade.

— Fiz uns quindins hoje de manhã — disse. — Vacê quer?

O rosto de d. Vanja resplandeceu.

— Adoro quindins! São como pequenos sóis, não é mesmo? ou como medalhões de ouro de algum potentado asiático, não acha?

Já de pé, a outra replicou:

— Não acho. Pra mim, quindim é quindim. O principal é que esteja benfeito.

Pronunciou essas palavras e marchou na direção da despensa.

19

No dia seguinte, ao entardecer, o cel. Barbalho apareceu fardado na casa dos Cambarás para dizer às mulheres que, embora a posição do Exército fosse de rigorosa neutralidade naquela "luta fratricida", ele considerava seu dever de militar e de brasileiro zelar pela segurança e tranquilidade de todas as famílias, sem distinção de credo político, e garantir a inviolabilidade de todos os lares, bem como os direitos civis de cada cidadão.

— Não permitirei abusos — disse, sentado muito teso na cadeira. — Quero saber se posso ser-lhes útil em alguma coisa.

Flora estava comovida com as palavras do comandante da guarnição. Não, não precisavam de nada especial, e ficavam muito gratas... Maria Valéria interrompeu-a:

— O senhor sabe o que fizeram pro Arão? — perguntou. — Pois dês do dia que os provisórios quiseram agarrar o rapaz, achamos melhor ele ficar aqui em casa. Mas, que diabo! O vivente não pode passar o resto da vida escondido atrás de nossas saias.

O coronel engoliu em seco:

— Já providenciei — disse. — Avistei-me com o coronel Madruga. Prometeu não só deixar o moço em paz como também cessar esse recrutamento forçado, a maneador.

Fez-se um silêncio. Flora não encontrava assunto. O militar também não falava. Maria Valéria, que odiava uniformes, esfriava o visitante com a geada de seu olhar.

Naquela noite deram a notícia a Arão Stein, que ficou contente por saber que poderia voltar para casa. Maria Valéria também sentiu um desafogo. Gostava do judeu à sua maneira seca e secreta. Durante os dias em que o tivera como hóspede, impacientava-se ante as visitas diárias de d. Sara, que, gorda, duma brancura de queijo caseiro, e arrastando as pernas de elefante, vinha "lamber a cria". Ficava a um canto a choramingar, abraçada ao filho, lambuzando-lhe o rosto de beijos. Maria Valéria achava indecentes aquelas demonstrações exageradas de amor.

À noite, os Carbone também apareceram. Só dois assuntos despertavam realmente o interesse de Carlo: cirurgia e culinária. Falava de ambos com o mesmo gosto, a mesma gula. As mulheres do Sobrado achavam difícil manter uma conversação com ele. Santuzza subiu para o andar superior, logo ao chegar. Costumava fazer dormir as crianças com suas canções de berço. Bibi adormeceu logo. Jango recusou-se a deixá-la entrar no quarto. Edu recebeu-a de má catadura, fechou os olhos enquanto a italiana, sentada na beira de sua cama, cantava baixinho. Depois de uns instantes abriu um olho e disse: "Não grita que eu quero dormir". Para Alicinha, que estava deitada com a boneca ao lado, Santuzza contou histórias de gnomos, gigantes, príncipes e fadas — aventuras que se passavam em países estranhos, onde havia florestas de pinheiros e grandes montanhas cobertas de neve.

Roque Bandeira apareceu pouco antes das nove e ficou a conversar com Arão Stein no escritório. Discutiram a revolução à luz das últimas notícias.

— Não vais negar — disse Tio Bicho — que mesmo sem levar em conta princípios e ideias, essa revolução tem seu lado bonito. Revela pelo menos a fibra da raça. Sabes que há um menino de quinze anos nas forças de Zeca Neto e um velho de oitenta e oito com Felipe Portinho? E sabes que ambos são igualmente bravos? Isso não te diz nada?

Stein sacudiu a cabeça negativamente:

— Diz, mas não o que estás pensando.

— Considera só a fama que está conquistando o general Honório Lemes. É um caboclo iletrado, simples, e no entanto se vai transformando num ídolo popular, num grande caudilho, num símbolo...

— Fugindo sempre...

— Nem sempre. Luta quando lhe convém, e isso é de bom general. Esquiva-se quando não lhe convém lutar. Depois, deves saber que ele tem pouca munição. Mas o interessante é que o homem deixa o inimigo louco, desnorteado, com seus movimentos. Quando a gente imagina que o general Honório está num lugar, ele surge noutro completamente inesperado...

Stein encarou o amigo.

— Não sejas romântico. Não sejas obtuso. Esqueces que quem está morrendo na revolução é o homem do povo, o que sempre viveu na miséria, passando fome, frio e necessidades. Morrem porque são fiéis aos seus patrões, aos seus chefes políticos, ao seu partido, à cor de seu lenço. O mundo capitalista sempre procurou exaltar, através de seus escritores assalariados, essa fidelidade estúpida a coisas inexistentes, esse entusiasmo por mitos absurdos. Sabes por quê? Porque isso convém aos seus interesses. Que é que o povo lucra com uma revolução como essa?

— E não achas que há uma certa beleza no fato de eles brigarem sem pensar em vantagens?

— Não acho. O erro está exatamente nisso. Deviam pensar em resultados materiais. Ser maragato ou republicano na verdade não significa nada. As revoluções se fazem para melhorar as condições sociais. Que é que esperas dessa revolução? O voto secreto? Mas de que serve isso se o povo não se educa, não aprende a usar o seu voto, a escolher o seu candidato? O que pode resultar dessa choldra toda é uma mudança de patrão. O povo continuará na mesma, mal alimentado, malvestido, infeliz...

Tio Bicho sorria.

— Não esqueças que estás na casa dum homem que acredita na revolução e que, mal ou bem, está na coxilha, brigando e arriscando a própria vida.

— Eu sei. Achas que sou um ingrato, que esqueci o que o doutor Rodrigo fez por mim. Não. A coisa é outra. Ele não precisa da minha gratidão, nem acho que a deseje. Gosto dele como pessoa, mas me sinto com mais obrigações para com o povo do que para com ele. O doutor Rodrigo é rico, culto, pode fazer pela própria vida. Mas os outros...

Bandeira bocejou, espichou as pernas, afundou o corpanzil na poltrona de couro.

— Não sei... Pode ser que tenhas razão, mas deves compreender que fui criado no meio dessa tradição... Não sou indiferente a certos valores gauchescos. Nem todas as minhas leituras racionalistas conseguiram me imunizar contra esse micróbio. Quando leio sobre um ato de bravura, sinto um calafrio. Uma coisa te digo. Tem havido heróis de ambos os lados. Mesmo esses pobres-diabos pegados a maneador, às vezes brigam como gente grande, morrem peleando, não se entregam. Podes dizer o que quiseres, há um aspecto positivo nessa revolução.

— Besteiras românticas de pequeno-burguês intelectual. Estás condicionado, meu filho. Vocês letrados glorificam a guerra, vivem com essa história de hinos, bandeiras, tambores, clarinadas, cargas de baioneta, et cetera. Pois os marxistas aí estão pra mudar tudo isso. Pode levar algum tempo, não espero viver suficientemente para ver a sociedade nova. Muitos de nós, talvez eu mesmo, seremos sacrificados, torturados, assassinados... Mas a revolução socialista vai para a frente. Isso vai!

— Sabes que tenho minhas simpatias pelo anarquismo...

— O que tu és eu sei. Um sujeito preguiçoso e conformista.

— Escuta aqui, Arão. Até onde acreditas no que estás dizendo? Refiro-me a acreditar de verdade, do fundo do coração. Não podes ser tão diferente de nós, os romanticões. Pertences à mesma geração. Leste os mesmos livros que nós. Ouviste as mesmas conversas. O fato de seres judeu não te torna tão diferente. Mas falas com tanta veemência, com tanta paixão, com tanta insistência, que às vezes acho que o que procuras não é só convencer os outros, mas também a ti mesmo...

Stein ergueu-se e começou a andar dum lado para outro, na frente do amigo.

— Escuta uma coisa — disse. — E que essas senhoras não me ouçam. Muitos assisistas escrevem e falam como se fossem verdadeiros libertadores do povo. Na verdade não passam de aristocratas rurais. Com todos os seus erros e apesar dessas besteiras de positivismo, Borges de Medeiros está mais perto do ideal socialista do que esses assisistas latifundiários que andam com um lenço vermelho no pescoço. Muitos deles até chegam a sonhar com a volta da monarquia. — Fez alto na frente do amigo e olhou-o bem nos olhos. — Aposto como não sabes que Júlio de Castilhos queria incluir na Constituição de 14 de julho um artigo em que se falava na incorporação do proletariado.

— Fantasias.

— Sim, fantasias. Mas isso é sempre melhor do que acreditar no governo duma classe privilegiada de mentalidade feudalista. E te digo mais. O governo de Borges de Medeiros tem favorecido o desenvolvimento da pequena propriedade. Podes esperar que os grandes estancieiros gostem disso? Usa a cabeça. Tamanho não lhe falta.

— Está bem, mas devias falar mais baixo. Elas podem estar escutando...

— Eu sei que me consideras um ingrato, quase um traidor. Talvez um Judas.

— Ninguém te chamou de Judas.

— Mas eu sinto que essa é a maneira como vocês os cristãos em geral olham para um judeu.

— Não sejas idiota.

— O outro dia ouvi dona Maria Valéria perguntar a dona Flora, referindo-se a mim: "Aquele muçulmano já saiu do quarto de banho?".

Roque Bandeira soltou uma risada.

— Ora, tu conheces a velha. Ela te estima e por isso brinca contigo. Uma vez te chamou também de turco...

— Estás vendo? Todos esses nomes: turco, muçulmano, árabe, e até russo têm conotação pejorativa. Eu sinto.

— Pois aí é que está o teu erro. Interpretas tudo à tua maneira. És uma sensitiva. Vives procurando profundidades em coisas que pela sua natureza são rasas. Lês nas entrelinhas frases que ninguém escreveu.

Roque Bandeira ergueu-se, pôs ambas as mãos no ombro do amigo e murmurou:

— Antes que me esqueça. Qualquer dia destes te prendem, te mandam para Porto Alegre e te dão uma sova de borracha, como já fizeram com outros comunistas.

— Não tenho ilusões. Estou preparado.

— Então o que queres mesmo é ser mártir da causa, não?

— Sabes que não é nada disso. Só o espírito mórbido dum cristão condicionado ao capitalismo pode pensar uma coisa dessas. A causa que estou servindo é política, e não religiosa. Não queremos lamber as feridas dos leprosos, como são Francisco de Assis, queremos mas é curar as chagas sociais sem o auxílio de milagres. Não vai ser fácil, mas estou preparado para o pior.

Tio Bicho tornou a bocejar.

— Acho que vou m'embora.

— Espera. Saio contigo.

Encaminharam-se para a sala onde estavam as duas mulheres. Stein agradeceu-lhes pela hospitalidade e disse que viria buscar suas coisas no dia seguinte.

Maria Valéria seguiu-o com o olhar até vê-lo desaparecer no vestíbulo. Depois que ouviu a batida da porta da rua, resmungou:

— Esse sírio deve ter algum parafuso frouxo na cabeça.

20

Estava a Coluna de Licurgo Cambará acampada à beira dum lajeado, a umas seis ou sete léguas de Santa Fé, quando o Romualdinho Caré, sobrinho de Ismália, apareceu um dia montado num rosilho magro e cansado. Reconhecido por Pedro Vacariano, foi levado à presença do comandante. Apeou do cavalo com um ar humilde e encolhido e aproximou-se... Era um caboclo ainda jovem, baixote e trigueiro, de olhos vivos.

— Que foi que houve? — perguntou Licurgo.

Romualdinho contou que o Angico fora ocupado por soldados do cel. Madruga. O patrão franziu o cenho.

— Quando foi isso?

— Faz uns quantos dias.

— Mas quantos?

— Uns quatro ou cinco.

Contou que tinha ficado prisioneiro durante algumas horas, mas conseguira escapar e saíra "à percura" da Coluna Revolucionária.

Licurgo, pensativo, mordia o cigarro apagado.

— Quantos provisórios tem no Angico?

Romualdinho hesitou por um momento.

— Uns trinta.

O comandante — informou ainda — era um tenente, moço direito que tinha tratado bem toda a gente, não permitindo malvadezas nem estragos.

— Só que levaram muito gado, muita cavalhada... — acrescentou, com os olhos no chão, como se tivesse sido ele o responsável pela requisição.

— Levaram pra onde? — perguntou Licurgo.

— Pra Santa Fé ou Cruz Alta. Ouvi um sargento dizer que a tropa do coronel Madruga foi mandada pra fora da cidade...

Neste ponto Toríbio e Rodrigo entreolharam-se. Puxando o irmão para um lado, o primeiro murmurou:

— Acho que chegou a nossa hora. Mas precisamos saber três coisas importantes. Primeiro, se essa história da saída das tropas é verdadeira; segundo, quanta gente ficou na cidade; terceiro, quais são os pontos mais bem defendidos...

— E como é que vamos descobrir?

— Mandamos um espião.

Rodrigo soltou uma risada.

— Isso só da cabeça dum ledor de Ponson du Terrail!

Toríbio, porém, convenceu-o da validade da ideia. Juquinha Macedo e Cacique Fagundes aprovaram o plano. O problema era encontrar o espião. Quem poderá ser?

Jacó Stumpf ofereceu-se para a missão. O primeiro ímpeto de Rodrigo foi o de recusá-lo sumariamente. Como era que aquele alemão com cara de bocó... Mas não! Talvez por isso mesmo fosse ele a pessoa indicada para a missão. Além do mais, era pouco conhecido na cidade.

Interrogou-o:
— Achas que vais dar conta do recado?
— Zim.
— E sabes o que pode acontecer se eles descobrirem a coisa e te prenderem?
— Zim.

E Jacó passou o indicador rapidamente pelo próprio pescoço, num simulacro de degolamento.
— Está bem. Quero deixar bem claro que ninguém te forçou a aceitar a incumbência.

O colono sacudiu vigorosamente a cabeça. Durante quase uma hora inteira Rodrigo e Toríbio ficaram a dar-lhe instruções. Devia entrar em Santa Fé a cavalo, desarmado, com um lenço branco no pescoço, procurando dar a impressão de que vinha de uma das colônias.
— Entra assim com o ar de quem não quer nada — disse-lhe Rodrigo. — Não puxes prosa com ninguém. Apeia na frente da Casa Sol, diz que queres comprar uns queijos, procura o Veiga, estás compreendendo? Leva o homem pro fundo da loja e conta quem és, donde vens, e pergunta quantos soldados o Madruga levou para fora da cidade, quantos ficaram e onde estão colocados... Logo que conseguires todas as informações, toca de volta pra cá. Mas cuidado, que podem te seguir, entendes?

Jacozinho sacudiu afirmativamente a cabeça. De tão claros, seus olhos pareciam vazios.

No dia seguinte pela manhã montou a cavalo e se foi. Rodrigo acompanhou-o com o olhar até vê-lo sumir-se do outro lado duma coxilha.
— Deus queira que volte.

O velho Liroca soltou um suspiro e disse:
— Volta. Deus ajuda os inocentes.

No dia seguinte ao anoitecer Jacozinho voltou e, ao avistar o acampamento, precipitou-se a galope, soltando gritos. Vendo aquele cavaleiro de lenço branco, e não sabendo de quem se tratava, uma sentinela abriu fogo. O "cavaleiro misterioso", entretanto, continuou a galopar e a gritar. Mais tarde a sentinela contou:
— A sorte é que tenho bom olho. O alemão se riu, os dentes de ouro fuzilaram e eu disse cá comigo: "Só pode ser o Jacozinho". Era. Cessei fogo.

Jacó Stumpf foi levado à presença de Licurgo e dos outros oficiais. Tudo tinha corrido bem — contou — e ninguém suspeitara de nada. O Veiga informara que realmente uns quinhentos e cinquenta dos oitocentos homens do corpo provisório do Madruga haviam sido mandados reforçar a brigada de Firmino de Paula em Cruz Alta e Santa Bárbara. Haviam ficado na cidade uns duzentos e cinquenta. Uns cem estavam acampados na entrada do norte. Uns oitenta montavam guarda à charqueada, na estrada de Flexilha, no sul. Uns cinquenta e poucos dormiam na Intendência, guarnecendo o centro da cidade.

— E o lado da olaria?

Jacó abriu a boca.

— Que olaria?

— O lado onde se põe o sol?

O colono quedou-se um instante, pensativo.

— Ah! Está desguarnecido.

Quanto ao setor oriental, onde ficavam os quartéis, era sabido que estava dentro da zona neutra.

— Chegou a nossa hora — disse Rodrigo, olhando em torno para os oficiais mais graduados da Coluna que se haviam reunido à frente da barraca de Licurgo. — A tomada de Santa Fé, além de nos proporcionar a oportunidade de requisitar munição de boca e de guerra, terá um efeito moral extraordinário.

— Mas o senhor já pensou — perguntou um dos Macedos — que em três horas os chimangos podem trazer forças de Cruz Alta pra nos contra-atacar?

Toríbio interveio:

— Cortaremos as linhas telefônicas e telegráficas. Interromperemos todas as comunicações. Até que mandem um próprio ao Madruga, mesmo de automóvel, vai levar algum tempo...

— E depois — aduziu Rodrigo, pondo na voz um entusiasmo persuasivo — vai ser um ataque fulminante, de resultados imediatos. Não tenho nenhuma ilusão quanto a mantermos a cidade em nosso poder por muito tempo... Mas que diabo! — exclamou, abrindo os braços. — Nada mais temos feito que fugir desde o dia que saímos do Angico! Se a situação continua assim, seremos esmagados pelo nosso próprio ridículo!

Fez-se um silêncio durante o qual Rodrigo se perguntou a si mesmo se o seu plano de atacar Santa Fé nascia mesmo duma necessidade estratégica e política ou apenas do seu desejo de rever a família, voltar à própria casa, descansar daquelas marchas infindáveis e duras, principalmente agora que o inverno se avizinhava.

— Que é que o senhor acha? — perguntou Toríbio, encarando o pai.

Licurgo baixou a cabeça, cuspiu no chão entre as botas embarradas, depois tornou a alçar a mirada.

— A questão não é o que acho. Quero saber a opinião dos outros companheiros. Temos que estudar direito o plano.

Passeou o olhar em torno:

— Há alguém contra a ideia?

Não viu nenhum gesto nem ouviu nenhuma palavra de protesto.

— Se todos estão a favor, a ideia está aprovada. Atacamos Santa Fé.

— Tem de ser amanhã — disse Rodrigo. — Não podemos perder tempo.

— Pois seja o que Deus quiser — murmurou o velho.

Rodrigo sentiu na orelha o bafo tépido e úmido de Toríbio, que ciciou:

— Tu sabes que a Ismália Caré está na cidade... O Velho anda louco de saudade da china...

21

Durante quase duas horas discutiram o plano do ataque, diante duma planta de Santa Fé estendida no chão. Ficou decidido que o cel. Licurgo com setenta homens e toda a cavalhada de remonta ficariam escondidos nos matos dum lugar conhecido como Potreiro do Padre, a légua e meia da cidade. Era para ali que o resto da Coluna convergiria se o ataque fosse repelido.

— Hipótese que não admito! — exclamou Rodrigo num parêntese.

Continuou a exposição:

— O senhor, coronel Macedo, com cento e quarenta homens marcha sobre a entrada do norte, que é onde os chimangos têm o destacamento mais numeroso. Ataque o inimigo pela frente, pelos flancos e, se possível, pela retaguarda. Deixe os provisórios tontos... O principal é que eles não possam deslocar gente de lá para reforçar a guarnição do centro...

Juquinha Macedo sacudiu a cabeça: entendia.

— Agora o senhor, coronel Cacique... Leve seus cento e vinte caboclos e faça as estrepolias que puder lá pelas bandas da charqueada.

— Vai no grito — resmungou o velho, e seus olhinhos indiáticos sorriram.

— Enquanto vocês atacam as duas entradas principais, eu e o Toríbio com os cento e cinquenta e poucos homens restantes assaltamos Santa Fé pelo lado da olaria.

Licurgo escutava-o, taciturno. Liroca, como de costume, tinha os olhos lacrimejantes e seus dedos, de pontas amareladas de nicotina, acariciavam os bigodões grisalhos, que mal escondiam a expressão triste da boca. Havia por ali também uns jovens tenentes de olhos cintilantes e gestos nervosos, que bebiam as palavras de Rodrigo.

— Essa é a parte mais dinâmica e arrojada do plano — continuou este último. — Será um golpe direto e rápido no coração da cidade. Reconheço que a coisa toda pode parecer absurda, mas acho que vai dar resultado.

Ouviu-se uma voz:

— Mas por que escolheu o lado da olaria pra esse assalto?

— Primeiro porque não é provável que o inimigo nos espere por esse flanco. Para falar a verdade, eles não esperam ataque de lado nenhum, pois o Jacó nos contou que corre em Santa Fé a notícia de que seguimos para o norte com as tropas do general Leonel Rocha... Outra vantagem desse flanco é que ele fica a dois passos da praça e da Intendência. Deixamos os cavalos e um pelotão na olaria do Chico Pedro e dali seguimos a pé, antes de raiar o dia. Mas o fator tempo é importantíssimo. Por isso temos de marcar tudo rigorosamente no relógio...

Olhou para Toríbio, sorriu e, segurando-lhe o braço, acrescentou:

— O major aqui vai me ajudar com sua famigerada cavalaria.

Ambos voltaram a atenção para o pai, que pitava em silêncio, com os olhos fitos na planta de sua cidade.

Um dos capitães de Juquinha Macedo perguntou:

— Mas não acha que duzentos e poucos homens entrincheirados valem por quinhentos?

Foi Toríbio quem respondeu:

— Duzentos e poucos *homens* sim, mas não provisórios agarrados a maneador.

O outro deu de ombros.

— Bom, major, o senhor deve saber melhor que eu. Perguntei por perguntar.

Posto ao corrente do plano, Cantídio dos Anjos disse:
— Qualquer prazer me diverte.
E foi afiar a ponta da lança.
Ainda naquela tarde fez-se com todo o cuidado a divisão das tropas. Rodrigo escolheu a dedo os homens que ia comandar. À beira do capão, Neco Rosa ponteava a guitarra que havia ganho de presente em Neu-Württemberg, enquanto o Chiru andava inquieto dum lado para outro, mal podendo conter o entusiasmo que lhe vinha de ter sido escolhido para comandar um dos grupos que assaltariam a Intendência.
— Com quem vou? — perguntou Liroca a Rodrigo.
— Tu ficas.
— Com quem?
— Com o velho Licurgo.
— Mas por quê?
— Porque sim.
— Não tens confiança em mim?
— Liroca velho de guerra, alguém tem de ficar. Não podemos deixar o comandante sozinho...
— Por que não me levas? Estou acostumado a marchar e pelear a teu lado.
Rodrigo compreendia cada vez menos o maj. José Lírio. Na hora do combate era tomado duma tremedeira medonha, ficava pálido como defunto; no entanto, insistia em enfrentar o perigo. Fosse como fosse, a atitude do velho enternecia-o.
— Só posso levar comigo gente de menos de quarenta anos — explicou. — Vai ser uma tarefa dura, temos de correr várias quadras, pular muros, cercas...
Havia uma tristeza canina nos olhos do veterano. Rodrigo abraçou-o, dizendo:
— Não faltará a ocasião, Liroca, tem paciência.
Durante aquele resto de dia, Rodrigo andou dum lado para outro, conferenciando com oficiais, repassando com eles o plano de ataque, corrigindo ou aperfeiçoando pormenores, respondendo a perguntas, esclarecendo dúvidas. Toríbio e o dr. Ruas encarregaram-se da distribuição das balas, tarefa difícil por causa da diversidade das armas.
— Para ser bem-sucedida — disse Rodrigo — a operação não pode durar mais de duas horas. Qual duas horas! Uma, no máximo.
Havia um ponto ainda obscuro. Que fariam depois que a Intendência fosse tomada? Quem levantou a questão foi um tenente do desta-

camento de Juquinha Macedo. Rodrigo ficou por um momento indeciso. Segurou na ponta do lenço vermelho do rapaz e disse:

— Olha, companheiro. Isto não é guerra regular e nós não somos militares profissionais. Temos de confiar nas qualidades de improvisação de nossa gente. Queres saber duma coisa? Vamos primeiro tomar a Intendência e depois veremos o que se faz...

O outro não pareceu muito convencido. Rodrigo apertou-lhe o nó do lenço.

— Escuta aqui. Tudo vai depender de como estiver a luta no norte e no sul... — Olhou o interlocutor bem nos olhos. — Agora me lembro. És o campeão de xadrez de Santa Fé, não? Pois esta revolução, meu filho, não tem nada a ver com jogo de xadrez.

O outro sorriu e afastou-se. Mas a pergunta do rapaz deixou ecos no espírito de Rodrigo. Sim, que faremos depois de tomar a Intendência? E por que não perguntar que faremos depois da derrubada do Chimango? Seja como for, *mañana es otro dia*, como dizem os castelhanos.

Antes de ir para a barraca, aquela noite, saiu a andar ao redor do acampamento, olhando para as estrelas e pensando que no dia seguinte poderia dormir em sua casa, em sua cama, com sua mulher. Sim, no dia seguinte poderia beijar os filhos... Imaginou-se também passando um eloquente e petulante telegrama ao presidente da República...

Deitou-se sobre os pelegos, cobriu-se com o poncho, fechou os olhos mas sentiu logo que estava demasiado excitado para dormir. Agora lhe vinham dúvidas...

Será que esse ataque é um erro? Quantos de meus companheiros poderão morrer? E não vamos sujeitar a grave risco a população da cidade, a minha própria família, mulheres, velhos, crianças? Ainda é tempo de desistir. Não. Desistir agora seria minar o moral da Coluna. A ideia é boa. Afinal de contas estamos numa revolução. Não podemos continuar burlequeando sem rumo pelo campo, como fugitivos da justiça. O plano é bom não só do ponto de vista político como também do militar. Está decidido!

Revolveu-se, encolheu as pernas, meteu no meio delas as mãos geladas. Mas... e se tudo falhar? Encostou a cara na coronha da Winchester que tinha a seu lado. *Amanhã vais trabalhar, bichinha. Não. Não falha.*

Procurava relembrar a fisionomia do terreno na entrada da cidade que dava para o lado do poente. Sim, a primeira tarefa era tomar a olaria, onde ficariam escondidos até a hora de atacar... Cada um de seus homens tinha uma média de sessenta tiros. Quatro deles estavam encarregados de cortar os fios telegráficos e telefônicos, mal chegassem à praça. A agência do telégrafo nacional vizinhava com a Intendência. A da Companhia Telefônica não ficava longe... Sim, o plano tinha de dar resultado.

Mas não seria uma coisa precipitada? Estava lidando com vidas humanas, não com peças de xadrez. *Mas, filho, guerra não é jogo de xadrez. E que faremos depois de tomada a Intendência? Queres saber? Tomamos um banho. Tomamos um café. Tomamos... Bom, se não dormir esta noite, amanhã estarei escangalhado.*

Queria fazer parar o pensamento. Inútil. Começou a bater queixo. Estaria tão frio assim? *Quem sabe estou com febre? Ou com medo...* Repeliu a ideia. Acendeu um fósforo, olhou o relógio. Dez e vinte. Tinha dado ordens para acordarem os homens pouco depois da meia-noite a fim de partirem em seguida. *Tudo vai correr bem, se Deus quiser.* Por baixo da barraca entrava um ventinho gelado. Pegou a garrafa de cachaça, desarrolhou-a e bebeu um largo sorvo. Fogo no estômago. Sentiu-se melhor. Se falhassem, podia ser o fim da Coluna. Mas não podiam falhar! Cairiam como demônios em cima dos chimangos. Tomariam a cidade em quarenta minutos. Ninguém deixará de reconhecer que era ele quem ia correr o maior risco. Tirou do bolso do casaco as luvas de pele de cachorro e vestiu-as. De repente desenhou-se-lhe na mente o cemitério de Santa Fé: cúpulas, frontões, cruzes, cabeças de estátuas por cima de muros tristes e sujos... Lá estava dentro do mausoléu da família Cambará uma nova placa de mármore com letras douradas: *Dr. Rodrigo Terra Cambará, 1886-1923. Morto em combate pelo Rio Grande.* Quis apagar a imagem. Não pôde. Ficou com ela impressa nas pálpebras... por quanto tempo?

Achava-se sozinho, era noite... Vagueava por entre sepulturas. Houve um momento em que não soube se estava já dormindo ou ainda continuava acordado. Sentia os pés frios, ouvia o vento tocando sua gaitinha nas folhas das coroas artificiais, apagando as chamas dos tocos de velas... Sentiu o cheiro de terra úmida, de sebo derretido... Estava entrincheirado por trás dum túmulo, o inimigo avançava, as balas sibilavam, ele queria pegar a Winchester que estava a seu lado, mas não conseguia mover o braço, e se dizia a si mesmo que aquilo era um pesadelo — *eu sei! prova de que sei é que me lembro de meu nome, Rodrigo Cambará, estou na minha barraca, deitado, amanhã vamos assaltar Santa Fé, tomaremos a olaria... Que horas serão, santo Deus?* Quis tirar o relógio do bolso mas não pôde. Estava paralisado. Sentiu que o inimigo se aproximava... Ouvia (ou apenas *via*) seus gritos, que se congelavam no ar, tomando a forma de flores de neve, e depois se esfarelavam, caíam como geada. Os chimangos iam saltar os muros do cemitério, atirar-se em cima dele... *Não, não tenho medo, só não quero que me degolem. Tenho horror a arma branca. Me matem com um tiro. Na cabeça, para não haver agonia.* Quis de novo segurar a Winchester: era melhor morrer brigando. Mas não pôde mover um dedo. Um homem estava agora ajoelhado a seu lado, decerto tirava o facão da bainha... Rodrigo! Rodrigo!

Sentiu-se sacudido. Soergueu-se.

— Quem é?

— Sou eu, o Neco.

— Que é que há?

— Meia-noite. O pessoal está se levantando. Vamos embora.

Ergueu-se. Um suor frio escorria-lhe pela testa.

— Tive um sonho horrível — murmurou.

— Pois eu nem cheguei a fechar o olho.

Saíram. Vultos moviam-se em silêncio na madrugada. Havia fogos acesos no acampamento.

Bento veio avisar que o churrasco estava pronto.

22

Pouco antes das quatro da manhã a Coluna chegou a um ponto do Potreiro do Padre, onde havia uns três ou quatro ranchos cujos moradores foram acordados, postos ao corrente da situação e proibidos de deixarem suas casas sob pena de fuzilamento. (Rodrigo descobrira que Toríbio era o homem indicado para fazer ameaças dessa natureza.) Os oficiais reuniram-se num dos ranchos e, à luz dum candeeiro de sebo, acertaram os relógios. O ataque devia começar às seis e meia em ponto.

Às quatro e vinte os destacamentos se separaram e marcharam rumo de Santa Fé. Juquinha Macedo dirigiu-se com seus companheiros para a entrada do norte. Cacique Fagundes encaminhou-se com seus caboclos para a do sul. Estava combinado que só principiariam o assalto quando ouvissem os primeiros tiros no centro da cidade.

Ao despedir-se do pai, dentro de um dos ranchos, Rodrigo notou, à luz amarelenta e escassa, que o Velho tinha os olhos brilhantes de lágrimas. Seu abraço, porém, foi seco como de costume, e secas também suas palavras.

— Vá com Deus.

Rodrigo e Toríbio saíram a cavalgar lado a lado. Havia uma grande paz nos campos. O céu começava a empalidecer.

— Pode ser uma loucura o que vamos fazer — disse Toríbio —, mas te digo que estou gostando da farra...

Rodrigo continuou silencioso. Estava preocupado. De acordo com o plano deviam apoderar-se, sem dar um tiro, da olaria do Chico Pedro, que ficava a dois passos da entrada ocidental de Santa Fé. Era indispensável também que fizessem aquela marcha sem serem vistos, pois metade do sucesso do assalto dependia do elemento surpresa. Era por isso que tinham evitado a estrada real, seguindo por dentro duma invernada que Toríbio conhecia tão bem quanto os campos do Angico.

Dentro de meia hora avistaram as luzes de Santa Fé piscando na distância. Eram cinco e quarenta quando ocuparam em silêncio a olaria. O oleiro, seus familiares e empregados foram tirados da cama. Não houve pânico, nem mesmo entre as mulheres, que ficaram pelos cantos, enroladas nos seus xales, caladas e submissas. Toríbio achou prudente encerrar todos os homens, menos o dono da casa, dentro dum quarto.

— Se vocês ficarem quietos — disse-lhes, antes de fechar a porta à chave —, ninguém se lastima. Mas, palavra de honra, capo com este facão o primeiro que se meter de pato a ganso, estão ouvindo?

Rodrigo tranquiliza Chico Pedro:

— Não se preocupe. O senhor, sua gente e seus bens serão respeitados.

O oleiro sorriu.

— Nem carece dizer, doutor. Conheço o senhor e toda a sua família.

Mandou preparar um chimarrão, que ofereceu a Rodrigo. Era um caboclo de meia-idade, magro mas rijo. Parecia que, à força de lidar com argila, sua pele tomara a cor do tijolo. Confirmou todas as informações que Jacó Stumpf trouxera na véspera sobre o corpo provisório de Santa Fé. Rodrigo revelou ao oleiro o plano de ataque. Chico Pedro fez uma careta pessimista:

— Não vai ser fácil... — murmurou.

Rodrigo chupou com força a bomba de prata e depois, meio irritado, perguntou:

— Por quê?

— Sempre acontece alguma coisa que a gente não espera.

— Sim, mas nem tudo que acontece *tem* de ser desfavorável.
— Isso é verdade...
— Quantos homens dormem na Intendência?
— Uns cinquenta ou sessenta. Passam a noite no quintal.
Chico Pedro tornou a encher a cuia.
— Dorme alguém dentro do edifício?
— Acho que só os oficiais. E decerto os ordenanças...
O oleiro tomava seu chimarrão com os olhos plácidos postos em Rodrigo.
— Outra coisa... — disse, com seu jeito descansado. — Todas as noites uma patrulha duns dez ou quinze homens anda rondando pela cidade, volta pra Intendência mais ou menos a essa hora e fica ali por baixo da figueira grande até o clarear do dia... É bom ter cuidado...
Toríbio entrou naquele momento. Tinha estado a esconder a cavalhada.
— Está chegando a hora... — disse, pegando a cuia que o dono da casa lhe oferecia.
Um minuto depois, saíram. Galos cantavam. Rodrigo sentiu algo de cadavérico na madrugada fria e cinzenta.
Seus homens estavam deitados ou agachados atrás da casa. Alguns deles pitavam.
— A ti te toca a parte mais braba — disse Toríbio ao Neco Rosa, que, sentado na soleira da porta, contemplava a estrela matutina, como tantas vezes fizera nas suas madrugadas de serenata.
— Vai ser duro pra todos.
Bio tocou-lhe o ombro.
— Só espero uma coisa. Que sejas melhor guerreiro que barbeiro.
Neco soltou uma risada. Outros homens que estavam por ali também riram.
— Está na hora do baile, minha gente! — disse Toríbio.
E os revolucionários começaram a reunir-se em grupos, de acordo com as instruções que haviam recebido.
Rodrigo entregou a um dos Macedos — que insistira em acompanhá-lo — o comando dos vinte homens que ia deixar entrincheirados na cerca de pedras da olaria.
— Esta é a nossa base de operações — explicou. — É pra cá que vamos todos correr se a coisa falhar... Vocês têm de cobrir nossa retirada. E se, enquanto estivermos dentro da cidade, algum destacamento dos chimangos nos atacar por este flanco, abram fogo em cima deles.

Mas por nada deste mundo abandonem esta posição. E fiquem com o olho na cavalhada!

A força de Rodrigo estava dividida em três grupos: dois de trinta homens e um de quarenta. O que estava confiado ao comando de Chiru Mena devia entrar na cidade pela rua dos Farrapos e atacar a Intendência pelo flanco esquerdo, que nenhuma outra casa protegia. Neco Rosa comandaria o grupo mais numeroso num assalto à retaguarda do edifício, procurando cair de surpresa sobre os provisórios, que àquela hora estariam dormindo ou recém-acordados no quintal. Rodrigo levaria seus soldados pela rua do Poncho Verde, tomaria com eles posição na praça para atacar a Intendência frontalmente. Estava combinado que Neco e seus comandados teriam a honra de "dar a primeira palavra". Os outros dois grupos só atacariam depois de ouvirem o início do tiroteio atrás do reduto legalista. O esquadrão de cavalaria de Toríbio foi dividido em dois piquetes de quinze homens. O primeiro, sob as ordens de Toríbio, devia penetrar na cidade pela rua das Missões e ficar preparado para entrar em ação quando fosse oportuno. O segundo, conduzido por Pedro Vacariano, ficaria escondido atrás da igreja, e sua intervenção dependeria do desenvolvimento do combate.

— Cuidado! — recomendou Rodrigo aos companheiros. — Não vamos nos matar uns aos outros. Quando enxergarem um lenço colorado, cautela e boa pontaria. Por amor de Deus, não desperdicem tiro!

Aproximou-se da cerca de pedras e olhou para a cidade que queriam conquistar. Casas e muros branquejavam no meio do maciço escuro do arvoredo dos quintais. As torres brancas da Matriz quase se diluíam na palidez do céu, contra o qual se desenhava, dura e sombria como um capacete de aço, a cúpula da Intendência.

Rodrigo sentia o coração pulsar-lhe agora com mais força e rapidez. Uma secura na garganta fazia-o pigarrear com frequência. À medida que o dia clareava, ele ia distinguindo melhor as figuras dos companheiros. Ajoelhado à sua direita, Bento segurava o fuzil. À sua esquerda, o dr. Ruas assobiava baixinho a "Valsa dos patinadores".

— Não achas melhor tirar esse poncho? — perguntou-lhe Rodrigo. — Ficas com os movimentos mais livres.

— Se tiro este negócio, morro de frio — disse o ex-promotor.

Rodrigo largou por um instante a Winchester e esfregou uma na outra as mãos geladas. Tirou do bolso o relógio. Seis e quinze. Ergueu-se e fez um sinal.

O primeiro grupo que se movimentou foi o do Neco Rosa, que desceu com seus homens a encosta da colina em passo acelerado, numa linha singela. Sumiram-se entre casebres e árvores, mas pouco depois tornaram a aparecer no alto da coxilha fronteira, já na boca duma rua. Rodrigo estava convencido de que o resultado final da operação dependeria principalmente do sucesso daquele assalto à retaguarda da Intendência.

Cinco minutos depois, Chiru e seus homens saíram da olaria na direção da rua dos Farrapos, ao mesmo tempo que Rodrigo conduzia os seus para a do Poncho Verde.

Toríbio e seus cavalarianos foram os últimos a deixarem a propriedade de Chico Pedro que, da soleira de sua casa, gritou:

— Deus le acompanhe!

De cima do cavalo, Toríbio voltou-se e disse:

— É melhor que Deus fique onde está. E que se cuide das balas perdidas.

A estrela matutina aos poucos esmaecia. Um cachorro latiu para as bandas do Purgatório.

23

Rodrigo chegou um pouco ofegante ao topo da colina. Pesava-lhe incomodamente a sacola cheia de balas que trazia a tiracolo. Olhou para trás. O dr. Ruas seguia-o, rengueando. Bento acompanhava-o de perto.

Com um gesto, Rodrigo ordenou aos companheiros que fizessem alto. Que estaria acontecendo com Neco e sua gente? Esperaram, escondendo-se como podiam... Os galos continuavam a amiudar. As casas vizinhas estavam todas de janelas e portas cerradas. De sua posição, Rodrigo viu a fachada do casarão dos Amarais. Um pensamento cruzou-lhe a mente. Meu bisavô Rodrigo foi morto num assalto àquela casa. Quem sabe se eu...

O tiroteio que irrompeu naquele momento atrás da Intendência cortou-lhe os pensamentos.

— Começou a inana! — gritou. — Avançar!

Precipitou-se na direção da praça. Ouviu-se uma detonação e uma bala passou zunindo perto de sua orelha direita. Uma outra rebentou o vidro duma vidraça próxima. Um soldado os alvejava de uma das calçadas da praça, a uma distância de meia quadra. Bento ajoelhou-se, levou a arma à cara e fez fogo. O inimigo tombou de costas e rolou para a sarjeta. Mas outros provisórios apareceram, dois... três... mais dois... — estenderam linha na rua, agachados, abriram fogo contra os atacantes. Um destes soltou um grito, largou a espingarda, baqueou, e o sangue começou a manar-lhe do peito. Os outros companheiros, deitados ou ajoelhados, cosidos às paredes ou abrigados atrás dos troncos dos plátanos que orlavam as calçadas, atiravam sempre. O tiroteio de súbito recrudesceu. Chiru e seu destacamento deviam também ter entrado em ação. Dos fundos da Intendência vinham gritos e gemidos, de mistura com as detonações. Seria já o entrevero? — pensou Rodrigo, descarregando com gosto sua Winchester. Mais dois provisórios lá estavam caídos no meio da rua. Três outros, porém, surgiram. Balas cravaram-se nos troncos dos plátanos ou batiam nas pedras da calçada, ricocheteando. O duelo continuou por uns dois ou três minutos.

— Cessa fogo! — gritou Rodrigo.

Repetiu muitas vezes a ordem, aos berros. Tinha avistado o piquete de Toríbio, que naquele momento entrava na praça pela retaguarda do inimigo. Rodrigo aproveitou o momento de confusão entre os legalistas e avançou uns dez passos. Alguns companheiros o imitaram e, da nova posição, presenciaram uma cena que lhes encheu os peitos duma feroz exultação. Numa rapidez fulminante, dez cavalarianos precipitavam-se a galope e caíram gritando sobre os soldados legalistas, golpeando-os com lanças, espadas e patas de cavalo. Um dos provisórios deixou tombar o fuzil, recuou na calçada, colando-se à parede duma casa e erguendo os braços na postura de quem se rende. Um cavaleiro precipitou-se sobre ele e com toda a sua força somada à do impulso do cavalo cravou-lhe a lança no estômago. Apeou em seguida, ergueu a perna, meteu a sola da bota no ventre do inimigo, apertou-o contra a parede e arrancou-lhe a lança do estômago com ambas as mãos. Enquanto isso, seus companheiros liquidavam os provisórios que restavam. Um deles tinha o crânio partido pelas patas dum cavalo, outro revolvia-se no chão, espadanando como um peixe fora d'água, ao mesmo tempo que procurava proteger a cabeça. Um cavalariano tirou o revólver, apontou para baixo e meteu-lhe uma bala na nuca. O último provisório que ainda resistia conseguiu disparar o fuzil e atingir um dos revolucionários, que tombou nas pedras da rua já manchadas de sangue, mas teve ele próprio o ventre rasgado por um golpe de espada e saiu cambaleando na direção da calçada, segurando com ambas as mãos as vísceras que lhe escapavam pelo talho.

Toríbio esporeou o cavalo e aproximou-se do irmão. A ponta de sua lança — uma lâmina de tesoura de tosquiar — estava viscosa de sangue. E havia em seu rosto uma tamanha e tão bárbara expressão de contentamento, que foi com certa dificuldade que Rodrigo conseguiu encará-lo.

— O caminho está limpo, minha gente! — gritou Bio. — Toquem pra diante, mas cuidado, que tem uma patrulha de chimangos na frente da Intendência!

Puxou as rédeas do cavalo, fê-lo dar uma meia-volta e sair a galope na direção do piquete.

— Avançar! — bradou Rodrigo.

E pôs-se em movimento, seguido dos companheiros. Não havia tempo para hesitações ou excessivas cautelas. Precipitaram-se a correr rumo do centro da praça e tomaram posição atrás de árvores. De rastos e sob as balas, Rodrigo avançou uns quinze metros, por cima dum canteiro de relva, e abrigou-se atrás da base de alvenaria do coreto. Olhou para trás e viu dois companheiros feridos... ou mortos? Os outros estavam bem abrigados e atiravam, como ele, contra a patrulha de provisórios que se encontrava no meio da rua, à frente da Intendência, sob o comando dum tenente. Rodrigo estudou a situação. Teve a impressão de que o Neco e seus homens haviam conseguido mesmo pular para dentro do quintal do casarão, onde a fuzilaria e a gritaria continuavam. Vislumbrou lenços vermelhos em ambas as torres da igreja, de onde uns três ou quatro revolucionários atiravam contra as janelas do segundo andar da cidadela do Madruga, cujas vidraças se partiam em estilhaços.

O inimigo mais próximo encontrava-se a uns cinquenta metros, protegido pelo busto do fundador da cidade, em cuja cabeça de bronze duas balas já tinham batido. Havia ainda outros soldados — uns cinco ou seis — entrincheirados atrás dos bancos de cimento ao longo da calçada. Essa, parecia, era uma posição vulnerável, visto como já estavam sendo atingidos pelos revolucionários que atiravam das torres da igreja e por uns dois ou três atacantes — com toda a certeza gente do Chiru — que os alvejavam do alto do telhado duma casa, à esquina da rua dos Farrapos.

O tenente legalista gritou para seus homens que recuassem. E ele próprio, de pistola em punho e sem interromper o fogo, começou o movimento de retirada. Rodrigo procurou derrubá-lo, mas sem sucesso. As janelas e portas da fachada da Intendência continuavam cerradas, o que dava a entender que a maioria de seus defensores estava engajada na luta que se travava na retaguarda e no flanco esquerdo do edifício.

Rodrigo ouviu um tropel e voltou a cabeça. O piquete de Pedro Vacariano atravessava a praça, a todo o galope. Baleado, um dos cavalos testavilhou, atirando o cavaleiro longe, para cima duns arbustos.

— Cessa fogo! — berrou o Vacariano.

Mesmo naquele momento de confusão e perigo, Rodrigo não pôde evitar um sentimento de irritação. "Quem é esse caboclo para me dar ordens?" Mas parou de atirar. Viu Cantídio dos Anjos de lança em riste tomar a dianteira do piquete. Ao passar por ele, o negro gritou:

— A coisa está mui demorada, doutor. Vamos liquidar esses mocinhos!

E, seguido de Toríbio e de mais dois cavalarianos vindos do outro setor da praça, lançou-se contra os provisórios, que se achavam agora na calçada da Intendência, atirando sempre, mas já sem pontaria, tomados de pânico ante a inesperada carga.

— Abram a porta! — gritou o tenente.

Repetiu o pedido três vezes. A porta abriu-se, o oficial entrou correndo, um de seus soldados tombou sobre o portal, enquanto os outros companheiros caíam sob golpes de lança e espada. E, antes que a porta se fechasse, Cantídio entrou a cavalo, casarão adentro, derrubou com um pontaço de lança na nuca o chimango que corria na sua dianteira e, sem deter a marcha, levou o cavalo escada acima — três, quatro, cinco degraus... Do alto do primeiro patamar, ao lado dum busto do dr. Borges de Medeiros, o tenente legalista parou, voltou-se, ergueu a Parabellum e fez fogo. Cantídio tombou de costas e ficou estatelado no pavimento do vestíbulo. O tenente subiu mais quatro degraus e lá de cima, já quase no segundo andar, meteu duas balas no corpo do cavalo, que rolou escada abaixo, sangrando, e caiu em cheio sobre o corpo do preto.

Toríbio e Rodrigo entraram juntos na Intendência, a pé, seguidos de quatro companheiros. Saltaram por cima dos cadáveres do cavaleiro e do cavalo e galgaram os degraus ensanguentados.

— Cuidado! — disse Rodrigo. — Pode haver muita gente lá em cima.

Toríbio estacou, murmurando:

— O tenente matou o Cantídio. Preciso pegar esse bichinho.

Rodrigo quebrou com a coronha da Winchester o vitral em forma de ogiva que havia por trás do busto e espiou para o quintal, onde o combate tinha cessado. O chão estava juncado de corpos. Em muitos deles viam-se lenços coloridos. Avistou também o Neco, que dava ordens a seus homens para alinharem contra o muro os inimigos que acabavam de aprisionar. Cobria o chão um lodo sangrento.

Toríbio subiu mais três degraus e gritou para cima:

— Entreguem-se! — Sua voz foi amplificada pela boa acústica do vestíbulo. — O combate terminou! Larguem as armas e desçam de braços levantados!

Seguiu-se um silêncio durante o qual só se ouviu o pipocar dum tiroteio longínquo. Toríbio repetiu a intimação. Vieram vozes do corredor do segundo andar.

— S'entreguemos.

— Pois venham! — gritou Rodrigo.

E preparou a Winchester. Outros companheiros estavam ali no primeiro patamar também de armas em punho. Ouviram-se passos. No primeiro soldado que apareceu, Rodrigo reconheceu o Adauto. Não pôde conter a indignação:

— Cachorro! — vociferou.

O homenzarrão baixou os olhos e todo o seu embaraço se revelava num ricto canino. Apareceram mais três provisórios, todos descalços e de braços erguidos. Por fim surgiu com passos relutantes um capitão. Toríbio e Rodrigo o conheciam. Era o Chiquinote Batista, um subdelegado do Madruga.

— Alguém mais lá em cima?

— Só o tenente — respondeu Chiquinote com voz fosca.

— Onde?

— No gabinete do intendente.

Toríbio mediu o capitão de alto a baixo:

— Pois é uma pena que não seja o próprio Madruga quem está lá...

— Não faltará ocasião — replicou o subdelegado com rancor na voz e no olhar.

— Nessa esperança vou viver, capitão — suspirou Toríbio.

Depois, voltando-se para os companheiros, disse:

— Tomem conta desses *valientes*, que eu tenho uma entrevista marcada com o tenente, lá em cima...

Recarregou o revólver, fez girar o tambor com uma tapa, engatilhou a arma e subiu os degraus que faltavam para chegar ao segundo piso. Como Rodrigo o seguisse, Bio voltou-se e pediu:

— Me deixa. Dois contra um é feio.

Parou diante da porta entreaberta do gabinete do intendente e bradou:

— Quem fala aqui é o Toríbio Cambará. A Intendência foi tomada, não adianta resistir. Entregue-se, tenente!

De dentro veio uma voz rouca de ódio:

— Pois vem me buscar se és homem, maragato filho duma puta!

Toríbio não hesitou um segundo. Meteu o pé na porta e entrou, agachado. Ouviram-se quatro tiros em rápida sucessão. Depois, um silêncio. Rodrigo ergueu a Winchester e correu para dentro. Encontrou o irmão de pé incólume, junto da parede, sob o grande retrato do dr. Júlio de Castilhos.

— O menino era valente mas tinha má pontaria — disse Toríbio.

— Foi a minha sorte.

O tenente estava morto, caído atrás da escrivaninha do intendente, com uma bala na testa.

— Sabes quem é? — perguntou Rodrigo.

Bio sacudiu a cabeça lentamente.

— O Tidinho da dona Manuela. Nunca dei nada por ele. Parecia um bundinha como tantos. No entanto...

Naquele momento surgiu à porta um dos cavalarianos de Toríbio, que contemplou o cadáver com ar grave e, depois de olhar longamente para os próprios pés descalços, perguntou:

— Major, posso ficar com as botas do moço?

Rodrigo gritou que não. Seria uma indignidade, uma profanação.

— Deixa de bobagem! — replicou Bio. — Nosso companheiro anda de pé no chão, o inverno está chegando. E depois, no lugar para onde foi, o tenente não vai precisar de botas. Nem de poncho. No inferno não faz frio.

24

Rodrigo abriu uma das janelas. Na praça agora clara de sol, alguns de seus companheiros andavam a recolher os feridos e a contar os mortos. Jazia no meio da rua o cadáver dum provisório, e de sua cabeça, partida como um fruto podre, os miolos escorriam sobre as pedras. O tiroteio continuava nas duas extremidades de Santa Fé. Alguém acenava com um lenço vermelho, no alto duma das torres da Matriz. Em contraste com aquele espetáculo de violência e absurdo, o céu era dum azul puro e alegre, e a brisa fria, que soprava de sueste, trazia uma fragrância orvalhada e inocente de manhã nova.

Rodrigo olhou então para o Sobrado pela primeira vez desde que entrara na sua cidade. Não sentiu o menor desejo de rever a família, de voltar à casa. Estava barbudo, fedia a suor e sangue. O combate não lhe causara nenhum medo, mas sim uma exaltação que, cessado o fogo, se transformara em asco e tristeza. Não se sentia com coragem para entrar em casa naquele estado. Tinha a impressão de que era um pesteado: não queria contaminar a mulher e os filhos com a sordidez e a brutalidade da guerra.

A cabeça lhe doía duma dor rombuda e surda; era como se o sangue estivesse a dar-lhe socos nas paredes do crânio. E, no meio desse pulsar aflito, começava agora a ouvir, absurdamente, a melodia fútil do "Loin du Bal".

Seus olhos continuavam fitos no Sobrado. "Naquela casa, por trás daquelas paredes estão tua mulher e teus filhos. Basta que atravesses a praça, batas àquela porta e digas quem és... E terás nos braços as pessoas que mais queres neste mundo." Era estranho, mas permanecia frio ante aquela possibilidade. A violência que presenciara e cometera deixava-o como que anestesiado.

Fez meia-volta e desceu. O "Loin du Bal" continuava a soar-lhe na cabeça, obsessivamente. Estacou no primeiro patamar da escadaria, mal acreditando no que seus olhos viam. Uns trinta e poucos provisórios completamente nus subiam as escadas, de mãos erguidas, e guardados por um tenente e quatro soldados revolucionários de pistolas em punho. Ao avistar Rodrigo, o tenente gritou:

— Vamos encerrar estes anjinhos na sala do júri! Ideia do capitão Neco.

Entre os provisórios Rodrigo vislumbrou caras conhecidas. Os prisioneiros passavam de cabeça baixa, uns três ou quatro mal continham o riso, mas os restantes estavam todos sérios, entre constrangidos e indignados. Era deprimente ver aqueles homenzarrões peludos passarem assim despidos, numa aura de bodum, com os órgãos genitais a se balouçarem passivos e murchos num grotesco espetáculo de impotência, que para muitos deles devia equivaler a uma espécie de castração branca.

Recostado ao busto do presidente do estado, Rodrigo por alguns instantes ficou assistindo ao desfile, enquanto o gramofone infernal continuava a tocar o "Loin du Bal" dentro de seu crânio. Desceu depois para o primeiro andar e lançou um rápido olhar para o corpo de Cantídio. O cavalo lhe havia esmagado o tórax e os membros inferiores. O rosto do negro ganhara uma horrenda cor acinzentada, seus olhos estavam exorbitados e dos cantos da boca saíam dois filetes de sangue coagulado.

Rodrigo encontrou Neco no quintal. Ao vê-lo, o barbeiro veio a seu encontro, abraçou-o e disse:

— Foi uma beleza, menino! Pegamos a chimangada meio dormindo, muitos deles de calças arriadas. Se não fossem uns sacanas que estavam acordados e armados dentro da Intendência, eu tinha tomado esta joça a pelego, sem disparar um tiro!

— Quantos homens perdemos?

Neco enfiou os dedos por entre a barba.

— Da minha gente? Morreram quatro. Uns dez estão feridos, mas só dois em estado grave, que eu saiba.

Apontou para os mortos, que mandara estender debaixo duma ramada, a um canto do quintal. Rodrigo reconheceu dois de seus companheiros. Lá estava Jacó Stumpf, a cara lívida, a boca aberta, os dentes de ouro à mostra... Estendido a seu lado, o caboclo João tinha ainda no pescoço o trapo que tingira em sangue de boi. E seus pés enormes e encardidos de terra erguiam-se como duas entidades que tivessem vida própria — duas coisas sinistras na forma, na cor e no sentido, um misto de animal e vegetal. Aqueles pés pareciam ainda vivos e tinham uma qualidade singularmente ameaçadora. Rodrigo olhava para eles como que hipnotizado.

Passou o lenço pelo rosto que um suor frio umedecia e, sem prestar atenção ao que Neco Rosa lhe dizia, encaminhou-se para fora da Intendência. Parou na calçada, estonteado. A luz do sol lhe doía nos olhos. Para onde quer que se voltasse, via corpos caídos. Aos poucos ia calculando o preço daquela aventura. O cadáver do provisório continuava tombado sobre a soleira da porta. Ninguém se havia lembrado de removê-lo dali. Era mais fácil passar por cima daquela coisa.

Ajudado por um companheiro, Bento vinha trazendo nos braços um ferido. Era o dr. Miguel Ruas. O ex-promotor tinha já uma palidez cadavérica e de sua boca entreaberta escapava-se um débil gemido.

— Um balaço na barriga — murmurou Bento. — Pelo rombo acho que foi bala dundum.

Entraram no vestíbulo da Intendência e depuseram o ferido no chão, sobre um poncho aberto. Com outro poncho Rodrigo improvisou-lhe um travesseiro.

Naquele momento ouviu-se uma risada e, pouco depois, passos precipitados na escada. Rodrigo ergueu os olhos. Era Toríbio, que exclamava:

— Vem ver que espetáculo!

Puxou o irmão pelo braço e levou-o para fora. Apontou para o centro da praça. Um homem dirigia-se para a Intendência, tendo numa das mãos um pau com uma bandeira branca na ponta, e na outra uma maleta. O dr. Carbone! Vinha metido no uniforme cor de oliva dos *bersaglieri*. As plumas de seu romântico capacete fulgiam ao sol. Ao avistar os irmãos Cambarás, apressou o passo. Ao chegar à calçada, largou a bandeira, atravessou a rua correndo, caiu nos braços de Rodrigo, beijou-lhe ambas as faces e, de olhos enevoados, no seu cantante dialeto ítalo-português, deu notícias do Sobrado — ah! *carino*, iam todos bem, a Flora, a *vecchia*, os *bambini*, todos! e como era belo ver os dois *fratelli* juntos e vivos e fortes. Toríbio puxou-o para dentro da Intendência, dizendo:

— Está bem, doutor, depois falamos nisso. Não temos tempo a perder. Há muitos feridos, alguns em estado grave.

Carbone explicou que deixara Dante Camerino, Gabriel e Santuzza na farmácia preparando tudo. Sugeriu que os feridos fossem removidos o quanto antes para a Casa de Saúde, onde poderiam ser atendidos com mais eficiência. Ergueu a bolsa e declarou que ali trazia apenas o necessário para o *primo socorro*.

— Veja então primeiro o Miguel — pediu Rodrigo.

Conduziu-o até onde estava o ferido. O dr. Carbone tirou o capacete, pô-lo em cima duma cadeira, despiu o casaco, arregaçou as mangas e ajoelhou-se junto do doente, erguendo o poncho que o cobria. Miguel Ruas abriu os olhos, reconheceu o médico e murmurou:

— É o fim, doutor!

— *Ma che!*

O ferido balbuciou que estava com sede e com frio.

O suor escorria-lhe da testa para as faces muito brancas, cuja pele se retesara de tal maneira sobre os ossos, que se tinha a impressão de que o ex-promotor havia emagrecido de repente. O nariz estava afilado e como que transparente, e os lábios pareciam apenas riscos arroxeados.

Toríbio apanhou o capacete de *bersagliere*, galgou o primeiro lance da escadaria, e enfiou-o na cabeça do busto do presidente. Voltou depois para a praça e ordenou a seus soldados que levassem os feridos para a Casa de Saúde.

— Chimango também? — perguntou um sargento.

— Claro, homem! Mas levem os nossos, primeiro.

O dr. Carbone chamou Rodrigo para um canto do vestíbulo e murmurou-lhe ao ouvido:

— *Poverino!* Uma violenta hemorragia interna. Um caso perdido.

— Quanto tempo pode durar?

O médico encolheu os ombros. Depois tirou da bolsa uma seringa e preparou-se para dar uma injeção de morfina no paciente. Sob o poncho, o ex-promotor batia dentes, e seus olhos aos poucos se embaciavam. Rodrigo ajoelhou-se junto do amigo e segurou-lhe a mão gelada e úmida. E ficou ali até o fim.

25

Eram quase oito horas da manhã quando o último ferido foi removido para a Casa de Saúde, onde o dr. Dante Camerino ajudava o dr. Carbone a fazer os curativos. O hospital tinha apenas doze leitos e, entre revolucionários e legalistas, havia mais de trinta feridos. Três deles morreram antes de poderem ser atendidos.

Houve um momento em que Dante, desesperado, gritou:

— Por amor de Deus, tragam mais médicos!

Suas palavras morreram sem eco. E ele continuou a trabalhar. O ar cheirava a éter, iodofórmio, suor humano e sangue. Gabriel, o prático de farmácia, andava pálido dum lado para outro, como uma mosca tonta, e não sabia para onde ir, porque se o dr. Carbone lhe pedia uma coisa — "Gaze! algodão! iodo! *subito, Gabriele!*" —, o dr. Camerino gritava por outra — "Depressa, homem! Categute! Outra ampola de óleo canforado!". De instante a instante Gabriel saía para a área da farmácia e ficava por alguns segundos encostado à parede, a um canto. Um revolucionário que o observava, cochichou para outro:

— O moço, de tão assustado, ficou com as orina frouxa.

O corpo do ex-promotor continuava no mesmo lugar onde expirara, a um canto do vestíbulo de mármore da Intendência, cujas escadarias tantas vezes ele subira nos dias de júri, no seu passo leve de bailarino. Ninguém tentou sequer remover os cadáveres de Cantídio dos Anjos e de seu cavalo. Havia coisas mais urgentes a fazer.

— Que é que há por aí pra gente comer? — perguntou Toríbio a Vacariano no quintal, no meio dos provisórios mortos que ainda atravancavam o chão.

— Charque e farinha.

— Pois mande preparar essa porcaria e sirva pra nossa gente. Devem estar com uma broca medonha.

Depois saiu a procurar o irmão pelas dependências do palacete municipal. Como não o encontrasse, imaginou que ele tivesse ido bater à porta do Sobrado. Chiru, porém, lhe informou:

— O Rodrigo está ajudando o Carbone e o Camerino a cuidar dos feridos. Descobriu de repente que também é médico.

Vendo o irmão assim tão preocupado com os mortos e os feridos, Toríbio resolveu tratar dos vivos e dos válidos. Contou os homens que lhe sobravam. Dos cento e cinquenta que haviam atacado a Intendência, restavam ainda noventa e nove em condições de continuar peleando. A coisa não tinha sido tão feia assim...

Despachou duas patrulhas de reconhecimento, uma para o norte e outra para o sul. Queria saber exatamente o que se estava passando naqueles dois setores. Chegara à convicção de que não poderiam manter por muito tempo as posições tomadas.

Mandou arrombar uma loja de secos e molhados ali mesmo na praça e tirou dela várias dezenas de latas de conserva, sacos de açúcar e sal, queijos, salames, mantas de charque e alguns ponchos e chapéus. Deixou em cima do balcão uma requisição firmada com seu próprio nome. Meteu todas essas coisas e mais os cinquenta fuzis e os dez cunhetes de munição tomados aos provisórios dentro duma carroça que havia no quintal da Intendência. Atrelou-lhe dois cavalos e destacou dois de seus homens não só para montarem guarda à preciosa carga como também para conduzirem o veículo em caso de retirada.

Pouco depois das nove, Rodrigo foi procurado na Casa de Saúde pelo cel. Barbalho. Apertaram-se as mãos num grave silêncio e a seguir fecharam-se no consultório.

— Estou aqui como comandante da praça... — começou o militar.

— Compreendo, compreendo — disse Rodrigo com impaciência, procurando evitar um introito inútil.

— Tenho ordens de manter a Guarnição Federal na mais rigorosa neutralidade...

Calou-se. Na pausa que se seguiu, Rodrigo ouviu o tiroteio longínquo, agora mais ralo.

— Doutor Rodrigo, sou seu amigo, que diabo! Não vou negar, cá entre nós, que a sua causa me é muito mais simpática que a do governo do estado.

Calou-se de novo. Rodrigo tinha já engolido três comprimidos de aspirina, mas a dor de cabeça continuava. E a hora que ele passara a coser barrigas, a pinçar veias, a tamponar hemorragias, só tinha contribuído para aumentar-lhe a dor e o mal-estar.

— Seu irmão — prosseguiu o cel. Barbalho — quis ocupar o telégrafo e cortar as linhas. Não permiti. É um próprio federal e portanto zona neutra.

— Compreendo.

Rodrigo tinha a impressão de que seu crânio estava *forrado* de dor. As têmporas latejavam-lhe com uma intensidade estonteadora.

— Quer que lhe fale com toda a franqueza? — perguntou o militar. — Acho que a posição dos senhores é insustentável.

Rodrigo sabia que o outro dizia uma verdade, mas perguntou:

— Por quê?

— O destacamento provisório que guarnece o setor sul resiste e seus companheiros, doutor, tiveram muitas baixas. Acho que em breve terão de retirar-se, se é que já não começaram...

— Não acredito que o coronel Cacique se retire sem antes me comunicar...

— Pois então prepare-se para uma má notícia. O coronel Cacique está morto. Foi dos primeiros que caíram num ataque frontal estúpido que fez contra uma trincheira de pedras.

Rodrigo franziu a testa. O outro sacudiu a cabeça lentamente:

— E no setor norte a coisa não vai melhor para os revolucionários, meu amigo. Os provisórios não cederam um metro de terreno. Tenho observadores de confiança em ambas as zonas de operações.

— E que é que o senhor quer que eu faça?

O outro encolheu os ombros:

— Não tenho nenhum direito de lhe ditar uma conduta. Só espero que não se sacrifique e não sacrifique seus companheiros inutilmente. Em poucas horas as forças legalistas de Cruz Alta podem chegar e então a superioridade numérica de seus inimigos será esmagadora.

Novo silêncio. Rodrigo teve ímpetos de gritar: "Já deu seu recado, não? Pois então vá embora!". Limitou-se, porém, a olhar para o outro, mudo, e com um ar de quem declara finda a entrevista. O militar estendeu a mão, que Rodrigo mal apertou.

— Tem alguma coisa a me pedir, doutor Cambará?

Rodrigo meneou a cabeça: não tinha. O outro fez meia-volta e preparou-se para sair. Junto da porta, voltou-se:

— Pode ficar tranquilo. Farei que seja respeitada a vida e a dignidade dos feridos revolucionários que ficarem para trás. Já dei ordens a três médicos militares para virem ajudar o doutor Carbone e o doutor Camerino. Abrirei nosso hospital a todos os feridos sem distinção de cor política.

Rodrigo nada disse, não fez o menor gesto. E, quando o outro saiu, ele ficou a olhar fixamente para as pontas das próprias botas manchadas de barro e sangue.

Entre dez e meia e onze horas as patrulhas regressaram. A que explorara o setor do sul conseguira estabelecer contato com soldados de Cacique Fagundes, que haviam confirmado a morte do chefe e o malogro de três ataques contra as posições dos legalistas. As notícias do setor do norte eram também desanimadoras. Romualdinho Caré trouxe um recado de Juquinha Macedo. A munição escasseava, tinham tido muitas baixas, o pessoal estava cansado e o remédio era bater em retirada para evitar desastre maior.

Às onze e vinte o tiroteio cessou por completo em ambos os setores. Rodrigo congregou todos os seus homens no redondel da praça e ali combinou com eles a maneira como deviam retirar-se. O companheiro que estava de vigia numa das torres da Matriz anunciou que avistara um pelotão de provisórios que se deslocava da zona da charqueada e tomava a direção da olaria.

Ficou decidido que um pequeno piquete de cavalaria tomaria a dianteira, seguido da carroça, a qual seria protegida por quatro cavalarianos. Finalmente, os restantes se retirariam em grupos de dez. Toríbio com seu piquete ficaria para trás a fim de proteger-lhes a retaguarda. A primeira etapa seria a olaria. A segunda, o Potreiro do Padre. A terceira... só Deus sabia.

— Tomara que o caminho esteja desimpedido — murmurou Chiru quando o piquete de vanguarda se pôs a caminho, comandado por Pedro Vacariano.

Poucos minutos depois ouviu-se um tiroteio. Toríbio olhou para o homem que estava à boleia da carroça e gritou:

— Toque pra frente na direção da olaria. E não pare nem por ordem do bispo!

A carroça arrancou e se foi sacolejando sobre as pedras irregulares do calçamento. Toríbio deu de rédeas e juntou-se aos seus cavalarianos. Rodrigo, montado no cavalo que pertencera ao cap. Chiquinote, carregou a Winchester, lançou um rápido olhar na direção do Sobrado, esporeou o animal e saiu a galope.

O tiroteio continuava.

26

E prolongou-se durante todo o resto da tarde, com intermitências.

Por volta das quatro horas espalhou-se na cidade a notícia de que os revolucionários tinham tido sua retirada cortada por uma companhia de pés-no-chão, mas que, à custa de pesadas baixas, haviam conseguido romper as linhas inimigas e chegar à olaria. Era lá que estavam agora entrincheirados, resistindo...

Algumas pessoas arriscaram-se a sair de suas casas, vieram para a praça, onde ficaram a examinar os vestígios do combate: as manchas de sangue nas pedras, na grama, na terra; as vidraças estilhaçadas; os buracos de bala em muros e paredes... Ficaram principalmente na frente da Intendência a contemplar num silêncio cheio de horror os cadáveres do dr. Miguel Ruas, de Cantídio dos Anjos e do cavalo deste último, que haviam sido removidos do vestíbulo do palacete e atirados ali no meio da rua. O ex-promotor tinha cerrados os olhos, de pálpebras arroxeadas. Os do negro, porém, estavam arregalados e pareciam de gelatina. Um major do corpo provisório, homem retaco e de aspecto façanhudo, surgiu à porta da Intendência e dirigiu aos curiosos um pequeno discurso: "Esses bandoleiros tiveram o castigo que mereciam". Apontou com a ponta da bota para o cadáver do dr. Ruas. "Aquele ali nem gaúcho era. Meteu-se na revolução só pra matar e roubar. O negro, esse degolou muito republicano em 93. Deus sabe o que faz. Agora precisamos pegar os Cambarás e os Macedos e os Amarais, trazer eles pra cá e degolar todos debaixo da figueira. Pra não serem bandidos. Já me encarreguei do Cacique Fagundes." Deu uma palmada no cabo da Parabellum. "Um tiro na boca. A esta hora o velho está pagando no inferno as malvadezas que cometeu na terra." O público escutou-o em silêncio. Moscas andavam em torno do focinho do cavalo. Uma delas pousou em cima do olho do negro. Outra passeava ao longo do nariz do ex-promotor.

Para as bandas da olaria o tiroteio continuava, mas débil, com longos intervalos. Na Casa de Saúde os médicos trabalhavam sem cessar. Os novos feridos que chegavam — recolhidos por praças do Exército — eram levados diretamente para o Hospital Militar, onde lenços de várias cores se misturavam. Vendo-os passar em padiolas, sangrando e gemendo, Cuca Lopes, que saíra de casa cosido às paredes, pálido, murmurou: "Credo! É o fim do mundo". Algumas mulheres das redondezas entraram furtivas na igreja e ali ficaram a rezar o resto da tarde. De vez em quando um projétil rebentava a vidraça de alguma casa cujas janelas estavam voltadas para o poente. Correu a notícia de que uma bala perdida matara um velho que atravessava uma rua.

Pouco antes das cinco, Aderbal Quadros encilhou o cavalo, montou-o e contra todas as recomendações da mulher — tocou-se para a cidade ao tranquilo do tordilho. Foi direito ao Hospital Militar, entrou e examinou todos os feridos, um por um. Fez o mesmo depois na Casa de Saúde, onde Camerino e Carbone, de tão ocupados, cansados e tontos, nem sequer deram por sua presença. Saiu aliviado. Não encontrara entre os feridos nenhum parente ou amigo chegado. Tornou a montar e dirigiu-se para o Sobrado. Um soldado do corpo provisório atacou-o, exclamando: "Alto lá!". "Ora não me amole, guri", disse o velho, "tenho mais o que fazer." E continuou seu caminho, enquanto o soldado resmungava: "Esse seu Babalo é um homem impossível". Sem descer do cavalo, Aderbal Quadros abriu o portão do Sobrado, entrou e apeou no quintal. Subiu a escada de pedra que levava à porta da cozinha, na qual bateu. "Sou eu, o Babalo!" A porta entreabriu-se e na fresta apareceu a cara da Laurinda. Aderbal entrou, perguntando: "Onde está essa gente?". Encontrou as mulheres e as crianças reunidas na sala de jantar. Flora atirou-se nos braços do pai e desatou o pranto.

Maria Valéria contemplava a cena com o rosto impassível.

— Eu já disse pra ela que não adianta chorar.

Aderbal, porém, acariciava os cabelos da filha, murmurando:

— Adianta, sim. Chore, minha filha, chore que faz bem ao peito.

Bibi, Edu e Alicinha romperam também a choramingar. Esta última estava abraçada à boneca, em cujas faces suas lágrimas caíam e rolavam. Sentado a um canto, enrolado num cobertor, Floriano mirava o avô com olhos graves. Jango brincava distraído com um osso, debaixo da mesa.

— Essa menina não comeu nada o dia inteiro... — disse a velha. — Está nesse desespero desde o raiar do dia, quando o tiroteio começou.

Aderbal fez a filha sentar-se, e ela quedou-se a olhar para ele com uma expressão de medo e tristeza nos olhos machucados. Quando conseguiu falar, perguntou se o marido havia tomado parte no ataque.

Babalo, que agora tinha numa das mãos um pedaço de fumo em rama e na outra uma faca, respondeu:

— Acho que sim. O Rodrigo não é homem de ficar pra trás.

— Será que...? — balbuciou ela.

Mas não teve coragem de terminar a pergunta.

— Corri todos os hospitais — contou o velho. — Teu marido não está em nenhum deles. Nem o Licurgo. Nem o Bio. Nenhum de nossos amigos.

Ficou de cabeça baixa a picar fumo. Depois acrescentou:

— Por enquanto o que se sabe é que os revolucionários estão entrincheirados na olaria, cercados pelas forças do governo.

Maria Valéria tinha conseguido fazer cessar o choro das três crianças. Houve na casa um silêncio durante o qual se ouviu o tiroteio longínquo. Depois o velho amaciou com a lâmina da faca uma palha de milho, derramou sobre ela o fumo picado, enrolou-a e prendeu-a entre os dentes. Bateu o isqueiro, acendeu o cigarro, tirou uma baforada e disse:

— Preciso sair. Alguém tem de cuidar dos mortos.

27

O tiroteio cessou por completo ao anoitecer. Chegou então à cidade a notícia de que os revolucionários haviam conseguido romper o cerco e fugir para o interior do município.

O cel. Laco Madruga e duzentos homens voltaram de Cruz Alta, vindos num trem expresso, e desfilaram pela rua do Comércio ao som de tambores e cornetas. De muitas janelas, homens e mulheres acenavam para a soldadesca. Havia já então muita gente nas calçadas. Algumas casas, porém, permaneciam de portas e janelas cerradas.

Rojões subiram na praça e explodiram no alto, quando as tropas chegaram à frente da Intendência. Ouviram-se vivas e morras. Estrelas apontavam no céu pálido da noitinha.

As luzes da cidade, porém, continuavam apagadas. Um capitão veio contar ao cel. Madruga que, ao se retirarem, os revolucionários haviam depredado a usina elétrica, e que possivelmente Santa Fé teria de passar muitas noites às escuras.

— Vândalos! — exclamou o maj. Amintas Camacho ao ouvir a notícia. — Não se contentam com matar, saquear casas de comércio, roubar, assassinar pessoas indefesas! Destroem a propriedade do povo!

Na praça escura moviam-se vultos. Aos poucos voltavam ao centro da cidade as tropas legalistas que haviam cercado e atacado a olaria. Sabia-se agora com certeza que houvera baixas pesadas de lado a lado.

Nas ruas, quintais, telhados, terrenos baldios e valos entre a praça da Matriz e a propriedade de Chico Pedro, havia guerreiros de ambas as facções caídos, muitos ainda com vida. E na cidade às escuras saíram as patrulhas do Madruga, tropeçando nos mortos e localizando os feridos pelos gemidos. Em breve uma notícia espalhou-se por Santa Fé, num sussurro de horror, e chegou aos ouvidos do comandante da Guarnição Federal: provisórios degolavam os feridos que encontravam com um lenço vermelho no pescoço...

O cel. Barbalho irrompeu na Intendência, fardado, a cara fechada, os lábios apertados e, sem cumprimentar o cel. Madruga, foi logo dizendo:

— Responsabilizo o senhor pela vida dos feridos e dos prisioneiros revolucionários. Fui informado de que seus soldados estão degolando os inimigos que encontram. É uma monstruosidade que não permitirei!

Madruga cofiou o bigodão, puxou um pigarro nutrido e, com voz apertada, replicou:

— Sua obrigação, coronel, é ficar neutro.

— Neutro em face da revolução mas não do banditismo! Não esqueça que tenho forças para reprimi-lo.

— Quem degola são os maragatos. Saquearam a cidade, mataram gente, estragaram a usina.

Levou-o a ver o cadáver do ten. Aristides. Mostrou-lhe os corpos dos soldados legalistas estendidos no quintal.

O cel. Barbalho murmurou:

— É a guerra. Não me refiro a isso. Os prisioneiros e os feridos têm de ser respeitados. É uma lei internacional.

Fez-se um silêncio tenso.

— Pois o senhor fica avisado — tornou a falar o comandante da guarnição. — Já mandei patrulhas do Exército por essas ruas, para que a lei seja cumprida. Se seus homens criarem qualquer dificuldade, meus soldados têm ordem de abrir fogo...

— Pois veremos... — disse Madruga.

E ficou olhando para o outro num desafio.

Separaram-se sem o menor gesto ou palavra de despedida.

E nas horas que se seguiram, a busca de mortos e feridos continuou à luz das estrelas e de uma que outra lanterna elétrica. Os mortos do corpo provisório foram levados para a Intendência; os da Coluna Revolucionária trazidos para a praça, à frente do Sobrado, e estendidos sobre a relva dum canteiro. Chegavam aos poucos, em padiolas carregadas por soldados do Exército. Um tenente focava no rosto do morto a luz de sua lanterna e, ajudado por um sargento que tinha nas mãos um caderno e um lápis, tratava de identificá-lo. Revistava-lhe os bolsos na esperança de encontrar algum documento que lhe revelasse o nome. Era uma tarefa difícil. Em sua maioria aqueles homens não traziam consigo papéis de nenhuma espécie. Alguns possuíam retratos de pessoas da família com inscrições no verso. Na fivela de metal do cinturão de um deles, viam-se as duas iniciais dum nome. Em dois ou três corpos encontraram-se cartas pelas quais foi possível descobrir-lhes a identidade.

Maria Valéria saiu do Sobrado enrolada no seu xale, com uma lanterna acesa na mão e pôs-se a andar lenta e metodicamente ao longo das três fileiras de cadáveres. Parava diante de cada um, ajoelhava-se, erguia a luz para ver-lhe a cara, mirava-a longamente, depois sacudia a cabeça. Não o conhecia. Graças a Deus! E passava ao defunto seguinte. Na sua maioria estavam barbudos, o que lhe dificultava um pouco a identificação. Com uma das mãos a velha prendia as pontas do xale; com a outra segurava a lanterna: ambas estavam geladas. Soprava um ventinho frio, que vinha das bandas da Sibéria.

Outras mulheres andavam por ali a examinar os mortos. De vez em quando uma soltava um grito e rompia num choro convulsivo. Decerto tinha descoberto o cadáver do marido, do noivo, do irmão ou do filho...

Maria Valéria chegou ao último daqueles corpos sem vida com uma sensação de alívio. Não encontrara nenhum de seus homens.

Alguns dos cadáveres foram levados para as casas de parentes ou amigos. Chico Pão deixara a padaria e estava agora ao lado de Maria Valéria a resmungar: "Que desgraça! Que desgraça!". E choramingou tanto, que a velha o repreendeu: "Pare com isso! Não precisamos de carpideira".

Um vulto aproximou-se. Era Aderbal Quadros. Contou que vinha duma nova visita aos hospitais. Entre os revolucionários feridos encontrara apenas um conhecido: o Neco Rosa, que recebera um balaço na coxa e havia perdido muito sangue.

— Se salva? — perguntou a velha.

— Acho que sim.

Maria Valéria voltou para o Sobrado, onde Flora dormia placidamente, depois duma injeção sedativa que o dr. Camerino lhe aplicara.

Às onze da noite, a busca de mortos e feridos foi dada como finda. Babalo contou os assisistas mortos que jaziam ainda sobre o canteiro. Havia um total de vinte e dois. Os feridos estavam sendo atendidos nos hospitais, mas alguém precisava cuidar dos defuntos, dar-lhes um velório decente. Não podiam ficar atirados ali na praça, como cachorro sem dono...

Bateu à porta da casa do vigário, tirou-o da cama e perguntou-lhe se podiam velar os mortos na Matriz.

— Não — respondeu o sacerdote. — Não me meto em política.

Era um padre de origem alemã e falava com um sotaque carregadíssimo.

— Não é caso de política, vigário, mas de caridade cristã.

— Cumprirei minha obrigação encomendando os mortos amanhã, sem distinção de partido. Nada mais posso fazer.

Babalo contou a história a Maria Valéria, que, depois de breve reflexão, decidiu:

— Traga os defuntos pro nosso porão. Afinal de contas são gente do primo Licurgo.

Soldados do Exército ajudaram Babalo a transportar os corpos para o porão do Sobrado, onde Chico Pais, Laurinda e Leocádia acenderam todas as velas que encontraram no casarão.

Maria Valéria achou que o dr. Miguel Ruas, como "hóspede da casa", merecia um velório especial, e mandou levar seu cadáver para o escritório. Chamou ao Sobrado Zé Pitombo e encomendou-lhe todos os "apetrechos" necessários para a câmara-ardente. Meia hora depois, encontrou o corpo do ex-promotor dentro dum fino ataúde, ladeado por quatro grandes castiçais, onde ardiam círios. À cabeceira do caixão erguia-se um Cristo de prata. A velha olhou tudo com seu olhar morno e depois chamou Pitombo à parte.

— Não carecia tanto luxo — murmurou. — Afinal de contas, é tempo de guerra. Qualquer caixão de pinho servia.

Aderbal fumava em silêncio, pensando no diálogo que mantivera havia pouco com o Chico Pedro da olaria, que encontrara entre os feridos do Hospital Militar.

— Mas que é isso, vivente? Eu não sabia que eras maragato.

— Qual maragato! — respondeu o oleiro com voz débil. Fora ferido no peito. Estava pálido, a testa rorejada de suor. — Nunca me meti em política. Só sei fazer tijolo.

— Bala perdida?

Chico Pedro sacudiu a cabeça negativamente e depois, entre gemidos, contou:

— Estavam brigando... ai-ai-ai! dentro da minha propriedade. Eu não podia ficar... ai!... todo o tempo parado... de bra-braços cruzados... Quando vi aquela rapaziada linda de lenço colorado... caindo e morrendo, fiquei meio incomodado... Vai então... ai!... peguei uma espingarda e comecei também a dar uns tirinhos...

Olhando agora para o corpo de Miguel Ruas, Aderbal recordava as palavras do oleiro. "Fiquei meio incomodado..." Decerto o que havia levado o ex-promotor à revolução tinha sido um sentimento idêntico ao do Chico Pedro. Fazendo com a cabeça um sinal na direção do morto, Maria Valéria murmurou:

— Será que tem pai e mãe vivos? Ou alguma irmã? Precisamos avisar os parentes...

Babalo sacudiu lentamente a cabeça. A velha soltou um suspiro breve e exclamou:

— Pobre do Antônio Conselheiro!

28

Laurinda reuniu a negrada da vizinhança e à meia-noite em ponto romperam todos num terço em intenção às almas dos mortos. Rezavam de pé, com os rosários nas mãos.

Um vento gelado entrava pela porta entreaberta, fazendo oscilar a chama das velas. Havia uma ao lado de cada defunto. Os corpos estavam estendidos no chão de terra batida, em duas fileiras iguais.

Roque Bandeira e Arão Stein, que tinham passado boa parte da noite a ajudar os médicos na Casa de Saúde, achavam-se agora junto do corpo do ex-promotor. Cerca da uma da madrugada, quando, terminado o terço, Laurinda subiu, Maria Valéria mandou-a servir um café, que o judeu e Tio Bicho tomaram ali ao pé do morto, comendo pão quente trazido pelo Chico Pais, de sua padaria. Babalo dormia deitado no sofá da sala de visitas, enrolado num poncho. Maria Valéria de quando em quando subia para "espiar" Flora e as crianças: depois voltava para o escritório, ficava sentada a um canto, os braços cruzados sob o xale, um braseiro aceso aos pés.

Desde que haviam chegado ao Sobrado, Stein e Bandeira discutiam a personalidade de Miguel Ruas.

— Não compreendo — disse o primeiro pela décima vez. — Palavra que não compreendo.

Aproximou-se do defunto, como se esperasse dele uma explicação. Roque Bandeira sorriu:

— Mas quem compreende?

— Este homem nunca foi político, não era pica-pau nem maragato... Vinha de outro estado. Não tinha nada a ganhar com essa revolução... No entanto meteu-se nela, lutou com bravura e acabou perdendo a vida.

— Fale mais baixo — repreendeu-o Maria Valéria.

— É verdade que o Madruga mandou dar-lhe uma sova... — prosseguiu Stein, num cochicho. — Se levássemos a coisa pra esse lado, talvez encontrássemos uma explicação.

Tio Bicho ria o seu riso meio guinchado de garganta.

— E por que não pensar num ato gratuito? Ou num puro gesto de cavalheirismo... ou de cavalaria? É porque essas coisas não cabem no teu esquema marxista?

— Ora! Elas não passam de invenções dos literatos pequeno-burgueses.

Stein começou a esfregar as mãos e a caminhar dum lado para outro. Da praça vinham vozes. O vento, soprando agora com mais força, sacudia as vidraças: era como se o casarão batesse dentes, com frio.

— Bem dizia a velha Bibiana — murmurou Maria Valéria, mais para si mesma que para os outros: — "Noite de vento, noite dos mortos".

Seguiu-se um silêncio. Stein pôs-se a andar ao redor do ataúde.

— De que serviu o sacrifício deste homem? — perguntou, parando na frente de Roque. — Não achas que ele podia ter usado melhor a sua vida e a sua morte?

O outro deu de ombros. O judeu continuou:

— Quando é que todos esses pica-paus, maragatos, borgistas, assisistas, monarquistas vão descobrir que estão se matando e se odiando por causa de mitos?

— Mas a coisa não foi sempre assim, desde que o mundo é mundo?

— O que não é razão para a gente achar que não pode mudar tudo.

Tio Bicho abriu a boca num prolongado bocejo. Stein tirou do bolso um caderno e entregou-o ao amigo.

— Aqui está outro mistério. Encontrei este negócio no bolso do doutor Ruas. Pensei que era um diário de campanha.

— E não é? — perguntou Roque, aproximando o caderno da chama de um dos círios e folheando-o sem muita curiosidade.

— Não. É um amontoado de bobagens, quadrinhas mundanas, pensamentos. Olha o título: *Ao ouvido de mlle. X*. Há uma página que foi escrita ontem, vê bem, na véspera do ataque à cidade. Escuta: *Atacaremos Santa Fé amanhã. Penso em ti, nos teus olhos de safira, ó lírio de Florença. Olho para as estrelas e relembro a noite em que te enlacei pela cintura e saímos rodopiando ao som duma valsa de Strauss.* Nenhuma palavra sobre os horrores da guerra, as durezas da campanha, a possibilidade da morte...

Stein cruzou os braços, olhou para o defunto e depois para o amigo.

— Agora quero que me expliques. Como é que esse moço fútil, que usava pó de arroz, que vivia preocupado com bailarecos, roupas, gravatas, brilharetes sociais foi se meter nessa revolução e brigar como um homem? Está tudo errado.

— Está tudo certo — sorriu o Bandeira, devolvendo o caderno ao outro. — E, seja como for, o homem está morto. Devemos respeitá-lo.

— Pois eu prefiro respeitar os vivos enquanto estão vivos, já que podemos impedir que eles morram em guerras insensatas como essa. Ou que vivam uma vida indigna, mais como bichos do que como seres humanos, como é o caso da maioria da nossa gente. Esse é o respeito que todos devem ter. O resto é superstição, obscurantismo, conversa fiada de padre.

No seu canto Maria Valéria estava agora de cabeça atirada para trás, sobre o respaldo da cadeira, os olhos cerrados, a boca entreaberta. A seus pés as brasas morriam.

Stein aproximou-se da janela e olhou para fora. Havia tíbias luzes amarelentas em algumas das janelas da Intendência. Na praça moviam-se vultos. O vento continuava a sacudir as vidraças.

— Pensa naqueles homens mortos lá no porão — murmurou o judeu. — Ninguém sabe quem são. O tenente não conseguiu identificar mais que três ou quatro. Amanhã vão ser enterrados na vala comum, enrolados em trapos. Esse é o destino de todos os lutadores anônimos que morrem estupidamente para servirem os interesses políticos e econômicos da minoria dominante.

Fez uma pausa, abafou um bocejo, depois prosseguiu:

— E as diferenças de classes continuam mesmo na morte. O doutor Ruas está aqui em cima, tem velório especial, caixão de primeira. A escória jaz atirada lá embaixo, no porão. Não é um símbolo do que acontece no edifício social?

Bandeira levantou para o amigo um olhar que o sono já embaciava:

— Só não compreendo — murmurou — é como a esta hora da noite, com um frio brabo destes, ainda tens ânimo e calor para discutir essas coisas!

Pouco depois das cinco, Babalo acordou, encaminhou-se para a cozinha e pediu a Laurinda que lhe preparasse um mate. Galos começavam a cantar. Os círios extinguiam-se ao pé do esquife.

Desde as duas da madrugada Stein encontrava-se no porão, sentado a um canto, fazendo companhia aos revolucionários mortos. As velas ali se haviam extinguido por completo, e a escuridão parecia aumentar o frio e a umidade. Quando o dia começou a clarear o judeu saiu para o quintal, encolhido, apanhou uma laranja meio verde de uma das laranjeiras, partiu-a e começou a chupá-la. Estava azeda. Jogou-a fora. Enfiou as mãos nos bolsos e ficou a olhar para o horizonte, onde uma barra carmesim anunciava o nascer da manhã.

Maria Valéria despertou pouco antes de aparecer o sol. Ergueu-se da cadeira, aproximou-se do calendário do escritório, sob o retrato do Patriarca, e olhou a data. *Maio*, 8. *Terça-feira*. A seguir, como costumava fazer todas as manhãs, arrancou a folhinha, leu o que estava escrito no verso, amassou-a entre os dedos e atirou-a dentro da cesta de papéis velhos.

29

Uns dez dias mais tarde os ares de Santa Fé foram de novo agitados pelos rojões que o cel. Madruga mandara soltar na praça. Curiosos correram para a Intendência, amontoaram-se e acotovelaram-se na frente do quadro-negro no qual o maj. Amintas Camacho, havia pouco, afixara um papel com a notícia sensacional. A Terceira Divisão do Exército Libertador, comandada pelo gen. Estácio Azambuja, fora surpreendida nas pontas do arroio Santa Maria Chico pelas forças combinadas dos coronéis Claudino Pereira, Flores da Cunha e Nepomuceno Saraiva. Depois dum combate de quase quatro horas, em que sofreram pesadas baixas, os revolucionários haviam debandado, deixando em poder dos legalistas, além de muitos prisioneiros, armas, munições, carroças com víveres e cerca de dois mil cavalos. O comunicado terminava assim:

> Os bandoleiros fugiram rumo da fronteira, internando-se no Uruguai. Ficou entre seus mortos o famigerado Cel. Adão Latorre, negro de sinistra memória, um dos maiores degoladores maragatos da Revolução de 93.

Aderbal Quadros leu a notícia meio céptico e ao entrar no Sobrado disse à filha:
— Se a coisa é verdade, foi uma derrota feia pra nossa gente. Mas essa chimangada mente muito!
Os jornais oposicionistas que chegaram mais tarde a Santa Fé mal conseguiam atenuar as proporções da derrota. Ficava claro que, conquanto a divisão de Estácio Azambuja reunisse a fina flor de Bagé, São Gabriel e Dom Pedrito, seu armamento era deficiente, a munição pouca, o serviço de vigilância péssimo, isso para não falar na falta de unidade de vistas entre seus diversos comandantes.
A Voz da Serra apareceu aquela semana trazendo um relato mais ou menos minucioso do combate do Santa Maria Chico. Terminava assim:

> [...] e a mortandade nas fileiras dos revolucionários teria assumido as proporções duma verdadeira chacina não fosse a generosidade do Cel. Claudino Nunes Pereira, cujas tropas, disciplinadas e aguerridas, dispunham de duas metralhadoras colocadas em posição vantajosa. No entanto esse bravo militar, comprovando as tradições de bondade e cavalheirismo do povo gaúcho, mandou erguer a alça de mira dessas mortíferas armas, de maneira que as balas passavam sobre as cabeças dos maragatos espavoridos, que fugiam em todas as direções, enquanto os projéteis ceifavam os ramos superiores das árvores dum capão próximo.

— Já lhe disse que não quero ver essa porcaria dentro desta casa! — exclamou Maria Valéria, apontando para o número do jornal do Amintas que Camerino tinha na mão.

O médico sorriu.

— Está bem — disse, rasgando a folha em vários pedaços e atochando-os no bolso do casaco —, mas acho que a gente deve ler tudo o que o inimigo escreve...

Fosse como fosse, os moradores do Sobrado ficavam sobressaltados toda a vez que ouviam as detonações dos foguetes do Madruga. A primeira pergunta que Flora fazia a si mesma era: "Será alguma coisa com a nossa gente?".

Não se tivera mais nenhuma notícia certa da Coluna Revolucionária de Licurgo Cambará desde o malogrado ataque à cidade. Sabia-se vagamente que andava pelo interior do município de Cruz Alta, onde tivera encontros de patrulha com forças governistas. Havia até quem afirmasse que muitos de seus oficiais haviam já emigrado para a Argentina.

— Potocas — dizia Babalo. — Ninguém sabe.

As notícias do Madruga só anunciavam vitórias para os borgistas: Honório Lemes e seus "bandoleiros" viviam em fuga constante, perseguidos pela tropa de Flores da Cunha; a divisão de Zeca Neto fugia também aos combates; Felipe Portinho continuava imobilizado em Erechim, de onde Firmino de Paula esperava desalojá-lo em breve...

— E a intervenção não vem! — suspirava Aderbal.

O governo federal havia mandado ao Rio Grande um ex-ministro, o dr. Tavares de Lira, para que ele servisse de mediador entre revolucionários e legalistas. Os jornais anunciavam que o emissário do presidente da República agora voltava para o Rio. Tudo indica o malogro de sua missão de paz.

Flora agora fazia parte da Cruz Vermelha do Exército Libertador, recentemente fundada em Santa Fé. Passava várias horas do dia na Casa de Saúde a ajudar os médicos. Era-lhe difícil vencer a repugnância que lhe despertavam aqueles homens barbudos e sujos para os quais tinha de dar remédios a horas certas. O pior, porém, eram os curativos: desfazer ataduras encardidas recendentes a iodofórmio (cheiro que ela associava a sórdidas "doenças de homem"), passar pomadas nas feridas ou banhá-las com líquido de Dakin... Fazia tudo isso de testa franzida, contendo a respiração, os lábios apertados. Em geral a lembrança daqueles feridos e daquelas cenas a acompanhava quando ela tornava à casa, persistia quando ela ia para a cama à noite e cerrava os olhos para dormir. Os cheiros de fenol, éter, água da guerra e pus — ah! o pior mesmo era o cheiro agridoce de pus misturado com o de iodofórmio! — não lhe saíam das narinas. Sob as cobertas, depois de rezar e pedir a Deus pela saúde dos ausentes e presentes e pelo restabelecimento dos feridos, ela procurava esquecer o hospital e os doentes, pensar no marido, imaginar que ele estava ali a seu lado com a sua presença quente, amorosa e limpa. Em vão! Aos poucos se ia esquecendo das feições dele, sentia necessidade de olhar para o Retrato, lá embaixo, a fim de recompor a imagem querida, que em sua memória se perdia numa espécie de nevoeiro. Na escuridão do quarto (de quando em quando um dos filhos falava no sono) Flora pensava naquelas caras lívidas e peludas, nos algodões purulentos, nas gazes ensanguentadas, nos hálitos pútridos. Ah! Outra lembrança que com frequência lhe vinha à mente era a do olhar dos feridos. Havia olhos empanados pela dor ou pelo medo da morte. Ou então animados dum brilho cálido de febre. Viam-se também olhos doces, com expressão entre humilde e grata, quase canina. Mas os havia também orgulhosos, com algo de feroz. E olhos que fitavam as pessoas e as coisas em derredor num meio espantado estupor, como que não compreendendo direito o que acontecia. Um dia Flora teve um arrepio desagradável ao se sentir alvo da atenção de um dos feridos, um caboclo de cara morena e larga, a cabelama do peito a escapar-lhe pela abertura da camisa. Era um olhar carregado de desejo. Ela se sentiu despida e com a impressão de que aqueles olhos a haviam lambuzado dum visgo insuportável. Ao voltar à casa tomara um prolongado banho. Mas, enquanto estava dentro da banheira, teve a impressão de que aqueles olhos sujos e implacáveis a observavam, grudados no teto...

Sempre que chegava ao hospital pela manhã era invariavelmente saudada com as mesmas palavras pelo dr. Carbone, que nunca perdia o bom humor, nem quando o tiravam da cama no meio da noite para atender um caso de urgência:

— Ah! A nossa *piccola* Florence Nightingale! Bom dia, *carina*.

Flora admirava não só a coragem como também a eficiência de Santuzza, a quem o marido dera o cognome de *la regina dell'autoclave*. Movia-se no hospital com uma facilidade feliz e maternal de quem está em sua própria casa. Era sempre chamada quando havia algum "caso difícil". As damas da sociedade local — algumas das quais faziam parte da Cruz Vermelha para efeitos apenas de prestígio social — recusavam-se a fazer curativos (e Carbone não as forçava a isso) nos casos em que ficassem expostas as partes do corpo dos feridos que Maria Valéria costumava designar pelo nome de "vergonhas". Santuzza, porém, não hesitava. Arregaçava as mangas, crescia sobre a cama com os seios faraônicos, e dizendo: "Deixa a *mamma* ver", ia arriando com a maior naturalidade as calças do paciente. E aqueles homenzarrões se entregavam a ela quase com uma naturalidade de meninos.

Flora levava doces e cigarros para todos os feridos da Casa de Saúde, mas tinha atenções especiais para com Neco Rosa, que lá estava imobilizado sobre um leito, a coxa envolta em ataduras, magro e lívido, uma barba de profeta a negrejar-lhe contra a palidez do rosto. Soltava suspiros, queixava-se da sorte, falava nos companheiros distantes, perguntava aos médicos quando iam dar-lhe alta... O dr. Carbone não o iludia. Antes de quarenta dias não o poderia mover dali.

— Que porcaria! — exclamou Neco.

Um dia, depois de verificar-lhe a temperatura e o pulso, Dante Camerino sentou-se na cama e murmurou:

— O Madruga sabe que foste tu quem comandou o grupo que atacou a Intendência pela retaguarda. Anda dizendo a Deus e todo o mundo que degolaste com tuas próprias mãos dois prisioneiros provisórios...

— Mentira! — vociferou Neco, soerguendo-se bruscamente como se lhe tivessem aguilhoado as costas. — É uma infâmia! Tu sabes que não sou bandido.

— Eu sei. Mas o Madruga anda furioso, não ignora que estás aqui e jurou te pegar. "Aquele barbeiro canalha não me sai com vida do hospital." É o que vive dizendo.

Neco permaneceu em silêncio por um instante, fumando e olhando para a ponta dos próprios pés, metidos nas meias de lã que Maria Valéria lhe fizera.

— Preciso então ir pensando num jeito de fugir daqui.

Camerino ergueu-se.

— Não te preocupes. Enquanto continuares neste hospital estás garantido. Uma patrulha do Exército se mantém de guarda aí fora, dia e noite.

Neco olhava ainda, taciturno, para a ponta dos pés. Foi com voz grave que tornou a falar:

— Vou te pedir um favor. Não me leves a mal.

— Que é?

— Pelo amor de Deus, me arranja um violão!

30

O inverno entrou rijo, com geadas. Certa manhã, ao acordar os filhos mais velhos para mandá-los à escola, Flora olhou para fora e, vendo os telhados esbranquiçados, pensou no marido e sentiu um aperto no coração.

Laurinda todas as manhãs acompanhava Alicinha, Floriano e Jango até a casa onde funcionava a Aula Mista Particular de d. Revocata Assunção. Era perigoso — achava Flora — deixar a menina andar só com os irmãos por aquelas ruas "infestadas de provisórios mal-encarados".

Aderbal Quadros e Laurentina vinham agora com muita frequência ao Sobrado, numa aranha puxada por um alazão, que era o último amor de Jango. Babalo entrava, distribuía caramelos e barras de chocolate entre os netos, sentava-se, fazia Edu montar-lhe na coxa e balançava-o num ritmo que imitava o trote dum cavalo. Fumigava o rosto do menino com a fumaça azul e acre de seu cigarrão. Eduardo franzia o nariz, apertava os olhos, mas continuava a rir e a pedir: "Galope! Galope!".

A um canto da sala, Laurentina e Maria Valéria retomavam seu antigo diálogo de silêncio onde o haviam interrompido no último encontro.

Quando os Carbone apareciam, o italiano queria cantar ou pôr o gramofone a funcionar, mas Flora mostrava-se indecisa. Seria direito? Os homens da casa andavam pela campanha, enfrentando agruras e perigos. Ninguém sabia ao certo onde estavam nem o que lhes havia acontecido. Era possível até que àquela hora... Calava-se, engasgada, já com lágrimas nos olhos. Maria Valéria, porém, decidia a situação: "Não se toca nem se canta. É tempo de guerra". Carbone fazia um gesto teatral, mas resignava-se, apanhava um baralho, sentava-se a uma mesa e ali ficava a cantarolar baixinho e a jogar paciência, enquanto Santuzza, no andar superior, entretinha-se com *i bambini*.

Roque Bandeira e Arão Stein visitavam o Sobrado pelo menos três vezes por semana. Tomavam café com bolinhos de coalhada e comiam a pessegada que Maria Valéria fizera durante o verão para ser consumida no inverno.

Os dois amigos em geral ficavam separados dos outros, ocupados com suas polêmicas. Interessava-se Bandeira pelas figuras daquela revolução que aos poucos se iam definindo a uma luz de epopeia.

— É curioso — disse uma noite Tio Bicho, mastigando com prazer um pedaço de pessegada no qual havia nacos de fruta inteiros — a gente observar o nascimento dum herói.

— Devias dizer dum *mito* — interrompeu-o Stein, repondo no seu lugar, com um gesto nervoso, a mecha de cabelo que lhe caíra sobre os olhos.
— E por que *mito*? Não são realmente heróis? Tome Honório Lemes... Já é uma figura lendária.
— Então? Que é uma figura lendária senão um mito?
— Não me amoles. Sabes o que quero dizer.
— Sei mas não concordo. Morrem dezenas, centenas de soldados anônimos nesses combates, mas quem leva a fama e a glória é o general que na maioria dos casos raramente ou nunca aparece na linha de fogo.
— Mas que é o herói senão uma síntese, um símbolo, o homem que em determinado momento da história dum povo ou dum grupo encarna não só os sonhos e aspirações desse povo ou desse grupo como também suas qualidades marcantes de coragem, espírito de sacrifício e lealdade? De certo modo o herói *é* o seu povo. Tivemos em 1835 Bento Gonçalves. É possível que seja Honório Lemes quem melhor encarne o espírito revolucionário de 1923...

Stein limitou-se a estender as mãos ressequidas e arroxeadas por cima do braseiro que Maria Valéria mandara pôr entre ele e o amigo. Tio Bicho contemplava o judeu, sorrindo, com um ar de tranquila e adulta superioridade.

— Por que estás rindo?
— Porque, apesar de todas as tuas teorias, os heróis aparecem, crescem aos olhos do povo e não há nada mais a fazer senão aceitar o veredicto popular por mais errado que ele seja. *A verdade está com as massas.* Não é essa a essência mesma do teu bolchevismo?

Stein ficou a mastigar pensativo uma fatia de queijo caseiro. Estava deprimido. No dia anterior, um delegado atrabiliário, acompanhado de dois brutamontes da Polícia Municipal, lhe havia invadido a casa, rebuscando-lhe gavetas, malas, armários... Depois de queimar-lhe todos os livros, havia-lhe levado a caixa de tipos e a impressora. E, como ele tivesse esboçado um protesto contra a arbitrariedade, o bandido sem dizer palavra lhe aplicara um soco na cara, derrubando-o.

Stein tocou com as pontas dos dedos a marca que lhe escurejava na face esquerda.

— Cavacos do ofício — murmurou Bandeira. — A polícia te tirou a tipografia, te queimou a biblioteca mas não podes negar que enriqueceu a tua folha de serviços ao Partido.

— Estúpidos! São violências como essa que fortalecem nosso ânimo, ajudam a nossa causa. Eles estão condenados. É questão de tempo.

Aderbal Quadros não entendia aquelas conversas. Sobre o que se passara na Rússia, tinha apenas ideias nebulosas: ouvira falar numa "reviravolta braba" em que revolucionários tinham "feito o serviço" na família imperial, instituindo um regime em que tudo era de todos. Mas como podiam aqueles dois moços tão instruídos perder tempo com problemas dum país distante, quando ali nas ventas deles fervia uma guerra civil em que irmãos se tiroteavam uns com os outros?

Pelas notícias dos jornais, o velho acompanhava fascinado as proezas de Honório Lemes e seus guerrilheiros. Muitas vezes entrava no Sobrado erguendo no ar, como uma rósea bandeira de guerra, um número do *Correio do Sul*, e lia para a gente da casa e para os que lá se encontrassem o editorial assinado por Fanfa Ribas, que na opinião de Babalo era o maior jornalista vivo do Brasil. — Que estilo! Que coragem! Que côsa!

Os jornais do governo estadual procuravam ridicularizar o general da Divisão do Oeste, apresentando-o como um homem de poucas letras, um simplório, um "mero tropeiro".

Uma tarde Aderbal irrompeu no Sobrado e, sem tirar o chapéu, de pé no meio da sala, leu em voz alta todo um editorial do *Correio do Sul*, que era um hino à profissão de tropeiro e ao caráter de Honório Lemes. Ao chegar às últimas linhas, fez uma pausa, lançou um olhar para as duas mulheres que o escutavam, apertou os olhos e, pondo um tremor teatral na voz seca e quadrada, leu o final: "De joelhos, escribas! É o Tropeiro da Liberdade que passa!".

Soltou um suspiro, murmurou: "Que côsa!", atirou o jornal em cima duma mesa e saiu rengueando da sala, como num final de ato.

E por todo o Rio Grande, nos meios assisistas, o cognome pegou. Retratos do "Tropeiro da Liberdade" apareciam em jornais e revistas, ilustrando a narrativa de seus feitos militares. Era um homem de estatura meã, ombros caídos — "um jeito meio alcatruzado", como dizia Maria Valéria —, bigodes pretos escorridos pelos cantos da boca. Na fita do seu chapéu de abas largas, lia-se esta legenda: LIBERDADE INDA QUE TARDE!

Só oferecia combate quando lhe convinha. Sua tropa, duma mobilidade prodigiosa, desnorteava o inimigo, que o perseguia com um encarniçamento irritado. E, quando a situação se fazia feia ou duvidosa para suas armas, o caudilho se refugiava com seus soldados na serra do Caverá, que conhecia palmo a palmo, de olhos fechados, e aonde ninguém ousava ir buscá-lo.

Com o passar do tempo, sua legenda enriquecia. Faziam-se versos inspirados em seus feitos. E as mulheres jogavam-lhe flores quando ele desfilava com sua tropa pelas ruas das vilas e cidades que ocupava.

31

No quinto mês da revolução, outra figura — essa do campo oposto ao do Leão do Caverá — já se delineava e impunha, também com visos de legenda: a do dr. José Antônio Flores da Cunha. O intendente de Uruguaiana comandava os Fronteiros da República. Era um homem bravo e afoito, duma vitalidade tremenda. De estatura mediana, tinha uma bela e máscula cabeça. Em seu rosto, de fronte alta e feições nobres, bondade e energia se mesclavam. A barba, que usava à nazarena, era dum castanho com cambiantes de bronze, como o dos cabelos, e seus olhos, dum claro azul, exprimiam às vezes uma inocência que o resto do corpo varonilmente renegava. Homem de língua solta e choro tão fácil quanto o riso, era capaz de grandes violências, que em geral depois compensava com generosidades ainda maiores. Suas palavras e atos raramente eram calculados, mas produtos de impulsos.

Contava-se que duma feita, encontrando, numa de suas marchas pela campanha, um rancho à beira da estrada, fez parar o cavalo e, sem apear, pediu de beber à cabocla que viu à porta. A criatura deu-lhe água numa caneca de folha e, enquanto o caudilho bebia, ficou a observá-lo com uma expressão de espantado encanto. E, quando o guerreiro se afastou ao trote do cavalo, um de seus homens ouviu a mulher murmurar: "Parece Nosso Senhor Jesus Cristo. Que Deus me perdoe!".

Murmurava-se que Flores da Cunha não se entendia muito bem com o cel. Claudino Pereira, comandante da brigada governista do Oeste, à qual o primeiro também pertencia. É que tanto ele como o seu companheiro de armas Oswaldo Aranha lutavam com a impaciência e o ímpeto que nascem da paixão: queriam liquidar depressa o inimigo, ao passo que o outro, soldado profissional e experimentado, preferia proceder com cautela e método, temperados pelo seu desejo de evitar inúteis sacrifícios de vidas. Contava-se que um dia — referindo-se aos dois bacharéis — o cel. Claudino dissera a um caudilho borgista que encontrara numa de suas marchas: "Trago comigo dois homens impossíveis".

Foi na manhã de 19 de junho que chegaram a Santa Fé pelo telégrafo as primeiras notícias do violento combate travado nos arredores de Alegrete entre as tropas de Honório Lemes e as de Flores da Cunha. Mas só dois dias mais tarde é que a cidade ficou ao corrente dos pormenores. Os revolucionários haviam tomado posição à margem direita do Ibirapuitã, junto a uma das pontes de pedra do Matadouro Municipal. Da cidade de Alegrete saíram as forças legalistas comandadas por Flores da Cunha e pelo caudilho Nepomuceno Saraiva. Este último achava temerário levar um ataque frontal à ponte. Como, porém, conhecia bem o comandante da tropa, disse a um dos companheiros: "El doctor al llegar mandará cargar. Es una barbaridad!". Não se enganava. Arrancando a espada e esporeando o cavalo, Flores da Cunha gritou: "Os que tiverem vergonha, que me acompanhem!". E, sob a fuzilaria do inimigo, precipitou-se rumo da ponte, seguido de um punhado de companheiros. Viu tombar nessa carga um irmão seu, já na outra margem do rio, transposta a ponte. E ele próprio foi ferido por um estilhaço de bala, que lhe penetrou no ilíaco direito. Pouco depois, Oswaldo Aranha, que lutava com a mesma bravura, era também atingido por um projétil no ápice do pulmão esquerdo. Nenhum dos dois, porém, abandonou a luta.

O combate durou mais de três horas. E, como anunciava o cel. Laco Madruga, sob o estrondo dos seus foguetes, "as bravas forças governistas tomaram a ponte do Ibirapuitã, numa das mais renhidas refregas desta campanha, e Honório Lemes e seus bandoleiros fugiram para o Caverá, deixando no campo treze mortos e vinte e sete feridos".

Começaram então a circular notícias sombrias. Contavam os jornais da oposição que depois do combate "os mercenários de Nepomuceno Saraiva" se haviam entregue a "orgias de sangue", degolando feridos e prisioneiros. *A Voz da Serra* revidou: degoladores eram os assisistas. E citava fatos e nomes próprios, denunciando banditismos.

Aderbal Quadros ficou indignado ao saber que as forças borgistas agora empregavam contra os revolucionários um aeroplano pilotado por dois alferes. Achou isso um ato de covardia inominável, indigno das tradições do Rio Grande, cuja paisagem mesma parecia sugerir aos homens a luta franca, frente a frente, em campo aberto, sem emboscadas nem traições. E, quando circulou a notícia de que da "engenhoca" haviam lançado três bombas sobre a vila de Camaquã, então em poder dos revolucionários, Babalo ficou com os olhos inundados de lágrimas, que exprimiam a um tempo sua pena, sua vergonha e sua indignação. "Que côsa bárbara!", exclamou. Montou a cavalo, saiu a andar pelos campos, nos arredores do Sutil, falando sozinho. Foi longe. Ficou por algum tempo no alto duma coxilha, contemplando as invernadas verdes de horizontes largos e claros, respirando fundo, como se quisesse limpar não somente os pulmões como também a alma. Voltou depois para casa, já ao anoitecer, ao tranco do cavalo, assobiando uma toada que aprendera no Paraguai, nos seus tempos de tropeiro.

Mas circulavam também por todo o estado histórias de heroísmo, lealdade e abnegação. Conheciam-se agora pormenores da morte de Adão Latorre. Sob o fogo das metralhadoras, o velho caudilho, com apenas trinta homens, estendera linha e, para proteger a retirada dos companheiros, ficara tiroteando contra uma coluna inimiga de quase mil soldados. Mais tarde, quando tentava salvar a cavalhada de sua coluna, seu próprio ginete foi ferido de morte por uma bala. O cel. Latorre desembaraçou-se dele e, no meio da fuzilaria, começou a encilhar com toda a calma o cavalo que um de seus filhos lhe trouxera. Foi nesse momento que uma bala o derrubou. Tinha oitenta e cinco anos.

Um provisório de Firmino de Paula — contava-se —, ao cair sob os golpes dos três cavalarianos inimigos que o cercavam, teve ainda tempo para exclamar: "Morre um homem!".

Um piá de dezessete anos, soldado da tropa de Zeca Neto, no meio dum combate deu o seu tobiano a um companheiro já idoso cujo cavalo tinha sido morto. E, enquanto o outro se punha a salvo, a galope, fincou pé onde estava e abriu fogo contra os soldados da cavalaria inimiga que se aproximavam, e que finalmente o envolveram e liquidaram a golpes de lança.

Foi em fins de julho que chegou a Santa Fé, trazida por um tropeiro da Palmeira, a história duma proeza de Toríbio Cambará. Seu piquete de cavalaria — contava o homem — caíra numa emboscada, perdendo nos primeiros momentos três soldados. Diante da superioridade numérica do inimigo, Toríbio gritou para os companheiros:

"Retirar!". Os outros deram de rédeas e fugiram a todo o galope. Bio, porém, ficou onde estava, atirando sempre contra os provisórios. De repente, atingido por uma bala, seu cavalo baqueou, lançando-o ao chão. Toríbio ergueu-se, meio estonteado, mas sempre de revólver na mão, e viu que se aproximava dele a toda a brida um cavaleiro inimigo de lança em riste. Não se moveu de onde estava. Ergueu a arma, fez pontaria e atirou... O cavaleiro tombou do cavalo com um tiro na cabeça, mas o animal continuou a galopar. Quando ele passou pela frente de Toríbio, este se lhe agarrou às crinas e saltou-lhe sobre o lombo e, em meio dum chuveiro de balas, conseguiu escapar ileso, reunindo-se mais tarde à sua Coluna.

— Esse rapaz tem o corpo fechado pra bala — disse alguém na roda da Casa Sol, ao ouvir a história.

Quando se conheceu no Sobrado o feito de Toríbio, Flora ficou de lábios trêmulos e olhos úmidos. Floriano escutou a narrativa fascinado. E Maria Valéria, balouçando-se lentamente na sua cadeira, quedou-se por algum tempo num silêncio reflexivo. Por fim murmurou com um meio sorriso:

— O Bio não é deste mundo. Sempre achei que esse menino tinha queda pra burlantim.

32

Não fosse a presença dos soldados do corpo provisório nas praças e nas ruas, nos seus uniformes de zuarte e seus ponchos reiunos, poder-se-ia dizer que a paisagem humana de Santa Fé pouco ou nada mudara desde o começo da revolução.

Como um sinal de que, apesar da guerra civil, a vida continuava; como um símbolo da capacidade humana de sobreviver e manter-se fiel aos hábitos, Quica Ventura, que jamais trabalhara em toda a sua existência, continuava a picar fumo, parado à frente do edifício do Clube Comercial. Desde que entrara o inverno, usava botas de sanfona e uma capa espanhola negra, com forro nas três cores da bandeira rio-grandense. Mesmo quando dentro do Comercial, mantinha na cabeça o chapéu de feltro de aba puxada sobre os olhos, como para sugerir que era "de poucos amigos". E de fato era. Pessimista, maldizente, não acreditava no gênero humano; seu melhor amigo era o perdigueiro que o acompanhava por toda a parte, e que de certo modo já se parecia com o dono. Esse solitário conservava, no entanto, uma curiosa lealdade à ideia do federalismo. Não tirava o lenço colorado do pescoço, embora se tivesse recusado a votar em Assis Brasil e vivesse a dizer a todo o mundo que era gasparista mas não estava de acordo com "essa revolução esculhambada".

Todos os dias, pouco antes das seis da manhã, com uma mantilha negra em torno da cabeça, o livro de reza em punho, d. Vanja atravessava a praça com seus passinhos rápidos e entrava na igreja para assistir à primeira missa.

A essa mesma hora Marco Lunardi, metido num macacão de mecânico, entrava no seu caminhão, e José Kern — que se mudara de Nova Pomerânia para Santa Fé — abria a sua nova casa de comércio, e os Spielvogel punham em movimento a máquina de sua serraria a vapor, cujo apito costumava soar exatamente às seis. Era às vezes por esse apito pontual que Maria Valéria acertava o relógio grande do Sobrado e d. Revocata saía da cama para ler o seu Voltaire e o seu Diderot, antes de ir para a escola.

Às sete, José Pitombo — que nunca tivera empregado porque não confiava em ninguém — abria a casa, espanava os caixões, ajeitava artisticamente na vitrina as velas e os anjos de cera, borrifava d'água o chão e punha-se a varrê-lo, enquanto na cozinha fervia a água para o primeiro chimarrão.

Às oito, Cuca Lopes descia a rua do Comércio em zigue-zague, duma calçada para outra, chamado pelos conhecidos que encontrava — "Então, Cuca velho, quais são as novidades?" — e ele parava, desinquieto, cheirava as pontas dos dedos, soltava o boato, rodopiava sobre os calcanhares e continuava seu caminho, rumo da Intendência. Já a essa hora d. Revocata entrava na sua escola, pisando duro.

Era por volta das dez da manhã que Ananias, o aguateiro (vivia maritalmente com duas mulheres, dormia com ambas na mesma cama, era conhecido como o Zé do Meio), parava a carroça com a pipa na frente do Sobrado, entrava com duas latas cheias d'água e enchia com elas a grande talha de barro a um canto da cozinha. Às vezes conversava com Laurinda, queixava-se de pontadas nas cadeiras, e acabava pedindo "um traguinho de qualquer coisa pra esquentar o peito". A mulata, quando estava de bom humor, dava-lhe um cálice de licor de pêssego.

Ao meio-dia era quase um ritual para certos habitantes da cidade ir à estação da estrada de ferro, esperar o trem que vinha de Santa Maria trazendo os jornais, e espiar para dentro dos carros, para ver se descobriam algum conhecido.

À tardinha Mariquinhas Matos debruçava-se na sua janela, na rua do Comércio, os braços morenos apoiados sobre uma almofada de veludo grená, e ali ficava à espera dum transeunte que pudesse namorar. Sua esperança eram os caixeiros-viajantes em trânsito pela cidade, e os tenentinhos novos que vinham servir na Guarnição Federal, e que os moços do lugar por despeito chamavam de *Fordzinhos*. E, quando algum deles passava pela calçada, ela armava o seu sorriso de Mona Lisa, já demasiadamente conhecido e um tanto desprestigiado entre os nativos.

À noite havia função no Cinema Recreio, em cuja fachada não raro se via um cartaz em cores, no qual William S. Hart, o caubói carrancudo, ameaçava os passantes com duas pistolas em punho. Anunciavam-se filmes — agora em sua quase totalidade feitos nos Estados Unidos com os artistas mais famosos de Hollywood. O Calgembrininho, que ajudava o pai a redigir os programas e os letreiros dos cartazes, fazia a sua literatura. Referia-se à "endiabrada Bebe Daniels", ao "correto galã Wallace Reid, que faz palpitar o coração das donzelas", ao "hilariante Charles Chaplin, vulgo Carlitos", à "divina Norma Talmadge" e à "trêfega Gloria Swanson".

No clube continuavam as rodas de pôquer, frequentadas principalmente por senhores do comércio, de relógio com corrente de ouro no bolso do colete, e muitos deles com duas famílias — a legítima no centro da cidade e a ilegítima do outro lado dos trilhos. No salão maior, mocinhos jogavam bilhar e, como um prelúdio às farras nas pensões de mulheres, certos empregadinhos do comércio nas noites de sábado se davam o luxo de fumar um charuto, depois do jantar.

O inverno havia espantado das praças as retretas, os pássaros e os namorados.

Pelas ruas andavam à noite homens encolhidos sob seus ponchos e capotes, pigarreando, tossindo, escarrando. Entravam nos cafés, no clube, no Centro Republicano, nos bordéis. Bebiam, comiam bifes com ovos e batatinhas fritas, discutiam política, mulheres e futebol. E por essas coisas muitas vezes brigavam, arrancavam os revólveres, gritando: "Pula pra fora, canalha!" ou "Atira, bandido!". Alguns atiravam mesmo.

Cerca das onze horas escapava-se da Padaria Estrela-d'Alva uma fragrância de pão recém-saído do forno, que dava ao ar da noite um buquê doméstico. E Chico Pais, seguindo um hábito antigo, ia levar ao Sobrado um cesto cheio de pães quentinhos. E, como agora não encontrasse Rodrigo e Toríbio no casarão, punha-se a choramingar e a falar deles como de gente falecida, o que comovia Flora e irritava Maria Valéria.

Muitas daquelas noites eram pontilhadas de tiros. A coisa quase sempre acontecia no Purgatório, no Barro Preto ou na Sibéria: rixas entre as patrulhas do Exército e as do corpo provisório; ou então eram os guardas municipais que acabavam à bala algum baile de chinas.

Mas, em muitas noites, pelas ruas desertas de Santa Fé vagueava apenas o vento, "uivando como um cachorro louco", como dizia Maria Valéria.

Certa manhã a velha arrancou mais uma folhinha do calendário — *Julho*, 31. *Sexta-feira* — e pensou: "Agosto, mês de desgosto".

As laranjeiras e bergamoteiras do quintal do Sobrado estavam pesadas de frutos.

Foi na primeira semana daquele mês que Neco Rosa, completamente restabelecido, fugiu do hospital à noitinha, travestido de mulher, graças às roupas que d. Santuzza lhe emprestara. Levava na cabeça um chapéu de feltro verde: um véu lhe cobria o rosto. Entrou no Ford do dr. Carbone, que o levou para fora da cidade até o Sutil, onde Babalo o esperava com um cavalo encilhado.

Também no princípio daquele mês, num dia torvo, de nuvens baixas, Floriano, postado atrás das vidraças duma das janelas do Sobrado, viu dois provisórios espancarem na rua um homem que, sob pranchaços de espada, caiu na sarjeta, gritando e sangrando. O menino ficou lívido, uma náusea lhe convulsionou o estômago, uma tremedeira gelada lhe tomou conta do corpo.

Chegou por essa época ao Sobrado o primeiro bilhete de Rodrigo, trazido por um portador de confiança. Era lacônico. Dizia que tanto ele como todos os amigos estavam bem. E que as saudades eram muitas.

Não raro Maria Valéria saía a andar pelas peças da casa, alta madrugada, com uma vela acesa na mão, a ver se tudo e todos estavam bem. Na noite do dia em que chegou o bilhete de Rodrigo, ao passar pelo quarto de Flora, ouviu soluços lá dentro. Parou, indecisa. Entro ou não entro? Não entro. É melhor que ela chore, desabafe. Amanhã vai se sentir aliviada.

Meteu-se debaixo das cobertas, pensando: "Só tenho pena de quem, de tão seca, não tem lágrimas para chorar". E soprou a vela.

33

Durante dois dias e duas noites andou Neco Rosa pelo interior do município, em busca de seus companheiros de armas. Evitava encontros com as patrulhas governistas, era cauteloso nas perguntas. (Começava geralmente assim: "Como vão as coisas por aqui, patrício? Tem aparecido muito revolucionário por estas bandas?".) Passava as noites dentro de capões ou cemitérios campestres, comia o charque com farinha que levava num saco na garupa do cavalo e, de quando em quando — dizem que cachaça é o poncho do pobre —, pegava a garrafa de Lágrimas de Santo Antônio que Camerino lhe dera, e tomava uma talagada.

Encontrou, finalmente, a Coluna de Licurgo Cambará acampada nos arredores duma chácara, na divisa do município de Santa Fé com o de Cruz Alta. Teve uma recepção festiva. Foi pouco para os abraços. Comeu um churrasco gordo, empanturrou-se de laranjas e bergamotas. Deu aos Cambarás notícias da gente do Sobrado, narrou sua odisseia no hospital, que os sicários do Madruga rondavam, e a sua fuga rocambolesca, vestido de mulher, imaginem! Contou o que sabia, por ouvir dizer ou pelos jornais, da revolução no resto do estado.

Rodrigo escutou-o no mais absoluto silêncio. Ia fazer-lhe perguntas específicas sobre sua família. Nos últimos tempos vivia preocupado principalmente com Alicinha, cuja imagem não lhe saía da mente. Não perguntou nada. Era como se, abandonando a família para seguir outra mulher, agora não se sentisse com o direito de saber dela. Tinha a impressão de que havia cortado por completo as amarras com sua gente, com sua cidade e com o mundo... Voltara do ataque malogrado a Santa Fé com uma sensação não só de derrota como também de culpa. A ideia e o plano tinham sido seus. Considerava-se responsável por todos os mortos e feridos daquele dia negro.

— Não sejas besta — disse-lhe Toríbio uma tarde em que cavalgavam lado a lado. — Estamos na guerra.

— Notaste o desânimo do Velho?

Toríbio sorriu:

— "Esse foi sempre o gênio seu", como disse o poeta.

— Envelheceu dez anos nestes últimos cinco meses. Anda magro, encurvado, mais calado e solitário que nunca. E o que mais me impressiona nele é a tristeza... Se a coisa dependesse de mim, ele emigrava hoje mesmo para a Argentina.

— Não conheces teu pai.

— Mas é que ele não aguenta esta campanha até o fim, Bio! Alguma coisa está roendo o homem por dentro. Depois, agosto é um mês brabo para todo o mundo, principalmente para os velhos...

Toríbio assobiava, de dentes cerrados, o "Boi barroso". Ao cabo de um curto silêncio, Rodrigo tornou a falar.

— O culpado de ele estar metido nisto sou eu.

— Ora vá...

Engoliu o palavrão. Substituiu-o por uma palmada jovial e encorajadora nas costas do outro.

A Coluna, havia menos de uma semana, fora surpreendida em pleno descampado por um minuano que soprara durante três dias e três noites, sob o céu limpo, dum azul metálico. Um dos homens — um velho de Santa Bárbara, pequeno criador — caíra com pneumonia dupla. Posto dentro da carroça, entre sacos de carne-seca, farinha e sal, ali ficara ardendo em febre. Os médicos pouca coisa podiam fazer por ele além de abrigá-lo em ponchos e pelegos, dar-lhe aspirina e aplicar-lhe cataplasmas de farinha de mandioca. A Coluna continuara a andar. Os homens tiritavam sob os ponchos. O vento navalhava-lhes a cara, gelava-lhes as orelhas. O suprimento de cachaça se acabara. Pela manhã os campos estavam brancos de geada. O próprio céu sem nuvens parecia uma planície gelada.

Uma tarde encontraram um capão, onde se meteram para esperar que passasse a ventania. O doente delirou durante toda a noite, deu ordens de combate, agitou os braços como num duelo de espada: pelo que ele dizia, os companheiros compreenderam que o moribundo ainda peleava em 93... Morreu ao raiar do dia, quando o minuano cessou de soprar. Enterraram seu corpo à beira do mato e continuaram a marcha.

— É como a retirada de Napoleão da Rússia, em 1812 — murmurou um dia José Lírio.

Estava encolhido de frio; seu narigão era um bulbo arroxeado.

— Mas não estamos nos retirando, Liroca! — protestou um companheiro.

— Pior que isso, menino — retrucou o velho. — Não sabemos pra onde vamos nem o que nos espera por detrás daquele coxilhão.

— Está um frio de renguear cusco! — gritou um sargento, que não tinha poncho mas estava teso e risonho em cima do cavalo.

— Estou tirando a maior lechiguana da minha vida — exclamou outro.

Chiru olhou para Neco.

— E esse barbeiro burro deixou a cama quente do hospital!

— Pra fugir da faca fria do Madruga — replicou Neco sem pestanejar.

Ouviram-se risadas. Aqueles homens ainda brincavam! Alguns, é verdade — uma meia dúzia — já resmungavam que talvez fosse melhor bandearem-se para o Uruguai. A maioria daqueles guerreiros, porém, andava ansiosa por um combate, "pra esquentar o corpo". O que os desnorteava e irritava um pouco era não saberem nunca para onde iam ou *por que* iam. A ordem era marchar, marchar sempre, aceitando combate quando o inimigo não era muito numeroso, recusando quando era. A munição de guerra da Coluna escasseava: tinham gasto muita bala no assalto a Santa Fé, depois do qual não se haviam mais remuniciado. Os Macedos eram os mais difíceis de conter. Tinham o sangue quente, ansiavam por uma oportunidade a mais para mostrarem que eram machos.

— O importante é durar — explicou Rodrigo um dia a um deles, para justificar aquelas marchas que pareciam fugas.

E, como o tenente que o interpelara sorrisse de maneira equívoca e perguntasse: "Mas durar pra quê, doutor?", Rodrigo teve ímpetos de esbofeteá-lo e gritar: "Pensas que tenho medo, guri?". Conteve-se e desconversou. Mas não esqueceu o incidente. Ficou ruminando, ressentido, as palavras do tenente. Não lhe saía da cabeça aquele sorriso entre desdenhoso e pícaro. "Eu ainda mostro", dizia a si mesmo. E mostrou, da maneira mais irracional.

Uma certa manhã — em que cavalgava com um piquete de lanceiros na vanguarda, distanciado quase um quilômetro do grosso da tropa (Toríbio naquele momento estava ao lado do pai) — Rodrigo avistou no alto duma coxilha, a uns seiscentos metros de onde se encontrava, uma patrulha que lhe pareceu inimiga. Assestou o binóculo: reconheceu os uniformes. Eram provisórios armados de mosquetões. Contou-os. Dez. Olhou em torno. Tinha dez homens, não refletiu mais. "Vamos acabar com aqueles chimangos!", gritou. Esporeou a montaria e precipitou-se encosta acima, seguido pelos companheiros. No alto da coxilha os provisórios apearam, estenderam linha, ajoelharam e abriram fogo. Rodrigo continuava à frente do piquete, as narinas palpitantes, uma alegria nervosa a queimar-lhe o peito como o ar frio lhe ardia as faces. Atirava de revólver. O companheiro que cavalgava a cinco passos atrás dele rodou do cavalo, ferido, mas o animal continuou a correr com os outros. Mais cem metros e estariam entreverando! Os provisórios, entretanto, cessaram fogo, tornaram a montar e se lançaram a todo o galope, descendo a encosta do outro lado, deixando um soldado estendido no chão. Rodrigo continuava a perseguir o inimigo, como se quisesse dizimá-lo sozinho a golpes de espada. Os companheiros empunhavam agora as suas lanças, prontos para o entrevero. Os provisórios afastavam-se cada vez mais, na direção duns matos. De repente, lá de baixo rompeu uma fuzilaria cerrada. Vinha dum barranco, aberto no sopé da coxilha e meio escondido por trás das árvores. Uma cilada! — compreendeu Rodrigo. Fez seu cavalo estacar e gritou aos companheiros que fizessem alto.

— A la fresca! — exclamou Pedro Vacariano, ouvindo o sibilar das balas sobre sua cabeça.

Um revolucionário tombou do cavalo que uma bala atingira. Ficou onde tinha caído e, dali mesmo, começou a atirar com sua Winchester na direção do barranco.

— Carregamos? — perguntou Vacariano.
— É suicídio — respondeu Rodrigo. — Vamos buscar reforços.

A fuzilaria continuava, nutrida. Rodrigo ordenou a retirada. Seus homens lançaram os cavalos a todo o galope, coxilha acima. Ele os seguiu, voltando-se de quando em quando para atirar. De súbito sentiu que seu alazão estremecia, diminuía a velocidade da corrida, dobrava as pernas dianteiras... Compreendendo, rápido, o que tinha acontecido, saltou para o chão. Segundos depois o animal baqueou, o sangue a jorrar-lhe do ventre como água dum manancial. Já os demais companheiros haviam desaparecido do outro lado da colina. A fuzilaria lá embaixo cessara. Rodrigo viu então que os cavalarianos que se haviam refugiado no mato, agora se tocavam a toda a velocidade na sua direção. Olhou em torno e sentiu-se perdido. Estava sozinho. O remédio era morrer brigando. Começou a atirar, de joelho em terra. Ouviu um grito: "Doutor!". Voltou a cabeça e avistou um de seus cavaleiros que descia a encosta a galope. Era Pedro Vacariano, que se aproximou dele, apeou do cavalo e disse: "Monte, doutor!". Rodrigo montou, exclamando: "Suba pra garupa!". O outro, de Winchester em punho, sacudiu negativamente a cabeça, sem tirar os olhos dos inimigos que se acercavam cada vez mais.

— Eu fico.
— Monte! É uma ordem!
Como única resposta, o caboclo ergueu a perna e fincou a espora na ilharga do animal, que disparou coxilha acima. Os cavalarianos legalistas começaram a atirar também. Uma bala silvou rente à orelha de Rodrigo, que, voltando a cabeça para trás, viu o capataz do Angico deitado a fazer fogo contra o inimigo, como numa espécie de "combate particular". Volto? Tentou sofrenar o animal mas não conseguiu. Estava agora do outro lado da colina e já avistava o grosso de sua coluna. Começou a fazer sinais frenéticos para os companheiros.

Voltou com duzentos homens, minutos mais tarde, e pôs em debandada o inimigo, que deixou no campo três mortos e seis feridos. Um destes informou que, a cinco quilômetros dali, estava uma força governista da Divisão de Firmino de Paula.
— Quantos homens? — interrogou-o Toríbio.
— Uns quinhentos.
— Vejam só onde a gente ia cair! — comentou o Liroca, com uma sombra de susto nos olhos.
Era evidente que o piquete de cavalaria dos provisórios e o pelotão entrincheirado no barranco estavam fazendo o papel de isca. A intenção deles era atrair a Coluna Revolucionária de Santa Fé para um lugar em que as tropas de Firmino de Paula, bem armadas e municiadas, pudessem liquidá-la.
Licurgo mandou recolher e medicar os feridos e enterrar os mortos. Entre estes se encontrava o ten. Pedro Vacariano, com três balázios no corpo. Licurgo contemplou longamente o cadáver, antes de mandar baixá-lo à sepultura, aberta ali mesmo onde o caboclo caíra. A face do morto estava serena. Rodrigo teve vontade de fazer um gesto que exprimisse sua gratidão. Mas não achou nenhum que não pudesse parecer ridículo ou feminino. Não disse nem fez nada. Mandou-se lavrar uma ordem do dia em que se promovia Pedro Vacariano a capitão, por ato de bravura.
— Era um homem — disse Licurgo.
O caboclo não teve outro epitáfio.

34

Para evitar um encontro com as tropas governistas que guarneciam Santa Bárbara, a Coluna tornou a entrar no município de Santa Fé, rumando para noroeste.

— É engraçado — disse Rodrigo ao irmão, quando o pai determinou o roteiro da marcha. — Parece que o Velho quer seguir na direção do Angico. Será que vai tentar retomar a estância?

— Não é má ideia.

— Mas se vai, por que não diz claro?

— Ainda não aprendeste a lidar com o teu pai?

Marchavam agora com a vigilância redobrada, com um piquete de vanguarda e patrulhas de reconhecimento nos flancos. Levavam os feridos amontoados na carroça de víveres.

Destacamentos inimigos os seguiam de longe. Não eram numerosos mas estavam bem montados, tinham boa mobilidade e, como observou Juquinha Macedo, pareciam mestres na arte de "futricar a paciência do próximo". Quando menos se esperava, surgiam pela frente, pelos flancos ou pela retaguarda da Coluna, tiroteavam, sem se aproximarem demais, sem encarniçamento, mas com uma insistência de ralar nervos. "Como mutuca em lombo de mula", dizia o Liroca, que vivia alarmado. "Agora a gente não pode mais nem dormir em paz."

Rodrigo andava cansado e deprimido. Carregava ainda o peso de seus mortos. Não podia esquecer a cara lívida de Miguel Ruas, que expirara em seus braços. A imagem risonha e pachorrenta de Cacique Fagundes perseguia-o também como um fantasma bonachão, mas nem por isso menos perturbador. Cinco filhas. Vinte netos... Pensava com igual remorso em todas as vezes em que, durante a campanha, hostilizara Pedro Vacariano com gestos ou palavras. No entanto o caboclo viera a morrer por ele... Sabia que tinha o dever de ser-lhe reconhecido por isso, mas não podia evitar que com o seu relutante e meio envergonhado sentimento de gratidão se mesclasse uma certa irritação, que se poderia traduzir assim: "Não lhe pedi que se sacrificasse por mim".

Perdera as luvas durante o assalto a Santa Fé e agora tinha as mãos ulceradas de frieiras. Seus lábios estavam ressequidos e queimados pelo vento frio. Sentia pontadas nas costas e no peito. Aqueles ataques esporádicos das patrulhas inimigas deixavam-no apático. Quem se encarregava de os repelir era Toríbio, que gritava: "Vou dar um corridão naqueles chimangos!", e precipitava-se contra eles com seus cavalarianos, de lança em riste. Em geral o inimigo fugia, e Bio voltava risonho e feliz.

Um dia as patrulhas inimigas desapareceram por completo.

A marcha continuou. E uma manhã chegaram à encruzilhada da Boa Vista, onde havia uma venda e alguns ranchos.

— Devemos estar a umas dez léguas do Angico — observou Toríbio.

Licurgo Cambará reuniu a oficialidade para decidirem o destino da Coluna. Juquinha Macedo achava que deviam atacar Nova Pomerânia, distante poucas léguas dali, e que, segundo informavam os rancheiros da Encruzilhada, estava desguarnecida. A Coluna precisava urgentemente de mantimentos. Durante a última jornada um dos feridos tivera uma hemorragia e seu sangue empapara o último saco de farinha e o último saco de sal de que a Coluna dispunha. Já no dia anterior os soldados haviam comido carne insossa.

— Precisamos levar o quanto antes esses feridos para um hospital — disse o médico da Coluna. — Acho que um deles já está com a perna quase gangrenada.

Rodrigo notou que, enquanto os outros falavam, o pai olhava com certa ansiedade na direção dos campos do Angico. Compreendeu a luta que se travava no espírito do Velho.

— Está bem — disse este por fim. — Acho que devemos atacar a colônia...

Deixaram a Encruzilhada pouco depois do meio-dia, tomando a estrada de sueste. O frio havia diminuído, o céu estava limpo, o ar parado.

Ao cabo de uma hora de marcha batida, Toríbio deixou seu piquete e acercou-se de Rodrigo.

— A ideia de atacar a colônia me agrada — disse. — Estou muito precisado de mulher. Já não aguento mais.

Rodrigo mostrou-se pessimista.

— Não te iludas. Mal vamos ter tempo de levar os feridos para o hospital e fazer umas requisições...

— Não preciso mais de quinze minutos. Dez pra achar a fêmea. Cinco pro resto.

Ao entardecer daquele dia, estavam a duas léguas de Nova Pomerânia. Fizeram alto a uns duzentos metros duma serraria, onde se erguia a casa dum colono, um chalé de tipo suíço, com um alpendre na frente, uma roda de moinho d'água a um dos lados. O céu, àquela hora duma fria transparência de vidro, aos poucos tomava uma tonalidade rósea. Os verdes do pomar do colono se fundiam em sombras dum azul arroxeado, que se degradava em negro — tudo muito recortado e nítido no ar cristalino. O som da roda e da água que a movia era quase uma música.

Havia, porém, em tudo ali uma quietude que deixou Toríbio e seus vanguardeiros intrigados. Não se via vivalma. As portas e janelas da casa estavam fechadas. Bio olhou desconfiado para um capão, a uns trinta metros da casa. Em cima do cavalo Licurgo pitava, olhando fixamente para a roda do moinho.

— Vou deslindar esse mistério — disse Toríbio, apeando do cavalo e convidando três companheiros para acompanhá-lo.

— Cuidado, meu filho — murmurou Licurgo. — Podem estar de tocaia.

Os quatro avançaram meio agachados, por entre árvores, na direção do chalé. A uns trinta metros dele, fizeram alto e esconderam-se atrás de troncos de ciprestes, de onde ficaram a observar com todo o cuidado a casa, o pomar e o mato próximo. A roda do moinho parecia ser o único elemento vivo e móvel naquela paisagem fria e parada de cartão-postal.

— Ó de casa! — berrou Toríbio.

Ficou à escuta... Nenhuma resposta. Só o som fofo e ritmado da roda, e o chuá da água.

Deixando o esconderijo, de espingarda em punho, Toríbio aproximou-se, cauteloso, olhando para todos os lados. Os companheiros o imitaram. De repente abriu-se uma das janelas da casa e dela partiram dois clarões seguidos de detonações. Toríbio e os amigos atiraram-se ao solo.

— Feriram o Bio! — exclamou Licurgo.

E, cuspindo fora o cigarro, esporeou o cavalo e, seguido de Rodrigo, precipitou-se para o lugar onde vira o filho cair.

Nesse momento rompeu uma fuzilaria de dentro do capão.

Juquinha Macedo ordenou a seus homens que tomassem posição de combate. Rodrigo, que cavalgava a poucos metros atrás do pai, viu este tombar do cavalo e ouviu o baque surdo e ominoso que seu corpo produziu ao bater no chão. Sofrenou sua montaria, apeou e correu para o Velho, gritando: "Um médico! Depressa! Um médico!". Sua voz, porém, se perdeu em meio das detonações. Ajoelhou-se ao pé do ferido e compreendeu logo que o tiro o havia atingido no tórax. Ergueu-lhe a cabeça, estonteado, exclamando insensatamente: "Que foi, papai? Que foi?". Licurgo descerrou os lábios como para dizer alguma coisa, mas de sua boca só saiu uma golfada de sangue. Desnorteado, Rodrigo olhava em torno, sem saber a quem apelar. A intensidade do tiroteio havia redobrado, e de onde ele estava podia ver os companheiros que se aproximavam de rastos do mato e do chalé, atirando sempre. "Um médico, pelo amor de Deus!", tornou a gritar. O rosto do velho estava horrivelmente pálido. Gotas de suor brotavam-lhe na testa, escorriam-lhe pelas faces. Sua respiração era um ronco estertoroso. Seus olhos começavam a vidrar-se. Rodrigo desabotoou-lhe o casaco e o colete, rasgou-lhe a camisa. Descobriu o buraco da bala no lado direito do peito. O projétil devia estar alojado no pulmão... Segurou o pai nos braços, ergueu-o e ficou a olhar atarantado dum lado para outro, sem saber para onde ir. O sangue continuava a manar da boca do ferido, cujo lenço branco aos poucos se tingia de vermelho. Rodrigo sentiu faltarem-lhe as forças. Suas pernas se vergavam. Tornou a pousar o corpo no chão e, indiferente às balas que cruzavam por ele, sibilando, rompeu a correr na direção da carroça, onde esperava encontrar pelo menos algodão e gaze.

Quando voltou, minutos depois, Licurgo Cambará estava morto.

35

Ao cair da noite a casa estava tomada e os matos varejados. O inimigo, pouco numeroso, fugira na direção de Nova Pomerânia, deixando para trás um morto e três feridos.

O cadáver de Licurgo Cambará achava-se agora estendido em cima da mesa da sala de jantar, no chalé do colono. Liroca choramingava a um canto. Rodrigo e Toríbio rondavam o corpo do pai, quase tão pálidos como o defunto, mas ambos de olhos secos. De quando em quando olhavam para Bento, que estava inconsolável. Nunca tinham visto o caboclo chorar. Era um choro feio, de boca aberta, de sorte que a baba que lhe escorria pelas comissuras dos lábios, se misturava com as lágrimas e juntas lhe entravam pelas barbas grisalhas.

Fazia pouco, numa rápida reunião da oficialidade, ficara resolvido que Juquinha Macedo assumiria dali por diante o comando geral da Coluna. Sua primeira decisão foi a de contramarchar para o norte. Um dos inimigos aprisionados informara que Nova Pomerânia estava guardada por um destacamento legalista pequeno mas bem armado e municiado. O cel. Macedo mandou contar as balas de que dispunham e verificou que havia apenas uma média de cinco tiros para cada soldado. Era o diabo...

— Agora um assunto desagradável... — murmurou, aproximando-se de Rodrigo. — Onde vamos enterrar o corpo?

O filho de Licurgo fitou nele um olhar tranquilo e respondeu:

— No Angico.

— Como? — surpreendeu-se o outro.

— Já combinei tudo com o Bio. Não te preocupes.

— Mas estamos muito longe. Umas dez ou doze léguas...

— Oito. Não precisamos mais de quatorze ou quinze horas para ir e voltar.

— Mas a estância está ocupada por forças do Madruga! É uma temeridade.

— É um assunto de família, coronel. Eu e o Bio levamos o corpo. O Bento também faz questão de ir. Vamos os três por nossa conta e risco.

Uma sombra passou pelo rosto do outro.

— Não posso permitir que se arrisquem.

— Sinto muito. Mas temos de te desobedecer...

Juquinha Macedo mastigava o cigarro apagado. Pôs a mão no ombro do amigo:

— Me deixem mandar um piquete com vocês...

Rodrigo sacudiu negativamente a cabeça.

— Não. Quanto menos gente, melhor. Vamos sozinhos, não queremos que ninguém mais se arrisque por nossa causa. O Bio conhece esses campos de olhos fechados.

Macedo não parecia ainda convencido.

— Por que não enterramos o coronel aqui, marcamos a sepultura, e depois, quando essa revo...?

— Não adianta, Juquinha. Está resolvido.

O novo comandante deixou escapar um suspiro de impaciência.

— Levem então o corpo na carroça.

Toríbio repudiou a ideia. Pretendia evitar as estradas reais. Teriam de cortar invernadas, vadear rios... não podiam levar nenhum veículo.

— Está bem — resignou-se o cel. Macedo, fazendo um gesto de desalento. — Meu dever era prender vocês e impedir essa loucura. Mas também compreendo. Sei o que o Angico representava para o coronel Licurgo. Nesta hora prefiro agir como amigo e não como chefe. Sejam felizes!

Ficou combinado que, na volta, Rodrigo, Toríbio e Bento se encontrariam com o resto da Coluna na Encruzilhada.

— Se amanhã até esta hora não tivermos voltado — disse Bio —, toquem para a frente: não nos esperem.

Amarraram o morto em cima do cavalo, de bruços. Partiram pouco depois das nove. Era uma noite sem lua, mas de céu mui estrelado. Toríbio puxava a cabresto o cavalo que carregava o defunto. Rodrigo levava presa à cela uma pá que encontrara no porão do chalé. Cada um possuía um revólver, uma Winchester e um facão: trinta e cinco tiros ao todo.

Não haviam andado meio quilômetro quando perceberam que estavam sendo seguidos. Fizeram alto e esperaram. Três cavaleiros galopavam na direção deles: Chiru, Neco e o velho Liroca.

— Que é que querem? — perguntou Rodrigo, quando os amigos os alcançaram.

— Vamos com vocês — disse Chiru. — O coronel Macedo nos deu licença.

— Mesmo que ele não desse — acrescentou Neco — eu vinha.

— Não sejam bobos. Voltem.

— Se vocês são loucos — disse o barbeiro —, nós também temos o direito de ser.

Toríbio desinteressou-se da discussão, pôs seu cavalo em movimento.

— E tu, Liroca? — perguntou Rodrigo.

— Também sou amigo.

— Um homem da tua idade! Vai ser uma puxada braba, numa noite de frio abaixo de zero. Se o inimigo nos pega, estamos liquidados.

— Paciência. Ninguém fica pra semente.

Neco e Chiru seguiram Toríbio. Rodrigo não teve outro remédio senão dizer:

— Vamos.

E os seis amigos entraram numa invernada, cabresteando o cavalo do morto à luz das estrelas.

Andaram por mais de três horas num silêncio cortado apenas pelos pigarros do Liroca, pela tosse nervosa do Chiru, ou por uma ou outra observação de Neco, que ficava sem resposta, como se suas palavras se tivessem congelado no ar.

Rodrigo deixara-se ficar para trás. Não tirava os olhos do cavalo que levava o defunto. Tinha a inquietadora, misteriosa impressão de que aquilo já acontecera. Onde? Quando? Como? As mãos, os pés, as orelhas doíam-lhe de frio. As silhuetas daqueles seis cavaleiros (o velho Licurgo fazia a sua última viagem na Terra), a quietude transparente e glacial dos campos, o ruído das patas dos cavalos... tudo aquilo tinha para ele algo de irreal, de fantasmagórico... Sentiu uma pontada forte nas costas. Levou a mão à testa e teve a impressão de que ela escaldava. Decerto apanhara uma pneumonia e ardia em febre. Talvez aquela madrugada o Bio tivesse de enterrar dois defuntos em vez de um. Bastava fazer uma cova maior... Era o que ele, Rodrigo, merecia.

Mataste teu pai. Quem dizia isto em seus pensamentos era ele próprio. Sim, matei meu pai.

— Queres um trago? — perguntou o Neco, aproximando-se.

Rodrigo pegou a garrafa e bebeu um gole de parati.

Nunca a figura e a voz de Neco Rosa lhe haviam parecido tão estranhas e improváveis.

— Vamos ter uma geada braba — disse o barbeiro.

Rodrigo não respondeu. *Matei meu pai.* O Velho não queria vir... Eu insisti. Agora é tarde, não há mais remédio, está tudo acabado. Imaginou a reação da gente do Sobrado ao receber a notícia... *Matei meu pai.* Mas todos morrem! Por que me culpam? Quantas centenas de pessoas estão morrendo neste mesmo instante no Rio Grande? Não te iludas. Não confundas teu caso particular com os outros. Mataste o teu pai. Tu sabes. Mataste também o Miguel Ruas. O Cacique Fagundes. O Jacó Stumpf. O Pedro Vacariano. O Cantídio dos Anjos. Das outras vítimas tuas nem os nomes sabes...

Dobrou-se na sela, a uma pontada mais forte. Quis chamar o irmão, que continuava amadrinhando o grupo. Não chamou. *Matei meu pai.* Tinha o que merecia. Tossiu com força, escarrou. Sangue? Invadiu-o então uma súbita, trêmula pena de si mesmo. As lágrimas começaram a escorrer-lhe geladas pelas faces. Foi-se deixando ficar para trás para poder chorar à vontade, sem que os outros vissem. E já não sabia ao certo se chorava de pena do pai ou de si mesmo.

E o grupo continuou a andar madrugada adentro. Três vezes tiveram de cortar aramados. Toríbio havia pensado num lugar para enterrar o corpo: ao pé da corticeira grande, situada atrás dum caponete e à beira dum lajeado, no fundo da invernada do Boi Osco. Era um sítio bonito, fácil de guardar na memória. Além disso, ficava bastante longe da casa da estância. Era improvável que os soldados do Madruga os surpreendessem. Precisavam fazer tudo e voltar antes de raiar o dia. Consultou o relógio à luz da chama do isqueiro: três e vinte.

Passava um pouco das quatro quando fez alto e disse aos companheiros: "Chegamos". Ergueu a mão e apontou... Rodrigo avistou o caponete e começou a ouvir um rumor de água corrente.

Cortaram o arame da cerca e entraram nos campos do Angico. Apearam, tiraram o morto de cima do cavalo e puseram-no ao pé da corticeira. Os cinco amigos começaram a abrir a cova com uma pá, revezando-se, enquanto, acocorado junto do corpo de Licurgo Cambará, o velho Liroca montava-lhe guarda, como um cão fiel que ainda não se convencera de que seu dono não era mais deste mundo.

36

Estavam agora de luto as mulheres do Sobrado. Fora Aderbal Quadros quem lhes levara a notícia. A manhã estava nublada e o vento sacudia as vidraças do casarão. O pai de Flora entrou, parou no vestíbulo, a cara triste, sem saber como começar.

Maria Valéria antecipou-se.

— Não precisa dizer. Já sei. Mataram o primo Licurgo.

Babalo fez com a cabeça um lento sinal afirmativo. Flora rompeu a chorar. A velha ficou onde estava, de braços cruzados, o olhar fito em parte nenhuma.

Quando, um pouco mais tarde, Aderbal lhe perguntou quem havia dado a triste notícia, ela murmurou apenas:

— O vento.

E o vento soprou ainda por dois dias, levando as nuvens para as bandas do mar. E o céu de novo ficou limpo, o sol reapareceu e a vida no Sobrado continuou como antes.

Maria Valéria não falava nunca no cunhado, fechava-se em prolongados silêncios e ninguém sabia no que pensava quando se deixava ficar ali ao balouço da cadeira da velha Bibiana, o xale sobre os ombros, o olhar no braseiro. À hora do primeiro chimarrão, antes de clarear o dia, Laurinda suspirava olhando para o banco onde o patrão costumava sentar-se com a cuia na mão. E à noite, quando vinha trazer os seus pães quentes, Chico Pais metia-se num canto e, com olhos úmidos, ficava olhando ora para Maria Valéria ora para Flora, com uma tristeza bovina nos olhos injetados. Outro que naqueles dias não podia entrar no Sobrado sem chorar era o dr. Carlo Carbone. Quanto a Aderbal Quadros, passava longos instantes no escritório do amigo morto, tocando em objetos que lhe haviam pertencido — a caneta, o tinteiro, a espátula de cortar papel — e olhando um retrato tirado em 1912 e no qual Licurgo aparecia, excepcionalmente risonho, em cima dum cavalo. De vez em quando Babalo murmurava para si mesmo: "Que côsa bárbara!", sacudia a cabeça, penalizado, e saía a andar pela casa, meio sem rumo, envolto na fumaça de seu cigarrão.

No oratório havia sempre uma vela acesa. O prato e o copo de prata de Licurgo continuavam a ser postos na mesa à hora das refeições. Flora mandou rezar uma missa de sétimo dia em intenção à alma do sogro. E por muitos dias tiveram visitas de pêsames, gente que ali ficava na sala, entre suspiros e silêncios, perguntas ociosas, referências elogiosas ao morto, e novos suspiros e silêncios.

O inverno continuava. Naqueles dias de agosto os telhados amanheciam cobertos de geada. A água que passava a noite ao relento, em baldes ou tinas, amanhecia coberta por uma camada de gelo da grossura dum vidro de vidraça. E o frio parecia também congelar o tempo, tornando mais dura ainda a espera.

Pelos jornais as mulheres do Sobrado acompanhavam a marcha da revolução, com a qual bem ou mal se haviam habituado a viver. Para elas existiam nomes claros e nomes escuros. Honório Lemes era um nome dourado. Nepomuceno Saraiva, um nome sombrio. Um era o herói, outro o bandido. Felipe Portinho era uma combinação de letras e sons que lhes produziam uma sensação de conforto e esperança. Madruga era um símbolo noturno, que as levava a pensar em sangue e brutalidades. A figura de Firmino de Paula provocava em Maria Valéria uma mixórdia de sentimentos. Lembrava-se da Revolução de 93, em que vira o chefe político de Cruz Alta — um homem de ar severo — a confabular no Sobrado com Licurgo. Contavam-se dele crueldades em que ela não queria acreditar, pois naquele tempo sua gente brigava contra os maragatos. Agora, como o homem estivesse do lado dos chimangos, começava a alimentar dúvidas... Mas era sempre uma coisa boa para a alma da gente ver num jornal a cara honesta e simpática de Zeca Neto, com suas barbas de patriarca. (O safado do Camacho só lhe chamava "Zeca Veado", porque — dizia — o general de Camaquã não fazia outra coisa senão correr...) E Maria Valéria não podia compreender como "moços tão bem-apessoados" como o dr. Flores da Cunha e o dr. Oswaldo Aranha pudessem estar do outro lado...

Os jornais em geral chegavam ao Sobrado às duas da tarde, trazidos por Dante Camerino, que ia buscá-los na estação. Processava-se então ali na sala de jantar todo um cerimonial. Maria Valéria sentava-se na sua cadeira, traçava o xale, acavalava os óculos no nariz, abria o *Correio do Sul*, lendo primeiro o editorial e depois as notícias. Flora, a seu lado, tinha nas mãos o *Correio do Povo*. A velha interrompia-lhe a leitura de quando em quando, com observações.

— O general Estácio voltou, reorganizou a coluna dele e anda fazendo o diabo pras bandas de São Gabriel.

— Ahã — fazia Flora, sem prestar muita atenção.

Continuava a ler, mas lá vinha de novo a velha:

— O Zeca Neto tomou Lavras... O Honório Lemes entrou em Dom Pedrito. — Uma careta, um estalar de língua e depois: — Alegria de pobre não dura muito. Tiveram de abandonar a cidade porque a força do Flores da Cunha andava nas pegadas deles...

Floriano aos poucos se ia interessando também pelas notícias da revolução. Certas palavras e frases — nomes de pessoas, lugares, expressões militares — tinham para ele um mágico poder sugestivo. No princípio da campanha ouvira falar que os soldados de Portinho se haviam *emboscado* no desvio Giaretta para *atacar o trem* em que Firmino de Paula passava com suas tropas... Esse combate excitara-lhe a imaginação pelo que tinha de evocativo das histórias de faroeste que ele via no cinema. E, quando ouviu o avô materno anunciar que a mortandade tinha sido "uma côsa bárbara", passara a emprestar à palavra *Giaretta* uma conotação trágica. Leu um dia: "Honório Lemes e suas forças atravessaram o Ibicuí da Armada". A frase de certo modo lhe soou como irmã gêmea de outras que lera num livro de história universal, "César atravessou o Rubicão" e "Napoleão cruzou os Alpes com seus exércitos". Ibicuí da Armada era um *nome de ferro*, duro, frio e heroico. *Caverá*, o nome da serra onde Honório costumava refugiar-se periodicamente, tinha para o menino algo de macabro pela sua semelhança com *caveira*. O que, porém, mais o impressionou naqueles primeiros dias de setembro foi a notícia do combate do Poncho Verde, em que os soldados de Honório Lemes haviam infligido uma derrota séria aos de Nepomuceno Saraiva. Contavam-se histórias negras. "Os maragatos pegavam um prisioneiro, mandavam o bicho dizer 'pauzinho', e se o homem pronunciava 'paussinho', viam logo que era castelhano e passavam-lhe a faca nos gargomilos." "Tu sabes", dizia-se como justificativa, "os assisistas estavam com a marca quente por causa das barbaridades que o Nepomuceno e seus mercenários cometeram no combate do Ibirapuitã."

Outra notícia que estimulou a fantasia de Floriano, tão nutrida pela leitura dos romances de Júlio Verne, foi a de que o aeroplano que os legalistas empregavam na luta contra os revolucionários havia sido destruído por uma explosão em que um dos pilotos morrera e o outro ficara gravemente ferido.

37

Uma manhã de setembro, ao erguer a vidraça de uma das janelas dos fundos da casa, Flora viu os pessegueiros do quintal todos cobertos de flores rosadas. Era o primeiro recado que lhes mandava a primavera, e isso a deixou um tanto animada. Havia no vento uma frescura úmida e doce, que recendia a flores de cinamomo. Flora pensou em Rodrigo e lágrimas vieram-lhe aos olhos. Fosse como fosse, o inverno tinha acabado! Não iria acabar também aquela guerra cruel? Comunicou sua esperança a Maria Valéria, que lhe disse:

— Não se iluda.

A velha tinha razão. A revolução continuou. Durante todo aquele mês chegaram notícias de combates em cima da Serra, na zona da fronteira do sul e na região missioneira, por onde andava agora o Leão do Caverá com sua divisão.

Cidades e vilas eram tomadas hoje pelos revolucionários e retomadas no dia seguinte ou poucas horas depois pelos legalistas.

Foi no primeiro dia de outubro — o vento pastoreava no céu um rebanho de grandes nuvens brancas — que Aderbal Quadros chegou ao Sobrado com a notícia de que o gen. Zeca Neto havia entrado com sua tropa na cidade de Pelotas. Flora exultou. Maria Valéria permaneceu impassível. Aquilo — declarou — não significava nada para ela, já que havia perdido todo o interesse na revolução... Era como se com essa atitude de indiferença a velha esperasse forçar "aquela gente louca" a terminar a luta, voltar para casa e "sossegar o pito".

Foi em fins daquele mesmo outubro que um próprio trouxe a Flora este bilhete de Rodrigo:

Minha querida: Retomamos ontem o Angico, sem perder uma vida! Juro-te que daqui ninguém mais nos tira. Demos uma sepultura decente ao corpo do papai. Ficou no alto da Coxilha do Coqueiro Torto, junto com o Fandango. De lá os dois podem avistar a casa da estância e os campos que tanto amavam.
Não te inquietes. Estamos todos bem, e já se ouvem boatos de paz. A grande hora não tarda. Que Deus te abençoe e guarde, a ti, à Dinda e aos nossos queridos filhos.

Efetivamente, desde fins de outubro, o gen. Setembrino de Carvalho encontrava-se no Rio Grande do Sul, como emissário do presidente da República, tratando da pacificação.
E durante aqueles dias de novembro — em que as últimas ventanias da primavera sopravam lá fora, despetalando flores, arrepiando o arvoredo, fazendo bater portas e janelas — as mulheres do Sobrado acompanharam pelos jornais os passos do pacificador.
Quando soube que as hostilidades haviam sido suspensas, Flora sentiu um súbito alívio: foi como se lhe tivessem tirado um peso do coração.
Noticiava-se que o gen. Setembrino de Carvalho confabulava com os chefes de ambas as facções, procurando uma fórmula para consolidar a paz.
Fosse como fosse — refletia Flora —, o importante era que Rodrigo estava vivo e fora de perigo!
Um dia, vendo a filha de novo com cores nas faces e uma alegria nos olhos, o velho Babalo olhou para Laurentina e murmurou:
— Nossa filha refloriu. Está bonita que nem os pessegueiros do Sutil.
— É...

* * *

Naquela noite de 15 de novembro havia no Sobrado um nervosismo alegre que contrastava com as roupas negras das duas mulheres, ainda de luto fechado. Muito daquela excitação de expectativa feliz se havia comunicado às crianças, que estavam também alvorotadas. Rodrigo e Toríbio chegariam no dia seguinte! Ambos se haviam recusado a deixar o Angico sem primeiro terem a certeza de que todos os seus companheiros seriam respeitados depois que tornassem a suas casas. Nenhum deles confiava no Madruga. Juquinha Macedo, que participara pessoalmente das discussões em torno do tratado de paz, insistia em entrar em Santa Fé com todos os soldados de sua Coluna, desfilar com eles pelas ruas da cidade e dissolver a tropa ali na praça da Matriz, ao som de discursos, foguetes e música.

Santa Fé preparava-se agora para recebê-los. Mulheres e crianças, das janelas de suas casas, jogariam flores sobre as cabeças dos guerreiros de lenço encarnado. O telefone do Sobrado, durante todo aquele dia, tilintava de instante a instante: gente que queria saber a hora certa em que os revolucionários entrariam em Santa Fé, o programa dos festejos, os nomes dos oradores...

Laurentina contava a Maria Valéria as dificuldades e sustos que passara no Sutil durante o inverno, sempre a temer que o corpo provisório lhe requisitasse o gado leiteiro, os poucos cavalos que tinham e as suas ricas galinhas de raça. Maria Valéria prestava-lhe pouca atenção, pois tinha o ouvido assestado para a conversa dos homens. Aderbal referia-se ao pacto que fora firmado em Pedras Altas, no Castelo de Assis Brasil, por este último, pelo gen. Setembrino de Carvalho e pelos principais chefes revolucionários.

— Esse pacto — (Babalo dizia *páqueto*) — representa uma vitória das tropas do assisismo!

Arão Stein, que havia alguns minutos o escutava em silêncio, fez uma careta de dúvida.

— Mas o doutor Borges, segundo entendo, permanece no poder.

O velho chupou o cigarrão e soltou uma baforada na cara do interlocutor.

— Menino, não se trata de homens, mas de ideias!

Tio Bicho escutava a conversa de olhos meio fechados, num silêncio de quem não tinha opinião sobre o assunto.

Aderbal procurou provar seu ponto de vista. Segundo o tratado, a

Constituição do estado devia ser reformada no sentido de incluir-se nela uma cláusula que proibisse terminantemente a reeleição do presidente do estado para o período presidencial imediato.

— É o fim do Borjoca! — exclamou. — Se isso não é vitória, então não sei o que é!

Havia mais ainda — continuou o velho. O tratado autorizava a reforma judiciária, que, entre outras coisas, daria competência à justiça ordinária para julgar os recursos referentes às eleições municipais. Ia acabar-se também o abuso da nomeação dos famosos "intendentes provisórios". Teria o Rio Grande conseguido tudo isso sem a revolução?

— E o senhor acha — perguntou Stein — que o doutor Borges de Medeiros vai ratificar o tratado?

— Deve ser ratificado hoje — replicou Babalo.

Maria Valéria alçou a cabeça e interveio:

— Cale essa boca, muçulmano. Vacê não entende desse negócio.

Mas, arrependendo-se em seguida de sua rudeza para com o judeu, foi até a cozinha e trouxe de lá um prato com uma fatia de pessegada e outra de queijo. Entregou-o ao rapaz, dizendo:

— Coma. É o último pedaço da última caixeta. Acabou-se a pessegada e a guerra.

Por volta das oito e meia daquela mesma noite, a banda de música do Regimento de Infantaria entrou na praça ao som dum dobrado. Moleques descalços enxameavam como moscas ao redor dos músicos, marchando e pulando. Pouco depois que a banda se aboletou no coreto, do pátio da Intendência subiram foguetes, que explodiram sobre a praça, em rápidos clarões.

Flora estremeceu e por um instante seus olhos se velaram de medo. Dante Camerino, que entrava naquele momento, explicou:

— O doutor Borges de Medeiros ratificou esta tarde o tratado de Pedras Altas. Não sei por que o Madruga está festejando o acontecimento. Decerto pensa que os chimangos ganharam a parada...

Era finalmente a paz — sorriu Flora. — E no dia seguinte Rodrigo estaria em casa! Subiu as escadas quase a correr, foi acender as velas do oratório e ali ficou por alguns momentos ajoelhada a rezar.

Os Carbone chegaram, pouco depois, numa alegria em que alternavam risadas com lágrimas. As explosões dos foguetes haviam cessado e agora a banda de música tocava uma valsa. A praça, aos poucos, se enchia de gente. Ouviam-se vozes alegres sob as árvores. Os namorados tinham voltado.

Maria Valéria aproximou-se lentamente de Camerino, que estava debruçado numa das janelas.

— Parece mentira — murmurou a velha. — Dez meses de guerra. Sabe Deus quanta gente morreu!

— Mas o tratado de Pedras Altas é uma vitória — replicou o médico. — Nossos companheiros não morreram em vão.

— Mas morreram.

Reunião de família III

30 de novembro de 1945

Roque Bandeira deixa o Sobrado pouco depois das onze horas, em companhia de Floriano Cambará. A morna brisa que sopra do sueste espalha na noite uma fragrância adocicada de campos e pomares, que aqui na praça se mistura com um cheiro de pão recém-saído do forno.

Roque faz um gesto que abrange o largo:

— Olha só as medonhas tatuagens com que a campanha política desfigurou a tua cidade!

Além dos coloridos sinapismos dos cartazes aplicados sobre as pedras da praça, os nomes dos candidatos e seus gritos de guerra e promessas aparecem escritos a piche ou cal em paredes, calçadas e até troncos de árvores. O muro da Padaria Estrela-d'Alva está coberto de inscrições: VOTEM NO BRIGADEIRO DA VITÓRIA... GETULIO VOLTARÁ... VIVA PRESTES!... DUTRA É A SALVAÇÃO NACIONAL.

Pouco abaixo desta última frase, alguém gravou no reboco, possivelmente com a ponta dum prego e com raiva, cinco letras irregulares: MERDA.

— Merda! — grita Bandeira. — Eis o comentário do povo a todos esses candidatos e promessas. É o *slogan* dos *slogans*!

Rompe a rir e em breve o riso se transforma numa tosse convulsiva, que o põe de rosto congestionado, olhos esbugalhados e lacrimejantes, a andar dum lado para outro, dobrado sobre si mesmo, numa ansiada busca de ar. (A sombra da voz de Laurinda na mente de Floriano: "Era uma vez um sapo-boi que de tanto inchar estourou".) E, quando o acesso abranda, Tio Bicho enxuga as lágrimas com os dedos, passa a ponta de uma das mangas do casaco pelo queixo, onde um filete de baba escorre, e depois encosta-se no muro e ali fica, arquejante e de olhos exorbitados — um condenado diante do pelotão de fuzilamento.

Floriano aproxima-se do amigo e, com uma ternura meio acanhada, toma-lhe do braço.

— Como é, compadre?

— Passou... passou... — murmura Bandeira, ainda com voz engasgada.

Dá três passos na direção do meio-fio da calçada, limpa a garganta num pigarro explosivo e expectora na sarjeta. Volta-se para o muro e aponta com um dedo trêmulo para o palavrão.

— Sabes o que é isso? A cristalização de quatrocentos anos de decepções e de amarga experiência. Nessa palavra está todo um programa político, social e filosófico. É a sabedoria da miséria. Mas vamos sentar lá debaixo da figueira, que estou sem sono.

Atravessam a rua lentamente.

— Tenho uma teoria — vai dizendo Floriano — ou, melhor, uma caricatura de teoria. Presta atenção. Durante sua história, o brasileiro tem vivido a oscilar entre dois exemplos, dois polos magnéticos representados por dois Pedros: Pedro II e Pedro Malasartes...

Bandeira solta um grunhido, que o outro interpreta assim: "Estou te escutando. Continua".

Param junto da calçada da praça.

— O velho imperador — prossegue Floriano — era o símbolo da virtude, da austeridade, da retidão de caráter e de costumes. Malasartes é o safado, o sensual, o empulhador. A República mandou embora Pedro II e Pedro Malasartes ficou com o campo livre. Mas foi só durante o Estado Novo que o simpático salafrário floresceu de verdade, tornando-se herói nacional, paradigma de comportamento político e social.

— Não está má a tua teoria — resmunga Roque Bandeira. — Nada má... como caricatura, é claro. Tens em casa um discípulo de Malasartes: o Sandoval.

Agora olham ambos para um grande letreiro branco que se estende sobre vários metros de calçada.

— O preço da liberdade — lê Tio Bicho, lentamente, como se soletrasse — é a eterna vigilância. Xô égua! O brigadeiro anda repetindo nos seus discursos essa besteira do Thomas Jefferson...

Volta-se para o amigo, segura-lhe as lapelas do casaco com ambas as mãos e pergunta-lhe, num bafio de cerveja:

— Liberdade? Mas que liberdade? Física? Psicológica? Religiosa? Econômica? É preciso especificar... Liberdade para quem? Para quê? Para a classe a que pertence o brigadeiro manter e aumentar seus privilégios? Para o povo continuar na miséria? Para os tubarões da burguesia seguirem nadando no gordo mar dos lucros extraordinários?

Retomam a marcha rumo da figueira. Bandeira aperta o braço do amigo. Mostra com um movimento de cabeça o busto do cabo Lauro Caré, que lá está no centro da praça, ao lado do coreto, coberto por um pano negro.

— Esse menino teve liberdade para dizer não quando o convocaram para a Força Expedicionária Brasileira, quando o tiraram de Santa Fé, de seu ofício de marceneiro, para ir morrer na Itália? Hein?

Teve? E o piloto americano do avião que soltou a bomba atômica sobre Hiroshima teve liberdade para negar-se? Ou, melhor, teve liberdade de *saber* que ia transformar-se no coassassino de duzentas mil criaturas humanas?

Sentam-se no banco debaixo da grande árvore. Bandeira passa lentamente as mãos pelo rosto carnudo, pigarreia e depois, num tom menos enfático, continua:

— Por acaso será possível para o homem comum viver com liberdade neste nosso mundo de pressões? Pressões de todos os lados, da família, duma educação preconceituosa, do governo, dos grupos econômicos e da propaganda... me diga, é possível?

Floriano sacode a cabeça lentamente e pensa na sua contínua e prolongada luta em busca de liberdade. Desejou sempre com tal ardor ser livre, que acabou escravo da ideia de liberdade, tendo pago por ela quase o preço de sua humanidade. Sabe agora que conquistou apenas uma liberdade negativa, que pouco ou nada serve ao homem e ao escritor. Sente-se livre de compromissos políticos e vive tentando convencer-se de que está liberto — pelo menos teoricamente — dos preconceitos e atitudes da sociedade burguesa. Mas ser livre será apenas gozar da faculdade de dizer não aos outros (e às vezes paradoxalmente a si mesmo) — um eterno negar-se, um obstinado esquivar-se, um estúpido ensimesmar-se? Haverá alguma vantagem em ter uma liberdade de caramujo: defensiva, encolhida, medrosa, estéril? Chegou à conclusão de que, por obra e graça desse medo de comprometer-se, na realidade ele se comunica apenas *tecnicamente* com os outros seres humanos.

Tio Bicho acende um cigarro em silêncio, solta algumas baforadas e de novo desanda num acesso de tosse que o sacode todo. Ergue-se brusco, cospe fora o cigarro e, sempre tossindo e encurvado, dá uma volta inteira ao redor do tronco da figueira, num simulacro de dança ritual. Depois torna a sentar-se, arquejante, as mãos espalmadas sobre as coxas, o busto teso, a palheta empurrada para a nuca e fica olhando fixamente para a noite, como se dela esperasse socorro e alívio.

— És um teimoso, um caso perdido — murmura Floriano.

E, como para confirmar o que o amigo acaba de dizer, Bandeira tira do bolso outro cigarro feito e acende-o com mãos trêmulas.

— O Camerino não te proibiu de fumar?

— De fumar, de beber e de comer demais... — Tio Bicho recosta-se no banco, tira uma longa baforada e prossegue: — Diz o nosso *dottorino* que esta coisa — bate no peito à altura do coração —, este bicho aqui dentro pode rebentar duma hora para outra... No entanto eu fumo, bebo e como em excesso.

— Queres morrer?

— Claro que não. Quero viver. Mas que diabo! Estas porcarias dominam a gente — acrescenta, tirando da boca o cigarro e mostrando-o ao outro. — Diante dum copo de cerveja gelada ou duma sopa de mocotó, todos os nossos bons propósitos se vão águas abaixo. É uma droga.

E de novo leva o cigarro à boca, inala com força a fumaça, despedindo-a depois pelas narinas. Ao cabo de um curto silêncio, torna a falar:

— Pois meu velho, tu sabes muito bem que o Tio Bicho ama a vida. Sempre amou. A ideia do Nada me dá um frio na barriga. Uma destas madrugadas acordei com uma dorzinha no peito e uma certa falta de ar. É Ela, pensei. É a Grande Cadela. Chegou a minha hora. Que é que vou fazer? Nada. Fiquei quieto, esperando... Tenho uma ampola de nitrito na gaveta da mesinha de cabeceira. Era simples. Bastava quebrar o vidro e levar a coisa ao nariz... No entanto fiquei deitado de costas, os olhos fechados, pensando, imaginando, *vendo* mesmo o coração na sua luta aflita... o fluxo do sangue grosso e velho nas artérias esclerosadas. Se me perguntas por que eu hesitava em lançar mão do remédio, eu não saberia te explicar. Curiosidade de saber o que ia acontecer? Ou o sono teria dominado o medo da morte? A verdade é que fiquei paralisado em cima da cama como num pesadelo, esperando a ferroada dilacerante da angina, respirando mal, suando frio, e sempre em estado de modorra, achando até um certo gosto em imaginar coisas macabras. Tu sabes, vivo sozinho com os meus peixes. Não tenho nem mesmo um cachorro em casa... ou um gato. Se morro, pensei, só vão descobrir meu cadáver muitos dias depois, pelo fedor. Então me imaginei apodrecendo e fedendo em cima da cama, minha podridão empestando o quarto, a casa, a vizinhança, os peixes morrendo no aquário... *Kaputt!* E ao mesmo tempo via, me *lembrava* de como era bom viver, fumar um cigarro, beber um chope geladinho, comer... E sabes no que pensei? Adivinha... Pensei num arroz de carreteiro bem molhado. Cheguei a saborear mentalmente uma garfada... e enquanto isso a dor no peito aumentava, e o mal-estar, e a sufocação... E houve um momento em que o medo de morrer foi mais forte que tudo. Estendi o braço, abri a gaveta, tirei a ampola, quebrei, cheirei... senti um alívio quase imediato... E sabes de uma coisa engraçada? Subitamente me esqueci de onde estava. Eu não era um ser no espaço, mas no tempo. Fiquei de barriga pra cima, vi o meu falecido pai andar pela casa arrastando os chinelos e resmungando, minha mãe fazendo um bolo na cozinha, voltei a ser menino e vim brincar aqui debaixo desta figueira, conversei com gente morta... E tudo de repente ficou claro... a vida, o passado e até o futuro. E quando o dia clareou e o sol me bateu na cara, eu não saberia te dizer se tinha dormido ou passado a noite em claro. Me levantei, aquentei a água para um chimarrão, dei comida para os peixes, fiz a barba e comecei um novo dia.

Solta um suspiro que lhe sai pela boca com uma baforada de fumaça. Depois, entre sério e zombeteiro, exclama:

— Existir, velhote, é uma coisa muito séria.

Tira a palheta da cabeça, aperta-a de borco contra o próprio ventre e começa a tamborilar na copa com os dedos, num ritmo gaiato de samba, que nada tem a ver com o que vai dizer:

— Conta-se que santo Tomás de Aquino chorava ao contemplar o mistério do Ser. Pois eu não choro: eu me borro.

— E eu fujo — murmura Floriano, deixando escapar quase involuntariamente esta confidência. Mas acrescenta: — Quando posso.

— Fazes mal. É preciso enfrentar a vida, e olhar na cara a morte, essa Grande Marafona. Neste *anus mundi* que é Santa Fé, levamos "vidinhas de segunda mão", para usar a frase dum desses meus filósofos cujas "verdades", tu sabes, me chegam por *colis postaux*. Pois é... Somos caricaturas do que poderíamos ser...

Floriano olha criticamente para o amigo. Suas roupas sempre o intrigaram. No inverno Roque Bandeira ordinariamente usa uma fatiota de casimira preta, muito sovada, por cima da qual nos dias mais frios enfia um sobretudo cor de chumbo, com uma comovente gola de veludo negro, já pelada pelo uso; na cabeça mete um chapéu de feltro quase informe, que, quando atirado numa cadeira, mais parece um gato preto enroscado sobre si mesmo. E os trajos de verão do Cabeçudo são estas roupas de brim claro, amassadíssimas, umas sandálias de couro, a palheta amarelada, de abas mordidas, e a eterna gravata: borboleta negra pousada sobre o colarinho branco, mole e geralmente encardido.

— Sim — repete Roque Bandeira —, pobres caricaturas. Por muito tempo pensei que podia levar a vida na flauta (e eu sei que às vezes dou a impressão disso). Achei que viver meio leviana e aereamente sem enfrentar o Problema era uma solução para a angústia de viver. Mas não é, te asseguro que não é. É antes uma fuga covarde e suicida. Porque resignando-nos a uma pobre subvida, estamos assassinando ou, melhor, impedindo que nasça o nosso *eu* verdadeiro. Como já te disse, precisamos agarrar o touro à unha, mesmo que isso nos leve a posturas ridículas. As pessoas em sua grande maioria são demissionárias da espécie humana. Vivem existências inautênticas.

— Mas que é ser autêntico?

Roque Bandeira põe a palheta sobre o banco, a seu lado, tira do bolso um canivete e um pedaço de fumo crioulo e fica-se a preparar um novo cigarro, embora ainda tenha o outro entre os lábios.

— É muito simples — murmura. — O homem é o ser que pode ter consciência de sua existência e portanto tornar-se responsável por ela. Assim, o ser autêntico é o que aceita essa responsabilidade.

Floriano encolhe os ombros. O outro prossegue:

— O ser inautêntico é aquele que vive subordinado aos outros, governado pela tirania da opinião pública.

— Se te consideras tão livre, por que não tens coragem de sair à rua sem essa gravatinha?

— Deixa em paz a minha gravata! É a única coisa que me resta do *smoking* que tive nos tempos de estudante. Este paninho preto já faz parte da minha anatomia. Sem ele me sinto castrado.

Floriano solta uma risada. O outro começa a palmear o fumo. Um cavalo vindo das bandas da Prefeitura atravessa a rua lentamente e o som de seus passos nítidos e ritmados parece acentuar o silêncio e a solidão da noite.

Floriano estende as pernas, inteiriça o corpo, apoia a nuca contra o duro respaldo do banco e assim, mais deitado que sentado, os olhos fechados, ambas as mãos metidas nos bolsos das calças, diz:

— Tu sabes que há certos problemas que só discuto contigo e com mais ninguém...

— Obrigado pela parte que me toca — murmura Bandeira, com fingida solenidade, despejando fumo no côncavo dum pedaço de palha de milho.

— Quando fico sozinho contigo, acabo sempre fazendo-te confidências. Por que será?

— Deve ser por causa de minha acolhedora presença bovina. — Roque Bandeira enrola a palha. — Ou então desta feiura que me torna uma espécie de marginal. Ou do fato de eu te conhecer desde que nasceste... Afinal de contas, sou ou não sou o Tio Bicho?

— Quando eu tinha oito anos (me lembro como se tivesse sido ontem), tu me deste um livro de histórias ilustradas de Benjamin Rabier... Quando completei doze, me levaste dois romances de Júlio Verne: *A casa a vapor* e *Vinte mil léguas submarinas*.

— E não te esqueças de que fui eu quem te iniciou em Zola e Flaubert, para horror do vigário, que te queria impingir vidinhas de santos e mártires, escritas por padres...

— E no entanto aqui estamos agora, praticamente homens da mesma geração, apesar da diferença de vinte anos que existe entre nós...

Roque Bandeira cospe fora o toco de cigarro que tem entre os dentes, acende o crioulo e dá a primeira tragada, expelindo fumaça com gosto e envolvendo Floriano numa atmosfera que lhe evoca imediatamente a imagem de seu avô Aderbal.

— Estás então disposto a fazer mais uma vez o padre confessor?

— Claro. Ajoelha-te e abre o peito. Pecaste contra a carne? Com quem? Quantas vezes?

Floriano continua na mesma posição, sempre de olhos cerrados.

— Falaste há pouco em ser autêntico ou inautêntico... Pois estou convencido de que a maior pedra de tropeço que tenho encontrado na minha busca de autenticidade é o desejo de ser aceito, querido, *aprovado*, e que quase me levou a um conformismo estúpido, uma inclinação que me vem da infância e que acabou entrando em conflito com outra obsessão minha não menos intensa: a de ser completamente livre. São ou não são desejos contraditórios?

Roque Bandeira dá de ombros.

— Meu velho, na minha opinião, *amadurecer* é aceitar sem alarme nem desespero essas contradições, essas... essas condições de discórdia que nascem do mero fato de estarmos vivos. Não escolhemos o corpo que temos (olha só o meu...) nem a hora e o lugar ou a sociedade em que nascemos... nem os nossos pais. Essas coisas todas nos foram *impingidas*, digamos assim, de maneira irreversível. O homem verdadeiramente maduro procura vê-las com lucidez e aceitar a responsabilidade de sua própria existência dentro dessas condições temporais, espaciais, sociológicas, psicológicas e biológicas. Que tal? Muito confuso?

Um galo canta, longe. O cavalo agora pasta em cima dum canteiro e o grugru de seus dentes arrancando a grama é um som que Floriano associa aos potreiros do Angico.

— Naturalmente já notaste que não fumo, não bebo e não jogo. Como interpretas isso?

— É uma atitude anti-Rodrigo Cambará.

— E por que não pró-Flora Cambará?

— Também. São dois lados da mesma moeda, inseparáveis um do outro.

Floriano abre os olhos e avista por uma fresta entre os galhos emaranhados da figueira o caco luminoso da lua.

— Quero ver se consigo verbalizar agora meu problema com um mínimo de fantasia...

— Por falar em verbalizar, às vezes não te perturba e inibe a ideia de que a realidade *não é verbal*? A consciência disso deve ser um veneno para o romancista, hein?

— Não aumentes a minha confusão, homem de Deus! Mas espera... Não ignoras a vida que meu pai sempre levou, desde moço, fazendo minha mãe sofrer com suas aventuras eróticas extraconjugais, seus apetites desenfreados, seus exageros... Um dia entreouvi esta frase dum diálogo entre ambos, no quarto de dormir: "Não respeitas mais nem a tua própria casa". Quem dizia isso era a minha mãe, com voz queixosa. Descobri depois (mexericos de cozinha) que o Velho fora apanhado atrás duma porta erguendo a saia duma rapariga que tinha entrado no dia anterior para o serviço da casa...

Roque começa a rir um riso que é mais um crocitar, como se ele tivesse um sapo atravessado na garganta.

— Eu agora também posso rir de tudo isso, claro! — exclama Floriano. — Mas para o menino essa experiência foi traumatizante. Doutra feita vi meu pai em cima duma chinoca, num capão do Angico... Eu era então mais velho, teria os meus quatorze anos... Não preciso te dizer que fiquei espiando a cena escondido atrás dum tronco de árvore, com um horror cheio de fascínio... e depois fugi, correndo como um desesperado, como se eu e não ele fosse o criminoso.

— Criminoso?

— Bom, a palavra exata não é essa, mas tu sabes o que quero dizer...

Por alguns instantes Roque luta com novo acesso de tosse, ao cabo do qual reaviva o fogo do cigarro e diz:

— Eu me lembro dumas caboclinhas gostosas de seus quatorze ou quinze anos que vinham do Angico para trabalhar no Sobrado... umas chinocas peitudinhas, benfeitas... Umas "piroscas", como se costumava dizer naquele tempo.

— Pois bem. Vi muitas vezes o Velho apalpar os seios ou as nádegas dessas meninotas, na minha frente, imagina, como se eu fosse um inocente ou um idiota... Eu ficava desconcertado, não sabia onde me meter quando via o nosso doutor Rodrigo dar presentinhos às rapariguinhas, cochichar-lhes convites, devorá-las com olhares lúbricos... Mas de que é que estás rindo?

— De teus ciúmes, menino.

— Bom, confesso que eu andava também atrás dessas chinocas, faminto de sexo mas sem coragem de agarrá-las... Como um Hamletinho amarelento, de olheiras fundas e cara pintada de espinhas, eu vivia o meu draminha. Agarrar ou não agarrar? E agora chego a um ponto importante. Não era apenas a timidez sexual que me tolhia...

— Eu sei — apressa-se a dizer Bandeira. — Era o medo das sanções da tua tribo, cuja maior Sacerdotisa era dona Maria Valéria, a vestal do Angico e do Sobrado, a Guardiã da Virtude. Certo?

— Certo. Mas havia outra razão mais poderosa ainda. *Eu não queria decepcionar minha mãe.* Não queria que dissessem que por ser filho de tigre eu tinha saído pintado... O meu sonho era ser o anti-Rodrigo para compensar as decepções de minha mãe...

— Em suma: serias o marido exemplar, já que o outro não era.

— Aí tens a história. O doutor Rodrigo fumava? Eu jamais poria um cigarro na boca. O doutor Rodrigo jogava? Eu jamais tocaria num baralho. O doutor Rodrigo bebia? Eu jamais tomaria bebidas alcoólicas.

Floriano ergue-se e começa a andar devagarinho na frente do banco, dum lado para outro.

— Quanto ao sexo — prossegue —, eu me contentava com minhas satisfações solitárias na água-furtada, a portas fechadas, em território que num gesto mágico eu proclamara livre da jurisdição da tribo e portanto de suas sanções.

— Mas aposto como vivias louco de medo das sanções da Natureza.

— Exatamente. Mas seja como for, na adolescência, inspirado por histórias sublimes, comecei a alimentar conscientemente um sonho: ser o homem exemplar, o que por um esforço de autodisciplina consegue acorrentar a besta e liberar o anjo, o que se coloca acima dos instintos animais: enfim, um produto acabado, uma espécie de cristal puro e imutável...

— Coisa que não só é impossível como também indesejável. Indesejável porque tal criatura seria apenas o Grande Chato. E impossível porque o homem não é um produto acabado, mas um processo transitivo, um permanente *devenir*... Tu mesmo disseste isto uma destas noites no quarto do teu pai...

Floriano caminha até o limite da sombra da figueira e ali fica a olhar para a única janela iluminada do Sobrado, a pensar em Sílvia, com a certeza de que nunca, mas nunca mesmo terá a coragem de confessar a ninguém o que sente por ela. Tio Bicho abre a boca num bocejo cantado e depois murmura:

— Eu bem podia comer um bife com ovos e batatas fritas antes de ir dormir. Que tal? Me acompanhas?

Floriano volta para junto do amigo e, como se não tivesse ouvido o convite, diz:

— Podes bem imaginar o que senti no dia em que papai mandou Tio Toríbio me levar à casa duma prostituta para a minha iniciação sexual. Pensa bem no meu draminha. Tinha dezesseis anos. Com o corpo sentia um desejo danado de mulher, uma curiosidade, uma comichão, uma necessidade de provar que era homem... Por outro lado odiava meu pai por ter forçado aquela situação. Bom... odiava não é o termo exato. Mas eu estava ressentido com ele, porque me mandando a uma puta...

É com alguma hesitação que Floriano pronuncia esta última palavra, cujo som lhe vem acompanhado da imagem de Maria Valéria ("Te boto pimenta na boca, maroto!").

— ... ele me puxava para seu nível, me fazia da sua igualha moral, me *obrigava* a atraiçoar minha mãe...

— Não. Tu *querias* acreditar que estavas sendo obrigado a procurar mulher, pois assim dividias com teu pai ou, melhor, empurravas para cima dele toda a responsabilidade do ato... e do desejo.

— Bom. Saí da casa da prostituta com o espírito confuso. Decepcionado porque afinal de contas o ato sexual não fora bem o que eu esperava... Orgulhoso porque havia provado que era homem... Envergonhado porque tinha feito uma "bandalheira", segundo o código e o vocabulário da Dinda... Sim, também com a sensação de estar sujo e com o medo de ter contraído alguma doença venérea. No dia seguinte não tive coragem de encarar as mulheres do Sobrado. E quando à hora do almoço papai fez diante delas uma alusão velada mas maliciosa ao "grande acontecimento", piscando-me o olho, assim como quem diz "nós homens nos entendemos", engoli em seco, fiquei com o rosto em fogo, desejei me sumir. E nessa hora, nessa hora, sim, odiei o Velho...

Um apito de trem, prolongado e trêmulo, vindo de longe, das bandas da Sibéria, dá ao espaço da noite uma súbita e mágica dimensão de tempo: transporta Floriano por uma fração de segundo a uma madrugada da infância, num frio agosto: no seu quarto do Sobrado, encolhido debaixo das cobertas, ele ouviu o apito do trem de carga que todas as noites passava àquela hora: e o menino então era Miguel Strogoff, o correio do Czar, e estava dentro do transiberiano que cruzava apitando a estepe gelada...

Roque Bandeira põe o chapéu na cabeça e murmura:

— Estou com uma broca medonha. Vamos até o Schnitzler comer alguma coisa?

Continua, porém, sentado, o ventre caído como um saco sobre as coxas, o ar sonolento. Floriano dá-lhe uma palmadinha no ombro.

— Tem paciência. Estou em maré de confidência. Me deixa continuar o romance do romancista. Ah! Esqueci um pormenor importante na minha história. É que paralelamente a todos esses sentimentos com relação ao Velho, sempre senti por ele uma irresistível fascinação...

— E quem não sentiu? Teu pai é um sedutor profissional, um *charmeur*, um feiticeiro.

— Vou tentar te dizer como eu sentia a presença dele... Tu sabes, sou muito sensível a cheiros, que associo espontaneamente a pessoas, lugares e situações. Cigarro de palha: o velho Aderbal. Bolinhos de milho: vovó Laurentina. Cera de vela: a Dinda. Patchuli e linho limpo: dona Vanja. Picumã e querosene: a casa da estância. Casca de laranja e de bergamota: o inverno. E assim por diante... Ora, o Velho recendia a Chantecler (perfume que usava com seu exagero habitual) de mistura com sarro de cigarro e charuto e com um leve, tênue bafio de álcool... Tu sabes qual era a minha reação ao fumo e à bebida... Quanto ao Chantecler... bom, tenho de te explicar que desde muito pequeno eu me sentia atraído pela figura do galo estampada no frasco de perfume. Mais tarde, no Angico, vi um belo galo de crista vermelha pôr-se numa galinha. Um peão me explicou o que era *aquilo*... Depois ouvi histórias de cozinha e galpão em torno de proezas eróticas de galos, e de homens "que eram como galos"; aprendi o significado do verbo *galar* e o da expressão *mulher galinha*. Daí por diante associei todas essas noções ao "cheiro de pai", e o perfume Chantecler passou a ter para mim um forte elemento de atração e outro não menos forte de repulsa...

— Exatamente o que sentias pelo veículo do cheiro.

— Isso! Havia no Velho outro aspecto perturbador: sua beleza física tão decantada por toda a gente, e da qual ele próprio tinha uma consciência tão vaidosamente aguda. Eu me comprazia em comparar o famoso retrato pintado por Don Pepe com o seu modelo vivo, e às vezes, quando me pilhava sozinho na sala, ficava na frente da tela, namorando a imagem paterna, numa espécie de inocente narcisismo, pois era voz corrente que eu me parecia com o Velho. ("Cara dum, focinho do outro", dizia a Dinda.) Em mais de uma ocasião, me lembro, cheguei a cheirar a pintura. Não sei se estou fantasiando quando te digo que dum modo obscuro, não articulado, eu via naquele retrato uma projeção da pessoa de meu pai num plano ideal muito conveniente aos meus sonhos de menino, isto é, numa dimensão em que ele não só permanecia sempre jovem e belo mas principalmente puro, impecável... quero dizer, um Rodrigo que jamais faria minha mãe sofrer, que jamais sairia atrás de outras mulheres...

— Nem seria teu competidor...

— A presença de vovô Babalo era para mim sedativa, tranquilizadora como a dum boi. A de minha mãe, doce e morna. A da Dinda, um pouco ácida mas sólida. Agora, a presença de meu pai eu sempre a senti quente, efervescente, agressiva... Sua fama de macho no sentido da coragem física me fascinava de maneira embriagadora, talvez porque eu não a sentisse em mim... Criei-me ouvindo na estância e no Sobrado as histórias do rico folclore da família em torno da bravura pessoal de Tio Toríbio e do Velho, e uma das minhas favoritas era a que se contava do jovem doutor Rodrigo que um dia, todo endomingado e perfumado, mas sem um canivete no bolso, em plena rua do Comércio dera uma sumanta num capanga armado até os dentes, e que o agredira a golpes de rebenque.

— A história é autêntica. Eu fui testemunha visual. Isso aconteceu lá por voltas de 1910...

— Também fui alimentado com histórias em torno da decência e da pureza de caráter dos Terras e dos Cambarás. Havia duas palavras que meu pai usava com muita frequência: uma era *hombridade* e a outra *honra*.

— Tens de confessar que possuías um pai fabuloso, pelo menos para uso externo.

— Sim, era muito agradável e conveniente ser filho do senhor do Sobrado. Pertencer ao clã dos Cambarás me dava uma sensação não apenas de importância como também de segurança: a certeza de que ninguém jamais ousaria me tocar...

— E não te tocaram?

— Tocaram. E como! É um episódio que nunca pude esquecer. Foi numa manhã de primavera, no pátio da escola de dona Revocata, durante a hora do recreio. Não sei por que motivo um de meus colegas, um pouco mais velho e mais forte que eu, me agrediu e derrubou com uma tapona no ouvido. Fiquei caído, estonteado de dor e surpresa. Formou-se a nosso redor um círculo de meninos que nos açulavam como se fôssemos cachorros ou galos de rinha. "Levanta! Mete a mão nele! Vamos." E como eu não levantasse (não vou te negar que estava com medo) rompeu a gritaria: "Arrolhou! Frouxo! Galinha!". No meio duma vaia fugi do pátio, chorando de vergonha, de ódio, de impotência, sim, e também de paixão, diante daquela enorme *injustiça*. Eu, filho do doutor Rodrigo Cambará, eu, o menino do Sobrado, tinha sido esbofeteado por um "guri qualquer". (O meu adversário era um mulatinho, filho dum sapateiro.) E ninguém tinha erguido um dedo em minha defesa! Para encurtar o caso: voltei para casa, fui direito ao Velho, contei-lhe chorando o que me acontecera, esperei que ele pusesse o chapéu, saísse como uma bala e não só repreendesse dona Revocata por ter permitido aquela *barbaridade*, como também puxasse as orelhas do meu agressor. Bom. Sabes qual foi a reação do meu pai?

— Está claro que só podia ter sido uma. Te deu outra sova...

— Exatamente. Me aplicou um boa dúzia de chineladas no traseiro e mais tarde, quando me viu a um canto soluçando, disse: "Filho meu que apanha na rua e não reage, apanha outra vez em casa. Se é covarde, não é meu filho". E quando pensei que o caso estava encerrado, o Velho me pegou com força pelo braço e exigiu que eu voltasse à escola no dia seguinte e, na hora do recreio, na frente de todos os colegas, tirasse a desforra. "Mas ele é maior que eu", aleguei. E o Velho: "Pois se é assim, pegue um pau, uma pedra, mas ataque-o, limpe o seu nome". E repetiu: "Se é covarde não é meu filho". Bom. Passei uma noite de cachorro, pensando na minha responsabilidade do dia seguinte. Inventei que estava doente para faltar à aula (se não me engano, tive mesmo uma diarreia nervosa), mas papai não admitiu nenhuma desculpa: levou-me em pessoa até a porta da escola. Na hora do recreio reuni toda a coragem de que era capaz, agarrei um pau e fui para cima do meu "inimigo". Resultado: levei outra sova maior. Voltei para casa com o rosto cheio de equimoses e arranhões. As mulheres se alarmaram...

— E teu pai?

Floriano encolhe os ombros, olha na direção do Sobrado.

— Não estava mais interessado no assunto. Não me perguntou nada. Nem sequer tomou conhecimento de meus "graves ferimentos". Mais tarde comecei a ligar pedaços de informações e concluí que nessa época ele andava metido com uma castelhana... uma história que acabou em escândalo público. Decerto naquele dia a *crise* chegara ao auge. Parece que o "marido ultrajado" chegou a dar-lhe um tiro de revólver...

— Houve mais de uma castelhana na vida do doutor Rodrigo — diz sorrindo Tio Bicho.

E acende mais um cigarro, puxa um par de tragadas, cai num novo acesso de tosse e, com o corpo convulso, curva-se para a frente em agonia, como quem vai vomitar. Por fim, amainado o acesso, solta um palavrão e fica derreado, a soprar forte, a gemer e a enxugar as lágrimas. Apanha o cigarro que caiu mas sem apagar-se, leva-o de novo à boca e balbucia:

— Continua o teu folhetim.

— Bom. Como sabes, muito mais tarde a vitória da Revolução de 30 nos levou a todos para o Rio e lá fui eu, com meus dezenove anos, sem rumo certo, sem saber ainda o que queria da vida. Não, espera... Eu já sabia. Queria escrever, ler, ouvir música, cultivar, em suma, uma espécie de ócio inteligente, sem compromissos maiores com a realidade, sem me prender a ninguém e a nada (isso era o que eu dizia a mim mesmo) para poder continuar na minha busca de liberdade... E a todas essas, andava ainda obcecado pelo desejo de ser aceito, querido, aprovado. Não é absurdo?

Roque encolhe os ombros, sem dizer palavra.

— Vivi três anos à custa do Velho, coisa que *às vezes* me deixava *um pouco* perturbado. Fiz uns vagos cursos, andei publicando contos em suplementos literários, e aos vinte e dois anos escrevi uma novelinha muito falsa, cuja publicação meu pai custeou, distribuindo exemplares entre amigos... Por fim me arranjou um emprego público, uma sinecura, ordenado razoável, nenhuma obrigação de ir à repartição, tu sabes... Aceitei a situação, meio encabulado... mas a verdade é que me acomodei. E no mais continuei a viver, fascinado pela nova vida, a bela cidade, a praia, o mar... Meti-me em aventuras amorosas que me criavam problemas de consciência (já te contei meu caso com a americana), pois se por um lado o leitor do Omar Khayyam que eu era procurava apanhar e comer sem remorso os frutos do caminho, beber o vinho de todas as taças, por outro não me podia livrar de meus fantasmas familiares. Muitas vezes, quando na cama com uma mulher, eu via grudados no travesseiro os olhos acusadores da Dinda, ou sentia o vulto da minha mãe no quarto, ou então a presença do Outro, da parte do meu Eu que reprovava aquelas promiscuidades sexuais.

— Já reparaste como nesses casos de sexo o Outro é quase sempre a parte mais fraca?

— Eu fazia propósitos de mudar de vida, tornar-me um escritor sério, deixar de ser um parasita do Estado e da família, realizar enfim plenamente o meu ideal de liberdade. Mas que queres? Lá estava sempre a cidade, o calor, as tentações, as mulheres seminuas na praia, e os meus vinte e poucos anos. Sim... e a bolsa paterna. Afinal de contas, meu caro, tu sabes como é bom viver. E assim, alternando momentos de abandono epicurista com crises de consciência, fui vivendo... Mas há outro assunto mais sério... Não sei nem se terei coragem de...

Cala-se. Tio Bicho remexe-se no banco e diz:

— Compreendo. Teu maior problema era ainda o teu pai.

— Precisamente.

— Vou te facilitar o resto da confidência, embora tenha de ser um pouco rude. Tu te preocupavas principalmente com (vamos usar uma frase do código da gente antiga do Sobrado) com a "desintegração moral" do Velho. Certo?

— Certo. Ainda há pouco estive relendo, num jornal, o discurso que papai fez na estação aqui de Santa Fé em outubro de 1930, antes de embarcar para o Norte, no trem que passou com Getulio Vargas e seu Estado-Maior. Ele jurava pelo sangue dos mortos daquela revolução que tudo faria para ajudar a "regenerar o Brasil".

— Podes acreditar — diz Roque Bandeira — que naquele instante teu pai estava sendo sincero.

Floriano olha para o Sobrado em cuja fachada neste exato momento se apaga a última janela iluminada. Fica por um instante a pensar se deve ou não discutir com Roque uma das noites mais terríveis de toda a sua vida: 3 de outubro de 1930... Mas não — decide —, o melhor será não reabrir a velha ferida...

— O primeiro erro de meu pai — continua — foi ter aceito logo ao chegar ao Rio o cartório que o doutor Getulio lhe ofereceu. Lembro-me de que ele nos explicou, meio constrangido, que fora forçado a isso, pois suas despesas então eram enormes, havia perdido muito dinheiro com a falência do Banco Pelotense, o negócio de gado ia mal, o Angico não estava dando resultado...

— Tudo isso também era verdade.

— Não preciso te repetir, porque sabes, as coisas que se disseram do Velho. Ele tem sido acusado de ter feito advocacia administrativa, de, sendo uma das pessoas chegadas ao doutor Getulio, ter "vendido influência". Foi apontado também como um dos "príncipes do câmbio negro". Naturalmente de tudo isso devemos descontar as mentiras e os exageros. Mas houve coisas tão flagrantes, tão claras que até um "cego voluntário" como eu não podia deixar de ver... E a verdade era que o Rodrigo Cambará que em 1932 andava pelos corredores do Catete e dos ministérios, amigo de figurões do Governo Provisório, evidentemente não era o mesmo que menos de dois anos antes havia feito aquele discurso romântico na plataforma da estação de Santa Fé, com lágrimas nos olhos e um lenço branco no pescoço...

— Claro que não era! Teu pai estava vivo, *existia*. Não podia deixar de mudar, embora não necessariamente nessa direção. Existir é estar sempre emergindo... uma espécie de contínuo deslizar...

— Eu o observava ora com um olho frio e malicioso de romancista, ora com um terno e meio assustado olho filial (e tanto o escritor como o filho se sentiam igualmente fascinados pela personagem) e notava que à medida que ia fazendo concessões à nova vida, ao novo habitat, à medida que ia esquecendo ou transgredindo o famoso código de honra do Sobrado, o Velho (não sei se consciente ou inconscientemente) exagerava suas manifestações exteriores de *gauchismo:* usava termos e ditados campeiros, ele que sempre foi mais homem da cidade do que do campo, carregava no sotaque gaúcho e chegou até a adquirir no Rio o hábito diário do chimarrão matinal, que não tinha quando deixou Santa Fé.

Floriano cala-se, admirado de estar falando tanto e tão livre de inibições. Que diabo! Era necessário desabafar com alguém. A que outra pessoa de suas relações podia exprimir-se assim com tamanha franqueza? Sua mãe? Não. Ela se recusaria a escutá-lo, obrigá-lo-ia a calar-se. Jango? Faria o mesmo, apenas de maneira mais rude. Bibi? Tempo perdido. A Dinda? Nem por sonhos. Eduardo? Veria o problema apenas à luz do materialismo dialético. Irmão Zeca? Escutaria com afetuosa atenção, mas acabaria analisando o caso *sub specie aeternitatis*. Sílvia? Talvez... mas com ela gostaria de ter a coragem de discutir outro problema, e com uma franqueza ainda maior.

— Vamos embora — convida Roque, tomando-lhe do braço.

Saem a andar lado a lado, lentamente, sob as estrelas.

— Haverá habitantes em Aldebarã? — pergunta Tio Bicho, erguendo os olhos para o céu e enganchando os polegares nas alças dos suspensórios. — Quando menino, eu me divertia a recriar o cosmos à minha maneira. Inventei que as pessoas que morrem na Terra ressuscitavam com outro corpo noutro planeta. Eu queria renascer em Antares, com o físico do *Davi* de Miguel Ângelo.

Sem dar atenção às palavras do companheiro, Floriano diz:

— Tenho pensado muitas vezes como se poderia dar, num romance, os diversos estágios dessa... dessa deterioração, dessa decomposição, assim de maneira microscópica, acompanhando a personagem dia a dia, hora a hora, minuto a minuto... Talvez seja impossível. Claro que é... — acrescenta depois de curta pausa. — Conta-se (e aqui temos de novo o folclore de Rodrigo Cambará) que no seu primeiro ou segundo mês de Rio de Janeiro, um aventureiro qualquer se aproximou dele para lhe propor uma negociata, tu sabes, do tipo: "Tu consegues que o presidente assine tal e tal decreto e eu te dou tanto em dinheiro". Como única resposta papai quebrou-lhe a cara.

— Ouvi também essa história.

— Tu vês... é possível que a contaminação tenha começado nesse momento, apesar do gesto indignado.

— Qual! Teu pai levou daqui de Santa Fé o germe disso a que chamas *infecção*. O Rio de Janeiro e o Estado Novo foram apenas o caldo de cultura em que o micróbio proliferou...

— Imagina a transplantação. Rodrigo Cambará longe do seu chão, do Sobrado, das suas coordenadas santa-fezenses... Pensa na sedução das oportunidades cariocas, as eróticas e as outras... E os cassinos, e a roleta... E principalmente as fêmeas, e os maridos que chegavam quase a oferecer-lhe as mulheres para obter favores... E as jovens datilógrafas e secretárias... e a necessidade de dinheiro para comprar as belas coisas com que se conquistam as belas mulheres: joias, carros, apartamentos, vestidos... E mais o gosto da ostentação, a volúpia de gastar, de ser adulado, de se sentir prestigioso, querido, requestado... E, envolvendo tudo aquela... aquela cantárida de que está saturado o ar do Rio. Bom, e mais o descomunal apetite pela vida que sempre caracterizou o Velho... Mas de que te ris?

— De ti, da apaixonada veemência com que estás censurando teu pai. Não negues, porque estás... E com a voz, o vocabulário e a tábua de valores da tua mãe, da tua tia, dos teus avôs Licurgo e Aderbal...

— Pode ser, mas...

— E te irrita um pouco não poderes fugir a essa tábua de valores que intelectualmente repudias. No entanto todas essas regras de comportamento, esses tabus, esses "não presta", "não pode", "não deve", "não é direito", em suma, toda essa moral que no fundo nasceu da superstição e do utilitarismo, estão incrustados no teu ser como um cascão do qual gostarias de te livrar. O que te preocupa também é saber que por baixo dessa crosta és um homem igual a teu pai, com as mesmas paixões, impulsos e apetites... apenas com menos coragem de existir autenticamente.

Param perto do coreto. Floriano dá um pontapé num seixo, que vai bater na base do busto do cabo Lauro Caré. Amanhã — pensa — tenho de aguentar o discursório na hora da inauguração...

— E não quero me inocentar — diz em voz alta. — Pelo meu silêncio, pela minha acomodação, eu me acumpliciei com o Velho durante pelo menos os sete anos em que vivi meio embriagado pelos encantos e facilidades do Rio.

— Isso é história antiga — exclama Tio Bicho. — Não tem nenhuma importância. Joga fora o passado. E alegra-te com a ideia de que o homem é o único animal que tem um futuro.

— Me deixa continuar a história, já que comecei...

— Está bem, mas vamos andando. Estou morto de fome.

Retomam a marcha. Floriano vai segurando o braço do amigo. (Suor antigo, bafio de álcool, sarro de cigarro: o cheiro "oficial" de Roque Bandeira.)

— Algo que tio Toríbio me disse naquele negro 31 de dezembro de 1937, e mais a profunda impressão que sua morte estúpida me causou, fizeram que eu pensasse a sério na minha situação e resolvesse reagir... Em fevereiro de 38 voltamos para o Rio e o Velho quis me meter no Itamaraty sem concurso, como "ventanista". Garantiu que me arranjaria tudo com facilidade, era tiro e queda. Quando recusei me a prestar à farsa, apesar da atração que sentia pela possibilidade que o posto me daria para viajar, papai ficou furioso. "Que puritano me saíste! Que é que tu pensas? Que és melhor que os outros? Afinal de contas, que queres? Vais passar o resto da vida nesse empreguinho mixe?" Aproveitei a ocasião para lhe dizer que não queria emprego nenhum, que ia abandonar o que tinha para viver minha vida à minha maneira... O Velho ficou tão indignado que quase me esbofeteou. Creio que naquela época andava irritado, incerto de si mesmo. Queria convencer os amigos democratas da legitimidade e da necessidade do golpe de Estado, quando no fundo ele próprio não parecia muito convencido disso. E a maneira que encontrava para compensar seu sentimento de culpa era afirmar-se desafiando ou agredindo os que discordavam dele, fosse no que fosse.

— E não esqueças que a morte do irmão lhe devia estar também pesando um pouco na consciência.

— Pois bem. Pedi demissão de meu "cargo" e passei a viver de artigos de jornal e traduções de livros. Era a ocupação ideal para quem como eu não queria compromisso com horários fixos. E para completar meu "grito do Ipiranga", decidi deixar o apartamento do doutor Rodrigo com armas e bagagens.

Tornam a parar, desta vez na calçada da praça que dá para a rua do Comércio. Um soldado da Polícia Municipal passa a cavalo e, reconhecendo Roque Bandeira, faz-lhe uma continência.

— Estás vendo? — graceja Tio Bicho. — Ele sabe que sou coronel da Guarda Nacional.

— Foi nesse momento que entrou em cena uma personagem em geral silenciosa ou reticente dessa "tragédia grega de *Pathé-Baby*": minha mãe. Em 1937 já a desintegração do clã Cambará no Rio era quase completa. Dona Flora e o doutor Rodrigo (ninguém ignorava lá em casa) já não eram mais marido e mulher, tinham quartos separados, guardavam apenas as aparências... Mamãe e Bibi tinham conflitos de temperamento. Aos dezessete anos minha irmã mandara para o diabo o código do Sobrado e adotara o da praia de Copacabana, o que era motivo para discussões e emburramentos sem fim lá em casa. Eduardo estava já em lua de mel com seu marxismo, começava a sentir-se mal como membro daquela família de plutocratas, e não perdia oportunidade de me agredir por causa do que ele chamava (e ainda chama) de meu "comodismo". Jango estava longe. Quem sobrava? Este seu criado. Foi nele que dona Flora concentrou seu amor, seus cuidados. Não podes calcular como se impressionava com o meu caso com a americana. Era uma ciumeira danada...

— Tudo isso é natural. Eu me lembro, sempre foste o mimoso dela. E no fim de contas, de todos os filhos, és o mais parecido com o marido que ela perdeu...

— A Velha me suplicou que não abandonasse a casa. Relutei, dei-lhe minhas razões, que não a convenceram. E assim, continuei sob o teto do doutor Rodrigo Cambará, comendo suas sopas...

— E como te tratava ele?

— Nos primeiros dias que se seguiram à nossa altercação, não olhava para mim nem me dirigia a palavra.

— Naturalmente isso não durou...

— Claro. Se há coisa que meu pai não suporta é a ideia de não ser querido, respeitado, consultado, ouvido, obedecido... Depois de duas semanas começou a campanha de reconquista do filho pródigo: primeiro, observações casuais feitas na minha direção, como para testar minha reação... depois, presentes... uma gravata, um livro... entradas para concertos... Por fim eram abraços e até confidências que às vezes me embaraçavam... Mas a verdade é que nos encontrávamos muito pouco. Ele levava uma vida política e social muito intensa. Eu passava parte da manhã na praia, o resto do dia no meu quarto, escrevendo, e à noite ia para a rua.

Floriano faz uma pausa, olha para a grande lâmpada no alto dum poste, a um dos ângulos da praça, e fica a observar o voo das mariposas e dos besouros ao redor do foco luminoso.

— Um dia — continua — me chegou um convite que me pareceu providencial: uma universidade americana me oferecia um contrato de um ano para dar um curso de história da civilização brasileira... Aceitei logo. Era não só a oportunidade de viajar e satisfazer a curiosidade do menino que ainda morava dentro de mim, como também de ficar uma larga temporada longe da minha família, compreendes?

— Como foi que "aconteceu" o convite. Caiu do céu?

Floriano solta um suspiro.

— Qual! A coisa me veio por interferência direta do doutor Rodrigo, no seu papel de Deus Todo-Poderoso. Tinha amigos no escritório do coordenador de assuntos interamericanos... Embarquei para os Estados Unidos para ficar lá um ano, mas acabei ficando três. E agora me deixa pingar o ponto final no "folhetim". Quinze anos depois da decantada "arrancada de 30", estamos os Cambarás de volta ao ponto de partida. A família se encontra *reunida*, se é que posso usar esta palavra. Seu chefe gravemente enfermo. O país numa encruzilhada. E eu, como um pinto a dar bicadas na casca do ovo, tentando acabar de nascer. Que me dizes a tudo isto?

— Ao bife com batatas! — exclama Roque Bandeira, puxando o amigo pelo braço.

Lado a lado começam a descer pela rua quase deserta, na direção da Confeitaria Schnitzler. Com o rabo dos olhos Floriano observa o amigo. Tio Bicho vai na postura costumeira, as mãos trançadas às costas, o casaco aberto, o passinho leve e meio claudicante de quem tem problemas com os joanetes.

— Antes de mais nada — torna a falar Bandeira — não podes, não deves julgar teu pai à luz de suas fornicações extramatrimoniais. O doutor Rodrigo, homem mais do espaço do que do tempo, agarrou a vida à unha com coragem e, certo ou errado (quem poderá dizer?), fez alguma coisa com ela. E aqui estás tu a simplificar o problema, a olhar apenas um de seus múltiplos aspectos. Pensa bem no que vou te dizer. É um erro subordinar a existência à função. O doutor Rodrigo não é apenas o Grande Fornicador. Ou o Amigo do Ditador. Ou o Jogador de Roleta do Cassino da Urca. Ou o Mau Marido. É tudo isso e mais um milhão de outras coisas. O que foi ontem não é mais hoje. O que era há dois minutos não é mais agora e não será no minuto seguinte.

— Eu sei, eu sei...
— Cala a boca. Escuta. O que importa agora é isto: teu pai está condenado. Teu pai vai morrer. É questão de dias, semanas, talvez meses, quando muito. Eu sei, tu sabes e ele também sabe.

Roque estaca, volta-se para o amigo, segura-o fortemente pelos ombros e diz:

— Lá está o teu Velho agora sozinho no quarto, decerto pensando na Torta. Morrer é uma ideia medonha para qualquer um, especialmente para quem como ele tanto ama a vida. Agora eu te pergunto, que gesto fizeste ou vais fazer que esteja à altura deste grande, grave momento?

— Já te disse que estou pensando em ter uma conversa amiga mas também muito franca com ele.

— Eu sei. Tu disseste. Tu repetes. Mas já foste? Já foste?
— Não, mas...
— Olha que não tens muito tempo. Amanhã pode ser tarde demais. Se queres mesmo acabar de nascer, tens de ajustar contas com teu pai no sentido mais cordial e mais legítimo da expressão, através da aceitação plena do que ele é. Não se trata de ir pedir-lhe perdão ou levar-lhe o teu perdão. *O que tu tens de fazer, homem, é um gesto de amor, um gesto de amor!*

Diz essas palavras quase a gritar, e sua voz ergue-se na noite quieta.

Um pouco impaciente, Floriano desvencilha-se do amigo e diz:

— Não precisas repetir o que eu já te tenho dito tantas vezes. Eu sei muito bem o que devo fazer, o que *quero* fazer. Mas tu bem sabes que não é fácil. Conheces o Velho. Há certos assuntos em que não posso tocar sem irritá-lo, e isso agora seria perigoso.

Retomam a marcha e dão alguns passos em silêncio. Em cima do telhado da casa da Mona Lisa um gato cinzento passeia.

Mais calmo, Roque prossegue:

— Tudo depende de jeito. Entendam-se como seres humanos. Manda pro diabo o código do Sobrado. Abre o coração para o Velho. Mas abre também as tripas, sem medo. Se for necessário, primeiro insultem-se, digam-se nomes feios, desabafem; numa palavra: limpem o terreno para o entendimento final. O importante é que depois fiquem os dois um diante do outro, psicologicamente despidos, nus como recém-nascidos. Estou certo de que nessa hora algo vai acontecer, algo tão grande como existir ou morrer...

— Ou nascer de novo — completa Floriano.

— Sim. Terminado o diálogo terás cortado para sempre teu cordão umbilical. Te aconselho que o enterres no quintal, ao pé da marmeleira-da-índia. E desse momento em diante passarás a ser o teu próprio pai.

— E ao mesmo tempo o meu próprio filho.

— Sim, e teu próprio Espírito Santo. Por que não, hein? Por que não?

Entram rindo na Confeitaria Schnitzler, e ocupam uma mesa, na sala quase deserta. A um canto Quica Ventura está sentado diante dum cálice de caninha, o chapéu na cabeça, as abas puxadas truculentamente sobre os olhos, um lenço vermelho no pescoço. Roque e Floriano o cumprimentam com certa cordialidade, mas o maragato mal lhes responde com um resmungo e um quase imperceptível movimento de cabeça. A seus pés um perdigueiro dorme com o focinho entre as patas. Marta atravessa a sala arrastando as pernas de paquiderme, e vai servir café com leite e torradas a um casal: um cabo do Regimento de Artilharia e uma mulher de tipo sarará, vestida de solferino e recendente a Royal Briard.

— Não comes alguma coisa? — pergunta Tio Bicho a Floriano, que lhe responde com um aceno negativo de cabeça. — Claro. Teu pai era o homem das ceatas tardias, logo tu as evitas... Espero que não sejas casto...

Entrando no espírito da brincadeira, Floriano exclama:

— Ora, vai-te pro inferno!

A filha do confeiteiro aproxima-se da mesa, risonha. A luz fluorescente dá um tom violáceo à sua pele cor de salsicha crua. Vem dela um fartum de suor temperado com cebola e manteiga.

— Ó Marta — saúda-a Tio Bicho. — Onde está o Júlio?

— Na cama. Anda meio gripado. Hoje vamos fechar a casa mais cedo. Que é que os senhores querem?

— Me manda fazer um bom bife malpassado, com dois ovos fritos e umas batatinhas torradas... Ah! Me traz uma garrafa de cerveja. — Olha para o companheiro. — E aqui para nosso jovem...

Floriano completa a frase:

— Água mineral.

Tio Bicho repete o pedido numa careta de nojo. A mulher faz meia-volta e encaminha-se para a cozinha. Bandeira segue-a com o olhar, murmurando:

— Parece um monstro antediluviano. É incrível. Quando menina, a Marta era uma "pirosca". — Pisca o olho para o amigo. — Teu pai andou dando em cima dela. Acho que a "alemoa" marchou...

Floriano sorri e, olhando também para as nádegas avantajadas da mulher, murmura:

— Como dizia santo Agostinho, *inter urinas et faeces nascimur*...

Tio Bicho tira a palheta e coloca-a em cima duma cadeira, a seu lado.

— Botando esse latinório em termos geográficos, quer dizer que saímos dum buraco limitado ao norte pela urina e ao sul pelas fezes...

— E o que depois fazemos vida em fora... literatura, pintura, gestos de heroísmo, de santidade, a busca da sabedoria... não será tudo um esforço para negar, apagar essa nossa origem animal e prosaica? E "pecaminosa", como diria o Zeca?

— Sim. É também o desejo de nos transcendermos a nós mesmos e exprimirmos a verdade de nossa existência na arte, na religião e na ciência.

Minutos depois, quando Marta volta com o prato e as bebidas, pondo-os sobre a mesa, Tio Bicho lança um olhar alegre para o bife fumegante, coroado por dois ovos e cercado de batatinhas em forma de canoa. Floriano enche o copo do amigo de cerveja e o seu de água mineral. Roque Bandeira põe-se a comer com entusiasmo e em breve tem os lábios e o queixo respingados de gema de ovo. Só faz pausas para tomar largos sorvos de cerveja.

Quica Ventura emborca o cálice de caninha, puxa um pigarro que parece cortar o ar da sala como uma faca dentada, e de novo baixa a cabeça soturna. A mulher do cabo, muito encurvada sobre a mesa, segura a xícara de café entre o indicador e o polegar, enristando o mínimo, enquanto o companheiro tira do bolso um pente e põe-se a pentear amorosamente a cabeleira crespa e reluzente de brilhantina. Marta começa a fechar as janelas. Um cachorro chega à porta, espia para dentro, faz meia-volta e se vai. Floriano fica por alguns instantes silencioso, a mirar o amigo, que come com uma alegre voracidade.

— Marta! — grita Tio Bicho. — Outra cerveja!

A filha do confeiteiro traz nova garrafa. Roque torna a encher o copo e a beber. Depois, limpando com a língua a espuma que lhe ficou nos lábios, diz:

— Queres saber duma coisa? Quando eu dava balanço em minha própria pessoa, levando em conta apenas uma parte da realidade, chegava às conclusões mais pessimistas... Aqui está o Tio Bicho, feio, cabeçudo, cinquentão... Quem sou eu? Um saco de fezes. Uma bostica de mosca na superfície da Terra. E a Terra? Uma bostica de mosca no Cosmos. Que é o tempinho da minha vida comparado com a Eternidade? Agora eu te pergunto, Floriano Cambará: qual é a conclusão a que se chega ao cabo dum raciocínio como esse? É a de que estamos encurralados, num beco sem saída. O remédio é cruzar os braços abjetamente ou meter uma bala na cabeça.

Floriano olha em silêncio para dentro de seu copo.

— Um dia pensei a sério no suicídio — continua Roque. — E sabes o que aconteceu? Quando compreendi que estava a meu alcance acabar com tudo, passei a ter mais respeito pela vida. A ideia da morte, menino, dá à existência mais realidade, mais solidez. Minha vida daí por diante ganhou como que uma quarta dimensão.

Tio Bicho parte um pedaço de pão, esfrega-o no molho amarelento que ficou no fundo do prato, e mete-o na boca.

— Estava eu numa encruzilhada terrível, nesses namoricos com a morte (no fundo eu sabia que não sairia casamento), quando os meus filósofos de *colis postaux* me valeram. Quem me salvou mesmo foi um alemão. Não te direi o nome dele porque é inútil, não o conheces. Vocês romancistas em geral não estão familiarizados com a gente que *pensa...*

Bebe novo gole de cerveja, estrala os beiços e continua:

— Sim, concluí eu, ao cabo de sérias leituras e cogitações: posso ser uma porcaria e a Big Cadela me espreita, pronta a saltar sobre mim a qualquer instante... Mas acontece (e é isto que deixa os psicólogos loucos da vida) que há um abismo entre as coisas que são abstratamente *verdadeiras* e as coisas que são existencialmente *reais*. Ora, acontece que, queira ou não queira, eu existo nesta hora e neste lugar. Que fazer então com a minha vida? Por que não opor à minha insignificância na ordem universal, à minha mortalidade, à minha impotência diante do Desconhecido uma espécie de... de atitude arrogante... erguer meu penacho, lançar um desafio meio desesperado a isso a que convencionamos chamar Destino? A vida não tem sentido... mas vamos fazer de conta que tem. E daí? Bom, aí eu transformo minha necessidade em fonte de liberação e passo a ser, eu mesmo, a minha existência, a minha verdade e a minha liberdade.

Floriano encara o amigo.

— Mas essa ideia de que somos livres e os únicos responsáveis por nossa vida e destino não será uma fonte permanente de angústia?

— Claro que é.

— E não é a angústia o nosso grande problema?

— Homem, há um tipo de angústia do qual jamais nos livraremos, porque ele é inerente à nossa existência. É o preço que pagamos por nos darmos o luxo caríssimo de ter uma consciência, por sabermos que vamos morrer, e por termos um futuro. Assim sendo, o mais sábio é a gente habituar-se a uma coexistência pacífica com esse tipo de ansiedade existencial, fazendo o possível para que ele não tome nunca um caráter neurótico.

Quica Ventura levanta-se bruscamente, quase derribando uma cadeira, atira uma cédula em cima da mesa e sai do café pisando duro, sem se despedir de ninguém, seguido do perdigueiro sonolento. O soldado faz um sinal para Marta e pergunta-lhe: "Quanto le devo, moça?".

— E tu achas que essa atitude é uma solução? — murmura Floriano, ao cabo dum curto silêncio.

Roque enfia o chapéu na cabeça e responde:

— Que solução? Não há solução. Como disse um desses berdamerdas europeus, estamos condenados a ser heróis.

Mete as mãos nos bolsos, vasculha-os e depois anuncia:

— Vais ter que pagar a despesa. Estou sem um vintém.

Caderno de pauta simples

Tive esta noite uma longa e para mim proveitosa conversa com o Bandeira
 o agente catalisador
 o provocador de catarses
 o carminativo espiritual.
Contei-lhe coisas que nunca tinha contado a ninguém.

Há pouco, antes de subir até aqui, passei pelo quarto de meu pai e espiei para dentro. O Velho dormia em calma. O enfermeiro roncava, deitado no seu catre junto da porta, como o cão que os vikings costumavam colocar aos pés do guerreiro morto, antes de queimar-lhe o corpo.
Cá estou com as minhas metáforas! Nem meu pai é um guerreiro viking morto nem o enfermeiro é um cão.

Agora me ocorre que talvez o romance nada mais seja que uma longa e elaborada metáfora da vida.

/

Esta noite, debaixo da figueira da praça, quando Tio Bicho me falava no contínuo devir que é a criatura humana, raciocinei assim:
Se existir é estar potencialmente em crise
se o homem não chega nunca à plena posse de si mesmo e de seu mundo
se não é um feixe de elementos estáticos
como descrevê-lo no ato de existir senão em termos dinâmicos? E como conseguir isso num romance? Não creio que tal coisa seja possível por meio dum processo lógico. Dum passe de magia, talvez.
Mas acontece que sou apenas um aprendiz de feiticeiro.

Nada mais embaraçoso para um escritor do que desconfiar das palavras, dos símbolos e das metáforas.

O Pato Donald transpõe a beira do abismo e, distraído, continua a caminhar no vácuo, com toda a naturalidade, como se estivesse pisando terra firme. Mas quando olha para baixo e dá pela coisa, fica em pânico e cai.

Só depois que li um livro sobre semântica geral é que percebi, com um frio de entranhas, que passara a vida caminhando desavisadamente sobre o vácuo, como Pato Donald. A sorte é que, em matéria de linguagem, os abismos não têm fundo e a gente nunca termina de cair.

Mas isso também é uma metáfora.

/

O mapa não é o território.
Um mapa não representa todo o território.
Claro. Um romance não é a vida. Não representa toda a vida.
Afirmam os semanticistas que o mapa ideal seria aquele que trouxesse também o mapa de si mesmo, o qual por sua vez devia apresentar seu próprio mapa. Teríamos então
o mapa
o mapa do mapa
o mapa do mapa-do-mapa.
Imagine-se um romance que trouxesse em seu bojo o romance de si mesmo e mais o romance desse romance-de-si-mesmo.
Nessa altura o romancista franze a testa, alarmado.
Que tipo de mapa me irá sair esse que estou projetando traçar do território geográfico, histórico e principalmente humano de minha cidade e, mais remotamente, do Rio Grande?

Na escola o Menino aprendeu que

> *De todas as artes a mais bela,*
> *A mais expressiva, a mais difícil*
> *É, sem dúvida, a arte da palavra.*
> *De todas as mais se entretece*
> *E compõe. São as outras como*
> *Ancilas e ministros; ela,*
> *Soberana universal.*

Mas ninguém lhe ensinou que
a palavra não é a coisa que representa
e que toda a sentença deveria ser seguida implicitamente dum etc., para lembrar ao leitor ou ao interlocutor que nenhuma afirmativa — seja sobre pessoas, animais, coisas ou fatos do mundo real — jamais pode ser considerada definitiva.
E que é possível escrever ou dizer palavras a respeito de palavras
e palavras a respeito de palavras-a-respeito-de-palavras
e que portanto, no plano do comportamento individual, pode um homem reagir às suas reações e depois reagir também às suas reações às suas reações...

E assim por diante até o dia do Juízo Final. Que deve ser — desconfio — um outro equívoco semântico.

/

Meu avô Babalo, plagiando Heráclito sem o saber, costuma dizer que ninguém cruza o mesmo rio mais duma vez.
Por quê, seu Aderbal?
Porque o rio corre, como o tempo, e as águas de hoje não são mais as de ontem.

Uma vez que o mundo e tudo quanto nele
existe se encontra num processo de mutação,
sugerem os semanticistas que todos os
termos, afirmações, opiniões, ideias,
tragam uma data.

Bem, mas é melhor parar aqui...
Sim, e descer para meu quarto e tentar dormir. Quase duas da madrugada. Mas o diabo é que estou sem sono. Lá embaixo a proximidade de S. me perturba. E também me sinto perto demais da morte de meu pai.
Estranho. Aos trinta e quatro anos ainda encontro neste cubículo um pouco da sensação de segurança e proteção que tão voluptuosamente tranquilizavam o Menino. De onde se conclui que meu objetivo principal agora deve ser mesmo o de abandonar duma vez por todas a torre, o refúgio, o ventre materno (eu ia quase escrevendo "paterno").
Em suma, quebrar a bicadas a casca do ovo onde estou semiencerrado, e acabar de nascer.
Quanto à semântica... viva Aristóteles!

/

Este nome me traz outros à mente.
    Descartes
    Voltaire
    Rousseau
    Lamartine
    Montaigne
    Taine
    Renan

Nomes em letras douradas que o Menino costumava ler nas lombadas dos livros da biblioteca do pai,
   onde havia também espécimes duma literatura nada respeitável
   delgadas brochuras de papel gessado
   novelas de bulevar com ilustrações sugestivas
   coristas dançando cancã
   bons pedaços de coxas nuas entre as meias negras e as rendas das calcinhas.

/

O dr. Rodrigo era um parisiense extraviado em meio das coxilhas da região serrana gaúcha. Imagino que meu pai, em avatares prodigiosos,
   dançou minuetos na corte do Rei Sol
   e mais tarde, com a turba dos sans-culottes, assaltou a Bastilha.
   Como bom bulevardeiro, em épocas várias foi
   um Muscadin
   um Incroyable
   um Gandin
   um Raffiné
   um Dandy.
Seguiu os exércitos de Napoleão e, com cada soldado que caía, gritava: "Vive l'Empereur!".
Car ces derniers soldats de la dernière guerre
Furent grands: ils avaient vaincu toute la Terre.

E, quando Victor Hugo completou oitenta anos, nosso herói lá estava na multidão que foi cobrir de flores a calçada, à frente da casa do Poeta.

Tomou intermináveis absintos com Verlaine nos cafés de Montparnasse.
Frequentou o Moulin Rouge
sentou-se à mesa de Toulouse-Lautrec
riu-se das piruetas de La Goulue
e pagou bebidas para o magro Valentin.
E em certas manhãs de sol, de braço dado com Anatole France, percorreu os buquinistas ao longo do cais do Sena.
Oui, cher Maître, vous avez raison: la clarté, toujours la clarté.

O primeiro tiro de canhão da Guerra de 1914 pingou um ponto final na Belle Époque.

Agora abram alas para os boys do Tio Sam
que vêm salvar o mundo para a Democracia
com suas almas e suas armas
sua eficiência
e sua inocência.
Terão seu batismo de fogo nos campos de Château-Thierry
e seu batismo de sexo na cama das demoiselles d'Armentières.
São filhos dum Mundo Novo
cujo passado de glórias,
thank God!,
está todo no futuro.

/

Ó carambolas do Destino!
A Pathé Films queria aumentar seus lucros
e Mr. Hearst, a circulação de seus jornais.
Vai então se juntaram o magnata e os cinemeiros
para produzirem um filme seriado
que sacudisse o público dos USA.
Cada episódio devia aparecer no mesmo dia nas páginas dos diários e nas telas dos cinemas.
E assim nasceram Os mistérios de Nova York.

Os rolos de celuloide, postos em latas como de goiabada, eram exportados e iam através do mundo alimentar a fantasia de centenas de milhares de seres humanos, entre os quais estava
   um remoto menino
   numa remota cidade
   num remoto país.

Cada episódio terminava deixando a história suspensa e nossos corações apertados
   A destemida Elaine na cova dos leões
   ou dentro dum submarino que ia ser dinamitado
   ou amarrada nos trilhos pelos bandidos (e o trem vinha vindo, vinha vindo, vinha vindo).
   Conseguirá a heroína salvar-se?

*É o que veremos na próxima semana no episódio intitulado
"A caverna do desespero".*

/

Pela mão de Pearl White entrei nesse Mundo Novo, preparado para aceitar seus mitos e ritos.
    Era uma terra de
        caubóis
        boy scouts
        mecânicos
        esportistas
        humoristas
        samaritanos
        puritanos
        estatísticos...
Um mundo em que havia muitas maneiras de ser herói:
salvando a mocinha das garras dos malfeitores
ajudando uma senhora idosa a atravessar a rua
dizendo a verdade como o menino George Washington
fazendo-se campeão de beisebol
ficando milionário pelo próprio esforço
batendo um recorde qualquer
inventando uma engenhoca
ou uma religião.

No Cine Recreio do Calgembrino, através de toda uma enciclopédia americana de celuloide, aprendi que
    o *mexicano era bandido*
    o *chinês, traiçoeiro e cruel*
    o *negro, um ser inferior*
    o *europeu, um homem grotesco de cavanhaque e fraque.*
E que bom, bravo e belo
era o americano branco
(se protestante, tanto melhor).

Eddie Polo, de torso nu, derrotava sozinho a socos sete peles-vermelhas armados de arcos, flechas e Winchesters.
William S. Hart, o caubói que nunca ria, duas pistolas no cinto, olhos de

lince, a boca um só traço no rosto de aço, era o terror do faroeste, mas sempre do lado da Lei e do Bem.
    E havia também a menina Pollyanna, que nos fazia chorar
a doce Mary Pickford
a namorada da América
esposa do atlético Douglas Fairbanks
ágil e elegante como um galgo
em seus pulos sensacionais.

/

    Quando o Menino se fez adolescente, quem contribuiu para completar sua educação ianque foi um missionário metodista do Texas, vizinho do Sobrado.

O rev. Robert E. Dobson
perfil de águia
pescoço de peru
coração de pomba.

    Passava ao rapaz por cima da cerca, no fundo do quintal, números atrasados de revistas americanas, em cujas páginas se viam
brancos bangalôs em meio de verdes tabuleiros de relva
belas, coradas raparigas anunciando
sabonetes
aveia Quaker
Coca-Cola
automóveis
laranjas e limões.
Missões franciscanas ao claro sol da Califórnia
os arranha-céus de Nova York
milionários flanando nas areias de Palm Beach
miríficas máquinas que tudo faziam, bastando que a gente
apertasse um botão.

    Eram imagens dum mundo asséptico, elétrico, envernizado e em tricromia, no qual o adolescente buscava refúgio quando seu mundinho santa-fezense o entristecia, entediava ou agredia.

/

Deixei a pena correr nas páginas que ficaram para trás. Está claro que estou sendo esquemático e possivelmente fazendo uma fantasia em torno de outra fantasia. Mas que importa? Escrevo para mim mesmo. Não creio que as notas deste caderno possam ser aproveitadas no romance que estou projetando. O que procuro agora é explicar a mim mesmo por que minha gente e minha terra sempre foram os grandes ausentes nos meus livros. E por que até hoje não usei em meus romances minhas vivências gaúchas. Tio Bicho tem razão: o Pássaro Azul bem pode estar no quintal do Sobrado ou nos capões do Angico. Ou escondido dentro de mim mesmo. Frase besta. Mas que diabo! Preciso ter intimidade pelo menos comigo mesmo. Ter intimidade com alguém é a rigor não esconder desse alguém a nossa nudez mais nua, e os nossos erros e ilusões, por mais tolos que possam ser ou parecer.

/

Para o Adolescente (e essas ideias, em grau maior ou menor, contaminaram o adulto insidiosamente) era inconcebível que
   o homem da casa vizinha
   ou o de sua própria casa
   o vendeiro da esquina
   o escrivão da coletoria
   o peão de estância
   o aguateiro
   ou a prostituta municipal
   pudessem ser heróis de novela.
A aventura só podia acontecer para além dos horizontes domésticos: era o estrangeiro. Achava o Adolescente que pessoas, animais, coisas e paisagens que o cercavam estavam embaciados pela cinza do não novelesco, azedados pelo ranço do cotidiano.

Mas é preciso não esquecer também que o moço quietista e arredio que olhava o mundo com um morno olho poético, achava difícil compreender, estimar e descrever artisticamente uma gente extrovertida e sanguínea como a do Rio Grande, que se realiza mais na ação que na contemplação, mais na guerra que na paz.

/

O relógio lá embaixo bate três horas. Lembro-me de certas madrugadas terríveis da minha infância, nas quais procuro não pensar muito.

Eu tinha dez anos. Alicinha estava gravemente enferma, desenganada pelos médicos. Seus gritos me acordavam de madrugada — guinchos medonhos que transfixavam minha cabeça, meu peito, o casarão, a noite... Mesmo depois que cessavam, continuavam a doer no silêncio. E eu, sem poder dormir, ficava ouvindo o relógio bater as horas. Muitas noites, com lágrimas nos olhos, pedi a Deus que não deixasse minha irmã morrer. Prometia rezar mil padre-nossos e mil ave-marias, se ela se salvasse.

Mais de uma vez eu vira Alicinha retorcer-se em cima da cama em convulsões como de epiléptica. Seus olhos, duros e fixos, parecia que iam saltar das órbitas. Tinha no pobre rostinho uma expressão de cego pavor. Sua magreza — a pele lívida em cima dos ossos — tornava-a irreconhecível. (Que é a formosura — pensou o estudioso menino — senão uma caveira bem vestida a que a menor enfermidade tira a cor? Padre Antônio Vieira. Seleta em prosa e verso.*)*

Uma madrugada os gritos da menina começaram exatamente quando o relógio acabava de bater três horas. Foram aos poucos enfraquecendo, até cessarem por completo.

Ao clarear do dia Laurinda veio me contar que Alicinha tinha morrido durante a noite. Os galos pareciam estar anunciando à cidade a triste notícia.

Pulei da cama sem dizer palavra. Vesti-me mas recusei ir ver a defunta. Subi para este refúgio e à tarde, ali da janela, vi o enterro sair, primeiro do Sobrado e depois da igreja. O remorso e o medo de ser punido me estrangulavam.

Um certo major Toríbio

I

A morte de Alicinha precipitou Rodrigo num desespero tão profundo, que o dr. Camerino chegou a temer pelo equilíbrio mental de seu amigo e protetor. À hora da saída do enterro, no momento em que, tão lívida quanto a defunta, Flora caía desmaiada nos braços do pai, Rodrigo abraçou o esquife e pôs-se a gritar que não lhe levassem a filha. Foram necessários três homens para arrancá-lo da sala mortuária e levá-lo para seu quarto, no andar superior, onde o dr. Carbone, chorando como uma criança, lhe aplicou uma injeção que o pôs a dormir.

Horas mais tarde, ao despertar, ficou num estado de estupor, saiu a caminhar pela casa com ar de sonâmbulo, murmurando coisas sem nexo, os olhos vazios e parados, a boca entreaberta, os lábios moles — e assim andou por quartos e corredores como quem, tendo saído em busca de alguma coisa, no caminho se houvesse esquecido do que era. Maria Valéria seguiu-o por toda a parte, sem ousar dizer ou fazer o que quer que fosse. Rodrigo entrou no quarto da filha morta, quedou-se a olhar para a boneca que jazia sobre a cama, e depois, vendo a tia parada à porta, perguntou:

— A Alicinha já voltou do colégio?

Maria Valéria não disse palavra, não fez nenhum gesto: continuou a olhar para o sobrinho com a face impassível. De repente, lembrando-se de tudo, Rodrigo soltou um gemido, precipitou-se para a velha, empurrou-a para o corredor, fechou a porta do quarto à chave, deitou-se na cama e desatou num choro convulsivo. Ficou ali horas e horas, conversando em surdina com a boneca, como se ela fosse uma pessoa. Quando batiam na porta, gritava: "Me deixem morrer em paz!".

No quarto, de janelas fechadas, fazia um calor abafado. Anoiteceu e ele nem sequer pensou em acender a luz. Ouvia passos e murmúrios de vozes no corredor, sentia quando alguém parava junto da porta. Odiava toda aquela gente. Detestava a vida. Estava decidido a não deixar ninguém entrar. Recusaria comer e beber. Morreria de fome e sede.

O suor escorria-lhe pelo corpo dolorido. Fazia vários dias que não tomava banho, nem sequer mudava de roupa. Sentia agora o próprio fedor, e isso o levava a desprezar-se a si mesmo, e, em se desprezando, castigava-se, e, em se castigando, redimia-se um pouco da culpa que lhe cabia pela morte da filha. Ah! mas não merecia perdão. Tinham sido todos uns incompetentes. Ele, Carbone, Camerino e aqueles dois médicos que mandara vir às pressas de Porto Alegre. Todos uns charlatães. Não sabiam nada. A Medicina era uma farsa. A doença matara Alicinha em menos de dez dias. Era estúpido. Era gratuito. Era monstruoso. Se Deus existia, quem era que queria castigar? Se era a ele, por que matara uma inocente?

Que ia ser agora de sua vida? Revolvia-se na cama. A sede ressequia-lhe a boca, a vontade de fumar intumescia-lhe a língua. Remexeu nos bolsos na esperança de encontrar algum cigarro. Nada. Pensou em levantar-se, abrir a janela, respirar o ar da noite. Mas não merecia aquele alívio, aquele privilégio. Onde haviam entaipado Alicinha não existia ar nem luz. Só noite e morte.

Ocorreu-lhe que o processo de decomposição daquele pequeno corpo havia já começado. Soltou um grito, levou as mãos aos olhos. — Não! Não! — afugentou o pensamento horrendo. Mas foi inútil. Seu cérebro era agora a própria sepultura de Alicinha; lá estava ela, com a pele esverdeada, vermes a lhe saírem pelas narinas, toda uma colônia de bichos a lhe comerem as entranhas. Alicinha apodrecia. Alicinha fedia. Santo Deus! Saltou da cama e saiu a andar pelo quarto escuro, cambaleando como um ébrio, tropeçando nos móveis. Pôs-se a bater com a cabeça na parede, cada vez com mais e mais força, para fazê-la doer, para evitar que ela produzisse aqueles pensamentos... Depois tornou a cair na cama, com uma repentina pena de si mesmo, agarrou a boneca, apertou-a contra o peito, beijou-lhe as faces, os cabelos... Meteu a cara no travesseiro e procurou pensar na própria morte... Era, porém, Alicinha quem ele ainda via, coberta de vermes, a boca roída... e já a imagem da filha se fundia com a de outra pessoa — Toni Weber de lábios queimados... Ah! Agora ele tinha a certeza: era mesmo um castigo, um castigo! Rolou na cama, mordeu a colcha, as lágrimas entraram-lhe salobras e mornas pela boca. Descobria que o podre era ele. Sua decomposição havia começado fazia mais de uma semana. Mas que lhe importava? Não queria mais viver. Sem sua princesa a vida não tinha mais sentido.

As horas passaram. O relógio lá embaixo de quando em quando batia. Houve um momento em que Rodrigo ficou deitado de costas, as mãos sobre o peito, como um morto. Tentou fazer um movimento, mas não conseguiu. Procurou articular um som, mas seus lábios se moveram inutilmente. Viu vultos na penumbra do quarto. Ouviu vozes amortecidas. Estava agora dentro dum caixão de defunto. As sombras iam e vinham. Está na hora do enterro — cochichou alguém. Então compreendeu tudo. Iam sepultá-lo vivo. De novo tentou gritar, fazer um movimento, mas em vão. Explicou-se a si mesmo: é um ataque de catalepsia. Soltou um grito e sentou-se no leito num movimento de autômato. Olhou em torno, desmemoriado, e, por alguns segundos, foi tomado dum pavor sem nome, que lhe punha o coração numa disparada. Ficou, de novo deitado, a resfolgar como um animal acuado.

Um pesadelo... Enxugou com a ponta da colcha o suor que lhe molhava o rosto. Desejou de novo abrir a janela, respirar ar fresco. Sentia-se meio asfixiado. A sede aumentava. A bexiga inflava e começava a arder. Pensou em descer ao quintal, tirar água do poço, beber no balde, como um cavalo...

Mas não merecia aquele refrigério. Alicinha estava morta. Pensou nos dias que viriam. Teria de suportar as visitas de pêsames, a missa de sétimo dia. E o mundo vazio, vazio, vazio...

Veio-lhe então a ideia de suicídio, o que lhe deu uma repentina esperança. Soergueu-se, moveu a cabeça dum lado para outro. Pensou na navalha que tinha no quarto de dormir. Abriria as veias dos pulsos e se dessangraria em cima da cama. Seria uma morte suave. O sangue alagaria o chão, escorreria para fora do quarto... Quando os outros arrombassem a porta, encontrariam ali apenas seu cadáver. Estaria tudo acabado.

Que horas são? Todos devem estar dormindo. "Eu me levanto e na ponta dos pés vou buscar a navalha." Imaginou-se a fazer esses movimentos. Estava no corredor, as tábuas rangiam, era preciso pisar mais de leve... De repente surge-lhe um vulto pela frente. Reconhece o pai. "Aonde vai o senhor?" "Buscar a navalha." "Pra quê?" "Vou me matar." "Deixe de fita!" "Juro por Deus que quero morrer!"

Deus era testemunha da sua sinceridade. Queria morrer, precisava morrer. Era um assassino. Tinha matado o pai. Tinha matado Toni. Sentia-se também culpado pela morte da filha.

Continuava, porém, deitado, como se o visgo pútrido que lhe cobria o corpo o grudasse irremediavelmente à coberta da cama. Se ao menos pudesse beber um copo d'água, fumar um cigarro... Sua bexiga parecia prestes a estourar. Sentia um desejo urgente de ir ao quarto de banho... Suas mãos tremiam. A fome lhe produzia no estômago uma ardência branca, uma leve náusea. Sua língua agora era um réptil, um lagarto que ia inchando cada vez mais, como o balão da bexiga...

Rodrigo encolheu-se, dobrou as pernas, apertou ambas as mãos entre as coxas. Era assim que fazia quando menino, sempre que no meio da madrugada lhe vinha o desejo de urinar, e o sono ou o medo do escuro o impedia de deixar a cama.

Pensou numa noite da infância, em 95. Os maragatos sitiavam o Sobrado. Fazia tanto frio, ventava tanto, que até as vidraças do casarão batiam queixo. Sua mãe estava gravemente doente. A criança tinha nascido morta e seu pai ia enterrá-la no porão... Sentado na beira do leito, Fandango contava-lhe a história do boi barroso. Tinha uma voz de taquara rachada. Cheirava a couro curtido e quase sempre trazia atrás da orelha um ramo de alecrim.

Rodrigo concentrou o pensamento na mãe e de súbito sentiu sua presença no quarto. Chegou a experimentar na testa o contato fresco da mão dela. A dor de cabeça cessou com uma rapidez mágica. Seus músculos se relaxaram, num abandono completo, e ele sentiu escorrer-lhe pelas coxas e pernas um líquido morno, à medida que ia sentindo uma deliciosa sensação de alívio. E então, sem ter consciência clara do que acontecia, resvalou das margens da sua angústia para dentro dum fundo e plácido lagoão de sono.

2

Quando acordou, a janela estava aberta, o quarto claro, e Toríbio ao lado da cama. Não o reconheceu no primeiro momento. Ficou piscando, focando o olhar no irmão. Olhou depois para a janela e viu que era dia. Soergueu-se, apoiado nos cotovelos. Sentia a cabeça pesada e dolorida, um gosto amargo na boca.

— Tive de arrombar a porta...
— Fecha a janela.
— Não fecho.
— Essa luz me dói nos olhos.
— O quarto está numa fedentina medonha. Tamanho homem!

Rodrigo sentiu uma súbita vergonha.

— Me deixa em paz — gemeu.
— Não deixo. Não podes ficar metido aqui dentro o resto da vida. Todo o mundo está preocupado contigo. Sabes que horas são? Quase meio-dia.

Rodrigo fechou os olhos, apertando as pálpebras como fazem as crianças quando querem fingir que dormem.

— Reage, homem! — exclamou o irmão mais velho. — Pensas que és a única pessoa nesta casa que sentiu a morte da menina? Tua mulher está lá atirada na cama, numa agonia danada, passou a noite em claro, soluçando, mas sem poder chorar. Devias estar ao lado dela, ajudando a coitada. Pensei que fosses um homem de verdade, mas não passas dum fedelho que ainda mija na cama. Ora, vai ser vil pro diabo que te carregue!

— Podes me insultar. Eu mereço.

— Eu devia te tirar daqui a bofetadas.

Toríbio acendeu um cigarro, soltou uma baforada de fumaça. Foi num tom mais calmo que perguntou:

— Queres um cigarro?

— Não.

Mas Rodrigo desejava desesperadamente fumar. Abriu os olhos e ficou seguindo o movimento da fumaça no ar, aspirando-lhe o cheiro. Depois, evitando encarar o outro, estendeu o braço:

— Me dá um...

Toríbio meteu-lhe um cigarro entre os lábios, acendeu-o, e por alguns instantes Rodrigo ficou a fumar em silêncio, olhando para o pedaço de céu nublado que a janela enquadrava. Sentia agora o mormaço do meio-dia, um calor úmido, que ardia na pele. O sol era uma brasa esbranquiçada, por trás da cinza das nuvens.

— Vamos — disse Bio, depois que o irmão fumou metade do cigarro. — Sai dessa cama...

— Pelo amor de Deus, me deixa!

— Toma um banho, faz a barba, estás pior que tapera.

Rodrigo virou-se e ficou deitado de bruços, apertando o travesseiro contra o estômago.

— Não estás ouvindo o barulho das crianças no quintal? Te esqueceste que ainda tens quatro filhos? Vamos, o mundo não acabou.

— Pra mim acabou.

— Te conheço. Amanhã isso passa.

— Tu não entendes dessas coisas. Nunca tiveste filho.

— É o que tu pensas. Mas isso não tem nada que ver com teu banho. Vamos.

Toríbio cuspiu fora, pela janela, o toco de cigarro que tinha colado ao lábio inferior, e aproximou-se da cama, murmurando: "Acho que não tem outro jeito". Inclinou-se sobre o irmão, enlaçou-lhe a cintura com ambos os braços e ergueu-o no ar. Rodrigo deixou-se levar sem protesto, mole e sem vontade como um boneco de pano. Toríbio pô-lo dobrado sobre os ombros e assim o conduziu ao longo do corredor até o quarto de banho, onde o depôs sobre um mocho. Rodrigo ali ficou, as costas apoiadas na parede, os braços caídos. Não queria tomar a iniciativa de banhar-se. O banho era um sinal de vida, e ele ainda queria morrer.

Toríbio tirou-lhe o casaco, a camisa, e desafivelou-lhe a cinta. Começou a operação com cuidado e certa brandura, mas de repente como que caindo em si e descobrindo naquela sua solicitude, na tarefa de despir o outro, algo de maternal e portanto feminino, tratou de contrabalançar o ridículo da atuação com uma certa rudeza de gestos. E a cada peça de roupa que tirava, soltava um palavrão. Puxou as calças do outro com tal fúria, que as rasgou pelo meio, ficando uma perna para cada lado. E, quando viu o irmão completamente despido, levou-o quase aos empurrões para baixo do chuveiro e abriu a torneira.

— Agora lava esse corpo, lorpa! — gritou, dando ao outro um sabonete. — Vais te sentir um homem novo depois do banho.

Rodrigo mantinha a cabeça erguida, os olhos cerrados, a boca aberta. Ficou nessa posição por alguns segundos, bebendo água. Depois, num súbito entusiasmo, começou a ensaboar-se com um vigor de que ele próprio se admirava.

Toríbio saiu do quarto de banho e voltou minutos depois trazendo roupa branca e um terno de brim claro. Sentou-se a um canto, acendeu outro cigarro e quedou-se a olhar para o irmão, que naquele instante esfregava as axilas ruidosamente, a cara e os cabelos cobertos de espuma.

— O doutor Carbone acha que deves ajudar a Flora...
— Como?
— Pode ser que a tua presença faça ela chorar...

Rodrigo deixou cair os braços, e por alguns instantes permaneceu imóvel sob o chuveiro.

— Não quero ver a Flora.
— Por quê?
— Tenho medo.
— Não sejas estúpido. Tens que ir. Já imaginaste o que é uma pessoa querer chorar e não poder? É o mesmo que ter uma bola trancada na garganta.

Alcançou uma toalha para o irmão, que se enxugou em silêncio, com gestos lentos, e depois começou a vestir a camisa...

— Estou tonto... — balbuciou, amparando-se na parede.

— Faz quarenta e oito horas que não comes nada...

Toríbio ajudou Rodrigo a terminar de vestir-se. Levou-o depois para o quarto de hóspedes e fê-lo sentar-se na cama, com o busto recostado em travesseiros.

Maria Valéria entrou, trazendo um prato de canja fumegante, e sentou-se na beira do leito.

— Tome — murmurou.

Rodrigo sacudiu negativamente a cabeça. Agora lhe vinha um absurdo medo de comer. Mas a velha aproximou a colher dos lábios dele e obrigou-o a tomar um gole.

— Está muito quente?

Ele sacudiu a cabeça negativamente. Sentia na boca o calor e o gosto da canja, mas tinha medo de engolir... Por fim decidiu-se. Como o cheiro e o gosto de cebola ficavam mal dentro daquele quadro de morte e angústia! Eram coisas quase sacrílegas.

Ouvia os gritos dos filhos, que brincavam no quintal. Um gramofone tocava nas vizinhanças. Cigarras rechinavam nas árvores da praça. Maria Valéria ali estava de olhos secos. Como era que a vida continuava como se nada houvesse acontecido? E ele comia, bebia, tomava banho, de novo se entregava covardemente à tarefa absurda de viver, enquanto Alicinha no seu caixão branco apodrecia...

— Mais uma colherada.

Abriu a boca, sorveu a canja. Aquele líquido grosso não vinha da colher, mas da boca da filha morta, eram os bichos que a roíam, e ele agora sorvia esses vermes sem repugnância, até com certa avidez, comungando com Alicinha, participando da sua putrefação, partilhando da sua morte.

— Coma agora um pedaço de galinha. Mas mastigue primeiro antes de engolir...

Carne de minha carne. Era o corpo da filha que ele devorava. Pensamentos absurdos, reconhecia. Não podia nem queria evitá-los. A sopa escorria-lhe pelo queixo barbudo, pingava-lhe no peito.

— Cuidado com a camisa, seu porcalhão!

Como era que a Dinda podia preocupar-se com aquelas trivialidades? Que importância tinha que uma camisa permanecesse limpa ou se manchasse de sopa, se ele estava vivendo a hora mais dolorosa de sua vida?

— Abra esses olhos... ou não quer enxergar a minha cara? Nunca vi um homem se entregar desse jeito!

Por que todos o tratavam com tanta rispidez? Precisava de carinho, de amparo, sentia-se infeliz, estava fraco, doía-lhe o corpo, não podia fazer nenhum movimento de cabeça sem sentir uma agulhada dentro do crânio.

— Depois de comer, vá ver sua mulher.

Ele fez que sim com a cabeça, obediente.

— Agora sirva-se sozinho. Vacê não é nenhuma criança. Tenho de ir dar de comer aos seus filhos.

Maria Valéria entregou o prato ao sobrinho, ergueu-se e saiu do quarto.

Momentos depois, Rodrigo no corredor dirigia-se lentamente para o quarto de Flora. Tudo lhe parecia andar à roda, manchas solferinas e esverdeadas aumentavam e diminuíam diante de seus olhos, estonteando-o. Um vulto veio ao seu encontro: Dante Camerino. Rodrigo prometera a si mesmo insultar o rapaz quando o encontrasse. Mas agora caía-lhe nos braços, desatava o choro.

— A menina morreu por minha culpa, Dante! — gemeu ele, com o rosto encostado no peito do outro, que lhe passava as mãos pelas costas, numa carícia canhestra.

— Não diga uma coisa dessas, doutor Rodrigo. O senhor é médico e sabe muito bem que não se pode culpar ninguém duma meningite tuberculosa. O senhor fez o que pôde. Todos nós fizemos. Mas Deus teve a última palavra.

— Deus não existe, Dante. Ou então existe e é pior que o diabo.

— Ora, doutor, nem diga isso!

Rodrigo endireitou o corpo, enxugou as lágrimas com as pontas dos dedos.

— Vou ver a Flora... — balbuciou.

— Vá. Ela precisa chorar. Fale na menina... Talvez o senhor... a sua presença... Vá...

Amparou o amigo até a porta do quarto da mulher, onde ambos pararam. Vinha lá de dentro um som agoniado de soluços.

Rodrigo teve um momento de pânico, e quase deitou a correr rumo da escada e da rua... Mas conteve-se. Olhou rapidamente para o amigo, abriu a porta devagarinho e entrou. Camerino ficou onde estava. Ouviu o ruído de passos no interior do quarto e depois um silêncio sempre cortado por soluços secos.

De súbito, como uma represa que se rompe, Flora desatou o pranto. Dante Camerino acendeu um cigarro e, com os olhos enevoados, dirigiu-se para a escada.

3

Naquele mesmo dia à tardinha, Neco Rosa veio fazer a barba de Rodrigo. Ensaboou a cara do amigo em silêncio, impressionado com seus olhos parados, injetados de sangue e profundamente tristes.

Pôs-lhe a mão no ombro e murmurou:

— Não há de ser nada. Deus é grande.

Estavam no escritório sombrio, fechadas todas as janelas. Neco acendeu a luz elétrica. Passou a navalha no assentador e começou o serviço, parando sempre que o amigo desandava numa crise de choro e ficava a lamentar-se baixinho, os ombros sacudidos pelos soluços. O barbeiro esperava com paciência num silêncio comovido.

— Neco, não tem explicação. Por mais que eu pense, não compreendo. A criança estava boa, de repente começou com uma febrinha... Pensei que era um resfriado. O Camerino também pensou. Dei aspirina, botei ela na cama, não me preocupei. Mas a febre não cedeu, a criaturinha começou a emagrecer, a ficar triste, não falava, só gemia, e de repente vieram aquelas dores de cabeça, as pontadas no ventre... Foi aí que me assustei. "Deve ser um caso de ventre agudo", disse o Carbone. E o gringo já queria operar. Achei melhor esperar. E toca a dar remédio para o intestino...

Calou-se. Neco nada dizia, limitava-se a olhar para o soalho, a navalha na mão.

— Passamos três dias naquela incerteza, três dias, imagina! Uma noite acordei com os gritos dela, pulei da cama e foi então que me assustei mesmo, corri para o telégrafo, e mandei buscar de Porto Alegre dois médicos de renome... Ninguém pode me acusar de negligência, pode, Neco?

— Claro que não, homem!

— Quando eles chegaram eu não tinha mais dúvida, o diagnóstico estava feito, e a criança perdida...

— Agora fica quieto. Não adianta falar.

Rodrigo ergueu-se, com metade da cara ensaboada, uma toalha amarrada ao pescoço.

— Mas eu quero falar. Eu *preciso* falar.

— Está bem. Então fala.

Rodrigo tornou a sentar-se.

— E a fase pior da doença foi quando começaram as contrações musculares e a coitadinha ficava na cama, rangendo os dentes. Tudo doía nela. A luz, o menor ruído, tudo produzia dor naquele pobre corpinho, até o contato com os lençóis...

Rodrigo calou-se, lágrimas de novo rolaram-lhe pelas faces. Neco recomeçou o serviço e por alguns instantes só se ouviu ali naquela sala o rascar da navalha.

— E ninguém mais dormiu nesta casa, Neco. Três dias e três noites. O pior era quando ela soltava aqueles gritos... Uma madrugada não aguentei, saí desesperado porta afora, andei sem destino por essas ruas, com aqueles gritos nos ouvidos, pensei em me matar, em bater na porta da casa dos meus amigos, em acordar todo o mundo. Queria que alguém me explicasse por que era que toda aquela monstruosidade estava acontecendo...

Neco limitava-se a sacudir lentamente a cabeça. Apanhou o pincel e ensaboou de novo uma das faces do velho amigo. Este lhe apertou o braço como se quisesse magoá-lo.

— Pensa bem, Neco, pensa bem. Sabes o que foi para mim ver um pedaço da minha carne, a minha filha, murchando em cima duma cama, sofrendo dia e noite, noite e dia, e cinco animais, cinco quadrúpedes diplomados ao redor dela sem poderem fazer nada? Pensa bem. Não é estúpido? Quem ganhava com o sofrimento daquela criaturinha? Me diga, quem? É tudo absurdo. A vida não tem sentido. É uma miséria, uma mentira!

Neco puxou um pigarro prolongado, fungou, procurou alguma coisa para dizer, não encontrou: continuou calado. Recomeçou o trabalho.

— No oitavo dia da doença a menina estava irreconhecível, de pele murcha, ventre escavado... E o mais horrível, Neco, o mais pavoroso eram os movimentos automáticos que ela fazia, como quem queria pegar alguma coisa no ar. E a febre subindo, e a paralisia dos membros começando. O mais que a gente podia fazer era dar-lhe calmantes, que no fim não faziam mais efeito... e gelo na cabeça... que sei eu!

Rodrigo de novo se pôs de pé.

— Ah! O pior de tudo eram aqueles olhos. Ela me olhava. Neco, sabia que era a minha querida. Tinha confiança em mim. Parecia que estava me pedindo para salvá-la. E eu ali sem poder fazer nada. Tu sabes o que é isso? Impotente, vendo minha filha em convulsões na cama, se acabando aos poucos e... Aqueles olhos, Neco, aqueles olhos, pedindo, suplicando... olhos espantados de quem não sabia por que tudo aquilo estava acontecendo.

Cobriu o rosto com as mãos e desatou de novo a chorar. Neco caminhou para a porta na ponta dos pés e fechou-a. Depois tornou para o amigo e abraçou-o.

— Tu não deves... — começou a dizer.

Mas a comoção trancou-lhe as palavras na garganta e ele também largou o pranto.

Rodrigo sentou-se, enxugando os olhos com a ponta da toalha. De novo a navalha cantou-lhe no rosto. E houve um silêncio durante o qual se ouviu a voz de Edu, que passava no corredor.

— Deves dar graças a Deus por teres ainda quatro filhos...

— Não posso dar graças a quem me torturou e matou a filha predileta.

— O Homem lá em cima deve saber o que faz...

Rodrigo cerrou os olhos.

— Sou um fracasso, Neco. Um colossal fracasso.

— Fica quieto, senão posso te cortar.

— Que me importa? Já pensei em passar a navalha no pescoço.

— Rodrigo!

— Já imaginaste o que vai ser minha vida daqui por diante? Não ter mais a minha filha, nunca mais... Não ouvir mais a voz dela, as suas lições de piano... as... as... Se soubesses os planos que eu tinha para a Alicinha!

Quando Neco terminou o serviço, Rodrigo passou a toalha pelo rosto, num gesto distraído, e ficou a andar pelo escritório, metendo os dedos entre os cabelos revoltos. Parou diante do seu diploma, que estava enquadrado numa moldura de ébano, por baixo do retrato do Patriarca.

— De que serve este papel? Aqui diz que me formei em medicina. Mas que é que eu sei? Nada. Sou tão ignorante como o Camerino, o Carbone e aquelas duas cavalgaduras que mandei buscar de Porto Alegre.

Parou diante do armário envidraçado, em cujas prateleiras se alinhavam seus livros de medicina.

— E estas porcarias? Olha só o ar solene destes livros. Não servem para nada. Palavras, palavras, só palavras. A Alicinha está morta. Isso ninguém muda.

De súbito, num acesso de fúria, desferiu um soco num dos vidros do armário e rompeu-o em pedaços. Neco segurou os braços do amigo, um de cujos pulsos sangrava.

— Me deixa, homem, não é nada.

Rodrigo escancarou as portas do armário, pegou dois dos tratados mais volumosos e disse:

— Tive uma ideia, Neco. Uma ideia genial!

Sorria agora como se suas tristezas e dores tivessem de repente desaparecido. O barbeiro mirava-o sem compreender.

— Daqui por diante começa uma era nova na minha vida. O *doutor* Rodrigo Cambará vai morrer na fogueira. Um outro Rodrigo nascerá... Um Rodrigo cínico, realista, sem sonhos nem ideais. Me ajuda a carregar estes calhamaços.

— Pra onde?

— Pro quintal. Vamos. Não discutas.

Tinha nos braços uma pilha de livros que lhe subia até a altura do queixo.

— Agora pega tu mais uns volumes e vem comigo.

Neco obedeceu.

Rodrigo saiu do escritório e encaminhou-se para a porta dos fundos. Ao passar pela cozinha, gritou para Leocádia:

— Vá ajudar o Neco a trazer para fora os livros do armário do escritório. Raspa!

Desceu a escada. A sombra da casa cobria agora mais da metade do quintal. Edu e Jango corriam atrás de Zeca, que ostentava ao redor da cabeça as penas dum velho espanador, dispostas à guisa de cocar. Os caubóis perseguiam a tiros o pele-vermelha, que procurava refúgio atrás do tronco da marmeleira.

Rodrigo depôs os volumes no centro do quintal. Neco, seguido de Leocádia, desceu com mais livros, que foram atirados no chão, ao lado dos outros.

— Voltem — ordenou Rodrigo. — Tragam o resto!

A pretinha tornou a entrar em casa, mas Neco ficou onde estava, olhando, grave, para o amigo.

— Vamos amarrar esse pulso, botar um remédio no talho.

— Volta e traz mais livros, Neco, não temos tempo a perder.

Rodrigo sentia um estranho prazer em ver seu sangue pingar sobre aqueles tratados franceses de medicina, muitos deles com capas de couro. Olhou na direção da casa e viu numa das janelas Maria Valéria e noutra Floriano. Ambos o contemplavam. Havia espanto nos olhos do menino. Mas a cara da velha estava imperturbável.

— Que é isso no pulso? — perguntou ela.

— Nada — respondeu o sobrinho, e encarou a tia, num desafio.

Sentia agora uma estranha felicidade. Estava tomando uma resolução que mudaria a sua vida por completo. Todo o esquema se lhe formava na cabeça. Como era que não lhe havia ocorrido aquilo antes? Naquele auto de fé queimaria o charlatanismo! Destruiria os seus livros de medicina, abandonaria definitivamente a profissão, acabaria com a farsa, a impostura, o ridículo. Havia ainda mais: ia vender a farmácia e a Casa de Saúde... Ardia-lhe o pulso. Ergueu-o e viu um caco de vidro cravado na carne. Arrancou-o com raiva.

Neco voltou para dentro, com alguma relutância. Cruzou na escada com Leocádia, que trazia nova braçada de livros.

Rodrigo tinha agora a seus pés quase toda a sua biblioteca médica. Toríbio surgiu à porta da cozinha.

— Que é que vais fazer, homem?

— Espera e verás.

Correu para dentro, entrou no escritório, tirou o diploma da parede, pô-lo debaixo do braço, voltou para a cozinha, apanhou uma garrafa de querosene e tornou a descer para o pátio. A cabeça de Chico Pais apareceu por cima da cerca que separava o quintal do Sobrado do quintal da padaria. O padeiro olhava com olhos arregalados e perplexos o "menino do seu Licurgo". Zeca, Edu e Jango, que haviam interrompido seus brinquedos, estavam numa expectativa silenciosa, a poucos passos de Rodrigo, que desarrolhava agora a garrafa, esvaziando-lhe todo o conteúdo em cima dos livros.

— Raspem daqui! — gritou para as crianças, que recuaram.

Toríbio e Neco, sentados nos degraus da escada de pedra, entreolharam-se em silêncio. Rodrigo riscou um fósforo e atirou-o sobre os livros. Uma labareda se ergueu. As crianças romperam em gritos de alegria. Rodrigo quebrou o quadro em dois, sobre o joelho, arrancou o diploma da moldura e jogou-o no fogo.

Maria Valéria sacudiu a cabeça.

— Que é que adianta isso? — perguntou Toríbio. — Estás só dando um espetáculo.

Rodrigo limitou-se a encolher os ombros. Não tirava os olhos das chamas. As capas dos livros começavam a retorcer-se, carbonizadas, em movimentos agônicos que tinham algo de humano. As crianças puseram-se a correr ao redor da fogueira, gritando: "Viva são João! Viva são João!".

Chico Pais olhava de Toríbio para Maria Valéria, como a pedir uma explicação de tudo aquilo. A velha, debruçada à janela, continuava a mirar o sobrinho. Seguiu-o com os olhos quando ele voltou para dentro de casa. Ouviu seus passos na escada. Sabia para onde ele se dirigia. Ia atirar-se na cama de Alicinha e ali ficar chorando abraçado à boneca.

4

No dia seguinte Flora levantou-se, alimentou-se, reagiu. No fim daquela semana, compareceu à missa de sétimo dia, coisa que Rodrigo não teve a coragem de fazer. Finda a cerimônia, amparada pela mãe e pelo pai, recebeu de pé, e com os olhos secos, os intermináveis abraços de pêsames. Foi depois chorar em casa, fechada no quarto. Mas saiu de lá, horas mais tarde, com a fisionomia despejada e composta, e tratou de dar a todos a impressão de que, por maior que fosse a sua dor pela perda da filha, aceitava como natural e necessária a ideia de que a vida tinha de continuar. E quem mais a ajudou a manter esse espírito foi Maria Valéria, que naquele mesmo dia decidiu fazer um tacho de pessegada. Era uma boa provedora: o inverno jamais a surpreenderia com a despensa desfalcada. Havia outras tarefas urgentes: preparar Floriano e Jango para a escola, que se reabriria dentro de uma semana, começar um casaco de tricô para Bibi, comprar sapatos para os meninos e arranjar roupas para o Zeca, o "agregado da família", que andava sujo e maltrapilho como um cigano.

Assim Maria Valéria retomou o seu trancão doméstico. Uma vez que outra, quando não havia ninguém no andar superior, entrava no quarto de Alicinha, abria o guarda-roupa da menina, acariciava rapidamente os vestidos com suas mãos ossudas e longas, tocava de leve na escova de cabelo e no pente, que estavam sobre o mármore do penteador, olhava em torno, via a cama, a boneca, um triste par de sapatos brancos da menina, que haviam ficado esquecidos a um canto — e depois saía na ponta dos pés...

Aderbal e a mulher vinham ao Sobrado quase todas as noites. Laurentina não afastava da filha o olhar tristonho; não falava mas dizia tudo por meio de fundos suspiros. Ninguém pronunciava o nome da morta, nem fazia a ela a menor referência. Discutiam o tempo, a safra, a situação política do país... Babalo escondia sua dor por trás da cortina de fumaça do cigarro. Andava sensibilizado com a atitude de Rodrigo, que passou a evitá-lo desde o dia da morte da criança. O genro não queria deixar-se consolar, obstinava-se em não sentar-se à mesa com o resto da família, à hora das refeições. Comia no quarto, em horário incerto, e sempre que os amigos, mesmo os mais íntimos, queriam vê-lo, dava um pretexto qualquer e recusava-se. E, quando os Carbone visitavam o Sobrado, a situação piorava, pois tanto Santuzza como Carlo começavam a chorar no momento em que batiam à porta.

O retraimento agressivo de Rodrigo durou boa parte daquele março mormacento, em cujas tardes de ar parado as cigarras cantavam nas árvores do quintal e as moscas zumbiam e esvoaçavam nas salas do casarão.

Em muitas daquelas tardes ele entrava no Ford, mandava Bento tocar para o cemitério e lá ficava horas inteiras, dentro do jazigo da família, ao lado da sepultura da filha, conversando com ela, baixinho, numa esquisita e triste felicidade.

Naquelas noites quentes e abafadas, custava-lhe dormir. Revolvia-se no leito e, quando via que era inútil continuar na tentativa de capturar o sono, erguia-se, debruçava-se na janela, acendia um cigarro e ficava a olhar para as árvores da praça e para as estrelas. Não raro saía pelo corredor, como um fantasma, entrava no quarto da filha, deitava-se na cama e punha-se a chorar um choro manso e lento, já sem desespero. E muitas vezes era ali que o sono vinha surpreendê-lo. As piores noites, porém, eram aquelas em que despertava de repente, com impressão de que alguém lhe havia tocado no ombro, e então lhe vinha a ideia de que Alicinha àquela hora estava sozinha, fechada na sepultura. Abandonada, no escuro, com medo, coitadinha!

Certa madrugada despertou com a impressão nítida e perturbadora de que alguém batia no piano lá embaixo... Alicinha — pensou. Sim, tinha ouvido alguns compassos de "Le Lac de Como", a peça preferida da menina. Mas não! Devia ter sido um sonho. Sentou-se na cama, e ficou um instante com as mãos na cabeça, ouvindo, atento. O casarão estava agora silencioso. "Tenho a certeza", disse para si mesmo, "não foi sonho. Ouvi. Não estou louco. Ouvi." Saiu do quarto, desceu as escadas na ponta dos pés. Acendeu a luz do vestíbulo e ficou à escuta... Silêncio. Entrou na sala. Ninguém. Ali estava a um canto o piano fechado, o banco giratório vazio. Mas era estranho... Parecia andar no ar uma espécie de eco daquela música. Foi então que Rodrigo *sentiu* uma invisível presença na sala. Sim — concluiu — foi ela que veio e tocou... Tocou pra mim. Um sinal, um aviso.

Aproximou-se do piano, ergueu-lhe a tampa, perpassou os dedos pelo teclado. Não ousava olhar para os lados, para os cantos da sala em penumbra. Sabia que a filha morta estava a seu lado, quase a tocá-lo...

Em alguma parte do universo ela vive — dizia-se ele em pensamentos. E essa ideia lhe dava um doce tremor, um medo quase voluptuoso. Era uma esperança, um consolo... Por que não tinha pensado naquilo antes? Que estúpido! Aceitara como um idiota a ideia da destruição total e irremediável de sua princesa, como se ela fosse apenas corpo, apenas matéria. Deus era bom. Deus era grande. Deus era justo.

Agora compreendia. Estava tudo claro. Estava tudo bem. Um dia, numa outra vida, iam encontrar-se. Por enquanto o remédio era ter paciência, ir vivendo, esperando a grande hora. Sem desespero. Sempre atento àqueles sinais...

Ficou por algum tempo junto do piano, imóvel, os olhos cerrados, sentindo um calafrio em todo o corpo, mal ousando respirar.

Quando voltou para o quarto, encontrou Flora acordada.

— Estás sentindo alguma coisa? — perguntou ela.

— Não, meu bem, não é nada.

— Por que desceste?

Não respondeu. Estendeu-se na cama, ao lado da mulher, cerrou os olhos e, pela primeira vez naqueles últimos trinta anos, murmurou um padre-nosso. Sentiu a mão de Flora na testa. Decerto a mulher temia que ele estivesse febril.

— Não é nada, minha flor. Estou bem.

Pensou em contar-lhe tudo, mas teve medo de revelar o seu segredo. Medo e um certo ciúme. Calou-se e pouco depois adormeceu, sorrindo.

5

Foi ainda naquele mês que Rodrigo recebeu a visita do pastor metodista que morava numa das casas vizinhas, cujo pátio estava separado por uma cerca de tábuas do quintal do Sobrado. Fazia poucos meses que aquele americano, natural do Texas, chegara a Santa Fé. Rodrigo conhecia-o de vista, cumprimentava-o de longe e muitas vezes o vira nos fundos de sua residência cingindo um avental feminino, evidentemente ajudando a mulher na cozinha — coisa que o deixava intrigado — ou em mangas de camisa a jogar bola com a mais velha de suas três filhas — cena que em geral o enternecia. Era o rev. Robert E. Dobson um indivíduo que logo chamava a atenção pelo porte. Tinha um metro e noventa e dois centímetros de altura — o homem mais alto da cidade, dizia-se. Era seco de carnes e um pouco encurvado. Apesar dos pés enormes e das pernas longas, tinha passos leves e curtos, numa cadência rápida e regular, como se o pastor caminhasse sempre ao ritmo de um *one-step*. O rosto rubicundo era longo e fino. Seu perfil agudo lembrava um pouco as feições clássicas do polichinelo da caricatura. Seus olhos, dum cinzento desbotado e distante, tinham a fresca limpidez da inocência. O que, porém, o texano possuía de mais notável eram as mãos, longas e benfeitas, muito mais expressivas que o rosto. Quanto à voz, nem mesmo nos sermões ele a alteava. Tinha algo de vago e quebradiço: uma espécie de crepitar de palha. Sua mulher, também americana, era magra e frágil, de cabelos cor de areia, cútis muito branca, olhos dum verde de malva ressequida. Maria Valéria, que já mantivera com ela um diálogo por cima da cerca — mais por meio de gestos e de onomatopeias que propriamente de palavras — dizia que a "pastora" parecia um desenho mal apagado com borracha.

Antes de bater à porta do Sobrado, o metodista telefonou a Rodrigo pedindo permissão para visitá-lo e perguntando qual seria a hora mais oportuna. Rodrigo, curioso, respondeu-lhe que viesse na noite daquele mesmo dia, por volta das oito.

Às oito em ponto o rev. Robert E. Dobson entrou no Sobrado sobraçando uma Bíblia de capa negra. Apertou a mão do dono da casa, que o conduziu à sala de visitas, fazendo-o sentar-se no sofá onde o homem ficou, de busto teso, as pernas juntas, o livro sempre debaixo do braço, uma das garras espalmadas sobre a coxa. Rodrigo examinava o vizinho de alto a baixo. Era a primeira vez que o via de perto. Achava-o estranho, absolutamente diferente dos caboclos da terra, na cor e na forma. Não se parecia nem mesmo com os santa-fezenses descendentes de alemães. Tinha no seu desengonçamento, no pescoço de gogó saliente, na forma do rosto algo que lembrava Abraão Lincoln — mas um Lincoln em tons avermelhados. A mecha de cabelo que caía sobre a testa do homem (Quantos anos teria? Quarenta? Cinquenta?) dava-lhe um certo ar juvenil e esportivo de universitário.

Por alguns momentos nenhum dos dois falou. O rev. Dobson limitava-se a sorrir um sorriso tímido mas aliciante, que lhe punha à mostra os dentes postiços. Rodrigo mantinha-se na atitude de "pé atrás" que sempre assumia quando era procurado por algum vendedor ambulante ou agente de seguro de vida.

O rev. Dobson mexeu as pernas. Suas botinas grosseiras e pretas, quase informes, tinham algo de reiuno. Que quereria aquele homem?

A explicação não tardou. O pastor soubera da grande perda que a família sofrera, imaginava a dor que lhes partia o coração e por isso ousara visitar o chefe da casa...

Rodrigo escutava-o um pouco impaciente, porque a voz apagada do ministro, aquela espécie de cochicho em mau português tornava-lhe difícil prestar atenção ao que ele dizia. O rev. Dobson falava com hesitações, ficava roncando — ah... ah... ah... — quando não encontrava a palavra adequada. Contou quem era, de onde vinha. Nascera e fora criado numa estância, no Texas, como um verdadeiro caubói. Mudara-se para El Paso, onde terminara o *high school* e conhecera o pecado...

Rodrigo franziu a testa. Não podia imaginar o rev. Dobson conhecendo o pecado. Que forma teria esse pecado? A duma rapariga loura? Morena? Ou ruiva? Sem prestar mais atenção à voz de palha, ficou a fantasiar a adolescência pecaminosa de Bob Dobson em El Paso, na fronteira com o México... Ouvia uma que outra palavra do que o homem lhe dizia — "dez dólares... 'aus amigos... 'eiro trago de uísque... *well*". Talvez tivesse sido com uma mexicana de sangue índio, o que naturalmente, para aquele homem branco, num ambiente racista, agravara a natureza do pecado... Dormir com americana loura fora do casamento é uma iniquidade. Dormir com uma mexicana de raça inferior: dupla iniquidade... O reverendo pedia desculpas — "escuse-me, por favor" — por estar entrando naqueles detalhes pessoais e íntimos. Queria, *you know*, queria com isso mostrar que era um homem como os outros, um pobre pecador; em suma: o fato mesmo de haver já mais de uma vez transgredido as leis do Senhor não significava que... ah... ah... ah... ah...

De novo Rodrigo perdeu-se num devaneio. El Paso... Como seria a cidade? Descruzou e tornou a cruzar as pernas. Fazia calor. Passou o dedo entre o colarinho e o pescoço, esfregou o lenço pela testa. O americano também trançou as longas pernas, suas reiunas moveram-

-se: pareciam dois gatos. Mas aonde diabo queria aquele homem chegar? El Paso... decerto era uma cidade com casas de tijolo nu, pesadas e tristes. A bomba de gasolina... A igrejinha branca de madeira...

O pastor chegou ao ponto culminante da sua história: a conversão. Passava, um domingo, pela frente dum templo metodista quando... De novo Rodrigo desligou a atenção.

Finalmente o rev. Dobson revelou o objetivo da visita. Não só vinha apresentar suas condolências como também pedir a Rodrigo que pensasse no consolo da religião. Deus era o remédio para todos os males, tanto para os pequenos como para os grandes. Deus era a razão de tudo, o princípio e o fim. Sem Deus o mundo e a vida não teriam sentido.

O rev. Dobson falava num tom monocórdio, sem um momento de exaltação. Suas palavras pareciam apenas fazer cócegas no ar e nos ouvidos do interlocutor. Rodrigo, porém, começava a apiedar-se do homem. Sua candura, sua absoluta falta de malícia, cativavam-no, davam-lhe desejos de protegê-lo. Se o missionário fosse um vendedor, Rodrigo estaria já disposto a dizer: "Compro tudo o que o senhor tem na sua mala. E não discuto preço".

O pastor estava tentando vender-lhe Deus. Mas ele já havia comprado Deus na noite em que Alicinha lhe dera aquele aviso... Andava pensando vagamente em comparecer a uma sessão espírita. Chiru Mena lhe falara num médium vidente seu conhecido, que tinha poderes extraordinários. Por que não tentar? Havia fenômenos metapsíquicos para os quais a ciência oficial ainda não encontrara explicação. E, depois, não perderia nada por tentar.

— Permite? — perguntou o texano.

Rodrigo ergueu interrogadoramente as sobrancelhas.

— Como?

— Permite que eu leia meu... ah... ah... passagem de Bíblia favorito?

— Pois não, reverendo, pois não!

— É um salmo de Davi...

Rodrigo mudou de posição na cadeira. Agora sentia sede. Pensava numa cerveja gelada. O pastor abriu o livro numa página marcada por uma fita, puxou um discreto pigarro, fitou os olhos de cinza apagada no dono da casa, tornou a baixá-los e leu:

— O Senhor é o meu pastor: nada me faltará. Deitar-me faz em verdes pastos, guia-me mansamente a águas tranquilas... Refrigera a minha alma: guia-me pelas veredas da justiça...

Rodrigo escutava, de olhos baixos. Já folheara muitas vezes a Bíblia: era um dos cem livros que havia posto de lado para "ler depois". Esse *depois* nunca chegava.

— ... Ainda que eu andasse pelo vale da sombra e da morte...

Aquilo era bonito e dramático: *pelo vale da sombra e da morte.* Alicinha andava agora por esse escuro vale, mas tudo estava bem, porque Deus a guiava...

— ... não temeria mal algum, porque tu estás comigo; a tua vara e o teu cajado me consolam. Preparas uma mesa perante mim na presença dos meus inimigos, unges a minha cabeça com óleo, o meu cálice transborda...

Rodrigo notou que agora Maria Valéria aparecia como uma assombração à porta que dava para o vestíbulo, lançava um olhar intrigado para o visitante e depois sumia. No andar superior Bibi desatou a chorar.

— Certamente que a bondade e a misericórdia me seguirão todos os dias da minha vida: e habitarei na casa do Senhor por longos dias.

O pastor fechou a Bíblia, colocou-a sobre os joelhos, estendeu sobre ela as manoplas, e encarou o dono da casa, que murmurou:

— Muito bonito. — E mentiu cordialmente: — Eu já conhecia esse salmo.

Fez-se um curto silêncio. Com um movimento de cabeça o rev. Dobson afastou a mecha de cabelo que lhe caíra sobre um dos olhos.

— Eu só gostaria ah... ah... que o doutor não esquecesse aquelas primeiras palavras: "O Senhor é o meu pastor: nada me faltará".

Disse mais que tinha em casa, à disposição do caro vizinho, várias biografias de homens eminentes que haviam encontrado consolo e alimento espiritual em Cristo. Conhecia ele a aventura de Livingstone em pleno coração da África, em meio aos selvagens e às feras? E a daqueles heroicos passageiros do *Titanic* que, enquanto o vapor afundava, permaneceram reunidos na popa até o momento derradeiro, a cantar um hino religioso?

— Reverendo, o senhor deve saber que aqui somos todos católicos.

O pastor ergueu a mão.

— Longe de mim, oh, longe de mim a ideia de tentar... ah... ah... ah... converter o senhor ao metodismo. Seria... seria... *oh, my!*

— Eu sei... só quis informar...

— Mas Deus é um só. O Deus dos católicos é também o nosso Deus.

Rodrigo havia "esquecido" que o homem era tão alto e quase teve um choque quando o viu erguer-se. Fez o mesmo.

— Não toma alguma coisa, reverendo?

— Oh, não, agradecido. Devo ir.

Apesar do tamanho — refletia Rodrigo — o texano tinha uma presença transparente e leve. A sua magreza, a natureza neutra da voz, a maneira impessoal do vestuário, a ausência de paixão na palavra e no gesto tornavam-no por assim dizer imponderável. Um homem de fumaça? Talvez fosse uma boa definição. Concluiu que era impossível amar ou odiar uma pessoa assim. Em todo o caso, não podia deixar de ficar grato ao vizinho pela visita, pela intenção, pela...

— Bem, estou indo — disse o pastor. — Posso deixar-lhe esta Bíblia?

— Ora, não se incomode...

— É um prazer.

Depôs o livro em cima do consolo, sob o espelho, para o qual, entretanto, evitou olhar. Parou um instante diante do Retrato, olhou da tela para Rodrigo e disse:

— Muito bom. Fino portrato.

Encaminhou-se para o vestíbulo, onde apanhou o chapéu. O dono da casa acompanhou-o até a porta, levemente irritado por se sentir tão baixo perto do outro. Apertaram-se as mãos, trocaram-se boas-noites e agradecimentos.

Ora essa! Já se viu? — pensou Rodrigo, fechando a porta.

Maria Valéria esperava-o ao pé da escada grande.

— Que é que o Jerivá queria?

— Nada, titia.

— Le vendeu alguma coisa?

— Não.

A velha lançou-lhe um olhar enviesado de desconfiança.

— Não venha me dizer que esse bife não queria nada...

— Foi apenas uma visita de pêsames.

— Ah! Mas que era que ele estava lendo?

— Um trecho da Bíblia.

Apontou para o consolo. Maria Valéria viu o livro e murmurou:

— Se o vigário descobre, vai ficar brabo.

— Que fique! Não é meu tutor. Recebo nesta casa quem eu quiser. Protestante, muçulmano, budista, ateu e até macumbeiro.

Pegou a Bíblia e começou a folheá-la. Depois, largando o livro, ergueu a cabeça e ficou a namorar-se diante do espelho, examinando o branco dos olhos, arreganhando os lábios para ver melhor os dentes, ajeitando a gravata...

Maria Valéria sorriu. Aquilo era um sinal de que o sobrinho aos poucos voltava a ser o que sempre fora.

6

Era a opinião geral. Rodrigo Cambará tornava aos poucos ao seu natural. Tinha atenções e carinhos para com Flora, preocupava-se com a palidez e a magreza da mulher, insistia para que ela se alimentasse melhor, tomasse os remédios que Camerino lhe prescrevia. Interessava-se também pela vida dos filhos, fazia perguntas a Floriano sobre as matérias que o rapaz estudava na escola, andava frequentemente com Bibi no colo, beijando-lhe as faces e dizendo-lhe coisas carinhosas, discutia problemas do Angico com Jango e brincava de "touro e toureiro" com Edu.

E em meados daquele outono, atravessou um período de religiosidade e espiritualismo que deixou Stein surpreendido.

— Pensas — perguntou ele ao judeu uma noite —, imaginas que tudo se pode explicar com a história? E que a história é o único absoluto moral da humanidade?

Stein olhava para a ponta de seus sapatos esfolados. Aquele ano se havia tornado membro do Partido Comunista Brasileiro. Andava com a cabeça mais que nunca cheia de leituras, ideias, planos... Os livros marxistas, que tinham sua circulação proibida no Brasil, ele os recebia clandestinamente do Uruguai e da Argentina. A velha Sara, como sempre, tomava conta do ferro-velho, enquanto ele passava os dias a ler. Fazia um que outro serviço de cobrança ou de banco, coisas pelas quais sentia o maior desprezo e repugnância. No seu pequeno quarto já não tinha mais onde guardar livros. Eles se empilhavam pelos cantos, debaixo da cama, em cima do guarda-roupa... A questão social apaixonava-o cada vez mais, e quanto mais lia, quanto mais observava o cenário político e econômico do Brasil e do mundo, mais e mais se convencia de que a solução para aquelas crises frequentes, para aquele estado crônico de injustiça social e para as guerras era o socialismo, o comunismo, que alguns reacionários ainda insistiam em chamar ridiculamente de maximalismo.

Agora ele escutava Rodrigo sem reagir, ruminando a grande tristeza que lhe causara, no princípio daquele ano, a morte de Lênin. Não tinha nenhum constrangimento em confessar que nem o falecimento de seu próprio pai o abatera tanto. Fora como se uma luz se houvesse apagado no mundo. No dia em que lhe chegara a negra notícia, saíra a andar pelas ruas de Santa Fé com lágrimas nos olhos. Mais tarde lera, comovido, a declaração publicada pelo Congresso soviético:

Sua visão era colossal, sua inteligência na organização das massas, incrível. Lênin era o supremo líder de todos os países de todos os tempos, de todos os povos, o senhor da nova humanidade, o salvador do mundo.

E no entanto ninguém ali em Santa Fé compreendia a enormidade daquela perda. Muitos tinham recebido a notícia com indiferença. A maioria nem sequer a havia lido. E tudo continuara como antes. O Quica Ventura picava fumo na frente do Comercial. O Cuca Lopes fazia seus mexericos. O galo do cata-vento da igreja continuava a girar aos ventos. Nas pensões, as prostitutas dormiam com seus machos. Nos campos daqueles latifundiários, os bois engordavam. A miséria do proletariado urbano e rural se agravava. O cel. Teixeira continuava a sua agiotagem. O alfaiate Salomão botava meninos para dentro de seu quarto, tarde da noite. E aqueles burgueses hipócritas — com seus adultérios, calúnias, mesquinhezas e falsos valores — continuavam a representar a sua farsa, adorando o deus dinheiro, exaltando o lucro, espezinhando os humildes, e depois iam à missa para rezar, bater no peito e engolir hóstias. E as estrelas continuavam brilhando no céu. Mas Lênin estava morto! E o dr. Rodrigo Cambará — que chorara em 32 ao saber da morte de Rui Barbosa — achava agora que para o mundo o desaparecimento de Anatole France tinha sido muito mais nefasto que o de Lênin!

Sentiu-se sacudido pelos ombros. Era Rodrigo que o despertava do triste devaneio para lhe dizer:

— Vocês marxistas não reconhecem o transcendente, querem reduzir o homem à mais grosseira condição material, como se ele fosse apenas um animal, sem a menor partícula divina.

Tio Bicho, que estava meio sonolento aquela noite, abriu os olhos para observar:

— Mas não! Há no marxismo um formidável elemento idealista. Só que eles apresentam a justiça social como um sucedâneo do absoluto divino.

Rodrigo olhou para Bandeira com o rabo dos olhos, como se não soubesse se devia considerá-lo um adversário ou um aliado.

Stein soltou um suspiro e disse:

— Doutor Rodrigo, para nós, marxistas, o ato bom, o ato nobre, o ato... *espiritual*... seja!... é aquele que marcha no sentido da história, e o ato mau é o que entrava o progresso da humanidade. Para mim não existe outra norma para julgar o valor moral da ação. Simplificando: na minha opinião, o homem verdadeiramente humano é aquele que trabalha em prol da revolução social.

Rodrigo sacudiu a cabeça numa negativa vigorosa. E Roque, passando o lenço pelo pescoço suado e purpúreo, disse:

— Eu já li o meu Marx, meio pela rama, porque *O capital* é o livro mais cacete do mundo, pior que *O paraíso perdido*. Mas me lembro que, num certo trecho, o Velho compara o proletariado com Cristo sobre a cruz. O que ele quer dizer, acho, é que se Jesus morreu para redimir os homens, reconciliando por meio de seu sacrifício a humanidade com a divindade, o proletariado, como uma espécie de "crucificado" do mundo moderno, sofre e é esquartejado para destruir as contradições atuais... É curioso que Marx tenha usado esse símile...

— Não, Stein! — exclama Rodrigo. — Nenhum homem pode viver sem Deus. Suponhamos, com muita boa vontade, note bem que estou dizendo "com muita boa vontade"... suponhamos que o comunismo resolva o problema da vida do homem sobre a Terra. E o resto?

— Que resto?

— A outra vida, o destino de nossas almas...

— Essa história de almas é outro ponto a discutir. O senhor não vai me dizer que acredita na concepção católica de céu e inferno, prêmio e castigo...

— E por que não?

— Porque tenho a sua inteligência na mais alta conta.

— A inteligência não tem nada a ver com a fé — replicou Rodrigo. — Fé é assunto de coração.

— Se o senhor acredita também nisso, não poderemos discutir.

— Pois então cala a boca.

Stein realmente calou. Compreendia que Rodrigo agora queria convencer-se de que um dia, numa outra vida, ia reencontrar a filha perdida. Bandeira ergueu-se sonolento, convidando o judeu para irem embora. Saíram juntos.

A casa estava silenciosa: todos recolhidos a seus quartos.

Rodrigo olhou em torno da sala, apagou a luz, sentou-se e ficou esperando a "visita" de Alicinha. Ela devia revelar-se de algum modo. Um sussurro, uma batida na vidraça, uma porta que se abre ou fecha inexplicavelmente, um súbito golpe de vento, uma tecla que bate misteriosa nota de música... Cerrou os olhos. Um cachorro uivou numa rua distante. O relógio grande bateu doze badaladas. Depois, de novo o silêncio encheu o casarão. Rodrigo esperava, com um estranho arrepio de febre na epiderme.

Olhava para o próprio retrato, com a impressão de que o *outro* lhe sabia o grande segredo. De certo modo aquele Rodrigo de tela e tinta não teria uma qualidade fantasmal? Pertencia a um outro tempo, a uma outra dimensão.

A escada rangeu. Rodrigo inteiriçou o busto, o coração acelerado, as narinas dilatadas, as mãos agarrando com força os braços da cadeira. Alguém descia pela escada. Ele esperava...

Uma luminosidade agora tocava a penumbra do vestíbulo. Passos se aproximavam. Rodrigo preparou-se para o momento milagroso, mal ousando respirar.

Maria Valéria surgiu à porta com uma vela acesa na mão.

— Vá dormir, meu filho. É tarde.

7

Rodrigo passou algumas semanas absorto na leitura de livros sobre metapsíquica e espiritismo. A parte céptica e anatoliana de seu espírito sorria, com superioridade, da outra, a que ansiava por um bafejo ou um vislumbre do sobrenatural, a que desejava acreditar na existência duma vida extraterrena. Sempre, porém, que Roque Bandeira ou Arão Stein o pilhava lendo uma brochura de Allan Kardec ou de Sir Conan Doyle, ele se sentia na obrigação de explicar que estudava aquelas coisas por pura curiosidade, pois estava sempre aberto a todas as aventuras do espírito.

Havia muito que Chiru Mena insistia com ele para que fossem visitar um sargento reformado, famoso na cidade e arredores pelos seus extraordinários dotes de médium vidente.

— O sargento Sucupira é um colosso! — proclamava Chiru. —

Ele vê, mas *vê* mesmo, gente que já morreu. Não é truque, o homem é sério. Um dia destes me avistou na rua, me fez parar e disse: "Está atrás do senhor um velho de barbas brancas. Diz que se chama Rogério. Pergunta como vai a dona Evangelina". Fiquei arrepiado. O velho Rogério é o pai da tia Vanja. Quando ele morreu, eu ainda não era nascido. Agora me diga, Rodrigo, como é que o Sucupira, que nunca entrou na minha casa nem conhece a minha tia, podia saber daquilo?

Uma tarde, Rodrigo resolveu ir ver o homem, que morava num chalé de madeira, numa rua esburacada da Sibéria, em meio dum terreno alagadiço. O sargento recebeu-os metido na sua indumentária caseira: culotes de brim cáqui sem perneiras, chinelas sem meias e casaco de pijama listrado de azul e branco. Era um cinquentão indiático, grisalho e gordo, duma cordialidade lerda e meio paternal. Separado da esposa legítima, que abandonara havia anos com três filhos, vivia com a viúva dum veterinário.

— Entrem. Sentem. Fiquem à vontade. Não reparem os meus trajos. Se eu soubesse que o doutor vinha...

Rodrigo e Chiru sentaram-se. Na mesinha no centro da sala, sobre o linóleo novo de losangos tricolores, havia num vaso de vidro flores de papel. Em cima de aparadores e braços de cadeiras via-se uma profusão de guardanapos de crochê. Moscas voejavam no ar quente da tarde de maio.

— Sulamita, meu bem! — gritou o sargento. — Traz um licorzinho pras visitas. — Olhou para Rodrigo. — É uma honra, doutor, eu já conhecia o senhor de nome e de vista. Aqui o seu Mena me fala muito na sua pessoa, com boas ausências.

Rodrigo estava decepcionado. O vidente era a negação mesma do mistério. Não era possível que aquele homem de aspecto vulgar, com aquelas roupas ridículas, com aquela cara sonolenta e estúpida, pudesse ter os dotes que seus amigos apregoavam. É um impostor. E eu sou uma besta por ter vindo.

O médium sorria, balançando-se numa cadeira de vime. Tinha a testa curta — notou Rodrigo — e faltava-lhe o indicador da mão esquerda.

A mulher entrou, trazendo uma bandeja com três cálices de licor de butiá.

— Minha patroa... — apresentou-a o vidente.

Rodrigo e Chiru ergueram-se, apertaram a mão da mulher. Depois apanharam os cálices. A companheira do sargento retirou-se. Era ossuda, ictérica, de olhos mansos e estava metida num quimono estampado: garças e juncos brancos em campo azul.

Um mosquito zumbiu junto do ouvido de Rodrigo. Chegavam até suas narinas as emanações pútridas da água estagnada que negrejava num valo, à frente da casa. "Este Chiru me mete em cada uma!", pensou ele, já meio irritado, tomando com certa repugnância um gole de licor.

A situação piorou quando o sargento se julgou na obrigação de brilhar diante do doutor. Fez uma dissertação sobre o espírito cristão da doutrina de Allan Kardec, citando Ingenieros e Vargas Villa. Era a última! Por fim entrou com Nostradamus pelo domínio da profecia e disse: "Tome nota das minhas palavras, doutor, estamos em vésperas de grandes acontecimentos".

Chiru observava Rodrigo para ver o efeito que produziam nele as palavras do oráculo. Rodrigo limitava-se a sacudir a cabeça.

— Vamos ter ainda este ano uma grande revolução.

— Opa! — exclamou Chiru.

— Contra quem? — sorriu Rodrigo, depondo o cálice sobre a mesinha.

— Ora, contra o governo — explicou o médium. — O quatriênio Bernardes começou com sangue e com sangue terminará.

O sargento sacava contra o futuro. Era evidentemente um impostor. Rodrigo olhou para Chiru, a sugerir que se fossem. Mas o médium encarou-o:

— Quem é Licurgo?

Rodrigo franziu o cenho.

— É o meu pai.

O sargento ergueu a mão gorda:

— Não me diga mais nada. Ele está aí por trás do senhor. Está perguntando pelo Bio. Existe alguém com esse nome na família?

— O meu irmão... Toríbio.

Rodrigo resistia. "Esse sujeito sabia que eu vinha, informou-se da vida da minha gente..." Mas mesmo assim estava impressionado.

— Seu pai está perguntando se o Bio ainda tem o punhal... — continuou o sargento. — Espere, não estou compreendendo bem... Sim, é punhal mesmo.

Rodrigo sentiu um calafrio. Tratava-se do punhal que Toríbio sempre carregava consigo, uma relíquia de família. Como podia o homem saber daquelas coisas?

— Não é mesmo um bicharedo? — perguntou Chiru, radiante.

Uma mosca passeava pelas bordas de um dos cálices.

Sucupira levou a mão direita à testa, cerrou os olhos e murmurou:

— Hoje não estou muito bom. É sempre assim, doutor. Depois que tenho relações carnais, minhas faculdades diminuem...

Tornou a abrir os olhos.

— Quem é Alice?

Rodrigo estremeceu.

— É a minha mãe.

— Uma senhora magra, muito pálida e com ar triste. Está ao lado de seu pai. Diz que tudo vai bem, que o senhor não deve se preocupar.

Rodrigo remexeu-se na cadeira. Sentia o suor escorrer-lhe pelas costas, ao longo da espinha. Mas resistia ainda. A coisa se explicava. A telepatia era um fenômeno aceito pela ciência. Naturalmente o sargento estava captando seus pensamentos, seus desejos — dos quais ele, Rodrigo, não tinha consciência clara... Decidiu fazer uma experiência. Pensou intensamente em Alicinha, pois viera com a esperança de receber uma mensagem da filha morta.

— Quem é Candango? — perguntou Sucupira.

— Candango ou Fandango? — perguntou Chiru.

O médium entrecerrou os olhos, coçou distraidamente o dedo grande do pé, e depois disse:

— Um velho alegre, de cara tostada, barbicha branca. Diz que foi capataz do coronel Licurgo. Está perguntando pelo Liroca.

Rodrigo pensava desesperadamente em Alicinha, repetindo mentalmente o nome dela.

— Não está enxergando uma criança? — perguntou.

O vidente ficou um instante pensativo e depois sacudiu negativamente a cabeça.

— Não.

Chiru ergueu-se, muito corado, o carão reluzente de suor, tirou o casaco, passou o lenço pela testa.

— Pergunte ao coronel Licurgo se ele já se encontrou com a neta — pediu Rodrigo.

Por alguns instantes Sucupira permaneceu em silêncio, de olhos entrecerrados. Depois murmurou:

— Ele não quer responder.

— Mas por quê?

— Diz que não está autorizado...

Sem mudar o tom de voz, o sargento desatou a falar em futilidades:

o veranico, a última fita que vira no Cine Recreio, anedotas de quartel. De súbito apontou para um canto da sala e disse:

— Ali está uma negra-mina. Diz que se chama Rosária. Conhece?

Rodrigo sacudiu negativamente a cabeça.

— Está perguntando pela Canela Fina...

Mais tarde, já no automóvel, de volta para o centro da cidade, Chiru perguntou ao amigo:

— E que tal? O homem não é mesmo um batuta?

Rodrigo não soube que dizer. Estava confuso. O médium — tinha de confessar — dissera-lhe coisas impressionantes. O que ele, Rodrigo, não podia compreender era como poderes excepcionais como esses pudessem encontrar-se num homem tão prosaico, tão vulgar.

— É um impostor — repetiu, mas sem muita convicção.

Chiru discordou:

— Qual nada! Como é que ele ia saber todas aquelas coisas, conhecer toda aquela gente, até a história do punhal?

Rodrigo encolheu os ombros. Se o sargento tinha a capacidade de ver os mortos, como se explicava que não tivesse visto Alicinha? Essa ideia agora começava a preocupá-lo, porque ele queria acreditar que o espírito da filha morta o acompanhava por toda a parte, a todas as horas.

Entrou no Sobrado e perguntou a Maria Valéria:

— A senhora conhece algum membro de nossa família chamado Rosária?

A velha ficou um instante pensativa, repetindo baixinho o nome. De repente, lembrou-se:

— Era uma negra velha que a mamãe tinha em casa. Mas isso foi há muitos anos, no tempo da Guerra do Paraguai...

— Quem é a Canela Fina?

Maria Valéria cerrou o cenho:

— Como é que vacê sabe disso, menino? A Canela Fina sou eu. Era assim que a Rosária me chamava quando eu era menina.

Rodrigo e Chiru entreolharam-se em silêncio.

8

Rodrigo agora ia também à missa aos domingos. Enquanto durava o ofício, ficava de pé, junto da porta, e ali orava, a cabeça baixa, os olhos fechados. Ajoelhar — achava — era coisa para mulher. Costumava dizer que era religioso à sua maneira, sem exageros nem fanatismos. Detestava os ratos de sacristia e as beatas.

Preferia entrar na igreja quando ela estava vazia. "Quando saem os padres", costumava dizer, "entra o Espírito Santo." Ficava sentado a meditar, a olhar para o altar e para as imagens em seus nichos. Pensava na glória da Igreja, nos seus santos, nos seus mártires, nos seus milagres e mistérios. Admirava intelectualmente são Paulo: não compreendia mas respeitava a mansuetude de são Francisco de Assis. A figura de Jesus Cristo fascinava-o, principalmente pelo que tinha de humano e contraditório. O Filho do Homem, que oferecia a face esquerda quando lhe batiam na direita, fora suficientemente *macho* para, num momento de cólera, expulsar os vendilhões do templo, a chicotadas. Esse ato caudilhesco de Nosso Senhor tinha para Rodrigo um valor extraordinário.

Nas horas de silêncio e solidão, na igreja vazia, ele murmurava suas orações. Não chegava, porém, a entregar-se a elas por inteiro. Não conseguia deixar de pensar em coisas materiais. Cansava-se de tudo aquilo com muita facilidade.

Estava fora de qualquer dúvida que Deus existia — raciocinava ele. O universo sem Deus não tinha explicação nem sentido. Havia uma razão divina acima da nossa pobre e primária razão humana, que não admitia fenômeno sem causa. Deus devia ser o princípio e o fim de todas as coisas.

Naqueles dias em que procurava imaginar-se "dentro duma aura religiosa", Rodrigo vivia numa castidade que lhe era esquisitamente nova e agradável. A magreza, a palidez e a melancolia de Flora tornavam-na de tal maneira inapetecível, que — além da indelicadeza que seria o convidá-la ao amor físico — era mórbido pensar nela como objeto de prazer. Por outro lado, tratava de convencer-se de que achava repugnante e constrangedora a ideia de procurar outra mulher. Não concebia a possibilidade de entrar num prostíbulo. Seria uma indecência e até um sacrilégio, pois para ele, dum modo obscuro, a memória de Alicinha era como que fiadora de sua abstinência sexual.

Mas agora, naquele lânguido veranico que se prolongava além de maio, começava a inquietar-se. Procurava, mas sem genuíno interesse, a roda da Casa Sol e a do Clube. Pensou em escrever artigos políticos para o *Correio do Povo*, chegou a esboçar dois ou três, mas acabou desistindo da ideia. Escrever para quê?

Havia vendido a farmácia e a Casa de Saúde a Carbone e Camerino. Fechara definitivamente o consultório. "É uma alma penada", murmurava Maria Valéria, quando o via a andar pela casa, sem destino.

— Vamos para o Angico — disse ele, um dia, a Flora. — Vai te fazer bem o ar do campo. A Dinda fica com as crianças.

Foram.

Rodrigo tentou entregar-se por inteiro às tarefas campeiras. Procurava cansar o corpo para atordoar o espírito e não pensar em coisas tristes. Dormia largas sestas, das quais despertava mal-humorado, e quando anoitecia ficava tomado duma melancolia mesclada de exasperação. Fugia da companhia de Toríbio e, quando Flora se recolhia ao quarto de dormir, ele saía a caminhar à toa sob as estrelas, falando consigo mesmo, analisando sua vida, interrogando o futuro, fumando cigarro sobre cigarro. Ia para a cama tarde e custava-lhe pegar no sono.

Um dia, abrindo a gaveta duma cômoda, encontrou uma bruxa de pano que pertencera a Alicinha. Teve uma crise de choro e dali por diante desejou freneticamente voltar para Santa Fé, pois lhe viera de inopino a ideia culposa de que tinha "abandonado" a filha, e de que a menina estava encerrada no mausoléu, sozinha e com medo. Sozinha e com medo! Essa impressão foi de tal maneira intensa e perturbadora, que ele mandou Bento preparar o automóvel e Flora fazer as malas. E, apesar dos protestos de Toríbio — "Homem, chegaste há menos de cinco dias!" —, tocou-se com a mulher para a cidade. A primeira coisa que fez foi visitar o túmulo da filha. Levou-lhe flores. Ficou ao lado dela até a hora em que o zelador do cemitério lhe veio dizer que o doutor desculpasse, mas que ele tinha de fechar o portão, pois já era noite.

Naquele princípio de junho os crepúsculos vespertinos eram longos e tristes. Os plátanos e os cinamomos perdiam as folhas. Pela manhã uma névoa leitosa pairava sobre a cidade e o campo. Ao anoitecer havia já no ar um mal escondido arrepio de inverno. Nos quintais e pomares as laranjas e as bergamotas pareciam esperar a hora do amadurecimento.

Um domingo a banda de música militar deu no coreto da praça da Matriz a última retreta da temporada. Findava o outono.

9

Na segunda semana de junho, Rodrigo foi convidado para uma reunião na casa do cel. Alvarino Amaral. Encontrou lá vários companheiros da Revolução de 23, entre os quais o Juquinha Macedo, com três de seus irmãos, e mais Chiru e Liroca. Fecharam-se na sala de visitas do palacete, mobiliada com um mau gosto pomposo: poltronas forradas de veludo, cortinas de seda, uma coluna de alabastro a um canto, sustentando um vaso horrendo. Pendia da parede, numa pesada moldura cor de ouro velho, um retrato a óleo de d. Emerenciana. Lá estava a falecida amiga de Rodrigo, com seus olhos empapuçados, seu buço, sua papada e seu jeito matriarcal.

A princípio comentaram o tempo. Liroca trocou com um dos Macedos um pedaço de fumo em rama. Alvarino quis saber da saúde de Flora. Depois entraram no assunto que os congregara. Foi o dono da casa quem falou. Como os amigos sabiam, as eleições para intendente municipal iam realizar-se em breve. O Madruga tinha o seu candidato, mas estava decidido que a oposição se absteria de votar.

— O que eu acho errado — interrompeu-o Juquinha Macedo.

— Sei que não temos jeito de ganhar, mas como exemplo devíamos comparecer às urnas.

Alvarino escutou-o com paciência e depois disse:

— Está bem, respeito sua opinião. Mas eu reuni vosmecês aqui pra outro assunto.

Calou-se, esperando que a criada, que entrara, terminasse de servir o café. Depois que a rapariga se retirou, prosseguiu:

— A situação está muito séria. O general Leonel Rocha me mandou ontem um próprio. A ordem vai ser outra vez perturbada.

As caras dos quatro Macedos iluminaram-se de repente. Chiru ergueu-se, como que impelido por uma mola. O Liroca apertou o cigarro com força entre os dentes amarelados. Rodrigo não se mostrou muito interessado. Olhava fixamente para o retrato de sua amiga, pensando na noite longínqua em que, no meio duma sessão de cinema, ela caíra fulminada por um colapso cardíaco.

Fez-se um silêncio. Os outros esperavam, com os olhos postos em Alvarino Amaral, que acendia o seu cigarro. Depois da primeira tragada, revelou:

— Está para rebentar uma revolução contra o Bernardes. O general Leonel, o Zeca Neto e o Honório foram convidados para o levante. Agora eles querem saber se podem contar conosco...

Houve novo silêncio prolongado, que Liroca cortou com um pigarro. Juquinha olhou para Rodrigo. Chiru caminhava dum lado para outro.

— Mas quem é que vai chefiar a revolução? — perguntou, parando com as mãos na cintura, diante do dono da casa. — Onde é que o tumor vai rebentar?

Alvarino citou nomes de oficiais do Exército, desligados da tropa em 1922, que estavam conspirando. O levante começaria em São Paulo, depois se alastraria pelo resto do país. Haveria revoltas em várias guarnições, no Norte, no Centro, no Sul. A coisa parecia bem articulada.

Rodrigo sentia junto do ouvido a respiração asmática do Liroca. A notícia deixava-o indiferente. Não havia nada mais distanciado de suas cogitações do que uma revolução. Talvez Bio estivesse interessado no movimento. Ele, não.

Juquinha Macedo, absorto em pensamentos, mordia o lábio, coçava a cabeça, consultava os irmãos com os olhos.

— Mundo velho sem porteira! — suspirou Liroca.

E deu um chupão no cigarro. Chiru queria mais pormenores. O cel. Alvarino contou tudo que sabia. E não sabia muito.

— Mas qual é a *sua* opinião? — perguntou o mais velho dos Macedos.

O velho tossiu seco, cuspiu na escarradeira, ao pé de sua cadeira, e respondeu:

— Pois, para le ser franco, não sei. Acho meio arriscado. Pode ser mais uma quartelada e a gente fica no mato sem cachorro. Botamos fora o que acabamos de conquistar com a nossa revolução contra o Chimango...

Chiru de novo caminhava dum lado para outro, bufando.

— E tu, Rodrigo? — perguntou Juquinha.

Rodrigo ergueu-se, enfiou as mãos nos bolsos das calças.

— Não contem comigo. Como é que vou me meter numa revolução cujo programa não conheço? Depois, vocês sabem, não gosto de militar. O mal deste país é o Exército. Sou como o velho Licurgo. Tenho raiva de milico.

— Não se trata de gostar ou não gostar de milico — replicou um dos Macedos mais jovens —, mas de derrubar um tirano.

— Isso! — reforçou Chiru. — O governo do Bernardes é o pior que esta pobre república tem tido.

Começou a enumerar calamidades. O mineiro tinha passado seu quatriênio à sombra sinistra do estado de sítio. O Fontoura, na chefia de polícia do Rio de Janeiro, cometia violências e arbitrariedades. O presidente deportava seus inimigos políticos para o inferno da Clevelândia. A imprensa estava amordaçada. O Congresso, desmoralizado.

— Se dependesse do Bernardes, teríamos até a pena de morte! — acrescentou Juquinha Macedo.

Chiru abriu dramaticamente os braços:

— É como digo. Esse mineiro sacripanta mijou em cima de todos nós, do Exército, da Câmara, do Senado, do povo...

— Talvez seja isso que merecemos — murmurou Rodrigo.

Houve protestos. Depois se fez um silêncio, que o cel. Alvarino quebrou para perguntar:

— Em que ficamos?

— Por mim... — começou Juquinha.

Mas não terminou a frase.

— Se vocês entrarem na mazorca — disse Liroca —, eu entro. Sou soldado do Partido. Mas se vocês não entrarem, não entro.

Chiru olhava súplice para Rodrigo, que deu sua opinião:

— Sou contra. Bem ou mal, o presidente Bernardes nos ajudou na nossa revolução. Se os milicos quiserem dar um golpe, que deem. Mas não à nossa custa. Dentro da minha viola eles não vão pro céu. E não tenham ilusões. Se eles ganharem a parada, vão botar na presidência um general, e então vai ser um deus nos acuda.

O dono da casa olhava pensativo para o cigarro que tinha entre os dedos.

— É muito duro a gente negar apoio a um correligionário... — murmurou.

— Nossas obrigações para com os companheiros — observou Rodrigo, que achava tudo aquilo chocho e sem sentido — também têm os seus limites. Se o meu melhor amigo quiser se atirar pela janela dum quinto andar, meu dever não é me atirar com ele, mas evitar que ele cometa essa loucura...

Alvarino mirou-o por alguns instantes.

— Então o senhor acha, doutor...?

Não terminou a frase, pois Rodrigo apressou-se a dizer:
— Acho.
Despediu-se um pouco bruscamente e retirou-se. Chiru e Liroca o seguiram, como pajens. Atravessaram a praça, deram os primeiros passos em silêncio. Soprava um vento frio vindo das bandas da Sibéria.
— Espero que vocês não me considerem um traidor ou um covarde por não ter entrado logo de olhos fechados nessa revolução.
— Ora, Rodrigo — protestou Chiru.
Liroca caminhava encurvado, lutando com sua asma. O galo do cata-vento da igreja rodopiava. Uma grande nuvem branca boiava no céu.
— Qualquer dia temos minuano — murmurou o velho.
Os outros continuaram calados. Rodrigo deu um pontapé num seixo.

10

Naqueles primeiros dias de inverno Rodrigo achou o Sobrado mais frio e triste que nunca. Sua vida — achava — esvaziara-se de todo o conteúdo. Não encontrava estímulo para nada. A rotina familiar começava a entediá-lo. Que fazer? Que fazer? Aproximava-se com assustadora rapidez dos quarenta anos, o pico da montanha... Depois — adeus! — começaria o declive do outro lado. Ah, mas o que mais o exasperava era a falta de imprevisto, a mediocridade daquela vidinha! Santa Fé era um fim de mundo, e o Angico não era melhor. Tempo houvera em que alimentara a ilusão de ser um homem do campo. Agora sabia que não passava dum bicho urbano, amigo do conforto, gregário, civilizado.

Procurava reler seus autores prediletos. Abria um livro, lia duas, três páginas quando muito, e depois largava-o, bocejando. Vivia agora tomado duma estranha sonolência. Sempre que se via em face duma dificuldade, dum problema, sentia uma névoa na cabeça, uma dorzinha acima dos olhos.

— Esse menino anda doente — murmurou um dia Maria Valéria.
— Vive bocejando.

Rodrigo sentia-se numa posição de inferioridade com relação a Flora. Invejava-a por vê-la aceitar serenamente sua vida. Enciumava-o o fato de os filhos dependerem tanto dela e lhe darem, mais que a ele, demonstrações de carinho. Era com uma mistura de admiração e impaciência que a via tão segura de si mesma a mover-se naquela casa, fazendo coisas, os pés bem plantados naquele chão. A vida de Flora tinha um sentido claro e alto: ela a dedicava à tarefa de criar e educar os filhos. "No fim de contas", concluía Rodrigo, "a pessoa indispensável nesta casa não sou eu, mas Flora. Posso morrer sem fazer a menor falta."

Agora sem obrigações profissionais, acordava às dez da manhã. Adquirira o hábito de tomar aperitivos — vermute e cachaça — no café do Schnitzler, com alguns amigos. Voltava ao meio-dia para almoçar, depois dormia uma sesta até as três, ficava a vaguear sem destino pela casa, abrindo e fechando livros, sentando-se à mesa para rabiscar artigos que nunca terminava. Fumava muito. À noite ia para o clube, metia-se em rodas de pôquer. De vinte em vinte minutos o garçom trazia cafezinhos para os jogadores, e ele os tomava às dúzias, com uma avidez nervosa de quem se quer intoxicar. Voltava para casa perto da meia-noite, excitado e sem sono. Encontrava Flora já deitada. Vestia o pijama e estendia-se ao lado dela. Muitas vezes tomava-a nos braços, mas sem entusiasmo. Ela não o satisfazia. E o resto era insônia. Decidiu que a solução era fazer uma viagem. Paris! Discutiu o assunto com a esposa, que num ponto foi categórica:

— Vai sozinho. É melhor para ti.

— Sem tua companhia essa viagem não tem graça — mentiu ele.

Não era propriamente mentira. Ele queria sinceramente sentir aquilo. Mas não sentia, e não soube disfarçar.

— Sabes que não deixo as crianças.

— Então não vou.

Maria Valéria interveio:

— Deixe de bobagem. Vá. Vacê está precisando mudar de ares.

Por aqueles dias Toríbio voltou do Angico e Rodrigo levou-o para o escritório. Foi direito ao assunto.

— Estou pensando em ir à Europa agora. Preciso de dinheiro.

— Quanto?

— Uns vinte e cinco ou trinta contos, no mínimo.

Toríbio tirou as botas, coçou os dedos dos pés.

— Onde é que vou arranjar tanta gaita?

— E a venda daquela tropa para o frigorífico?

— O negócio vai ser lá pro fim do ano, se sair...

Rodrigo estava impaciente:

— Mas será que nossa situação financeira é tão má assim?

Detestava discutir assuntos de dinheiro, jamais perguntava como iam os negócios. Quando o irmão lhe descrevia a situação econômica do Angico, ele não prestava atenção.

— Menino — disse Toríbio —, a crise continua braba. Deixa essa viagem pra mais tarde.

— Se eu não viajar agora, estouro!

O outro riu, malicioso:

— Por que não dás um passeio a Tupanciretã?

Rodrigo não gostou da piada. Saiu batendo com a porta.

11

Um dia abriu a Bíblia ao acaso e surpreendeu-se a ler, salteando versículos, os Cantares de Salomão. Era no escritório, pouco depois da sesta. Estava sentado confortavelmente numa poltrona, tendo a seu lado um cálice de porto, que tomava em pequenos goles, retendo o líquido na boca e degustando-o antes de engolir.

O meu amado é para mim um ramalhete de mirra; morará entre os meus seios. Em matéria de seios, nenhuma como Zita, a húngara... Bicudos e rijos como limões. Por uma adorável coincidência recendiam mesmo a limão maduro. *Ó minha esposa!* (mas não foi a imagem de Flora que lhe veio à mente) *mel e leite estão debaixo da tua língua e o cheiro de teus vestidos é como o cheiro do Líbano.* (Eram três da tarde e ele tinha dezoito anos. A chinoca mais bonita do Angico cheirava a manjericão e picumã. Passaram duas horas loucas no bambual. O farfalhar dos bambus parecia um cochicho.) *O meu amado meteu a sua mão pela fresta da porta, as minhas entranhas estremeceram por amor dele.* (Nenhuma estremecera tanto sob suas carícias como uma polaca loura e forasteira que um dia entrara em seu consultório como cliente e de lá saíra como amante. A cara do Gabriel, que ouvira os gemidos, os gritos e os silêncios!) *O teu umbigo é como uma taça redonda a que não falta bebida; o teu ventre como um monte de trigo, cercado de lírios.* (A morena que ele vira saindo do mar, na praia do Flamengo... Se tornasse a encontrá-la, seria capaz de perder a cabeça...) *Sustentai-me com passas, confortai-me com maçãs, porque desfaleço d'amor.*

De repente, veio-lhe a revelação. Fechou o livro com força, bebeu o resto do vinho, ergueu-se... Claro, o que lhe faltava era amor! Sua vida estava vazia de amor. *Confortai-me com maçãs porque desfaleço d'amor.* Ele desfalecia por falta de amor. Flora era a melhor, a mais dedicada, a mais decente das esposas. Mas era incapaz de ardor amoroso. Ou de amor ardoroso.

Saiu do escritório, entrou na sala de jantar e foi debruçar-se numa das janelas que davam para o quintal. As bergamoteiras e as laranjeiras estavam pintando de amarelo. Por cima da cerca, o rev. Dobson entregava uma pilha de revistas americanas a Floriano, que depois voltou com elas debaixo do braço. Decerto ia meter-se na água-furtada. Menino solitário... preciso ter uma conversa séria com ele. Já deve andar inquieto, sentindo certos pruridos. Ó idade perigosa! Ou serei eu quem está na idade perigosa? Quando ele fizer quinze anos, mando o Bio levá-lo à casa duma mulher limpa. *Sessenta são as rainhas, e oitenta as concubinas e as virgens sem-número.*

O pastor metodista avistou-o e fez-lhe um aceno. Perdido em meio de oitenta concubinas, Rodrigo não lhe prestou nenhuma atenção. Era perturbador pensar nas virgens sem-número que andavam pelo mundo. A esposa do pastor apareceu à porta de sua casa com uma bacia de alumínio nas mãos. Era magra e assexuada. *Temos uma irmã pequena, que ainda não tem peitos: que faremos a esta nossa irmã no dia em que dela se falar?* Não. Dessa ninguém falará. Garanto.

Uma brisa fria sacudia as folhas do arvoredo. Bicos-de-papagaio manchavam de vermelho a cerca que dava para a padaria. *Confortai-me com maçãs, porque desfaleço d'amor.*

Sim, ele precisava dum amor cálido, sanguíneo, desses que não se envergonham da carne. Um amor abrasador e convulsivo. A quase castidade em que vivia não era apenas humilhante, mas também absurda em face do fato de que o tempo passava, inapelavelmente. A vida era curta e incerta. O Pitombo passava o dia por trás do balcão a cocar o Sobrado com seu olho agourento de urubu. O que lhe faltava era mesmo amor. Agora ele sabia. Precisava dos dois tipos de amor. Do lírico, do ideal: mulheres que o admirassem. E do físico: uma, duas, dez mulheres que não só lhe dessem prazer, mas que também sentissem prazer com ele. Mas que fazer? Que fazer? Que fazer? Santa Fé era um burgo horrendo. Oh! as velhotas mexeriqueiras que falavam por trás dos leques nos bailes do Comercial! E o famigerado grupinho que se reunia na frente da Casa Sol! E a rodinha de pôquer do Centro Republicano! Uns desocupados maldizentes, todos! Ele não podia dizer *ah* que no dia seguinte a cidade inteira não ficasse sabendo que o dr. Rodrigo Cambará havia suspirado. Imaginem que audácia! Suspirar!... Se ele entrasse hoje numa pensão de mulheres, no dia seguinte todo o município ficaria sabendo da história. Chegava uma rapariga nova na cidade? Ora, só podia ser para o dr. Rodrigo, para quem mais havia de ser?

"Santa Fé me tritura. Santa Fé me sufoca. Santa Fé *m'emmerde*!" Como sair daquele poço de mediocridade e tédio? Pensou então em fazer uma viagem ao Rio, já que no momento não tinha dinheiro para ir à Europa. Sim, ir ao Rio e chafurdar. Isso! Precisava chafurdar. Era uma condição indispensável à sobrevivência, à sanidade tanto de seu corpo como de seu espírito. Embarco amanhã — decidiu.

Mas não embarcou. Porque naquela mesma noite despertou por volta das duas da madrugada sentindo com tamanha urgência um desejo de satisfação sexual, que pulou da cama, vestiu-se ("Não é nada, Flora, estou com insônia, vou dar uma voltinha."), saiu, foi à casa do Neco, tirou-o da cama e obrigou-o a levá-lo à casa duma china. "Não interessa o pelo. Só quero que seja moça e bonita. E limpa." Neco pensou na Palmira. Tiveram de acordar a rapariga, que era de boa paz e que, mesmo estremunhada de sono, compreendeu que era uma honra receber o dr. Rodrigo, "porque eu já conhecia o doutor, de vista". Ele a interrompeu com impaciência. "Tira toda a roupa!" Ela resistiu. "Mas com este frio?", choramingou. "Fique nua!" Palmira apagou a luz antes de despir-se. Era insensato que uma fêmea daquela profissão tivesse ainda pudores! Rodrigo desnudou-se também e meteu-se debaixo das cobertas, sentindo-se como um menino que ia ter a sua primeira mulher.

E nos meses seguintes portou-se mesmo como um adolescente que de súbito tivesse descoberto o sexo. Entregava-se a uma espécie de fúria orgástica. Não escolhia muito o objeto. Lamentava agora ter fechado o consultório, lugar ideal para aquelas atividades.

Passava os dias a pensar nas aventuras da noite. "Que é que temos para hoje, Chiru?", perguntava às vezes. Neco um dia chamou-o à parte, na sua barbearia, e disse:

— Devagar com o andor. A coisa não vai a matar.
— Ora, não me amoles.
— O mundo não vai acabar, Rodrigo.
— Estás enganado, Neco. O mundo *vai* acabar. Estou correndo na reta final para os quarenta. O tempo é um parelheiro que não para nunca. E como corre! Quero espremer a vida como um limão, tirar dela todo o suco que puder, e depois jogar fora o bagaço, sem remorso.
Segurou forte o braço do amigo e acrescentou:
— Quando eu ficar velho (que Deus me livre!), sei que vou me arrepender das coisas que deixei de fazer e não das que fiz, estás compreendendo? E agora deixa de ser moralista e me faz uma barba decente.

Roque, cujo olho mortiço enxergava mais coisas do que parecia, disse um dia a Stein:
— Pelo que vejo, nosso amigo superou a fase mística e entrou na erótica.
— Mas a solução do problema não está em Deus nem no sexo.
— Quem sabe?
— A vida dele está vazia de sentido. É um cavaleiro andante sem estandarte, um paladino sem causa.
— Investindo contra moinhos de vento?
— Não. Investindo contra si mesmo. Travando lutas imaginárias. Não descobriu que sua armadura e sua lança são de papel.
— Já sei onde queres chegar...
— Nenhum homem digno desse nome pode viver a contemplar egoística e estupidamente o próprio umbigo. Se ele vive alienado da sociedade, convencido de que é o centro do universo, acaba na loucura ou no suicídio. E tu sabes que há muitas formas de suicídio. No fundo o doutor Rodrigo é um homem infeliz, apesar de toda a sua riqueza.
Tio Bicho olhou firme para o amigo, segurou-lhe a lapela do casaco e disse:
— Uma coisa não consigo compreender... Como é que podes ter tanto amor pela humanidade e tanta má vontade para com o homem? Será que o comunismo se interessa pela coletividade mas despreza o indivíduo?
— Ora, vai sofismar pro diabo que te carregue!

12

Quem primeiro deu a notícia a Rodrigo foi o Cuca Lopes. Entrou no Sobrado como uma bala. Estava tão excitado, que mal podia falar.

— Rebentou uma revolução em São Paulo! — exclamou, ofegante.

Flora e Maria Valéria entreolharam-se em silêncio. A primeira levou a mão à garganta e interrogou o marido com os olhos: "Vais te meter nessa também?".

Ainda de chapéu na cabeça, Cuca cheirava frenético a ponta dos dedos, olhando para Rodrigo, como à espera de sua reação.

— Tire a tampa — ordenou Maria Valéria.

O oficial de justiça descobriu-se.

— Me desculpe, dona, é que estou meio fora de si.

Contou que havia chegado um telegrama ao cel. Madruga, anunciando o levante e pedindo-lhe que começasse a formar corpos auxiliares para a Brigada Militar estadual.

— Mas qual foi a tropa que se revoltou? — perguntou Rodrigo. — Quem comanda o movimento?

Cuca encolheu os ombros, não sabia informar. Estava tudo lá no tal telegrama...

Rodrigo vestiu o sobretudo, botou o chapéu e saiu na direção da casa dos Amarais. Encontrou no meio da praça o Juquinha Macedo e mais três de seus irmãos.

— Já sabem? — perguntou de longe.

Sabiam. Vinham do telégrafo.

— Quase toda a guarnição de São Paulo — contou o mais velho dos Macedos — e parte da Polícia Militar do estado estão revoltados!

— Quem é o chefe?

— O general Isidoro Dias Lopes.

— A la fresca! — exclamou o Liroca, que naquele momento se reunia ao grupo. — O general Isidoro é um veterano de 93. Andou com o Gumercindo Saraiva. Maragato dos quatro costados!

De mãos enfiadas nos bolsos do sobretudo, Rodrigo olhava para o Juquinha Macedo. Estava interessado no movimento, era claro. Como poderia ficar indiferente ao que acontecia em seu país? Queria, porém, pormenores. Não poderia dizer que a revolução lhe causava surpresa. Havia muito que se falava abertamente em perturbação da ordem. A situação política de São Paulo andava agitada desde que Bernardes havia imposto àquele estado a candidatura de Washington Luís. Ninguém ignorava que alguns oficiais jovens do Exército conspiravam desde os tempos de Epitácio Pessoa. Restava agora saber se a revolução ia alastrar-se por todo o país ou ficaria confinada a São Paulo.

— O Bernardes vai reagir — disse Rodrigo. — Não se iludam. O mineiro é macho.

Havia já um movimento desusado de gente na praça. Homens entravam e saíam da Intendência, a cuja porta estacava agora um automóvel.

— Quem deve estar contente é o Madruga — observou um dos Macedos, fazendo com a cabeça um sinal na direção do palacete municipal. — Agora, com a organização do novo corpo provisório, vai ter mais uma oportunidade para roubar.

Liroca soltou um suspiro.

— Pobre país. Desta vez vai mesmo a gaita.

— Não vai, Liroca — replicou Rodrigo. — O Brasil é muito mais forte que os brasileiros.

Naquele mesmo dia chegaram notícias pormenorizadas. A revolta começara no 4º Batalhão de Caçadores, às três da madrugada. Miguel Costa havia conspirado dentro da força policial, conseguindo a adesão do Regimento de Cavalaria. O 4º de Caçadores havia cercado o quartel da Força Pública, que fora dominado em poucas horas, quase sem resistência. Outras unidades do Exército também se haviam revoltado. Esperavam-se novos pronunciamentos.

Os jornais do dia seguinte foram disputados a peso de ouro ao chegarem a Santa Fé pelo trem do meio-dia. O vendedor foi lançado ao chão, na plataforma da estação. E Bento, que levara uma ordem expressa de trazer ao Sobrado um exemplar do *Correio do Povo*, custasse o que custasse, ao perceber que não poderia comprar o jornal, não teve dúvida: arrancou um exemplar das mãos do primeiro sujeito que passou por ele. E, como o homem fosse grandalhão e fizesse menção de agredi-lo fisicamente, o peão do Angico levou a mão à adaga, diante do que o outro achou melhor fazer meia-volta e escafeder-se.

Rodrigo abriu o jornal sofregamente. Como de costume o *Correio do Povo* evitava o sensacionalismo dos cabeçalhos em tipo graúdo e negrito. Noticiava o levante com a sua habitual discrição.

— Luta-se nas ruas de São Paulo... — foi Rodrigo contando à medida em que lia. — Os quarteirões são disputados palmo a palmo, à custa de vidas. É um quadro dantesco...

Procurava dar com palavras suas uma interpretação dramática àquele noticiário frio e meio impessoal. As duas mulheres o escutavam. O velho Babalo, sentado a um canto da sala de jantar, picava fumo.

Depois de ler as notícias, Rodrigo atirou o jornal no soalho. Não acreditava na vitória do movimento. De resto, aquela era uma questão de "milicos". Que se arranjassem!

O governo federal reagia. O Congresso protestava-lhe irrestrita solidariedade. As forças legalistas convergiam sobre São Paulo, em cuja periferia se travavam combates. Tudo indicava que os levantes esperados em outros quadrantes do país haviam falhado. Foram essas as notícias que os jornais do dia seguinte trouxeram.

Estavam uma tarde Flora e Maria Valéria na sala de jantar, quando ouviram um grito que partia do escritório. Rodrigo! — pensaram logo. Precipitaram-se para lá e o encontraram furioso, brandindo o jornal:

— Uma monstruosidade! Vejam. Os lacaios do Bernardes estão bombardeando São Paulo. É uma coisa nunca vista.

Segundo o diário, estouravam granadas na Mooca, no Belenzinho e até no centro da cidade. A população estava em pânico. Edifícios públicos e fábricas ardiam. Era uma verdadeira hecatombe.

— Ouçam esta — disse Rodrigo. — A população apelou para o bispo. O bispo se prontificou a confabular com o general que comanda os atacantes, pedindo-lhe para cessar o monstruoso bombardeio. E que é que vocês pensam que o militar respondeu? Declarou que ia bombardear a cidade no dia seguinte com mais violência!

Amassou o jornal, jogou-o longe com um pontapé. Encheu um cálice de porto, emborcou-o e depois, meio engasgado, disse:

— No fim de contas, quem tem razão mesmo é o Bernardes. Tratou o Exército com punho de ferro, submeteu-o. Soldado é como mulher. Precisa apanhar para obedecer.

Maria Valéria mirou-o com seus olhos serenos.

— Desde quando vacê pensa isso de mulher, menino?

— Ora, titia, é uma maneira de dizer. Estou me referindo a mulher de soldado.

— Ué, gente! — exclamou a velha. — Mulher de soldado é também mulher como as outras.

13

Naquele dia chegou Toríbio. Desde que soubera da notícia do levante de São Paulo — confessou —, andava pisando em brasas, sentindo "comichões no cabo do revólver". Maria Valéria lançou-lhe um olhar enviesado.

Uma noite, na casa do Juquinha Macedo, reuniram-se secretamente vários oficiais da extinta Coluna Revolucionária de Santa Fé e examinaram a situação. Rodrigo compareceu à reunião, um tanto contrariado. Já agora desejava a deposição de Bernardes, mas continuava a não acreditar no sucesso daquele movimento armado.

— O que está claro — disse o dono da casa — é que o governo do Borjoca ficou a favor da legalidade. A Brigada Militar vai atacar os rebeldes.

Um dos Macedos leu a proclamação que Isidoro Dias Lopes tinha lançado havia poucos dias. Era um documento otimista.

A revolução marcha triunfalmente para o saneamento da República e salvação do Brasil. Conquistamos posições na Capital e no interior, que bem atestam o vosso patriotismo, a vossa bravura e a vossa lealdade. Nós não vos abandonaremos senão com a vitória integral da revolução.

— Vejam que programa vago — comentou Rodrigo. — *Saneamento da República e salvação do Brasil.* Que é que isso significa? Um general na presidência e uma ditadura militar?

Naquela noite — fazia muito frio mas o ar estava parado — Toríbio e Rodrigo voltaram para casa a pé. A rua estava deserta, o céu estrelado. Ao passarem pela frente da casa de Mariquinhas Matos viram as bandeirolas das janelas iluminadas e ouviram a música que vinha lá de dentro. Pararam à beira da calçada e ficaram escutando. A Gioconda tocava ao piano o seu Chopin. "Noturno nº 2." Era um dos favoritos de Rodrigo. A melodia casava-se bem com a lua cheia, olho luminoso que do céu espiava a cidade.

— Será que ela ainda é virgem? — perguntou Toríbio em voz baixa.

— A Gioconda? Com toda a certeza.

— Mas que é que está esperando? Faz muito que disse adeus aos trinta...

Rodrigo encolheu os ombros.

— Escuta. Isso é bonito. Como faz tempo que não ouço música!

Seu gramofone estava silencioso desde a morte de Alicinha. Pensou na filha. Havia na lua uma claridade, uma pureza que lhe lembrava a menina. Sim, e qualquer coisa de remoto, de inatingível. Nunca mais! Seus olhos se enevoaram.

— Vamos embora — convidou Bio.

— Espera um pouco.

Cessara a música. Rodrigo esperava outro noturno. Fez-se um silêncio. De súbito a Gioconda rompeu a tocar com um vigor furioso o "Espalha brasa". Indignado, Rodrigo pegou no braço do irmão:

— Vamos. Esse troço e o "Procópio amoroso" são as duas músicas que a gente mais ouve agora. A Leocádia vive cantarolando essas porcarias na cozinha. É uma calamidade.

No Sobrado, ficaram ainda por algum tempo na sala a conversar e a beber (Toríbio não gostava de conhaque, preferia parati). Da sua moldura dourada, o retrato de Alice Terra Cambará parecia contemplar os dois filhos com olhos apreensivos.

No dia seguinte chegou a notícia de que, para atender um apelo da população, Isidoro e suas forças haviam decidido abandonar a cidade de São Paulo, onde *as tropas governistas entraram ao repicar de sinos.*

Contava-se também que *as forças revolucionárias tinham tomado a direção do Oeste e pareciam marchar sobre o Paraná.*

— Está liquidada a revolução — disse Toríbio, penalizado.

E nesse mesmo dia voltou para o Angico.

Agosto entrou, com rijas ventanias e um frio úmido, que parecia penetrar nos ossos. Edu teve uma indigestão de bergamotas. Chico Pão caiu de cama com uma pontada nas costas. Camerino diagnosticou pneumonia. O doente queria apenas Rodrigo à sua cabeceira, não confiava em mais ninguém. E, quando o amigo entrava no quarto, ele rompia a chorar seu choro lento de gurizão, gemia que ia morrer, pedia-lhe que olhasse pela viúva.

Foi também naquele agosto que Sílvia entrou uma tarde no Sobrado, muito séria, sentou-se numa cadeira na frente de Rodrigo, compôs o vestido e perguntou-lhe se daquele momento em diante podia considerar-se sua filha legítima. Comovido, Rodrigo tomou a menina nos braços, cobriu-lhe as faces de beijos, respondendo-lhe que sim, que sim, que sim...

O rev. Dobson, que fizera boa camaradagem com Floriano, continuava passando ao menino, por cima da cerca, as revistas ilustradas que recebia de seu país. Eram números velhos do *Saturday Evening Post* e do *Ladies' Home Journal*. Rodrigo folheava-os, uma vez que outra, com uma morna curiosidade. Não sabia patavina de inglês, mas admirava a perfeição daquelas tricromias. A importância que os americanos davam ao anúncio! E, coisa estranha, ali estava algo que ele jamais vira em nenhuma outra revista nacional ou estrangeira: um anúncio de laranjas... Para anunciar uma pasta de dentes, reproduziam o retrato duma bela rapariga de olhos azuis e faces coradas, com um sorriso de dentes brancos e perfeitos. Admirava também o desenho das ilustrações dos contos e das anedotas. Mas como aquelas publicações eram diferentes, por exemplo, de *L'Illustration*! Faltava às revistas do país do rev. Dobson um certo *cachez*, um certo peso, uma certa graça que não dependiam da qualidade do papel nem da riqueza de cores das gravuras, mas de algo mais profundo, algo que vem do tempo, da experiência, da tradição, em suma: da cultura.

Numa daquelas revistas americanas Rodrigo encontrou, ilustrando um conto, uma tricromia que representava uma rapariga de cabelos cortados à moda masculina, guiando um automóvel, com um cigarro apertado entre os lábios vermelhos de batom. Ali estava o símbolo da mulher moderna, produto daquele caótico *après guerre* que Victor Marguerite tão bem caracterizara em seu sensacional romance. (As comadres de Santa Fé murmuravam escandalizadas que a Mariquinhas Matos havia lido *La Garçonne* às escondidas.) A Guerra não tinha apenas destruído vidas humanas, cidades, catedrais: a Guerra tinha matado o pudor. As mulheres dos grandes centros europeus imitavam os homens na sua liberdade sexual e nos seus hábitos. Nos Estados Unidos tinham levado a coisa mais longe. Não apenas fumavam, bebiam e dirigiam automóveis, mas também haviam conseguido o direito de voto, e, pior que tudo, começavam a fazer-se rivais do homem no mundo dos negócios e no da política.

Curiosamente essas reflexões em torno do feminismo foram interrompidas por Maria Valéria, que lhe veio dizer que d. Revocata Assunção estava no Sobrado e queria vê-lo.

A diretora do Colégio Elementar David Canabarro era uma pessoa pela qual Rodrigo sentia a maior admiração e respeito. Cinquentona, solteirona e solitária, d. Revocata tinha a postura marcial dum coronel prussiano. Era — podia-se dizer — a personificação da autoridade e da disciplina, famosa por haver domado alunos rebeldes cujos pais, como último recurso, já pensavam em mandá-los para a Escola de Marinheiros da cidade do Rio Grande. Quando entrava na aula, pisando duro com seus sapatos de salto militar, a algazarra cessava imediatamente, os alunos encolhiam-se num silêncio tão profundo, que era possível ouvir-se o zumbido das moscas. Tinha uma voz de timbre metálico, enunciava as palavras com clareza e construía as sentenças com uma correção gramatical absoluta em que o sujeito, o predicado e os complementos, como soldados disciplinados, jamais ousavam sair da rígida formatura que ela lhes impunha. Onde quer que estivesse, sua só presença criava uma atmosfera de respeito. Pessoa de hábitos regulares, levava uma vida irrepreensível. Lia Voltaire e Diderot e não acreditava em Deus. Os padres, que não a estimavam, jamais haviam ousado fazer nada contra ela não só porque a temessem intelectual e até fisicamente, como também porque sabiam do prestígio de que ela gozava com altas autoridades do governo estadual.

A profa. Revocata Assunção esperava Rodrigo no escritório, de pé junto do armário dos livros de literatura, cujas lombadas examinava. Quando o dono da casa entrou, ela voltou-se, esperou que ele se aproximasse e estendeu-lhe a mão.

— Que prazer! — exclamou Rodrigo. — Vamos sentar, professora, vamos sentar.

— Minha visita será breve — disse ela, sentando-se e cruzando as pernas.

O cabelo grisalho, puxado para trás e preso num coque, harmonizava-se com o cinzento de aço de seus olhos. O nariz era longo e afilado, a boca enérgica, o queixo nitidamente torneado. Um buço forte sombreava-lhe o lábio superior.

— Quero lhe dizer duas palavrinhas sobre o Floriano.

— Andou fazendo alguma travessura?

— Não. Pelo contrário. O que me preocupa é que ele *não* faz travessuras. Acho-o quieto e triste demais. Um pouco amarelo e apático. Já mandou examiná-lo clinicamente?

Rodrigo sorriu:

— Casa de ferreiro, espeto de pau. Um médico raramente se lembra de examinar os membros da família. Mas foi bom a senhora me chamar a atenção para esse particular...

— Bom, mas vim aqui por outro motivo. Já pensou numa carreira para o menino?

— Bom, pensar propriamente...

— O senhor sabe que este ano Floriano termina o curso elementar... Seria conveniente mandá-lo para Porto Alegre no ano que vem, para que ele comece a tratar dos preparatórios.

— Já pensei nisso — mentiu Rodrigo. — Acho que vou mandá-lo para um desses internatos...

D. Revocata cortou-lhe a palavra com um gesto.

— Quer um conselho? Não o interne em nenhum colégio de padres. Essa gente deforma o espírito do adolescente, enchendo-o de superstições e temores que ele terá de carregar vida em fora e dos quais só conseguirá livrar-se muito tarde ou nunca. Mande o Floriano para um colégio leigo.

— Era exatamente o que eu tinha decidido... — improvisou Rodrigo.

— Escolha um internato (sei que não há muitos) em que o rapaz possa ter liberdade, uma vida normal e higiênica, enfim, um ambiente capaz de fazer dele um homem mesmo, e não um papa-hóstias preocupado com o pecado e com o demônio.

— Sabe de algum?

— Ouviu falar no Albion College de Porto Alegre? Fica no sopé dum daqueles morros da Glória ou do Partenon. É um colégio inglês particular, para poucos alunos e muito selecionados. Tem um sistema que me parece bom. Banho frio, ginástica, janelas abertas. Sistema britânico, o senhor sabe. A única dificuldade é que o Albion não é reconhecido oficialmente. O menino teria que prestar exames no Ginásio Júlio de Castilhos todos os anos.

— Compreendo...

— Outra coisa. O Floriano tem muito jeito para a literatura. Suas redações são excepcionais.

A professora ergueu-se, tirou o pincenê, limpou-lhe as lentes com um lenço de seda e tornou a ajustá-lo no nariz.

— Não admira — acrescentou — que com essa vocação literária seja um menino pensativo e tímido. Não se surpreenda se ele lhe aparecer um dia com um poema de sua lavra.

Rodrigo riu. D. Revocata estendeu-lhe a mão, que ele apertou. Acompanhou-a até a porta, murmurando agradecimentos. Depois seguiu-a com o olhar, viu-a atravessar a rua, ereta, pisando duro, a cabeça erguida. Quando ela desapareceu entre as árvores da praça, Rodrigo pensou em Floriano. Era incrível, mas não conhecia o filho que tinha. Fazia meses que andava prometendo a si mesmo chamar o rapaz para uma longa conversa, muito íntima, muito franca, em que lhe falaria de sexo, de estudos, duma carreira...

Tornou a entrar, subiu para o andar superior, acercou-se da escada que levava para a água-furtada, e gritou:

— Floriano! Venha cá, meu filho.

14

— Qual é a sua opinião, general Liroca? — perguntou Chiru Mena, inclinando-se sobre o amigo.

Era no escritório de Rodrigo, numa noite de princípios de setembro. As árvores da praça farfalhavam, batidas pela ventania. Fazia um friozinho úmido e escondido, que o dono da casa procurava atenuar bebendo e fazendo os amigos beberem conhaque e parati. Estavam ali também o Tio Bicho, que comia pessegada com queijo, e o Arão Stein, que a um canto folheava a Bíblia, distraído.

Sentado à escrivaninha, diante dum mapa do Brasil, José Lírio alisava os bigodões e de quando em quando ajeitava os óculos no nariz. Sua respiração de gato parecia uma réplica em tom menor do crepitar das árvores lá fora.

— Absolutamente, não acho que a situação seja desesperadora — sentenciou ele, erguendo a cabeça e fitando em Chiru os olhos de esclerótica amarelada.

O outro sacudiu a cabeça. Na sua opinião a revolução estava liquidada. O gen. Isidoro se havia retirado de São Paulo com seu efetivo reduzido pela metade e agora estava encurralado na saliência do Alto Paraná, entre Iguaçu e Catanduvas. Onde era que o Liroca via motivos para otimismo?

— Fracassaram os levantes de Sergipe, Amazonas e Pará... — acrescentou Rodrigo. — Mais um pouco de conhaque, major?

Liroca fez com a mão um gesto negativo, tornou a olhar para o mapa, soltou um suspiro sincopado e murmurou:

— Mundo velho sem porteira!

Ergueu-se, aproximou-se do amigo, segurou-lhe o braço e perguntou:

— E se o Rio Grande se levantasse como um só homem, hã? Se a gente marchasse para Foz do Iguaçu e se juntasse com os revolucionários de São Paulo, hã? Depois era só tocar na direção do Rio e o governo estava no chão.

Rodrigo pousou uma mão afetuosa no ombro do amigo:

— Liroca velho de guerra, sossega esse peito. Isso é um sonho. A revolução está perdida.

— O Rio Grande vai ficar desmoralizado!

— Por quê?

— Prometemos ajudar a derrubar o Bernardes e estamos de braços cruzados. Que é que os paulistas vão pensar de nós?

— Quem é que prometeu? *Eu* não prometi nada. Isso é uma revolução de militares, mais uma quartelada malfeita e malograda.

José Lírio fez um gesto de desamparo, encolheu os ombros e ficou a procurar nos bolsos do casaco palha e fumo para fazer um cigarro.

Chiru tomou um gole de parati.

— Mas o diabo é que os nossos correligionários vão acabar se metendo no barulho — disse. — O coronel Amaral me contou que o Zeca Neto, o Honório Lemes e outros chefes de 23 estão reunindo gente. — Baixou a voz. — E cá pra nós, que ninguém nos ouça, a guarnição local está sendo trabalhada. O Juquinha Macedo me garantiu. Um sargento do Regimento de Artilharia disse que tudo agora depende dos oficiais de alta patente, pois os tenentes e a sargentada estão dispostos a dar o grito.

Rodrigo encolheu os ombros. Os amigos começavam a irritá-lo. Pareciam ter-se transformado em revolucionários profissionais. Viviam à espera duma revolução. Para eles o que importava era derrubar o governo. Ninguém se preocupava com programas.

— Que é que há contigo hoje, Stein? — exclamou. — Estás tão calado... Algum problema da política russa?

O judeu ergueu os olhos, sorriu e murmurou:

— Pelo contrário. Não temos problemas políticos. A Grã-Bretanha já reconheceu a União Soviética. A França não tardará. Os outros virão depois. Não temos pressa, podemos esperar.

A vida tem cada uma! — refletiu Rodrigo. — Ali naquela sala estava o velho Liroca preocupado com a revolução de Isidoro, e Stein, com a de Lênin. E ele, Rodrigo Cambará, vazio de ideais, de entusiasmos, de projetos. No momento não tinha nem mulher. Era tudo uma miséria!

Tornou a encher o cálice de conhaque e bebeu-o num sorvo só. Fitou os olhos em Roque Bandeira e disse, quase agressivo:

— Estás engordando demais.

Tio Bicho sorriu:

— Já estou gordo, doutor. Mas isso não me preocupa. O meu problema é outro.

— Que problema? És um filósofo. Levas tudo na flauta. Não tens responsabilidades nem compromissos. És um homem livre. Vives lá com teus livros e teus peixes. A propósito, quando é que dominas essa preguiça e vais conhecer o mar?

— Tem tempo. O mar pode me esperar. Faz alguns milhões de anos que está esperando...

Rodrigo se fez em silêncio uma pergunta íntima: "E tu, quando dominas a tua indecisão e vais a Paris? Há quase dois mil anos a cidade te espera".

Mas de onde tirar o dinheiro? Os negócios continuavam emperrados. Só se falava em "crise da pecuária". Criara-se ouvindo o pai queixar-se disso. Teria havido algum período na história do Rio Grande em que não se falasse em crise?

Enquanto Chiru confabulava a um canto, em surdina, com o velho Liroca, Roque Bandeira em voz alta contava a Stein de seu interesse mais recente: a enguia. Sim senhor, a enguia. Havia nas migrações desse peixe um mistério que perturbava os cientistas.

Bandeira acomodou as nádegas carnudas na cadeira, e disse:

— Não me refiro à enguia do mar, ao congro, mas à enguia comum.

— Mas qual é o mistério? — perguntou o judeu.

— Ora, essa enguia ordinária frequenta todas as águas e se reproduz em quantidades colossais. Aí é que está o mistério. Como pode reproduzir-se e propagar-se? Não sei se sabes, mas, segundo uma velha lenda, a enguia nasce do limo das lagoas...

Rodrigo caminhava dum lado para outro. Aquelas janelas fechadas e a ventania lá fora lhe davam uma angústia de emparedado. Andava farto daquela vida de prisioneiro. Às vezes os próprios amigos pareciam as barras de ferro das janelas de seu cárcere. Por mais que ame a esposa e os filhos, um homem precisa, uma vez que outra, de libertar-se, viajar sozinho, ficar a sós consigo mesmo, ver outras terras, outras caras, outros costumes, outras vidas... A mesmice embota o homem. A monotonia o emburrece. A monogamia o envelhece prematuramente.

Fez-se um silêncio. Liroca pitava, olhando com olhos tristes para o ponto do mapa que correspondia ao território onde deviam encontrar-se as tropas de Isidoro. Chiru mascava um pau de fósforo. Stein olhava a lombada dos livros. Bandeira, de olhos entrecerrados, batia de leve com a colherinha nas bordas do prato vazio.

Com um aperto no peito, Rodrigo escutava o uivo do vento e o farfalhar das árvores.

15

Outubro findava com aguaceiros e céus incertos. Uma noite estava Rodrigo no Clube Comercial a jogar pôquer com o Calgembrino do Cine Recreio, o Zeca Prates (candidato dos republicanos ao cargo de intendente municipal) e com o Veiga da Casa Sol, quando Chiru Mena entrou na sala de jogo carteado e soltou a notícia com voz dramática.

— Revoltou-se o Batalhão Ferroviário de Santo Ângelo!

Muitas cabeças voltaram-se na direção do recém-chegado. Sem erguer os olhos das cartas, Rodrigo perguntou:

— E tu achas que o Bernardes vai morrer de susto só porque esses gatos-pingados se sublevaram?

Chiru aproximou-se, grave, e murmurou:

— Mas a coisa é séria, menino. Levantou-se também o 3º de Cavalaria, de São Luís e o 2º, de São Borja. E parece que há barulho no Alegrete e outras cidades da fronteira...

— Opa! — exclamou Rodrigo, pousando as cartas na mesa e erguendo os olhos para o amigo.

Quando saiu do clube, cerca da meia-noite, notou uma agitação anormal nas ruas. Passavam caminhões cheios de provisórios, autos corriam. As janelas da Intendência estavam iluminadas.

Ao entrar no Sobrado, encontrou Toríbio à sua espera no escritório. Chegara havia pouco do Angico e parecia inquieto. Rodrigo conhecia o irmão. Quando ele estava excitado, suas narinas fremiam e ele não cessava de coçar-se.

Abraçaram-se. Bio fechou a porta.

— Já sabes da revolta de Santo Ângelo?

— Já.

Fazia frio, mas Toríbio tirou o casaco, meteu a mão pela abertura da camisa e pôs-se a esfregar o peito vigorosamente.

— Não aguento mais. Desta vez eu vou.

— Pra onde?

— Pra revolução.

Rodrigo já esperava e temia aquele pronunciamento. Não imaginava, porém, que ele viesse tão cedo.

— Não te precipites. Espera.

— Esperar o quê?

— Os acontecimentos.

— Mas eles estão aí, homem!

Sentou-se numa poltrona, descalçou as botas, coçou os dedos dos pés.

— Me dá um troço pra beber.

Rodrigo serviu-lhe um cálice de Lágrimas de Santo Antônio e ficou a observá-lo, intrigado. Notava nele alguma coisa de diferente. Claro! Bio estava de cabeça completamente rapada.

— Por que pelaste o coco?

— Faz parte do uniforme de campanha.

— Devagar! Não tomes nenhuma resolução. Vamos conversar.

Bio tornou a encher o cálice e bebeu um gole curto.

— De conversa estou farto. Quero é ação. Vou ou rebento.

— Mas é uma loucura. Pensa bem. Não conheces o programa dessa gente. E, depois, não te deves meter em canoa furada. O governo está forte, o povo apático. Esses levantes novos não significam nada. O Chimango organizou corpos provisórios. A Brigada Militar inteirinha está peleando contra os revoltosos. É uma causa perdida.

— Tanto melhor. Tem mais graça.

— Não sejas estúpido! Pensas que vou permitir que te suicides dessa maneira?

— Já te disse mil vezes que ainda não fizeram a bala...

— Para com isso! Escuta. És maior de idade. Sabes o que fazes. Vamos, então, discutir o assunto como gente grande. Estás mesmo decidido a ir para a revolução? Mas já pensaste nos detalhes?

— Que detalhes?

— Quando vais... com quem vais... *como* vais.

— Vou sozinho, me junto com essa gente de Santo Ângelo...

— Bio, usa a cabeça. Não podes sair às claras. Deves saber que a esta hora já começaram a nos vigiar... Não vai ser fácil.

Toríbio mexia com os dedos dos pés, olhando fixamente para os reflexos da luz no parati.

— Dá-se um jeito — murmurou.

Rodrigo soltou um suspiro de mal contida impaciência.

— Sabes duma coisa? Vamos dormir. Amanhã teremos notícias mais claras desses levantes. Saberemos quem comanda o movimento... E uma coisa eu te digo: se o negócio todo parecer mais uma quartelada inconsequente, não te deixo ir. Nem que eu tenha de te fechar no quarto e te amarrar na cama...

— Na cama? Com quem?

Sabia-se agora que quem comandava os revoltosos de Santo Ângelo era um capitão de engenharia, Luiz Carlos Prestes, "um ilustre desconhecido", como disse o Chiru, um tanto decepcionado ao descobrir que o homem tinha vinte e sete anos incompletos.

— Esses soldadinhos de chumbo — comentou ele —, esses espadas-virgens pensam que se faz uma guerra em cima dum mapa, com esquadro, compasso e teorias... A revolução precisa é de homens maduros e experimentados, como o general Honório Lemes...

Rodrigo esfregou-lhe então na cara o jornal que acabara de chegar com a notícia duma tremenda derrota sofrida pelas tropas de Honório Lemes em Guaçuboi.

— Pois aqui está o teu general. Caiu na emboscada que o Flores da Cunha lhe armou. Caiu como um inocente. Pensou que ia surpreender o inimigo e no entanto o inimigo é que o surpreendeu. E foi um deus nos acuda. Era revolucionário disparando para todos os lados, um verdadeiro desastre...

— Isso é invenção do jornal! — protestou Chiru.

— Antes fosse. E sabes onde está o teu Tropeiro da Liberdade? Asilado no Uruguai. E, para teu governo, o general Zeca Neto também se bandeou para o outro lado... Podes mandar rezar uma missa por alma dessa revolução.

Toríbio, entretanto, obstinava-se em afirmar que nem tudo estava perdido.

Nos dias que se seguiram noticiou-se a volta da Argentina de alguns chefes revolucionários, entre os quais o ten. João Alberto Lins de

Barros, que comandara o ataque a Alegrete. Isso animou Toríbio, que a muito custo Rodrigo conseguiu conter.

— Espera um pouco mais. Volta para o Angico, vê como vai a coisa por lá. Temos de entregar aquela tropa ao frigorífico... Mas por amor de Deus, não vás para a revolução sem me avisar... Prometes?

Bio prometeu.

Rodrigo esperava secretamente que a revolução se desintegrasse e que a fúria bélica do irmão se aplacasse.

Toríbio voltou para o Angico exatamente no dia em que se realizavam as eleições municipais em Santa Fé. O candidato oficial não teve competidor. A oposição absteve-se de votar. Terminada a apuração, o Madruga mandou soltar uns foguetes chochos. Andava outra vez fardado de coronel provisório e dizia-se que tinha uma tropa de quase mil homens.

— Está se rebuscando de novo esse corno — rosnava o Neco.

Não se cumprimentavam. Quando se defrontavam na rua, trocavam olhares enviesados. Comentava-se na cidade que o chefe republicano dizia, para quem quisesse ouvir, que mais tarde ou mais cedo mandaria passar a faca no "cafajeste do Neco Rosa". Sempre que lhe contavam isto, o barbeiro cerrava os dentes e ameaçava:

— O Madruga que venha. Incendeio ele por dentro com o meu 44.

16

Aquele foi um dezembro triste para a gente grande do Sobrado. Quanto mais se aproximava o dia de Natal, mais eles pensavam em Alicinha, embora ninguém lhe pronunciasse o nome.

Rodrigo andava particularmente melancólico. Permanecia durante horas sozinho no quarto da filha, deitado na cama dela, pensando nos muitos momentos do passado em que a tivera nos braços, em diversas idades.

Floriano e Jango haviam sido aprovados nos exames finais. O primeiro vivia encafuado, sozinho, na água-furtada, com seus livros e revistas. Não tinha amigos. Pouco se comunicava com os outros membros da família. Flora começava a preocupar-se com ele.

Como prêmio pelas boas notas que tirara, Jango ia passar todo o verão no Angico. Seu sonho agora era vir a ser um dia o capataz da estância. Edu e Zeca continuavam sua turbulenta amizade que se alimentava de bate-bocas e sopapos. Muitas vezes se atracavam e rolavam pelo chão do quintal, cuspindo um no outro, arranhando-se mutuamente as caras. Era a muito custo que Floriano ou Maria Valéria ou Laurinda conseguia separá-los. Ficavam os dois garnisés por algum tempo vermelhos e ofegantes, rosnando um para o outro todos os nomes feios que sabiam, e a se mirarem de longe com o rabo dos olhos. Permaneciam assim por vários minutos até que, esquecidos da briga, juntavam-se e continuavam o diálogo ou o jogo interrompido. Segundo Rodrigo, eram "inimigos de peito".

Os jornais noticiavam que as forças rebeldes da fronteira concentravam-se em São Luís e que os legalistas se preparavam para cercá-las. Divulgava-se também que o gen. Isidoro Dias Lopes mandara um emissário ao cap. Prestes, aconselhando-o a levar suas tropas para o norte, para fazer junção com a Divisão de São Paulo em Foz do Iguaçu.

Pouco antes do Natal chegou ao Sobrado um dos peões do Angico, o Romualdinho Caré, trazendo um bilhete de Toríbio. Rodrigo leu-o já com o coração a bater descompassado, pois ao avistar o chasque tivera logo um mau pressentimento.

Rodrigo: Quando receberes esta, já estarei longe com as forças do Cap. Prestes. Não pude aguentar. Sigo para São Luís. Seja o que Deus quiser. Mas não te preocupes, eu volto. É como te digo, ainda não fizeram a tal bala. Lembranças para todos. Um abraço do
                                                                            Bio

Sem ler o pós-escrito, amassou o bilhete e jogou-o no cesto de papéis. "Cachorro! Corno! Filho duma grandessíssima." Saiu a andar pela casa, excitado, com lágrimas nos olhos — lágrimas de indignação, de apreensão, de mágoa, sabia lá ele de que mais! "Como é que esse canalha vai me fazer uma coisa dessas?"

Foi direito à garrafa de parati, encheu um cálice, bebeu com sofreguidão. Como é que vou dar a notícia à velha? Isso não é coisa que se faça! Sair sem falar comigo, sem ao menos me dar um abraço... E como é que vai ficar o Angico? Não estou ao par dos negócios. Vai ser uma calamidade. Louco! Irresponsável! Caudilhote!

Lembrou-se do pós-escrito. Apanhou o bilhete de dentro do cesto, alisou-o e leu:

PS: Não te preocupes com o Angico. Já combinei tudo com o velho Babalo, a quem expliquei a situação. Ele prometeu capatazear a estância na minha ausência.

Então o velho Babalo sabia de tudo, hein? A coisa tomava o caráter duma conspiração generalizada. Agora ele compreendia o sentido daquela misteriosa visita do sogro ao Angico, havia pouco mais de uma semana... Estavam todos contra ele. Cambada! Corja!

Deu a notícia às mulheres. Flora ficou por um instante muda, a interrogá-lo com o olhar. Maria Valéria, porém, limitou-se a sacudir lentamente a cabeça.

— Eu já sabia — murmurou.
— Como? — vociferou Rodrigo. — Quem lhe disse?
— O Bio.
— Quando?
— A última vez que esteve aqui.
— E por que não me contou nada, Dinda?
— Ele me pediu segredo.

Rodrigo segurou-lhe ambos os braços e sacudiu-a.
— E a senhora nem tentou impedir que ele cometesse essa loucura?
— Vacê não conhece o seu irmão.
— A senhora sabe que ele pode morrer?
— Todos nós podemos, menino. Também se morre na cama.

Rodrigo virou-lhe as costas, meteu-se no escritório, fechou a porta, deixou-se cair sobre uma poltrona, tirou do bolso o bilhete e releu-o. *Quando receberes esta, já estarei longe...* Frase romântica dum ledor inveterado de novelas de capa e espada.

A indignação tinha passado. Agora estava só magoado. "Isso não se faz. Principalmente a um irmão como eu que." Dobrou cuidadosamente o bilhete e meteu-o no bolso.

Onde estaria o Bio àquela hora? Já com as forças revolucionárias? O remédio era beber um pouco de Lágrimas de Santo Antônio, tomar um porre. "A vida não vale um caracol."

Olhou para o retrato do Patriarca e pensou no pai. *Matei meu pai.* Qual! Aquilo era apenas uma frase. Os homens se suicidam de mil formas. Ou o destino os arrasta e liquida. Era um erro viver alimentando sentimentos de culpa. Tornou a encher o cálice.

Entardecia. Um sol amarelento e morno entrava pela janela numa larga faixa que cobria metade da escrivaninha e lhe iluminava as mãos agarradas nos braços da poltrona.

Espantou, irritado, uma mosca que lhe zumbia ao redor da cabeça. Ouviu o som duma corneta. Devia ser hora do rancho para os provisórios do Madruga. A vida era estúpida. Alicinha estava morta. E ele, sepultado vivo em Santa Fé.

Não armaram árvore de Natal aquele ano.

Fizeram muito cedo, na noite de 24, a distribuição de brinquedos às crianças e mandaram-nas para a cama. Carbone e Santuzza apareceram. Estavam sensibilizados com a notícia da partida de Toríbio. Toda a cidade já sabia da história.

— Devo confessar — mentiu-lhes Rodrigo — que eu estava a par de tudo. O Bio me avisou com antecedência, mas, como vocês devem compreender, eu tinha de guardar segredo...

Maria Valéria e Aderbal entreolharam-se, entendendo-se, mas sem dizerem palavra, ambos com as faces impenetráveis. Camerino contou que um dos batalhões do Madruga se preparava para reforçar as tropas governistas que cercavam os revolucionários do capitão Prestes.

Liroca, muito alcatruzado a um canto, brincava com a ponta de seu lenço "colorado".

— Se o Prestes se livrar dessa — disse —, ninguém pega mais ele. Não sei por quê, tenho uma fé danada nesse menino...

Os amigos retiraram-se antes das dez. Maria Valéria acendeu sua vela e saiu a verificar se as janelas e portas do casarão estavam devidamente fechadas.

Flora e Rodrigo surpreenderam-se então frente a frente ali na sala, no silêncio da casa quebrado apenas pelo tique-taque do relógio de pêndulo. Ficaram a olhar um para o outro, numa mútua interrogação, num mútuo apelo. E de repente abraçaram-se como amantes separados que se reconciliam. Subiram as escadas de mãos dadas e, sem combinação prévia, dirigiram-se para o quarto da filha morta, como se lhe fossem levar um presente de Natal.

17

Num dos primeiros dias de janeiro de 1925 uma notícia correu na cidade, de praça a praça, desceu pela rua do Comércio em várias bocas como uma bola de neve que, à medida que rola pela encosta da montanha, vai aumentando de volume e mudando de forma. Começou na praça Ipiranga como um simples boato: tinha havido um combate sério no boqueirão da Ramada entre as forças revolucionárias e as legalistas. Cuca Lopes acompanhou correndo a bola, empurrando-a como podia e tentando dar-lhe a direção de sua fantasia.

Mas Quica Ventura, que acendia o primeiro crioulo da manhã à frente do Clube Comercial, deteve-o:

— Espera aí, Cuca. Quem foi que te contou?
— Sei de fonte segura.
— Quem ganhou o combate?
— Os legalistas.
— Mentira!

E só para contrariar o Cuca, que embarafustara clube adentro, passou a notícia ao fiscal do imposto de consumo:

— A gente do governo levou uma sova dos revolucionários no boqueirão da Ramada. Foi uma mortandade medonha.

Quando a história chegou à praça da Matriz, trazida por um amigo do Pitombo, a coisa estava nestes termos: travara-se uma batalha campal, o batalhão do Madruga entrara em ação e os revolucionários, batidos, tinham fugido para a Argentina. O armador correu a contar a novidade a Rodrigo, que, depois de ouvi-la, ficou com fogo nas vestes. Com toda a certeza Toríbio tomara parte no combate! Enfiou o casaco e o chapéu e saiu na direção do telégrafo, onde as notícias eram contraditórias. Correu para o quartel-general. O cel. Barbalho recebeu-o com cordialidade, apesar de as relações de amizade entre ambos terem ficado abaladas depois dos acontecimentos de 23.

— O senhor me desculpe, coronel, sei que não tenho nenhum direito, mas vou lhe fazer uma pergunta. Que é que há de verdade sobre o combate da Ramada? Tenho ouvido as versões mais desencontradas. Explico o meu interesse: é que tenho razões para supor que meu irmão Toríbio fazia parte da força revolucionária que entrou em ação. Seja franco.

O comandante da guarnição abotoou a gola da túnica, encomendou dois cafezinhos ao ordenança que apareceu a seu chamado, e disse:

— Olhe, doutor, foi um combate danado de sangrento, com baixas pesadas de parte a parte. Como o senhor sabe, o boqueirão da Ramada é uma passagem de grande importância para quem quer marchar para o norte...

Fez uma pausa, lançou um rápido olhar para o retrato do Duque de Caxias, que pendia da parede, e, baixando a voz como se temesse ser ouvido pelo padroeiro do Exército, confidenciou:

— Aqui que ninguém nos ouça... O governo pode espalhar oficialmente as notícias que quiser, mas a verdade é que no combate da Ramada os legalistas tiveram de se retirar meio correndo na direção da Palmeira. Acho que levamos uma surra em regra...

— Mas o senhor não tem nenhuma ideia sobre a identidade dos mortos e dos feridos?

O cel. Barbalho sacudiu negativamente a cabeça. Ofereceu um cigarro a Rodrigo. Fez-se uma pausa, que durou até o momento em que ambos soltaram a primeira baforada de fumaça.

— Espere mais uns dias, doutor. Recebi a comunicação de que alguns feridos, entre eles vários revolucionários, vão ser recolhidos ao nosso hospital. Algum deles pode trazer a informação que o senhor deseja.

— E qual é, coronel, a sua opinião sincera sobre o destino dessa revolução?

— Está perdida, doutor. Não se iluda. É a opinião desapaixonada dum militar. A única esperança estaria num golpe mortal na "cabeça da cobra", no Rio. Ora, isso hoje está fora de cogitação. Depois que Isidoro evacuou suas forças de São Paulo, eu disse cá comigo: perdeu a parada. O mais que pode fazer agora é continuar uma ação de guerrilhas. O resto será questão de tempo.

— Quer dizer então que não atribui nenhuma importância a esse movimento que rebentou no Rio Grande?

O coronel sacudiu os ombros, encrespou os lábios.

— Estou seguramente informado de que as deserções já começaram nas fileiras dos rebeldes.

— Não creio que meu irmão esteja entre os desertores.

— Eu também não.

Entrou o ordenança trazendo duas xícaras de café. Rodrigo sentiu pelo cheiro que era requentado. Tomou um gole. Estava horrendo. O coronel engoliu o conteúdo de sua xícara num sorvo só, fazendo uma careta, como se tomasse por obrigação um remédio amargo.

— Que tal é esse capitão Prestes? — perguntou Rodrigo, depondo a xícara sobre a mesa.

— Como estrategista, deve ser um amador. Não compreendo como esteja no comando da Coluna. Agora, é um homem decente e de coragem, um bom engenheiro e um apreciável matemático.

Sorriu e acrescentou:

— Mas é jovem demais. Sabe duma coisa interessante? Completou vinte e sete anos exatamente no dia do combate da Ramada.

18

Quando chegaram os feridos, o cel. Barbalho proporcionou a Rodrigo a oportunidade de falar com um deles no Hospital Militar.

Chamava-se Clementino Garcia, era natural de Uruguaiana e pertencera às forças de Honório Lemes. Quando o caudilho do Caverá fora obrigado a emigrar, ele ficara para trás, incorporando-se mais tarde ao destacamento do ten. João Alberto. Era um homem grandalhão e melenudo. Estava em cima duma cama, com o torso nu, e uma das pernas engessadas até a metade da coxa.

— Me mataram o cavalo — foi logo explicando. — O animal testavilhou, eu rodei, quebrei a perna. Foi por isso que me pegaram.

Rodrigo disse-lhe quem era e a que vinha. O rosto do prisioneiro como que se iluminou.

— Mano do major Bio? Machuque estes ossos!

Tornou a apertar, dessa vez com mais força, a mão do visitante.

— Então conheceu o meu irmão?

— Se conheci? Doutor, quando o bicho chegou, olhei pra ele e vi logo que tinha homem pela frente. Daí por diante não nos separamos mais. Outro que se encantou logo com o seu mano foi o tenente João Alberto... São unha e carne.

— Agora me diga uma coisa. O major Toríbio estava no combate da Ramada?

— Claro. Onde havia barulho o major sempre aparecia. Nunca vi ninguém pelear mais alegre. Uns brigam por obrigação. Outros por profissão. O seu mano briga porque gosta.

Andava no ar um bodum humano, misturado com emanações de água da guerra e fenol. Na cama próxima, um ferido gemia, de olhos cerrados. Sua face tinha uma cor citrina.

— Esse aí — contou Clementino — peleou também na Ramada.

Um tiro nos bofes. É do Alegrete. Não tem nem vinte anos. Eu disse: "Fica junto comigo, guri, tu não tem prática destas coisas". No primeiro tirotéu ele ficou assim meio atrapalhado, como cusco em procissão. Mas depois se aprumou e até brigou direitinho.

Clementino passou os dedos pela barba negra que lhe cobria as faces. O suor escorria-lhe pelo torso queimado de sol.

— Amigo Clementino, vou lhe perguntar uma coisa e quero que me responda com toda a sinceridade. O meu irmão está vivo?

O caboclo fitou obliquamente o interlocutor.

— Olhe, doutor, meu finado pai sempre dizia que pr'um homem morrer, basta estar vivo. E o senhor compreende, numa revolução...

— O que eu quero saber é se você viu o major ferido ou morto nesse combate...

Clementino ficou um instante pensativo. O paciente da cama vizinha soltou um gemido. Um enfermeiro aproximou-se dele e aplicou-lhe uma injeção.

— Pra le falar a verdade, doutor, a última vez que vi o seu mano, ele estava vivo e por sinal carregando um companheiro ferido na cacunda... Mas se eu fosse o senhor, não me preocupava. O major tem o corpo fechado.

— Por que é que você diz isso?

— Olhe, vou le contar. Duma feita a gente estava de linha estendida num combate, atirando deitado. Mas tinha dois homens que tiroteavam de pé. Um era o João Alberto e outro, o seu mano. Eu estava perto deles, as balas passavam zunindo, era uma música braba. Ouvi o João Alberto gritar: "Vamos deitar, major, que a coisa está ficando feia". E o doutor sabe o que o Toríbio respondeu? "Não sou lagarto pra andar de barriga no chão." E continuou de pé. Ora, o outro não teve remédio senão continuar também de pé, pra não se desmoralizar.

Rodrigo sorriu, orgulhoso. Reconhecia que a atitude do irmão era irracional, absurda, pois a obrigação dum revolucionário é, antes de mais nada, durar a fim de levar a revolução à vitória; mas não podia deixar de ver uma grande beleza naquele gesto. "Não sou lagarto pra andar de barriga no chão." Estava já ansioso por contar a tirada aos amigos. O Neco, o Chiru e o Liroca iam gostar.

Clementino procurou uma posição mais cômoda na cama.

— Vou le contar outra história que o senhor vai apreciar. Nossa gente andava percurrando o destacamento do tenente Portela, que estava tiroteando ninguém sabia onde. Nos tocamos direto ao lugar donde vinham os tiros, assim meio no palpite. Um dos nossos companheiros de repente caiu do cavalo, botando sangue pela boca. Imagine, morrer de bala perdida, até nem tem graça, coitado! Apeamos, deixamos a cavalhada atrás dum capão, e nos atiramos a pé pro lugar do combate. Quando chegamos assim no alto duma coxilha, demos com uma força legalista, meio perto. Pois le digo que senti uma coisa ruim na barriga. Mas não tive tempo de dizer água. Os companheiros logo abriram fogo. E o senhor sabe duma coisa? Já briguei de arma branca com muito correntino. Uma vez um guarda aduaneiro me meteu o cano do revólver no peito. Está vendo esta marca perto da mamica direita? Pois foi o filho da mãe do tal guarda, à queima-roupa, só por causa duma desconfiança, porque, palavra de honra, nunca passei contrabando, estava só ajudando um amigo. Pois é como eu ia dizendo, já andei metido em muita briga, mas uma coisa eu nunca tinha visto: era boca de fogo apontada na minha direção...

Moscas passeavam pela testa gotejante de suor do doente da cama próxima, que agora ressonava de boca aberta. Aos ouvidos de Rodrigo esse ressonar soava já como estertor de morte. Longe soou um clarim.

— Imagine o senhor, doutor. A bateria abriu fogo: bum! Um ronco medonho. Palavra, meio que me afrouxei, meti a cabeça no chão, me encolhi e pensei: "Estou frito". O João Alberto gritou que não era nada. Explicou lá na língua dele que os tiros eram altos e não sei o quê. E o Bio gritou: "Vamos entreverar antes que esses frescos tenham tempo de regular a alça de mira". Avançamos gritando pra assustar o pessoal da bateria. O Bio queria laçar o canhão, só que não tinha laço. Avançamos que nem loucos, mais ligeiro que enterro de pobre em dia de chuva. Perdemos muita gente, pois os milicos tinham armas automáticas. Pei-pei-pei-pei... Mas quem foi que disse que nós paramos? Os legalistas recuaram. Dispararam os que puderam. Outros caíram. Foi uma mortandade braba, dava até nojo ver tanto sangue, tanta barriga aberta, tanta tripa pelo chão...

Calou-se e ficou com o ar de quem sonha de olhos abertos.

— E depois? — perguntou Rodrigo, fascinado pela narrativa.

— Ora, o comandante achou que a gente não podia aguentar a posição. Só se o Siqueira Campos viesse nos socorrer com sua força. Mas o diabo do homem não vinha. O remédio era voltar pro matinho, pegar cavalhada e ir embora. O Bio queria levar o canhão. "Deixe esse trambolho, major!", gritou o João Alberto. Seu mano deixou, mas antes de se retirar arriou as calças e fez o serviço em cima da peça.

Riu, passou a mão pelo peito úmido de suor.

— Nesse combate, nos rebuscamos. Eu tirei umas botas das pernas dum oficial morto, e fiquei também com a pistola dele. Os companheiros, que andavam mal de roupa, também aproveitaram a ocasião e se serviram. Quando vi, os inimigos caídos estavam quase todos pelados. Vesti uma túnica de tenente meio manchada de sangue. Mas o senhor compreende, guerra é guerra, quem não quer se sujeitar a essas coisas que fique em casa...

— Quantos homens vocês perderam?

— Olhe, vou le dizer, doutor. Tivemos aí por perto dos cinquenta mortos e coisa duns cem feridos... Eu caí no outro dia, numa escaramuça boba. Foi como le disse: se eu não tivesse quebrado a perna, nunca na vida eles me agarravam.

— Então você acha que o Bio deve estar vivo.

— Estou apostando, doutor. O homem tem sorte.

Rodrigo soltou um suspiro. O otimismo do ferido não significava nada. Mas ele, Rodrigo, queria iludir-se, precisava convencer-se de que o irmão estava são e salvo.

— Me diga uma coisa, Clementino: que tal é esse João Alberto?

— Pois, doutor, é um moço magro e alto, meio com cara de cavalo, mas simpático. É muito influído. Posso lhe garantir que é macho. Só tem umas coisas esquisitas...

— Coisas esquisitas?

— Pois é. Toca piano. O senhor já viu despautério igual? Paramos numa casa pra descansar, tinha um piano e enquanto o Bio e eu fomos direito pra mesa, loucos de fome, o pernambucano abriu o instrumento e começou a tocar uns troços...

— Quero saber uma coisa: a tropa o respeita?

— Respeitar respeita, porque o homem se impõe. Mas o senhor compreende, mais de metade da força é de paisanos, gauchada que veio de 23, acostumada a brigar ao lado de homens como o general Honório e general Portinho. Ficam assim meio sem jeito de obedecer a esses moços... O senhor vê...

— Viu o Prestes?

— Vi uma vez.

— Que tal?

— Ora, *no me suena*, como diz o castelhano. Dizem que é bom nas matemáticas. Não ri nunca. Não sei... O senhor compreende, nunca fui muito nem com batina nem com uniforme. Mas o homem é o chefe, o senhor compreende...

— Clementino, vou lhe fazer uma pergunta.
— Faça, doutor.
— Por que foi que você entrou na revolução?
— Ué! Sou maragato, revolucionário de 23, gente do general Honório.
— Só por isso?
— E o senhor quer mais? Meu pai era veterano de 93, federalista até debaixo d'água. Quando o general Honório deu o grito, botei o lenço colorado no pescoço, agarrei o pau-furado, montei a cavalo e me apresentei...
— Agora me diga outra coisa. Se não tivesse quebrado a perna, você continuaria com os seus companheiros na marcha para o Iguaçu?
— Por que não? É como disse o doutor Assis Brasil: "Não largo a rabiça do arado senão no fim do rego".
— Mas que me diz do seu chefe que está na Argentina?
Clementino Garcia sorriu:
— Não tenha dúvida. Qualquer dia ele volta. Quando menos se esperar, o general Honório invade de novo o estado. O velho é caborteiro.
Rodrigo sacudiu lentamente a cabeça. Olhou para a cama vizinha e, como visse uma mosca prestes a entrar na boca do paciente adormecido, ergueu-se e espantou-a.

19

Rodrigo passou aquele resto de janeiro e as primeiras semanas de fevereiro no Angico, com toda a família. Teve a oportunidade de ver o sogro em ação no seu posto de capataz. O velho parecia remoçado: andava alegre, lépido, conversador, cheio de entusiasmos e planos.
— Está nos seus pernambucos — murmurava Maria Valéria, quando o via sobre o lombo dum cavalo a dar ordens para a peonada.
Rodrigo acompanhava-o às invernadas, interessava-se pelas coisas da estância, tomava ares de proprietário. Mas cansou cedo. Entregou-se, então, a longas sestas. À tardinha ia tomar banho na sanga, à noite ficava lendo até tarde à luz duma lâmpada de acetileno, e no dia seguinte acordava às oito, o que causava escândalo à "gente antiga" do Angico.
Maria Valéria punha ordem e método na cozinha, gritava ordens ou

ralhos para as chinocas, fazia-as trabalhar, enquanto Flora passava os dias preparando o enxoval que Floriano devia levar para o internato.

Da segunda semana em diante, naquelas longas tardes de bochornoso silêncio, Rodrigo começou a encontrar conforto e distração no corpo da Antônia Caré, irmã do Romualdinho, uma morena de pele cor de marmelo assado. Tinha vinte e pouquíssimos anos, era magra mas benfeita.

— Quem foi que te fez mal, menina? — perguntou ele uma tarde, num momento de ternura.

Ela hesitou, voltou a cabeça para o lado, evitando encará-lo, e murmurou:

— O seu Toríbio.

"Bandido!", pensou Rodrigo, inconsequentemente. "Sempre na minha frente." Mas apiedou-se da criatura.

Ficava às vezes longo tempo a examiná-la com uma curiosidade cheia de admiração. Como era que um bichinho daqueles, nascido numa família miserável no meio do campo, podia ter aquela cara, aquele corpo, aquela graça? As Carés fêmeas possuíam todas um certo feitiço que atraía os homens — refletia Rodrigo ao estudar a anatomia de Antônia. A rapariga tinha pudores, evitava desnudar-se, e, quando ele a forçava a isso, ela se deixava ficar deitada, rígida, de olhos fechados, os lábios apertados. Como um menino que pela primeira vez estivesse vendo nudez de mulher, ele se comprazia em passar-lhe a mão por todo o corpo, como que a esculpi-la.

Encontravam-se no capão da Jacutinga, na invernada do Boi Osco. Rodrigo achava um sabor esquisito em possuir a cabocla no mato, sabendo que das árvores os bugios os espreitavam alvoroçados, faziam gestos obscenos, soltavam gritos estridentes e acabavam por perseguirem suas fêmeas. Tudo aquilo era a um tempo grotesco, assustador e excitante.

Muitas vezes, terminada a comédia, ele ficava deitado ao lado da rapariga, sentindo vir-lhe, com a lassidão do desejo satisfeito, uma fria sensação de constrangimento e remorso. Um homem de quase quarenta anos! E Flora e as crianças estavam na estância, a menos de dois quilômetros daquele capão... Por outro lado, o fato de Antônia ser sobrinha de Ismália Caré, a amásia de seu pai, dava àquela ligação um caráter vagamente incestuoso.

Saía dali resolvido a não voltar. O tempo, porém, lhe pesava no espírito e no corpo. As tardes eram quentes, o desejo se lhe colava à pele como um visgo, o sangue latejava-lhe nas têmporas e ele sentia que, se não voltasse ao capão, estouraria... Voltava. Encontrava Antônia sentada sempre debaixo da mesma árvore, descalça, metida no seu vestido de chita, e recendendo a água de cheiro. Rodrigo não gostava disso. Preferia o cheiro natural da rapariga, que andava sempre limpa. Sua pele era lisa e seca, jamais parecia transpirar, ao passo que ele acabava sempre com a camisa empapada e grudada desagradavelmente ao tronco.

Uma tarde beijou a cabocla na boca pela primeira vez. Ocorreu-lhe uma comparação: o beijo de Antônia Caré tinha o sabor agridoce e meio áspero do sete-capotes, a fruta que mais dava naqueles matos do Angico.

Nunca saíam juntos do esconderijo. Ela se retirava primeiro, tomando a direção oposta à da casa-grande. E uma tarde, depois que a rapariga se foi, Rodrigo esperou cinco minutos antes de deixar também o capão. O sol descia em meio de nuvens rosadas. Acentuavam-se as sombras nas canhadas. O coqueiro torto desenhava-se nítido contra o horizonte. Mal começara a mover-se, Rodrigo ouviu sons de ramos partidos e folhas pisadas. Algum bicho? Olhou para todos os lados, procurando, e viu uma pessoa sair de outro setor do mato. Reconheceu Floriano, que deitava a correr rumo da casa. O rapaz devia ter estado escondido atrás de alguma árvore, decerto vira tudo... Teve ímpetos de gritar, chamar o filho, enfrentar a situação. Mas calou-se e ficou imóvel, acompanhando com o olhar o menino, que continuava a subir a encosta sem olhar para trás.

Naquela noite, à hora do jantar, notou que Floriano se mantinha silencioso, evitando encará-lo. Maria Valéria e Laurentina discutiam as aventuras domésticas do dia. Babalo contava a história duma certa vaca brasina que julgavam perdida...

Rodrigo não prestava nenhuma atenção à conversa do sogro. Prometera a si mesmo nunca mais voltar ao capão da Jacutinga. Sabia, porém, que voltaria. Desprezava-se por isso. (É uma miséria. Sou um animal.) E, por se desprezar assim, julgava-se redimido. E, como estava redimido, achava-se com direito a um prêmio. E o prêmio era ainda o corpo da Carezinha. A vida era curta, a morte certa. *Confortai-me com sete-capotes às cinco da tarde, porque desfaleço de desejo.*

Floriano comia, os olhos postos no prato.

— Que tristeza é essa, menino? — interpelou-o Maria Valéria. — Só porque vai pro colégio em Porto Alegre não carece ficar jururu. Nove meses passam ligeiro. Vacê só beliscou a comida. Coma um pouco mais de feijão mexido.

Decerto ele me odeia — refletiu Rodrigo, olhando para o filho. Afastou o prato, sentindo-se de repente vítima duma grande injustiça. E isso lhe doía no coração.

No dia seguinte chegou um próprio da cidade, trazendo uma pilha de jornais. Rodrigo levou-os para a cama à hora da sesta e começou a lê-los pela ordem cronológica. Dormiu depois com a cara coberta por uma folha do *Correio do Sul*. Acordou azedo. E, quando o sogro lhe perguntou pelas novidades, resmungou:

— Tudo uma droga. O estado de sítio foi prorrogado. Da gente do Prestes, nenhuma notícia direta. O "impoluto" Borges de Medeiros telegrafou ao presidente da República declarando que considera terminado o levante militar no Rio Grande do Sul. O "impávido" Bernardes respondeu congratulando-se com o Chimango pela "dispersão do derradeiro grupo revoltoso e sua internação no território argentino". — Mudou de tom. — E este calor! E estas moscas! Se ao menos a gente tivesse gelo na estância...

Montou a cavalo e gritou para Flora que ia tomar um banho na sanga. Não foi. Galopou rumo do capão da Jacutinga, onde a Carezinha o esperava. *Confortai-me com sete-capotes porque a revolução está perdida, eu caminho para os quarenta e a vida é uma droga.*

Voltou para casa ao anoitecer, estranhamente aliviado, com uma visão menos pessimista do mundo. Um pouco antes do jantar, abriu de novo os jornais. Num deles, na primeira página, negrejava um cabeçalho: OS GRANDES PROGRESSOS DA AVIAÇÃO. Noticiava-se a inauguração do serviço postal aéreo na América do Sul. Os aeroplanos e hidroplanos da companhia francesa Latécoère iam fazer o percurso entre Toulouse e Buenos Aires em menos de quatro dias, com escalas em Dakar, Natal e Rio de Janeiro. Não era uma coisa fabulosa?

O velho Babalo não pareceu muito impressionado.

— Um navio leva quase um mês para fazer o mesmo percurso, seu Aderbal! Uma carta da França à Argentina daqui por diante levará apenas noventa e cinco horas!

— Isso não é coisa que se faça — murmurou Maria Valéria, que escutava a conversa. — Estão todos malucos.

— E dentro de pouquíssimos anos — acrescentou Rodrigo — haverá aviões comerciais transportando gente da América para a Europa e vice-versa. E se Deus quiser, este seu criado, Rodrigo Terra Cambará, um dia embarcará num desses aeroplanos no Rio para desembarcar em Paris três dias depois!

Aderbal alisava uma palha de cigarro, os olhos postos no genro.

— E o que é que se ganha com todas essas côsas? — perguntou.

— Que é que se ganha? Ora essa! Tempo.

— Pra quê?

Rodrigo ergueu-se, deu dois passos na direção do velho, como se fosse agredi-lo fisicamente. Mas pôs-lhe a mão no ombro, com brandura, dizendo:

— Olhe, respeito a sua opinião e a sua maneira de ser. Mas o mundo marcha. O tempo das carretas se acabou. O progresso está aí. Já leu alguma coisa sobre o telefone sem fio?

— Más ou menos...

— Pois é. Pode-se falar duma cidade para outra, dum continente para outro, pelo ar, sem o auxílio de fios, graças a essa coisa maravilhosa que se chama rádio. Tudo isso significa, seu Aderbal, que aos poucos o homem domina a natureza, melhora a sua vida, tornando-a mais fácil, mais higiênica, mais agradável, mais... mais...

— Atrapalhada — terminou o velho, tirando do bolso um naco de fumo em rama.

— Qual atrapalhada! Essa história em falar no "tempo de dantes" é pura conversa fiada, puro romantismo. O mundo tem melhorado, ninguém pode negar. E vai melhorar mais.

Rodrigo não gostou da expressão gaiata que o velho tinha no rosto.

— Que é que o senhor está achando tão engraçado? — perguntou, entre divertido e irritado.

— É que ninguém ainda se lembrou de inventar uma droga pra curar a maior doença da humanidade.

— A tuberculose?

O velho sacudiu a cabeça negativamente.

— Não. A estupidez.

20

Voltaram para a cidade na Quarta-Feira de Cinzas e três dias depois Rodrigo embarcou com Floriano para Porto Alegre. À hora da despedida o menino estava pálido e trêmulo. Flora estreitou-o contra o peito, os olhos embaciados.

— Não é nada, meu filho. O tempo passa depressa.

Maria Valéria fez uma rápida carícia na cabeça do rapaz e disse:

— Vá com Deus. E tenha juízo.

O trem partiu à uma hora da tarde. Da janela do vagão, os olhos tristes de Floriano viram o casario da sua cidade perder-se por entre as coxilhas que ficavam para trás. A luz do sol era tão intensa que chegava a desbotar o azul do céu, onde grandes nuvens gordas estavam imóveis como os lerdos bois e vacas que à beira dos aramados olhavam placidamente o trem passar. O carro cheirava asperamente a poeira e carvão de pedra. Ao passarem por uma charqueada, chegou até eles, num bafo quente, um cheiro fétido e ao mesmo tempo adocicado.

Rodrigo observava o filho disfarçadamente. A expressão melancólica do rosto do menino dava-lhe pena. Seu silêncio preocupava-o. Decerto viu *tudo* aquela tarde no capão... e me odeia.

Imaginou uma conversa. "Olhe aqui, Floriano, não devemos nunca julgar as pessoas sem primeiro..." Sem primeiro... quê? Se o menino me viu, me viu, não há mais nada a fazer. Pensou então em dizer-lhe: "Todos os homens têm defeitos. Sempre imaginamos que nossos pais são perfeitos, mas infelizmente não são. O meu não era. Tinha uma amásia e um filho natural. É bom que saibas dessas coisas. Teu pai também não é santo, tem muitos defeitos, grandes defeitos. Mas uma coisa quero que saibas. Ele é teu amigo. O teu melhor amigo. Haja o que houver, nunca te esqueças disso".

Podia dizer-lhe coisas assim... Mas perguntou apenas:

— Queres o último número do *Eu Sei Tudo*?

Passava naquele momento o vendedor de revistas e jornais.

— Não, obrigado. Vou ler um livro.

— Que livro?

Floriano tirou da maleta uma brochura e mostrou-a ao pai. *Contos*, de Edgar Poe. Rodrigo sorriu:

— Quem foi que te recomendou isso?

— Ninguém.

Ali estava a evidência duma outra omissão sua. Esquecera-se de orientar as leituras do filho.

— Que outros autores tens lido?

— Coelho Neto... Eça de Queiroz... Zola.

— Opa! Os realistas.

Bateu de leve no joelho do menino.

— Está bem. Um homem tem de saber tudo.

Depois, na esperança de iniciar um diálogo amigo, perguntou:

— Estás vendo esses campos? São da estância do Juquinha Macedo...

O rapaz lançou para fora um olhar indiferente. Abriu o livro, baixou a cabeça e começou a ler. "Não há dúvida, ele me odeia", pensou Rodrigo. Desdobrou o jornal que comprara na estação. Epitácio Pessoa — informava um telegrama do Rio — escrevera uma carta ao *ABC* desmentindo a notícia, que esse semanário publicara, de que o ex-presidente da República era partidário da anistia para os revoltosos. Passou a outros tópicos. Não havia nada importante. Notícias do Carnaval. As próximas eleições para a renovação da Assembleia estadual. Nenhuma informação sobre a Coluna revolucionária, a não ser a de que um forte destacamento do Rio Grande do Sul marchava pelo sul do Paraná em perseguição aos rebeldes, para pô-los entre dois fogos. Por onde andaria Toríbio? Vivo? Morto? Ferido? Asilado na Argentina? Olhou para fora. Urubus voavam em círculo sobre uma carniça. Dentro do carro homens conversavam em voz alta e alegre. Um sujeito com aspecto de caixeiro-viajante, metido num guarda-pó creme, com um bonezinho de alpaca na cabeça, tomava com gosto seu chimarrão.

— Vamos baldear para o noturno em Santa Maria — disse Rodrigo.

Absorto na leitura, Floriano não o ouviu.

"Ele me odeia. Nem me olha. Preciso reconquistar meu filho." Soltou um suspiro de impaciência. Ia ser uma viagem cacete. A poeira, fina e avermelhada, entrava pela janela, de mistura com a fumaça da locomotiva. Partículas de carvão caíram sobre as páginas do livro de Floriano, que as soprou. Numa curva, o trem diminuiu a marcha e seu apito longo, tremido e triste, ergueu-se sobre as coxilhas como um risco sonoro no ar luminoso.

Chegaram a Porto Alegre na manhã seguinte. Rodrigo levou o filho para o internato, pouco depois do almoço.

Ficava o Albion College num calmo e verde vale, entre o Partenon e a Glória. O edifício principal do colégio fora antigamente a residência dum português ricaço, que Mr. Campbell comprara e mandara adaptar às necessidades de seu internato. Tivera, porém, o bom gosto de não alterar-lhe a severa fachada colonial nem tocar na velha fonte do jardim, à frente do casarão, e no centro da qual um fauno de bronze, a cabeça erguida para o céu, tocava a sua flauta.

O diretor do internato devia estar beirando os cinquenta. Era um inglês alto e corpulento, de cara vermelha e carnuda e cabelos grisalhos, ainda abundantes. Tinha um ventre saliente que parecia começar à altura do estômago, mas que ele conseguia manter erguido numa postura atlética. E, como suas coxas e pernas fossem desproporcionalmente finas e o homem usasse calças muito justas, Rodrigo teve a impressão de estar diante duma versão modernizada do Mr. Micawber, de Dickens.

— Minha mulher vive aqui comigo — disse ele a Rodrigo. — O Albion College é uma casa de família. Tratamos todos os alunos como nossos filhos.

Falava português com fluência, mas à maneira do inglês de Oxford, em golfadas bruscas e sincopadas, como latidos. Isso — achava Rodrigo — dava àquele homem o ar dum cachorrão cordial, dum grande são-bernardo prestimoso, com seu barrilzinho de genebra preso ao pescoço. Essa imagem — como Rodrigo veio a descobrir mais tarde — nada tinha de impróprio ou gratuito, pois num dado momento em que o inglês lhe falou perto do nariz, ele sentiu um forte hálito de uísque.

O "cachorrão" tomou-lhe do braço e saiu a mostrar-lhes o internato.

— Os quartos são individuais — explicou. — Isso não é quartel nem hospital de caridade, *what*? Nas aulas, no recreio, nos esportes, nas horas das refeições, os alunos convivem uns com os outros. Mas há um momento, meu caro doutor, que todos precisamos de intimidade, *right*?

Rodrigo sacudiu a cabeça, concordando. E, enquanto Floriano, distraído, olhava pela janela, os estudantes que jogavam futebol num campo situado a um dos flancos do edifício principal, Mr. Campbell puxou Rodrigo para um canto e murmurou:

— Não se preocupe, senhor. Durante o dia cansamos tanto os alunos com jogos, estudos e passeios que à noite, na solidão do quarto, eles não têm tempo nem ânimo de pensar em atos imorais.

Levou o pai e o filho a verem o pomar, que, amplo e rico de frutas, ia dos fundos do colégio até as faldas do morro da Polícia. Mostrou-lhes depois o refeitório arejado, claro e limpo, onde não se via uma única mosca. Passaram à cozinha, também imaculada e sem cheiros. Percorreram as salas de aula, cujas carteiras recém-lustradas recendiam a verniz.

— Temos um esplêndido corpo docente — disse Mr. Campbell, quando caminhavam no corredor, de volta ao escritório. Citou nomes.

Deixaram Floriano sentado na saleta de espera, vendo velhos números de revistas londrinas, e fecharam-se no gabinete do diretor. Rodrigo acendeu um cigarro. O cachorrão encheu de fumo o bojo do cachimbo.

— Só fumo longe dos meninos — explicou, riscando um fósforo. — Os alunos estão proibidos de fumar. Bebidas alcoólicas também não entram nesta casa. — Piscou um olho, sorriu, acendeu o cachimbo e aduziu: — Quer dizer, Mrs. Campbell e eu bebemos mas *in private*, como se diz em inglês, isto é, nos nossos aposentos, *see*?

Sentado atrás da escrivaninha, o são-bernardo preparou-se para preencher a ficha de Floriano. Foi fazendo perguntas, a que Rodrigo respondia. Nome por inteiro? Idade? Nomes dos pais? Religião?

— Ah! Eu ia lhe perguntar qual é a norma do colégio quanto a esse problema.

O inglês pousou a caneta sobre a mesa e disse:

— Mrs. Campbell e eu somos anglicanos, mas o colégio é rigorosamente leigo. Cada aluno segue a sua religião, ou não segue nenhuma, se essa é a vontade dos pais. Aos domingos os protestantes vão a um templo episcopal aqui perto. Tenho um professor que leva os alunos católicos a uma igreja, na Glória. Qual é a religião de seu filho?

— Católica.

— Perfeito. Quer que ele vá à missa todos os domingos?

Rodrigo sorriu:

— Se ele quiser...

— Tem mais alguma recomendação a fazer?

— Não. Só lhe peço que faça de meu filho um homem. É um rapaz ensimesmado e arredio. Puxe por ele, obrigue-o a fazer esportes e amigos. Ah! Antes que me esqueça, o ponto fraco do Floriano é a matemática.

O cachorrão bateu com a pata no ar:

— Ah! O professor Schneider se encarrega disso.

Apontou para a janela.

— Está vendo aquele morro? Todos os sábados subimos até o pico... Mrs. Campbell nos acompanha sempre, é uma grande alpinista. Ah! temos um bom time de futebol, e este ano esperamos derrotar o quadro do Colégio Cruzeiro do Sul...

Ao saírem encontraram Mrs. Campbell a conversar com Floriano, que parecia muito embaraçado.

— *Meet Mr. Cambárra, darling* — disse o diretor. — Doutor, esta é minha senhora.

Rodrigo apertou a mão duma mulher sem idade certa, de cabelos cor de abóbora e olhos azuis, nem bonita nem feia, nem gorda nem magra, nem benfeita nem malfeita. Inglesa — resumiu ele para si mesmo. E concluiu: numa noite de tempestade, numa casa deserta, sem outro recurso, talvez servisse...

— *Roger, dear!* — exclamou ela, dirigindo-se ao marido. — Veja como este rapaz se parece com o pai.

Passou a mão pelos cabelos de Floriano, que ficou com as orelhas cor de lacre.

Os Campbells deixaram pai e filho sozinhos na hora da despedida. Ficaram ambos frente a frente. Quando Floriano ergueu o rosto para o pai, havia um brilho líquido em seus olhos.

— Está bom, meu filho. Chegou a hora.

Abraçou o rapaz, e, como este inesperadamente lhe beijasse a face, Rodrigo comoveu-se quase a ponto de chorar. Fez meia-volta e se foi sem olhar para trás. Disse um rápido adeus aos Campbells e atravessou o jardim com passos apressados. Uma menina loura, de seus treze anos, brincava com a água, sentada nas bordas da fonte. "*Hello!*", murmurou ela quando Rodrigo passou. "Boa tarde!", disse ele, e continuou seu caminho. Quem seria? Junto do portão parou e voltou-se. O sol parecia incendiar os cabelos da menina. Gritou-lhe:

— Como é teu nome?

— Mary Lee.

Rodrigo voltou para o automóvel que o trouxera até ali, e disse ao chofer que o levasse de volta ao hotel. Sentia o beijo do filho na face esquerda, como um ponto morno. Sim, a inglesa tinha razão. O rapaz estava cada vez mais parecido com ele. Um Rodrigo em miniatura — pensou. Mas só por fora. Por dentro era Terra. Parecido com o velho Licurgo.

Pensava nas dificuldades que o filho ia encontrar no internato, nos primeiros dias, longe da família e no meio de estranhos. Havia também os trotes dos colegas. E a disciplina, a ginástica, as horas de nostalgia e solidão. Ah! mas tudo aquilo lhe ia fazer um grande bem.

Veio-lhe uma súbita saudade de Flora e dos filhos. Prometeu a si mesmo dedicar-se mais à sua gente, dali por diante. A família era o maior tesouro que um homem podia possuir. Fora um néscio por ter-se afastado tanto de Floriano. E agora a ausência do rapaz não ia me-

lhorar a situação. Levou a mão à face. Ele não me odeia — pensou com alegria. — Ele me ama.
Começou a assobiar o "Loin du Bal".

Naquela noite, sentindo-se solitário, foi ao Clube dos Caçadores. Mas arrependeu-se. Não encontrou lá nenhum dos velhos companheiros. Contaram-lhe que o Pudim havia sido recolhido ao hospício ("Também, doutor, o rapaz andava tomando cocaína aos baldes!") e que o *cabaretier* francês tinha deixado a cidade. Na sala de jogo viu algumas caras conhecidas, e lá estava ainda, de piteira em punho, a mirar de longe a mesa de bacará, o dr. Alfaro.
— Mas que é feito dessa vida?
Abraçaram-se, trocaram-se breves notícias pessoais.
— Sempre firme no propósito de não jogar, doutor?
— Firmão. Firmão.
Na sala de danças havia uns tipos estranhos sentados às mesas. E umas mulheres decotadas, pintadas com um exagero de palhaço, fumando cigarro em cima de cigarro. Dois ou três pederastas caminhavam requebrados por entre as mesas, muito íntimos de todos.
Onde estava o Barão? Tinha desaparecido duma hora para outra. E a Zita, aquela húngara com cara de gatinha? Em São Paulo, por conta dum miliardário. E o Cabralão? Ah, esse, coitado, andava nas últimas... E o Treponema Pálido? Não sabia? Pois morreu em novembro de 23, naquele tiroteio na frente do Grande Hotel.
A orquestra estava aumentada, tinha um pistão estridente, um saxofone rouco, uma bateria barulhenta. Tocava melodias de "La Scugniza" e de "A dança das libélulas", e berrava uma infinidade de foxes, a cujo ritmo aqueles mocinhos dançavam o abominável e ridículo passo de camelo.
Positivamente, o Clube dos Caçadores vulgarizava-se, baixava de classe. *Où sont les neiges d'antan?* — perguntou Rodrigo, nostálgico. Onde, aquelas grandes figuras da política e do alto comércio que costumavam frequentar a casa, dando-lhe cor própria, importância e um caráter quase... sim, quase histórico?
Para mal de pecados, uma romena com uma cara que era um verdadeiro compêndio de patologia mórbida, dançou no palco um *shimmy*, sacudindo os peitos caídos e longos como orelhas de perdigueiro. E um espanhol travestido de mulher cantou cançonetas picantes. Era a decadência.

Uma paraguaia loura — ó raridade! — sentou-se à mesa de Rodrigo e quis beber champanha. Ele lhe satisfez o desejo. Depois a mulher o convidou para ir a seu quarto, que ficava do outro lado da rua. Foi. E também se arrependeu.

Deixou a prostituta pouco depois da meia-noite. Estou ficando velho — pensou, mas sem sinceridade, porque não estava convencido disso. — Já não acho mais graça nessas coisas... Decerto estou criando juízo.

Voltou para o hotel, decidido a embarcar para Santa Fé na manhã seguinte.

21

Mal saltou do trem na estação, Chiru Mena precipitou-se para ele e, antes de abraçá-lo, exclamou:

— A cidade foi invadida pelos baianos!

Contou que um batalhão da Polícia Militar da Bahia, que o governo federal mandara ao Rio Grande para perseguir as forças revolucionárias, estava aquartelado provisoriamente na cidade.

— E que mal há nisso, homem?

— Andam por toda a parte, tomaram conta de tudo. Pra onde a gente se vira avista um baiano. É mesmo que praga de gafanhoto.

Rodrigo deu uma palmada nas costas do amigo:

— Deixa de exagero, Chiru. Onde está o teu cavalheirismo? E a tradicional hospitalidade gaúcha? Temos de tratar bem esses nossos patrícios.

— Mas é uma verdadeira ocupação!

As opiniões na cidade estavam divididas com relação aos visitantes. Havia os que eram a favor, os que eram contra e os indiferentes. Os bairristas não gostavam do ar que tomavam os oficiais e os praças do batalhão forasteiro quando andavam pelas ruas, cafés e lojas, falando alto, rindo, gesticulando e brincando, assim com o ar — dizia o Cuca Lopes — "de quem está fazendo pouco na gente da terra". Um dos Spielvogel, presidente da Associação Comercial, achava que a presença do batalhão ia animar o comércio — "Os senhores já calcularam a quanto monta o soldo de toda essa gente? E já pensaram que boa parte desse dinheiro vai ficar na nossa comuna?". Era, portanto, favorável à ideia de dar um tratamento amistoso aos forasteiros.

Num daqueles domingos, a banda de música do batalhão deu uma retreta na praça da Matriz, debaixo da figueira, pois o coreto não era suficientemente grande para conter todos os seus músicos. A praça formigava de gente, as calçadas transbordavam, muitos tinham de caminhar pelo meio da rua. Os bancos estavam todos tomados e havia até gente sentada na relva dos canteiros. Nas casas em derredor viam-se espectadores, principalmente senhoras, debruçados em todas as janelas. Uma multidão de curiosos cercava a banda. Os músicos ostentavam o seu uniforme escuro de gala, com botões dourados: e o carmesim da fita do quepe, da gola da túnica e do debrum das calças constituíam notas atraentes para aquele povo acostumado à monotonia do uniforme cáqui da banda militar local. Tudo aquilo era novidade. "Até o bombo é diferente!", proclamou um entusiasta.

O largo se encheu de melodias alegres que — na opinião de Edu — o eco "arremedava" atrás da igreja. Os santa-fezenses ouviram pela primeira vez frevos pernambucanos e uma quantidade de cateretês e sambas até então desconhecidos deles. Quanto aos dobrados — ah! —, "chega me correr um frio na espinha", disse um filho da terra. Quando a banda tocava marchinhas ou sambas, as moças e rapazes que caminhavam pelas calçadas chegavam quase a dançar. Gente havia, porém, que ou não gostava do espetáculo ou, se gostava, era só por dentro, pois permanecia séria, silenciosa, olhando tudo com um olho meio arisco. Fosse como fosse, os santa-fezenses aplaudiam os músicos, ao fim de cada peça, coisa que só estavam habituados a fazer quando a banda local executava trechos líricos ou o Hino Nacional.

D. Vanja assistiu à retreta da janela do Sobrado. Estava encantada como uma criança diante dum carrossel.

— Não é mesmo um portento? — exclamou, voltando-se para dentro da casa com um brilho juvenil nos olhos. — Olhem só os uniformes. Os músicos parecem príncipes de opereta!

Maria Valéria, que, como Flora, se abstinha de aparecer à janela, pois estavam ambas ainda de luto, retrucou:

— Mas se essa baianada continua na terra, dentro de pouco tempo não nos sobra nenhuma cozinheira, nenhuma criada de dentro... A Leocádia arranjou um anspeçada mais preto que ela.

As donas de casa queixavam-se de que suas chinocas, mulatas e "crioulas" viviam de "pito aceso", não faziam mais nada direito, só pensando na hora de saírem para a rua de braços dados com seus baianos, ou de ficarem "de agarramentos" com eles nos portões ou cantos escuros.

As mães redobravam inquietas a vigilância das filhas solteiras. Se os soldados buscavam as criadinhas ou espalhavam-se pelos bordéis do Barro Preto, do Purgatório e da Sibéria, os sargentos preferiam as mocinhas das chamadas "ruas de trás", enquanto os oficiais superiores voltavam suas atenções e pretensões para as senhoritas das melhores famílias, que moravam nas ruas centrais.

Na primeira semana um coronel tratou casamento com uma solteirona considerada irrecuperável. A Gioconda fisgou um major, que já lhe frequentava a casa, provocando falatórios, pois murmurava-se que o homem era casado em Salvador e pai de cinco filhos. Naqueles primeiros dias depois da chegada do batalhão o comandante da Guarnição Federal e o intendente municipal tiveram de enfrentar sérios problemas. Havia já uma rivalidade surda entre os praças do Exército e os do corpo auxiliar da Brigada Militar. Agora a soldadesca da Bahia, muitas vezes inadvertidamente, provocava conflitos com uns e outros. As noites eram muitas vezes pontilhadas de tiros, e no dia seguinte notícias corriam pela cidade, como sempre exageradas.

— Mataram um provisório no Barro Preto.

— Deram uma sova num baiano, na casa duma china.

— Lastimaram um civil no beco do Poço.

— Houve um tiroteio num baile do Purgatório: mataram um cabo do Exército e feriram um sargento da polícia baiana.

Os conflitos, porém, foram diminuindo, à medida que a vigilância das patrulhas do Exército aumentava e os baianos se impunham à simpatia dos nativos. Eram extrovertidos, tinham uma fala cantada e doce, uns ares afetuosos.

Muitos santa-fezenses entregaram-se por completo aos visitantes, convidando-os às suas casas. Os mais casmurros e bairristas, porém, resistiam, dizendo: "Ninguém sabe quem são".

Para surpresa de Rodrigo, Chiru revelou pruridos racistas:

— Como é que eu vou levar esses negros pra dentro da minha casa, para o seio da minha família?

— Deixa de besteira — replicou Rodrigo. — Antes de mais nada, família não tem seio. Depois, cretino, que mal faz uma pessoa ter um pouco de sangue negro? Além disso, existem nesse batalhão dezenas de sujeitos mais brancos que tu!

— É uma pena — suspirou Neco Rosa, cínico — que a Bahia não nos tenha mandado uma boa partida de mulatas...

Mas a *cause célèbre* da época foi a questão dos oficiais do batalhão baiano com o Clube Comercial. Houve uma semana em que a pergunta mais ouvida na cidade era esta: "Como é o negócio, Fulano? Devemos ou não devemos deixar os baianos entrarem no Comercial?". A diretoria do clube reuniu-se e, de portas fechadas, discutiu o assunto durante quase duas horas, decidindo-se pela negativa. "Que ao menos este reduto da nossa sociedade resista!", bravateou o secretário.

Um dia o batalhão desfilou pelas ruas centrais de Santa Fé no seu uniforme de gala. A banda de música tocava dobrados marciais, rodeada e seguida por um bando de moleques descalços, que procuravam acompanhar o passo dos soldados. Quando a banda cessava de tocar, rufavam os tambores, soavam as cornetas. Mulheres debruçavam-se nas janelas, corriam para as portas e portões, avançavam até o meio-fio da calçada. E ao sol daquele dia de fins de verão, refulgiam os instrumentos metálicos da banda, os botões dos dólmãs, as espadas e as baionetas. E era bonito — todos concordavam — ver e ouvir centenas de pés com polainas brancas batendo cadenciadamente nas velhas pedras do calçamento da rua do Comércio.

Quica Ventura, que presenciava o desfile, apertando o cigarro entre os dentes, murmurou:

— Têm todos cara de bandido.

Ao que Liroca, que estava perto, replicou:

— Qual nada! É uma rapaziada linda. E depois, Quica, são nossos patrícios, nossos irmãos.

Como única resposta o outro cuspiu na calçada. Mas teve de tirar o chapéu imediatamente, pois naquele momento passava o pavilhão nacional no ombro do ten. Antiógenes Coutinho. Era um jovem alto, de pele "cor de jambo" (segundo dizia a Mariquinhas Matos, que jamais vira um jambo em toda a sua vida). O que mais impressionava naquele oficial de vinte e seis anos, além do contraste entre os olhos verdes e a face tostada, era a voz mole e doce como mingau de baunilha. Era uma voz cariciosa, que logo sugeria intimidades. De toda a oficialidade do batalhão baiano, era o ten. Antiógenes o mais popular entre as moças de Santa Fé, muitas das quais o convidavam para reuniões e bailarecos. E, como algumas delas parecessem apaixonadas pelo garboso porta-bandeira, era nele que se concentrava a malquerença e a má vontade dos rapazes que, segundo a classificação do cronista social d'*A Voz*, constituíam a *jeunesse dorée* de Santa Fé.

O ten. Antiógenes usava uniformes muito bem cortados, que lhe modelavam o torso atlético. Caminhava sempre teso, o peito inflado.

Quando era apresentado a alguma dama, inclinava-se de leve, fazia uma continência e batia os calcanhares. Quando, porém, estava dentro de casa, numa festa, relaxava a postura militar, como que se humanizava, ficava logo íntimo da família, derramando sobre todos — mulheres, homens e crianças — o melaço de seu encanto.

As prostitutas locais andavam também loucas por ele, e o jovem tenente jamais as decepcionava. Depois das reuniões familiares, em que passava as horas sob o olhar vigilante e inapelável das mamães e titias, metia-se nas pensões de mulheres em busca de outra espécie de diversão.

Uma noite na Pensão Veneza tirou a china dum capitão do corpo provisório. O homem virou bicho, quis dar-lhe um tiro mas foi agarrado a tempo. Chiru Mena, que se encontrava no bordel na hora do incidente, conseguiu tirar o rapaz de lá e levá-lo para o hotel. Ao despedir-se, recomendou: "Daqui por diante, olho vivo, tenente. O capitão é vingativo". Tinha ouvido o homem gritar: "Vou mandar dar uma sumanta nesse mulato cafajeste".

Uma noite em que o ten. Antiógenes deixava a casa duma de suas namoradas, na rua das Missões, dois indivíduos vestidos à paisana se lhe aproximaram pelas costas e atiraram-se em cima dele, de rabo-de-tatu em punho. O oficial recuou contra a parede e chegou a arrancar o revólver do coldre. Recebeu, porém, uma pancada tão forte no pulso, que deixou cair a arma. Depois, o mais que pôde fazer foi proteger a cabeça com ambas as mãos e pedir socorro.

No dia seguinte Rodrigo contou a seguinte história aos amigos:

— Pois vejam como são as coisas... Eu saía do clube, depois dum poquerzinho, com uns amigos, e de repente, não sei por que cargas-d'água, resolvi entrar na rua das Missões, em vez de seguir pela do Comércio... Foi então que vi a cena: dois paisanos surrando um tenente da polícia baiana... Tirei o revólver, corri para o grupo e gritei: "Parem, bandidos!". Um dos atacantes se virou para mim. Não tive dúvida: prendi-lhe fogo. *Pei!* O homem virou as costas e disparou... O companheiro fez menção de tirar o revólver e eu atirei de novo, dessa vez em cima dos pés dele. Foi um deus nos acuda. Os bandidos se despencaram rua abaixo, que nem veados. O tenente veio pra mim de braços abertos e só faltou me beijar.

Desde aquela noite o ten. Antiógenes passou a frequentar o Sobrado. Estava reconhecido a Rodrigo. Levava presentes para seu "salvador", para Flora e para as crianças. Um dia entrou na cozinha e, sob o olhar crítico da Maria Valéria, ensinou à Laurinda como fazer vatapá. De quando em quando, sem motivo aparente, abraçava o dono da casa, que ficava um pouco constrangido ante a beleza quase feminina do oficial.

Ainda naquele mês de março, um sócio benemérito do Clube Comercial resumiu para um amigo as vantagens que o Batalhão da Polícia baiana havia trazido para Santa Fé. As retretas continuavam, generosas e alegres, divertindo e ilustrando o povo. O comércio local, tanto o alto como o baixo, vendia como nunca. As mais conhecidas solteironas da cidade haviam contratado casamento com majores e tenentes-coronéis de meia-idade. Além disso os oficiais baianos revelavam um comportamento exemplar. Por que não convidá-los a frequentar o clube?

De novo reuniu-se em sessão especial a diretoria do Comercial, para reexaminar o caso. Dessa vez Rodrigo compareceu ao debate e fez-se advogado dos forasteiros. Como a decisão final da diretoria tivesse sido outra vez negativa, saiu furioso do clube, resolvido a fazer alguma coisa para desagravar os baianos.

Deu no Sobrado uma festa — a primeira depois da morte da filha — e convidou todos os oficiais do batalhão visitante. Serviu-lhes champanha e deu-lhes de comer os quitutes de Laurinda. Ergueu a taça num brinde à Bahia, "berço glorioso da nacionalidade, terra do grande Rui Barbosa". Um dos baianos, um coronel gordo e calvo, respondeu com um discurso torrencial e interminável.

Flora só apareceu na sala no princípio da festa para cumprimentar os convidados. Retirou-se depois para a cozinha, de onde ficou dirigindo as negras que serviam croquetes, pastéis, empadas, sanduíches e doces. Maria Valéria a intervalos vinha espiar os "estrangeiros" pela fresta duma porta.

Quando, depois da meia-noite, os convivas se retiraram, a velha se acercou de Rodrigo e disse:

— Se seu pai fosse vivo, não ia ficar nada alegre vendo tanto militar junto na casa dele.

— Ora, titia! Também não morro de amores pela farda. Mas o caso agora é diferente. Eu precisava fazer alguma coisa para salvar o bom nome de Santa Fé e do Rio Grande, e para dar uma lição de cavalheirismo àquelas beatas da diretoria do Comercial.

Em princípios de abril o batalhão partiu. Desfilou pelas ruas no seu uniforme de campanha, ao som dum dobrado triste. Ao vê-lo passar, muitas mulheres tinham lágrimas nos olhos. A plataforma da estação estava atestada de gente. Ergueram-se vivas ao Brasil, ao Rio Grande e à Bahia. Um jovem santa-fezense fez um discurso. O coronel gordo respondeu, falou demais e atrasou o trem um quarto de hora. Quando o comboio se pôs em movimento, a banda tocava uma valsa lenta, "dessas de rasgar o coração", como disse mais tarde uma costureirinha que ficara noiva dum sargento natural de Feira de Santana. A locomotiva apitou e até o apito pareceu um lamento de despedida.

Naquele dia e nos que se seguiram, a cidade a muitos pareceu vazia. Os irônicos diziam: "Por que o intendente não decreta luto municipal por três dias?". Os maldizentes proclamavam que como resultado da "ocupação baiana" houvera em Santa Fé dois casamentos legais, três por contrato, oito noivados, cinco defloramentos — isso para não falar no grande número de criadinhas que haviam ficado grávidas. "Viva o Brasil!", bradou um gaiato, ao ouvir essas estatísticas.

Na noite do dia da partida dos baianos, a Gioconda sentou-se ao piano e tocou com muito sentimento noturnos de Chopin. No Sobrado, Maria Valéria fez uma observação que deixou Rodrigo pensativo: "Vacê não acha que nas espingardas desses baianos já pode estar a bala que vai lastimar o Bio?".

22

Uma tarde, em meados de abril, entraram pelo portão do Sobrado, carregadas por caboclos descalços e suarentos, três caixas de madeira com o nome de Rodrigo pintado nas tampas. Flora não sabia do que se tratava, mas desconfiava que fosse mais uma das "encomendas" do marido.

— Deixem os volumes no quintal, perto do porão — instruiu ela aos carregadores.

Maria Valéria franziu o nariz fisicamente ao sentir o bodum dos caboclos, e psicologicamente ao ver as caixas, nas quais farejava mais uma "loucura" do sobrinho.

— Que negócio é esse? — perguntou.

— Ora, Dinda, são uns vinhos franceses e alemães, uns queijos, umas conservas...

— Ainda que mal pergunte, vacê vai se estabelecer com casa de negócio?

Ele sorriu mas nada disse. Gritou pelo Bento, que lavava o Ford no fundo do quintal, e ordenou-lhe abrisse as caixas com a maior cautela. O factótum obedeceu.

Rodrigo segurava as garrafas que Bento lhe entregava, tirava-as com um cuidado carinhoso de dentro de seus invólucros de palha, erguia-as no ar contra a luz, os olhos cintilantes. Eram vinhos brancos e tintos — topázio e rubi! Ia enfileirando as garrafas no chão, contra a parede da casa. Pegou uma delas e leu o rótulo em voz alta: Liebfraumilch!

Bento abriu a caixa que continha os queijos e as conservas. Rodrigo acocorou-se junto dela, remexeu a palha com mãos sôfregas, e foi tirando as latas — patê de *foie gras*, sardinhas, anchovas, atum —, estralando a língua, cheirando os queijos...

Alçou os olhos para o céu de outono — um polvilho azul remoto e sereno. Pairava no ar uma leve bruma que o sol dourava. Pela cidade as paineiras rebentavam em flores. E Flora — concluiu ele —, Flora ressuscitava, seu rosto ganhava cores, suas carnes se faziam de novo apetitosas. A vida era boa. Deus era generoso. E ali estavam aqueles vinhos — rubi e topázio!

Convidou amigos para virem aquela noite ao Sobrado "beber o leite da mulher amada e comer uns queijinhos".

Além da velha guarda, apareceram Stein, Bandeira e Carbone. Rodrigo levou-os para o escritório, a peça da casa mais apropriada para "assuntos de homem".

Chiru examinou uma garrafa de vinho branco e, olhando antes para os lados, para se certificar de que não havia nenhuma dama presente, murmurou:

— Olha, Rodrigo, leite de mulher, amada ou não, eu bebo nos peitos mesmo, e não em garrafa.

— Sai, baguaão! — repeliu-o o dono da casa. — Sei que vais preferir cerveja. Tu e o Neco são uns bárbaros. Agora aqui o nosso doutor Carbone, esse sabe apreciar o que é bom.

O italiano sorriu, seus lábios dum vermelho úmido apareceram sob os bigodes castanhos. Encostou os dedos na boca, colheu nela um beijo sonoro e depois atirou-o no ar com o gesto de quem solta um pássaro.

— E tu, Bandeira? — perguntou o anfitrião, ao servir o vinho em longos copos de forma cônica.

— Que venha esse leite — murmurou Tio Bicho, acomodado na sua poltrona, a papada a esconder a borboleta da gravata, as faces já coradas pelo vinho que tomara ao jantar.

Rodrigo voltou-se para Stein:

— Que cara é essa, rapaz?

— Decerto está preocupado com o destino do camarada Trótski — explicou Bandeira, com um sorriso provocador. — A encrenca está armada na União Soviética, Papai Lênin morreu e agora os filhos disputam o direito de primogenitura. O Arão esperava que Trótski fosse eleito secretário-geral do Partido, mas Stálin passou-lhe a perna...

Stein segurou o copo que lhe ofereciam, olhou para Tio Bicho e disse:

— Eles sabem o que fazem.

O outro tomou um gole de vinho, degustou-o e deixou escapar um suspiro de puro prazer.

— Estão vendo? — disse. — Isso sim é disciplina partidária. Quando Lênin estava vivo, o Arão achava que não havia outro para substituí-lo senão Trótski, a maior cabeça do Partido, o melhor organizador, et cetera, et cetera, et cetera. Agora engole e trata de digerir caladinho esse tal de Stálin. E se amanhã deportarem ou fuzilarem Trótski, o nosso comunista aqui não soltará o menor pio.

— Não se trata de pessoas mas de princípios — replicou o judeu.

E, desconversando, perguntou ao dono da casa se havia lido as últimas notícias sobre as atividades de Abd El-Krim no Marrocos francês.

Rodrigo, que andava de conviva em conviva, oferecendo fatias de queijo, respondeu que não. Liroca, que até então estivera a um canto, conversando com Neco, aproximou-se do marxista e disse:

— Pouco me interessa esse turco.

— Árabe — corrigiu-o Stein.

— É a mesma coisa. Mas... eu estava dizendo ao Neco... É o mais belo feito militar da história do Brasil. Maior que a retirada da Laguna ou que a batalha de Tuiuti! Só comparável às proezas de Aníbal, César e Napoleão.

Referia-se — explicou — à marcha da Coluna Revolucionária de Prestes, de São Luís das Missões até Foz do Iguaçu, onde finalmente se havia reunido à Divisão de São Paulo.

— De acordo! — exclamou Rodrigo, abraçando o amigo. — Vocês

já imaginaram o que é vencer duzentas léguas de sertão, vejam bem, *duzentas* léguas de terreno acidentado, abrindo picadas pelo mato a machado e a facão, atravessando rios, escalando montanhas... lanhados, esfarrapados, sangrando, mas marchando sempre?

— E perseguidos por quatro mil soldados do governo! — acrescentou José Lírio.

— Sim, brigando todo o tempo... — Num repentino assomo de emoção cívica, Rodrigo fez uma frase: — Marcando seu itinerário glorioso com as sepulturas dos companheiros que tombavam no caminho.

Liroca sacudia a cabeça num grave assentimento.

— Muita gente boa foi ficando para trás — continuou Rodrigo —, companheiros de Prestes da primeira hora, tanto civis como militares... Aníbal Benévolo morreu no ataque ao Itaqui... Mário Portela, outro bravo, tombou na travessia do Pardo...

Ergueu o cálice e exclamou:

— A Luiz Carlos Prestes e aos seus heróis!

Neco, Chiru e Liroca levantaram imediatamente seus copos. Roque Bandeira acompanhou-os, após breve hesitação, mas sem muito entusiasmo. Arão Stein, que se havia sentado, permaneceu de cabeça baixa.

— E tu? — interpelou-o Rodrigo. — Não nos acompanhas no brinde?

Stein sacudiu a cabeça, murmurando:

— Não seria sincero. Não tenho entusiasmo por essa revolução...

— Não digas uma barbaridade dessas!

Todos, menos o judeu, tomaram um largo trago. Liroca lançou para o rapaz um olhar torvo, como se estivesse diante dum caso teratológico.

— Que é que o senhor tem na cabeça? — perguntou. — Miolos ou bosta de vaca?

Chiru e Neco avançaram também sobre o anti-Prestes. Parecia que o Sobrado ia ser teatro duma cena de linchamento. Tio Bicho continuava sentado, a bebericar o seu Liebfraumilch. Os outros falavam ao mesmo tempo, querendo convencer o "renegado" de que aquela era a mais bela, a mais nobre, a mais justa de todas as revoluções.

Carbone, que havia alguns minutos deixara o escritório para ir conversar na sala de visitas com *le belle donne*, voltou e quis saber de que se tratava.

— É um *pogrom* — explicou Roque Bandeira. Depois, erguendo a voz, pediu: — Deixem o homem explicar seu ponto de vista!

* * *

Quando os outros se aquietaram, Stein falou.

— Para principiar — disse —, quero fazer uma pergunta. Contra quem é essa revolução do Isidoro e do Prestes?

— Ora — respondeu Chiru —, contra o Bernardes.

— Quer dizer que, se o presidente da República morresse de repente dum colapso cardíaco ou duma indigestão, os revolucionários poderiam depor as armas tranquilamente?

Rodrigo interveio:

— Está claro que não. O Bernardes simboliza um estado de coisas. Esse movimento revolucionário é um protesto contra a autoridade atrabiliária do homem que representa uma camorra política que quer perpetuar-se no poder. Numa palavra, essa revolução visa derrubar as oligarquias que nos infelicitam!

Stein coçou a cabeça, uma mecha fulva caiu-lhe sobre os olhos.

— Está bem, está bem — disse. — Esses tenentes querem dar à sua quartelada um caráter antioligárquico. Magnífico! É uma causa simpática, sem a menor dúvida. Mas acontece que esse objetivo não chega às raízes de nossos males. Sem uma mudança básica em toda a nossa estrutura econômica e social, jamais resolveremos os nossos problemas.

Rodrigo lançou-lhe um olhar enviesado:

— Não me venhas de Karl Marx em punho, que não te recebo.

Stein sorriu amarelo, e por alguns instantes deu a impressão de que considerava encerrada a discussão.

De novo se encheram os copos. Carbone pediu um brinde especial ao maj. Toríbio Cambará. Rodrigo ficou comovido. A ideia de que o irmão estava entre os bravos daquela marcha épica enchia-o dum orgulho embriagador. (Ou seria também efeito do vinho?) Um calor agradável subia-lhe ao rosto, animava-lhe a palavra, tornando-o duma cordialidade derramada. Aproximou-se de Stein, acariciou-lhe a cabeça e disse:

— Bebe, menino. A vida é curta.

O outro, porém, não parecia participar daquele espírito leviano e esportivo. Pôs-se de pé.

— Por favor — suplicou —, tratem de me compreender. Não sou nenhum espírito de contradição. Nenhum fanático. — Bateu na testa. — Tenho cabeça, tenho miolos, logo: penso.

— Esse é o teu mal — sorriu Bandeira. — Usas demais a cabeça e de menos o resto do corpo.

O dono da casa desatou a rir:

— Muito bem, Roque! Puseste o dedo no dodói dele. O que falta ao Stein é amor. Vamos arranjar-lhe mulher.

O rapaz arregaçou os lábios num sorriso que mais parecia um ricto canino. Chiru e Neco conversavam a um canto animadamente, e Carbone voltara à companhia das damas.

Alguns minutos depois Rodrigo tornou a interpelar Stein.

— Qual é a solução que ofereces para o problema nacional? Fala, hebreu!

— Não sou tão ingênuo ou tão vaidoso a ponto de pensar que tenha no bolso um remédio rápido, fácil e infalível para nossos males. Mas de algumas coisas tenho certeza absoluta. Escutem. O povo, com sua misteriosa sabedoria, seu instinto divinatório, já sentiu que essa não é a *sua revolução* e por isso permanece apático diante dela. Por outro lado, os revolucionários, cegos aos fatores econômicos que dão forma e rumo à nossa vida política e social, investem romanticamente contra a sua Bastilha, em nome dum vago programa de "regeneração nacional". Seu lema de "Abaixo as oligarquias!" tem um caráter de improvisação demagógica. Em suma, trata-se ainda duma revolução burguesa, cuja vitória pouco ou nenhum bem traria para nossas massas rurais e urbanas e para nosso incipiente proletariado.

Liroca desenrolou e tornou a enrolar o cigarro apagado e, olhando de viés para o judeu, perguntou:

— Moço, onde é que o senhor aprende essas coisas?

Tio Bicho apressou-se a explicar:

— Ele lê isso nos livros russos e alemães que recebe em traduções espanholas. Anda tão empapado de castelhanismos que não usa mais a palavra camponês, e sim *campesino*.

Stein voltou-se para o amigo e reagiu:

— Para ti tudo é uma questão de palavras. Para mim pouco importa que chamemos ao homem do campo camponês, campesino ou campônio. O essencial é libertá-lo da miséria, da doença, do analfabetismo e da fome. Isso sim é importante.

Quando uma hora depois Stein despediu-se do dono da casa, este lhe tomou afetuosamente do braço:

— Podes dizer o que quiseres, citar os autores que te vierem à cachola, mas uma coisa não poderás negar: a beleza dessa marcha, a grandeza desses homens. Se tudo se reduz a uma pura necessidade econômica, como vocês marxistas afirmam, como se explica a dedicação e o sacrifício desses revolucionários que não têm terras ou fábricas a defender, e que de seu hoje não possuem mais que a roupa do corpo, o cavalo e as armas? Não, meu caro Stein, existe algo mais que o fator estômago e o interesse de lucro. Nossos homens são capazes de lutar desinteressadamente por um ideal, por um amigo, pela cor dum lenço, por... por... pelo seu penacho! Em 23 muito provisório recrutado a maneador na hora do combate brigou como leão. Por quê? Por causa de fatores econômicos? Por causa da plus-valia ou da ditadura do proletariado? Não! No fundo, o verdadeiro partido dum homem é seu amor-próprio, o seu orgulho de macho.

Stein nada disse. Limitou-se a sorrir e a estender a mão para o amigo, dizendo:

— Boa noite, doutor. Me desculpe se falei demais.

Rodrigo estreitou-o contra o peito.

— Qual nada, Arão! Tu sabes que te quero bem. Nesta casa podes falar à vontade. Também já vais, Roque? Boa noite, meu velho. Cuidado com a escada. Liroca, bota o capote, que a noite está meio fria. Chiru e Neco, vocês fiquem. Não é um pedido: é uma ordem do major Rodrigo. — Baixou a voz, olhou na direção da sala, de onde vinham as vozes das mulheres, e acrescentou: — Estou pensando num programa... Me contaram que chegou uma uruguaia macanuda pra Pensão Veneza...

23

Nos últimos dias de julho daquele ano, Rodrigo recebeu uma carta de Terêncio Prates, datada de Paris.

Prezado Amigo:

Faz muito que ando pensando em escrever-te, mas fui deixando a carta para depois, por uma razão ou outra. Seja como for, aqui estou para uma prosa. Há tanta coisa a dizer, que nem sei por onde começar.

Meu curso vai bem e me tem dado o privilégio de estar perto de grandes mestres do pensamento contemporâneo. Imagina, meu caro, um piá natural do Rincão das Dores, como eu, a respirar numa sala de conferências o mesmo ar que entra nos pulmões de homens como Alain e Bergson!

Durante todos estes anos tenho esperado em vão a tua visita. É uma pena que não tenhas vindo, pois Paris se modifica dia a dia, e já não é, pelo menos na superfície, o que era antes da Grande Guerra.

De mim sei dizer que estou escandalizado e até meio perturbado pelo que vejo, ouço e leio. Tu conheces mais ou menos minhas ideias em matéria de política e moral. Apesar de ter formado meu espírito dentro deste século xx, considero-me um homem do século passado. Fui educado segundo um conceito de vida individualista. Embora não me encante nem convença tudo quanto vem do Grande Século — pois sempre achei detestável seu cientificismo ateu e orgulhoso — participo de sua crença no Progresso e na evolução lenta porém segura e inspirada das instituições. Mas a verdade, meu caro amigo, é que estamos presenciando um cataclismo social em toda a Europa, quiçá no mundo inteiro. E Paris, como cérebro e coração da civilização ocidental, não podia deixar de estar no epicentro do terremoto. Os valores da sociedade estável do século xix caem por terra. A Guerra abalou e revolveu tudo. É o caos. Não há mais Fé, nem Moral, nem Ética e nem mesmo Estética! O grande conflito armado deu um golpe talvez mortal na sociedade dentro da qual os homens de nossa geração nasceram, foram educados, adquiriram seus hábitos e deram forma a seus sonhos. A licenciosidade impera em todos os setores da vida e do pensamento. As mulheres perdem o pudor, cantam canções bandalhas, dançam danças lúbricas, desnudam-se em público, fumam, bebem, sim senhor, embriagam-se como homens. Encontra-se em Paris, fazendo um sucesso delirante, uma mulata norte-americana que se exibe num destes cabarés completamente nua, apenas com uma tanga de bananas! É o fim do mundo, Rodrigo. Uma geração como a nossa, que se alimentou de Schubert, Schumann, Beethoven, Chopin e outros grandes da música universal tem de aguentar agora essa "coisa" cacofônica, barulhenta e negroide que é "jazz-band" (não sei se é assim que se escreve) e que Paris teve o mau gosto e a infelicidade de importar dos Estados Unidos.

A mocidade parece ter tomado o freio nos dentes e saído a apedrejar homens e instituições, a rasgar e espezinhar velhas bandeiras tradicionais, quebrar as vidraças das academias. (Está claro que falo no sentido figurado...) Esses moços embriagam-se não só de álcool como também de velocidade. Campeia no mundo a mania da pressa, a paixão pelo automóvel, pelo avião, pelo telefone sem fio, em suma, por tudo que represente vertigem e rapidez. E o mais trágico é que não sabem ainda aonde querem chegar. Está claro que apenas se atordoam. É a "geração das trincheiras" como já escreveu alguém.

Um dia destes tive a oportunidade de conversar com um jovem francês que fez a Guerra, onde perdeu a mão esquerda. Disse-me que está revoltado contra a tradição humanista que não soube preservar a paz do mundo. Odeia, portanto, o academicismo, o conformismo e a tábua de valores morais de seus maiores. Acha que só "la sincérité, mais toute la sincérité" pode salvar o mundo, se é que ainda há esperança de salvação. Considera, por exemplo, Anatole France um farsante, um fariseu, um falso homem de letras.

Pois é, meu caro amigo, o que se vê agora por aqui é uma literatura pseudomoderna, que não consigo estimar nem ao menos entender. Os "novos" decretaram a morte de homens como Victor Hugo, Taine, Renan e tantos outros, para exaltar os Apollinaire, os Blaise Cendrars e os Cocteau.

E sabes a quem cabe, em boa parte, a culpa de tudo isso? A dois tipos de mentalidade que estão procurando impor-se no mundo. A da Rússia, com seu bolchevismo materialista e iconoclasta, e a dos Estados Unidos, com sua irreverência esportiva e sua arrogância de "nouveau riche". Os bolchevistas espalham seus agentes pelo mundo. Os americanos nos mandam esses pretos tocadores de "jazz-band" e detestáveis fitas de cinema em que essa mentalidade de "après guerre" é exaltada e embelezada. A Guerra tornou a nação de Wilson uma potência de primeira categoria. A prosperidade a está perdendo. Só espero, meu amigo, que aqui mesmo na França, coração e cérebro da latinidade, surja a reação contra todos esses abusos, exageros e imoralidades. Contra o ateísmo russo e o mercantilismo calvinista dos ianques terá de erguer-se a força moral e histórica da nossa Igreja.

Rodrigo releu a carta em voz alta na presença de seus amigos, na primeira oportunidade em que os viu reunidos. As reações foram as mais variadas. Terminada a leitura, Neco Rosa perguntou:

— Como é mesmo a história da mulata que dança pelada?
— Que belo espécime de reacionário nos está saindo o doutor Terêncio! — exclamou Tio Bicho.
— Lógico! — apressou-se a dizer Arão Stein. — Com doze léguas de campo povoadas, casas na cidade, apólices no Banco da Província, os Prates só podem desejar a continuação da ordem social vigente.
— E se essa coisa que ele chama de "latinidade" — ajuntou Bandeira — é tão forte, tão boa, tão cheia de cultura e tradição, como pode ser abalada por um bando de negros americanos que batucam em tambores e tocam saxofone? Ou por fitas de celuloide vindas de Hollywood? Ou mesmo por esses tais "agentes do bolchevismo"?...
— O que ele não compreendeu — tornou Stein — é que se o edifício da burguesia começa a desmoronar é porque estava podre e abalado nos alicerces. Naturalmente o doutor Terêncio esperava que o jovem mutilado de guerra continuasse a amar e admirar os que o mandaram para a trincheira, para morrer na defesa dos banqueiros internacionais, dos fabricantes de armamentos e das companhias de petróleo...
Rodrigo meteu a carta no bolso. Estava de certo modo lisonjeado. Afinal de contas Terêncio Prates jamais fora seu íntimo. Aquele desabafo epistolar indicava, entre outras coisas, que o homem o tinha em alta consideração e procurava sua amizade.
— E depois — observou Tio Bicho — o doutor Terêncio fala como se antes da Guerra o mundo e principalmente Paris fossem um convento, um modelo de decência e austeridade. Nós sabemos que a coisa não era absolutamente assim. Aí estão todos esses romances de bulevar... e as estatísticas, as crônicas policiais...
— Espera, Roque! — interrompeu-o Rodrigo. — Mas há limites para tudo. Se as mulheres soubessem o que estão perdendo aos olhos dos homens por se despirem em público ou se masculinizarem...
— Isso! — apoiou-o Chiru.
Costumava afirmar que um homem pode frequentar um bordel e apesar disso continuar a ser um exemplar chefe de família, como ele, pois "uma coisa nada tem a ver com a outra e o que olhos não veem coração não sente". Afinal de contas, como muito bem dizia Rodrigo, um homem precisa de mais de uma mulher.
— Isso! — repetiu. — Tenho uma filha de treze anos e essas coisas todas me assustam. Um dia destes peguei a menina olhando numa revista o retrato dessa tal mulata que dança nua... Como é mesmo o nome dela?
— Josephine Baker.

— Pois é. Imaginem que exemplo!

O Neco, porém, era solteirão e não suportava os moralistas.

— Nada disso me assusta — disse. — Que venham essas modas e essas mulatas. Quem não quiser usar elas que não use. Eu acho que Santa Fé já comportava um bom cabaré, hein, Rodrigo?

24

Que Santa Fé se transformava, era coisa que se podia observar a olho nu. Começava a ter sua pequena indústria, graças, em grande parte, aos descendentes de imigrantes alemães e italianos como os Spielvogel, os Schultz, os Lunardi, os Kern e os Cervi, os quais, à medida que prosperavam economicamente, iam também construindo suas casas de moradia na cidade e estavam já entrando nas zonas até então ocupadas apenas pelas famílias mais antigas e abastadas.

O clã dos Teixeiras, que, com a morte recente de seu chefe, se havia transformado num matriarcado, habitava um casarão acachapado e feio como um quartel, com frente para a praça Ipiranga. Nele reinava a viúva, d. Josefa, cercada de filhos, noras, genros e netos. Em princípios daquele ano, José Kern inaugurara sua residência ao lado da mansão dos Teixeiras, com uma festa que teve quase um caráter de *Kerb* e para a qual convidou seus amigos de Santa Fé e de Nova Pomerânia. Cantou-se, dançou-se, comeu-se e bebeu-se com entusiasmo ruidoso, desde as sete da noite até o amanhecer. No dia seguinte d. Josefa disse a uma amiga: "Não pude dormir a noite inteira. Houve uma bacanal na casa nova, ao lado da minha. Por sinal parece uma igreja, com aquelas torres... E que é que a senhora me diz daqueles anõezinhos de barro pintado no jardim? Pois é... Acho que temos de nos mudar. A nossa zona está sendo invadida pela alemoada".

Os Spielvogel enriqueciam no negócio de madeira. Com sua casa de comércio, o Schultz era o maior concorrente da Casa Sol, cujo proprietário, o Veiguinha, envolvia a sua indolência no manto prestigioso da tradição. "A minha loja está como era no tempo do meu avô. Não tenciono mudar nada. Que diabo! Temos que respeitar as coisas do passado." Falava mal do Schultz, que ultimamente se metera no negócio de máquinas agrárias. "Esse lambote quer abarcar o mundo com as pernas. Um dia estoura."

Marco Lunardi ampliara a padaria e a fábrica de massas. Ganhava dinheiro, tinha casa própria — um verdadeiro bolo de noiva com estátuas sobre a platibanda, altos-relevos na fachada, paisagens da Itália pintadas a óleo nas paredes internas. Continuava, porém, a trabalhar como um mouro e, descalço e metido num macacão de zuarte, era frequentemente visto pelas ruas e estradas a dirigir um caminhão carregado de sacos e caixas.

Um dia o Quica Ventura parou na frente do "palacete" do Lunardi e disse ao amigo que o acompanhava: "O avô desse gringo chegou aqui com uma mão na frente e a outra atrás. Veja agora o estadão do neto".

Havia muitos, porém, que observavam esses fenômenos dum ângulo simpático: "Imaginem só... O primeiro Spielvogel que pisou neste município chegou sem um tostão no bolso. Construiu um moinho d'água, plantou milho e feijão. Hoje os netos têm uma serraria a vapor e são os madeireiros mais fortes da região".

Quando José Kern, retaco, rubicundo, rebentando de saúde e vigor, passava na rua no seu andar apressado, diziam:

— Esse alemão vai longe. Começou mascateando na colônia. Hoje é o comerciante mais ativo da cidade. Tem um prestígio danado no interior do município. Ainda acaba deputado.

Muitos desses santa-fezenses de origem alemã ou italiana haviam já conseguido fazer-se sócios do Clube Comercial, vencendo certas resistências que se iam afrouxando à medida que a prosperidade econômica dos "colonos" se refletia na maneira como andavam vestidos, nas casas onde moravam e nos autos que possuíam.

O José Spielvogel tinha um Mercedes-Benz. José Kern adquirira um Chevrolet. Entre os fazendeiros da cidade começara o que se poderia chamar "a guerra do automóvel". Cada qual queria ter o carro maior e mais luxuoso. Na maioria dos casos não eram os chefes de família que estimulavam essa competição, mas suas mulheres ou, melhor ainda, suas filhas. As meninas do cel. Prates tinham um Chrysler? As netas do cel. Amaral compravam um Studebaker. Ah! As Teixeiras andavam num Fiat dos grandes? Um mês depois chegava um Buick, último modelo, para os Macedos. Mas cada um desses fazendeiros tinha também um forde de bigode, pau para toda obra, o único carro capaz de vencer aquelas estradas medonhas que os levavam da cidade às suas estâncias.

Aos domingos geralmente os membros de cada uma dessas famílias vestiam as melhores roupas e saíam a passear em seus carros, de tolda arriada. Para os que passavam certas horas dominicais debruçados nas janelas de suas casas, só o desfilar daqueles automóveis era um divertimento. Os carros em geral tinham um único itinerário: faziam a volta da praça da Matriz, desciam depois pela rua do Comércio, contornavam a praça Ipiranga e de novo voltavam pela mesma rua. Repetiam isso dezenas de vezes, em marcha lenta.

Existiam na cidade já três automóveis de aluguel. Os boleeiros de carros puxados a cavalo olhavam para os choferes profissionais com um desprezo mesclado de rancor. Os primeiros vestiam-se ainda à maneira gaúcha: bombachas, botas, chapéus de abas largas, um lenço ao redor do pescoço, ao passo que os condutores de automóveis usavam roupas citadinas e um quepe de tipo militar.

— Bonezinho de veado — diziam os boleeiros.

E divertiam-se quando o motor de um dos automóveis enguiçava, ou quando um pneumático se esvaziava. Boa parte da população local, entretanto, continuava a dar preferência aos carros de tração animal.

Não era essa, porém, a única das rivalidades existentes em Santa Fé. Havia a tradicional e infindável desavença entre maragatos e pica-paus, que continuava a separar indivíduos e famílias inteiras. E a competição entre os clubes de futebol Charrua e Avante. O primeiro tinha como presidente perpétuo Jacques Meunier, o ex-marista francês que casara com uma das filhas do falecido cel. Cacique Fagundes. Era o Avante o campeão crônico de Santa Fé, e, como seus jogadores usassem camiseta vermelha, todos os maragatos se achavam na obrigação cívico-sentimental de torcer por ele. Os pica-paus inclinavam-se para o Charrua, que — azul, amarelo e preto — vivia sob a asa protetora do cel. Laco Madruga. As partidas que os clubes rivais jogavam eram sempre acidentadas. Enquanto os jogadores disputavam a bola ou, esquecidos desta, trocavam pontapés e pechadas, os torcedores nas arquibancadas se engalfinhavam a sopapos e não raro a facadas e tiros.

A rivalidade mais recente — que tão bem caracterizava as transformações por que passava a cidade — surgira no campo da música. A orquestra mais antiga de Santa Fé, que se revezava com o terno da banda militar nos bailes do Comercial, era o Grupinho do Chico Meio-Quilo, um homúnculo baixo e gordo que tocava flauta. Tinha na sua orquestra dois violões, um violino, um cavaquinho e um contrabaixo. O conjunto especializara-se em valsas, tangos argentinos, marchinhas e polcas. Tudo estava no melhor dos mundos para Chico Meio-Quilo quando um dia apareceu um forasteiro e organizou o primeiro *jazz-band* de Santa Fé, com elementos da banda militar: saxofone, pistão, clarineta, trombone. O organizador encarregou-se da bateria, em cujo bombo escreveu em letras negras JAZZ MIM. (Era gaiato e trocadilhista, o cafajeste!)

A guerra começou. Os jovens logo se entregaram ao conjunto moderno, ao passo que os da velha guarda se mantiveram fiéis à música de Chico Meio-Quilo. Os dois conjuntos passaram a revezar-se nos bailes da cidade. Dois partidos então se formaram. Mas havia os trânsfugas: elementos passadistas bandeavam-se para o lado do *jazz*, aderiam ao passo de camelo, ao *one-step* e ao fox — "senhores e senhoras de meia-idade, que deviam dar-se o respeito", como comentavam os do grupo conservador.

Era porém no aspecto e no comportamento das mulheres que mais se evidenciavam os sinais dos tempos. Agora muitas delas usavam ruge nas faces, batom nos lábios e algumas até bistre nas pálpebras. Senhoras casadas, de mais de quarenta anos, haviam cortado o cabelo à *la garçonne* e já se apresentavam com saias a meia canela e vestidos de "cintura perdida".

Segundo os padrões de Laurentina Quadros, Josefa Teixeira e outras matronas de Santa Fé, uma moça verdadeiramente bonita tinha de ser gorda e corada, numa palavra: viçosa. Até havia pouco os homens gostavam das fêmeas de pernas grossas. Agora, porém, algumas mulheres faziam dieta, queriam estreitar os quadris, diminuir o volume dos seios, pois o ideal feminino moderno eram as figurinhas esbeltas dos figurinos europeus. Outro modelo se lhes apresentava, tentador: a estrela de cinema Clara Bow, símbolo da moça "evoluída" e esportiva, dançadora de *charleston* e de *shimmy*, o tipo da boneca feita para andar de baratinha a grandes velocidades.

O cinema norte-americano havia desbancado definitivamente o europeu e impunha a Santa Fé e ao mundo seus heróis e heroínas, sua moral e sua estética. Gioconda pintava os olhos como Theda Bara. Uma das Prates, com o auxílio do batom, transformava a boca num coração, à maneira de Mae Murray.

Muitas mocinhas santa-fezenses compravam e assinavam a *Cena Muda* e algumas delas conheciam melhor os mexericos de Hollywood que os municipais. E quase todas suspiravam de amor pelo galã da moda, Rodolfo Valentino. No princípio, os filmes de Hollywood tinham oferecido ao mundo o tipo do herói ianque, esportivo nos trajos e nos gestos, cheio dum bom humor juvenil e ao mesmo tempo viril — sujeitos atléticos, risonhos, ágeis de pernas e vigorosos de músculos. Eram os George Walsh, os Douglas Fairbanks, os Norman Kerry. Ah! Mas Valentino superara a todos. Onde os outros empregavam os punhos, ele usava o seu olhar magnético. Era moreno, romântico, sensual, lânguido e latino. Ninguém sabia beijar como ele. Amara na tela mulheres como Nita Naldi, Agnes Ayres e Pola Negri. (Diziam que com esta última o amor continuava fora do celuloide, real e tempestuoso.)

Mariquinhas Matos fundara o Clube das Admiradoras de Rodolfo Valentino, que se reunia todas as quintas-feiras, ora na casa duma sócia, ora na de outra. Discutiam os filmes em que aparecia o seu patrono, trocavam-se fotografias com autógrafos do ídolo, liam umas para as outras as cartas que lhe escreviam.

Os maldizentes — homens e mulheres despeitados — comentavam: "Os artistas de cinema passam, mas a Gioconda fica. Já era mocinha nos tempos da Nordisk e da Cines, quando escrevia cartas apaixonadas ao V. Psilander e ao Emilio Ghione. Passou pelo Thomas Meighan e pelo Wallace Reid. Agora está no Rodolfo Vaselina. Que resistência!".

Quando passaram no Cine Recreio *A Dama das Camélias* em versão modernizada, com a Nazimova no papel de Margarida Gautier e Valentino no de Armando Duval, o cinema teve uma enchente tão grande que a empresa foi obrigada a exibir de novo o filme no dia seguinte, coisa que raramente acontecia.

Nos sermões dominicais o vigário pregava contra o cinema americano. "Por que não nos mandam mais fitas *egzemplares* como o *Honrarás tua mamãe?*". E insinuava que toda a imoralidade que se irradiava da América do Norte naquelas películas era o resultado duma maquinação protestante com a finalidade de solapar os alicerces da sociedade católica do resto do mundo. E o rev. Robert E. Dobson de seu púlpito replicava, negando que Hollywood fosse o porta-voz do protestantismo dos Estados Unidos. E ele próprio deblaterava, à sua maneira vaga de palha e cinza, contra os excessos e imoralidades da vida moderna, invocando a trágica lição de Sodoma e Gomorra.

O último Carnaval oferecera boa oportunidade para quem quisesse observar até que ponto tinham mudado os costumes de Santa Fé. Durante o dia, apareceram nas ruas mascarados tristes e desenxabidos, como de costume. Ao entardecer surgiram de todos os quadrantes da cidade os ranchos, uns de "gente branca" e outros de "gente de cor". Os primeiros eram em geral sem graça nem ritmo. Os segundos exibiam as melhores balizas, as melhores orquestras, canções e fantasias. Para não quebrar a tradição, o alfaiate Padilha travestiu-se de mulher, e saiu a passear pelas ruas centrais num automóvel de tolda arriada.

A "melhor sociedade" se reservava para o *bal masqué* do Comercial. O da Terça-Feira Gorda foi o mais memorável de todos. Houve como sempre uma competição nas fantasias entre as moças das famílias mais ricas. Chamou logo a atenção uma Mme. Pompadour decotadíssima (forasteira). Havia odaliscas, baiaderas, húngaras, damas antigas; apaches, tiroleses, caipiras, índios, dominós de várias cores; e os eternos pierrôs. Um funcionário de banco ostentava um turbante de seda branca. (Valentino em *O jovem rajá*.) Um caixeiro de loja suava sob um albornoz. (Valentino em *O sheik*.) Esmeralda — a quem um maldizente chamara "a adúltera oficial da cidade" — estava fantasiada de baralho, e mostrava os joelhos, tão curta era a sua saia. Passou a noite a puxar dum lado para outro, como a um boneco de pano, o manzanza do Pinto, seu marido.

A orquestra do Meio-Quilo desde o início do baile foi repudiada pela maioria, de sorte que o Jazz Mim berrou a noite inteira marchinhas, sambas e choros nacionais, para a alegria da velha guarda. A forasteira (contou-se mais tarde num murmúrio de escândalo) chegara a dar alguns passos de *shimmy* ali em pleno salão do Comercial, sacudindo os peitos. Vários rapazes tomaram bebedeiras de éter e caíram no soalho, em coma. Outros tomaram porres de champanha ou chope. Travaram-se também entre os homens as costumeiras e ferozes batalhas de lança-perfume, em que cada qual procurava alvejar com o esguicho de éter os olhos do adversário, até tirá-lo fora de combate. Houve entreveros, atracações a sopapos, e um filho do Cervi teve o pulso cortado pelos cacos dum tubo de lança-perfume que se partira no auge da refrega.

Mariquinhas Matos, porém, manteve a linha. Fantasiada de castelã medieval, dançou de "par efetivo" com o novo fiscal de imposto de consumo recém-chegado à terra. Era um moço muito correto, de Belém do Pará. Trajava *smoking* e semiescondia o rosto sob a meia-máscara preta. Gioconda procurou exibir cultura. Assinava o *Para Todos*, deliciava-se com os almofadinhas e as melindrosas desenhados por J. Carlos e adorava as crônicas de Álvaro Moreyra. Seu poeta predileto era Olegário Mariano — declarou ela ao fiscal. Já leu *As Últimas Cigarras?* O moço não tinha lido.

— Prefiro a poesia moderna, senhorita.
— Ora, nem diga!

O fiscal era exímio no passo de camelo. A propósito dum pierrô cor-de-rosa, que fazia piruetas no meio do salão, a Gioconda recitou ao ouvido do par:

> *Sob a pele de alvaiade*
> *Pierrô tem alma também,*
> *Não compreende o que é saudade*
> *Mas tem saudade de alguém.*

Enlaçando com a mão direita a cintura de Mariquinhas e com a esquerda segurando o lança-perfume e irrigando com heliotrópio o longo pescoço da moça, o paraense atacou Olegário Mariano e os outros poetas passadistas. Eram os homens dum mundo que morria — disse. — Convencionais, acadêmicos, artificiais. A srta. Maria devia voltar-se para as vozes novas e originais que se erguiam no Brasil e no resto do mundo, na era dinâmica e vertiginosa do rádio, do automóvel e do avião!

A Gioconda sorria, encolhia-se, de olhos cerrados. Quando a música parou por um instante, o fiscal arrastou sua castelã para a área aberta do clube, sentou-se com ela a uma mesa, pediu cerveja e depois, com bolhas de espuma no bigode de galã, recitou-lhe em meio do pandemônio um poema de Oswald de Andrade.

— Mas isso é loucura! — exclamou Mariquinhas Matos. — Não tem metro, não tem rima, não tem nexo!

— Qual! É muito boa poesia — sorriu o moço. — É questão da gente se habituar e nos desintoxicarmos do nosso olavobilaquismo.

No fim da semana seguinte *A Voz da Serra* publicou um artigo do fiscal em que ele tentava explicar o sentido do modernismo. O promotor público, um velhote natural de São Paulo, e que dizia ter frequentado "a roda do Bilac", tomou as dores do "passadismo" e respondeu ao artigo, num tom entre irônico e agressivo. O paraense treplicou no mesmo tom. Alguns jovens da cidade que tinham o hábito da leitura, solidarizaram-se com o fiscal, ao passo que a maioria ficava do lado do promotor.

O melhor comentário sobre a polêmica veio do Liroca. Quando lhe explicaram do que se tratava, exclamou: "Xô égua!".

"Santa Fé civiliza-se", escreveu Amintas Camacho num de seus editoriais. Falou nas modas, nas danças "deste nosso século dinâmico e trepidante", nos automóveis de modelo novo que chegavam à cidade. "Ninguém pode deter o carro do Progresso", concluiu.

— Fresco progresso — resmungou Stein. — Enquanto essas meninas ricas botam dinheiro fora em vestidos, pinturas e automóveis, os pobres do Barro Preto, do Purgatório e da Sibéria continuam na sua miséria crônica. A mortalidade infantil aumenta. A tuberculose se alastra.

— É a vida — filosofou Tio Bicho.
— Não — replicou Stein. — É a morte.

25

Fazia mais de seis meses que Rodrigo não recebia notícias, quer diretas quer indiretas do irmão. Assaltavam-no agora com frequência acessos de melancolia. Vinham-lhe pensamentos tétricos. Imaginava Bio morto no meio da selva, o rosto coberto de moscas, como o do cadáver insepulto que ele encontrara um dia abandonado no campo, durante a campanha de 23. Uma noite sonhou que andava com o corpo de Bio nas costas, no meio dum matagal, à procura dum lugar para enterrá-lo, o que não conseguia, porque o chão daquela selva escura era de pedra. No entanto, a marcha tinha de continuar, o cheiro do morto se fazia cada vez mais ativo, as moscas lhe enxameavam ao redor do corpo, mas ele, Rodrigo, continuava a andar e a buscar, porque se sentia no dever de sepultar o irmão que misteriosamente era ao mesmo tempo seu pai e seu filho...

Acordou impressionado e passou o dia com aquela sensação de desastre.

Havia momentos em que identificava Toríbio com Alicinha e vinham-lhe fantasias que em vão procurava esconjurar. Via o irmão cruzando o mato a cavalo, levando a menina na garupa... Ou então ambos caídos lado a lado, apodrecendo na boca duma picada, devorados pelos urubus. Eram imagens que com maior ou menor intensidade lhe ensombreciam horas inteiras.

Duma feita lhe veio com tanta força a certeza de que Toríbio estava morto, que, não podendo reprimir as lágrimas, saiu de casa precipitadamente para que Flora e Maria Valéria não o vissem chorar. Saiu a caminhar pelas ruas menos movimentadas, procurando evitar conhecidos. Encontrou quem menos desejava: o sarg. Sucupira. Depois de saudá-lo com cordialidade patriarcal, o médium olhou fixamente para ele e murmurou:

— O senhor está sendo seguido por alguém...
— Não me diga nada! — gritou Rodrigo.

E precipitou-se rua abaixo, em ritmo de fuga.

Às vezes, porém, passava longos períodos de otimismo e até de entusiasmo. Pensava em Toríbio, imaginava-o na vanguarda da Coluna ao lado de João Alberto, barbudo e seminu, abrindo picadas a facão... Sorria e murmurava: "Esse Bio é das arábias...". Não raro lhe vinha um vago sentimento de culpa por não estar ao lado dele. Podia parecer aos outros uma covardia ficar em casa, abrigado de agruras e perigos, enquanto o outro Cambará macho arriscava a vida naquela marcha, que já agora começava a assumir cores lendárias.

Em vão procurava nos jornais notícias da coluna revolucionária. Não encontrava quase nada. O *Correio do Povo*, sob o título morno de "O movimento sedicioso", dedicava-lhe quando muito quinze ou vinte linhas: movimento de tropas no estado, dissolução de corpos auxiliares, e lá de quando em quando uma notícia direta da Coluna. A última informava que, depois de ter invadido o Paraguai em fins de agosto, os sediciosos haviam tornado a entrar no Brasil pelo Mato Grosso, encetando uma marcha na direção de Goiás, sempre perseguidos por tropas legalistas dez vezes mais numerosas.

Naquele princípio de primavera chegaram notícias a Rodrigo por intermédio de amigos que simpatizavam com o movimento. Isidoro Dias Lopes, por causa da idade avançada, emigrara para a Argentina, de onde continuaria trabalhando pela revolução. Comissionado em general, Miguel Costa comandava a Coluna. Luiz Carlos Prestes, agora coronel, era chefe do Estado-Maior. Mesmo de longe Rodrigo sentia, como milhares de outros brasileiros, a personalidade magnética do capitão-engenheiro do batalhão de Santo Ângelo. Ninguém dizia ou escrevia "a Coluna Miguel Costa", mas sim a "Coluna Prestes".

Um dia alguém perguntou a Rodrigo:

— Que é que quer essa gente?

A resposta veio pronta e inflamada:

— Manter aceso o facho da revolução. Galvanizar a opinião pública. Esbofetear com essa marcha épica a cara desavergonhada desta nação de eunucos!

Irritava-se ao saber que os revolucionários eram recebidos à bala pelas populações das vilas e cidades do Mato Grosso por onde passavam.

— É o cúmulo! — vociferava. — Essa gente então não compreende que a Coluna Prestes está lutando por ela, é a sua única esperança de libertação? Pobre país!

— O povo não merece o sacrifício — sentenciou Liroca, que estava num de seus dias de descrença cívica.

Em princípios de outubro Rodrigo jogava pôquer uma noite no Comercial com o Calgembrino, o Juquinha Macedo e o promotor público, quando o Quica Ventura, que vinha do telégrafo, lhes deu a notícia de que o gen. Honório Lemes, que tinha invadido o estado havia poucos dias com um grupo de revolucionários, fora derrotado e aprisionado com toda a sua oficialidade pelas forças do deputado Flores da Cunha.

Rodrigo atirou as cartas na mesa, ergueu os olhos para o Quica e pediu pormenores.

— A coisa se deu no passo da Conceição. Da gente do Honório, quem não morreu à bala se atirou no rio e morreu afogado. Eu sabia que isso tinha de acontecer. O velho, desde que voltou do Uruguai, quando não andava correndo, se enfurnava no Caverá...

Rodrigo soltou um suspiro. Mexeu com calma aparente o café que o empregado do bufê acabava de lhe servir, e tomou um gole com ar distraído.

— Mais um ídolo que se vai... — murmurou o promotor.

Rodrigo sacudiu lentamente a cabeça, penalizado.

— Que necessidade tinha o general Honório de se meter nessa história, se não estava preparado? Que esperava fazer com seu grupinho? Com que apoio contava? É uma lástima...

O promotor referiu-se então, em tom apocalíptico, aos desastres nacionais dos últimos meses. A Coluna Prestes embrenhada no interior de Mato Grosso... ou Goiás, não se sabia ao certo — sempre perseguida pelos legalistas e hostilizada pelas populações civis das zonas que cruzava. Em setembro a Convenção Nacional escolhera como candidato oficial à presidência da República o dr. Washington Luís, homem do agrado de Bernardes.

Rodrigo rapou com a colherinha o açúcar que ficara no fundo da xícara e lambeu-a.

— Somos todos uns capados — disse o Calgembrino, apertando o cigarro entre os dentinhos enegrecidos. — O Bernardes montou a cavalo no país, governou com estado de sítio, fez gato e sapato do Exército, não se afrouxou pros revolucionários, vai terminar o quatriênio de cabeça erguida e ainda por cima nos impinge um candidato!

— Pior que isso — aduziu o promotor, brincando com o baralho. — Vai conseguir reformar a Constituição de 1891 a seu bel-prazer, dando mais força ao governo da União para oprimir os estados e restringir as garantias individuais, e tirando da alçada do júri o julgamento de crimes políticos. Vocês já imaginaram o poder com que, daqui por diante, ficará o chefe da nação? Estive lendo o projeto de reforma. O presidente terá a faculdade de rever, aceitar ou rejeitar em parte ou no todo o orçamento da República!

— E a reforma vai ser aprovada... — vaticinou Rodrigo. — Na Câmara e no Senado, com pouquíssimas exceções, são todos uns sabujos... O país está abúlico. A oposição nem vai apresentar candidato. É o fim de tudo.

O promotor continuou a enumeração dos horrores do bernardismo. Conhecia muito bem o assunto, conversara no Rio com pessoa muito ligada à polícia celerada do mal. Fontoura. Bernardes enchera todos os presídios com seus inimigos políticos: a ilha Rasa, a ilha Grande, a ilha da Trindade estavam superlotadas. E o supremo requinte era mandar os "criminosos políticos" para as regiões desertas e insalubres da Clevelândia — nome que adquirira uma conotação sinistra — e lá nesse fim de mundo o menor dos males que podiam acontecer ao prisioneiro era ser atacado de impaludismo.

O promotor olhou para os lados, inclinou-se sobre a mesa na direção de Rodrigo e, baixando a voz, disse:

— Vocês naturalmente leram nos jornais a versão do "suicídio" do Conrado Niemeyer... Suicídio coisa nenhuma! Assassínio. Sei de fonte segura que o homem foi atirado pela janela pelos esbirros do chefe de polícia. Agora me digam, aonde vamos parar?

Rodrigo ergueu-se. Era preciso fazer alguma coisa para sacudir o país. Mas com que recursos humanos? Em torno de quem? Onde? Como?

— Mais uma mão de pôquer? — convidou o Calgembrino.

— Não. Vou-me embora. Boa noite.

26

Às vezes parava diante do espelho, buscava cabelos brancos, arrancava com uma pinça os poucos que encontrava, examinava os olhos, punha a língua de fora, passava a ponta dos dedos pelas faces, tirava conclusões, dava-se conselhos, fazia-se promessas.

Olhos injetados... cara de bêbedo ou de bandido. Língua saburrosa, gosto amargo... Fígado. Hesitava entre as pílulas que Camerino lhe receitava e os chás de sabugueirinho-do-campo da Dinda.

Preciso deixar de beber. Tenho de fazer uma dieta rigorosa. (Começo na segunda-feira.) Estou já com excesso de peso.

Traçava um rígido programa de vida. Levantaria da cama às sete da manhã, faria ginástica de acordo com *O meu sistema*, de Müller, uma brochura que o ten. Rubim lhe dera em priscas eras. (Por onde andaria aquela alma napoleônica?) Aboliria a sesta. E as massas. E as sobremesas.

Era também com alguma frequência que se plantava na frente do próprio retrato, na sala de visitas, admirando-se como num espelho mágico que lhe refletisse não a imagem daquele momento, mas a de 1910.

Andava agora preocupado com o problema da idade. "Ano que vem, entro nos quarenta: o princípio do declive..." A ideia lhe causava uma sensação desagradável.

Sentia necessidade de encher a vida com algo de belo e grande e não apenas com aquelas satisfaçõezinhas e gloríolas cotidianas e municipais. Vivia num burgo parado e triste. O diabo era que não havia descoberto ainda o que queria. Talvez necessitasse mesmo dum grande amor, desses que fazem um homem consumir-se como uma sarça ardente.

Um dia, quando se abandonava a esses devaneios, ouviu a voz de Eduardo, vinda do andar superior, e de repente tomou consciência, dolorosamente, da alienação em que nos últimos tempos vivia com relação aos próprios filhos. Entregava a Flora e Maria Valéria a tarefa não só de educá-los como também de conviver com eles. Como resultado disso, estava adquirindo a condição de "hóspede" dentro de sua própria casa.

Veio-lhe então nesse dia um acesso de ternura temperado de remorso. Saiu para a rua, entrou na Casa Schultz, comprou brinquedos mecânicos para Jango, Eduardo, Bibi, Zeca e Sílvia, voltou para casa carregado de pacotes e projetos paternais, distribuiu presentes, com abraços e beijos, chamou Jango para um canto e puxou conversa sobre o Angico.

— Por que o vovô Babalo vendeu o zaino perneira que era da Alicinha? — perguntou o menino.

Rodrigo ficou surpreendido e sensibilizado. Não sabia de nada. Vovô Aderbal tinha feito mal em vender o animal de estimação da falecida sem consultá-lo. Jango fez outras perguntas. Por que não inventavam uma marca mais bonita "para o nosso gado"? Por exemplo, um estribo com uma cruz no meio...

— Vou pensar nisso — respondeu Rodrigo, sério.

— Papai, por que é que não temos um banheiro de carrapaticida mais grande? — tornou a indagar o menino.

— Maior — corrigiu-o o pai.

Agora lhe ocorria que andava alienado também dos assuntos da estância. Atirara toda a responsabilidade da administração do Angico para as costas do sogro e para isso lhe dera carta branca. Achava a situação a um tempo conveniente e constrangedora. Fosse como fosse, o velho, que administrara tão mal seus próprios negócios, a ponto de ir à bancarrota total, agora se revelava competentíssimo na capatazia do Angico.

Rodrigo dedicou os minutos que se seguiram a Eduardo, que, então com quase oito anos, tinha perdido o aspecto de touro xucro. Havia crescido, estava enxuto de carnes, desdentado e muito palrador. Sua amizade com Zeca continuava, mas tomara um rumo diferente. As lutas corporais eram menos constantes, embora as discrepâncias de opinião continuassem. Viviam discutindo: futebol, fitas de Tom Mix, histórias do *Tico-Tico*, tipos de automóvel... Quando a polêmica esquentava Edu procurava suplementar o discurso com o gesto — e as palavras como que se lhe amontoavam na boca, atropelando-se, cada qual querendo sair primeiro, e como resultado disso o menino gaguejava, furioso por não poder exprimir-se melhor. Como último recurso, voltava as costas ao interlocutor e afastava-se, pisando duro.

— Venha cá, meu filho.

Eduardo aproximou-se. Rodrigo fê-lo montar no próprio joelho, e, movendo a perna para dar a impressão de um cavalo a corcovear, exclamou:

— Upa, upa, cavalinho!

O menino teve uma reação inesperada. Deixou-se ficar de corpo rígido, as mãos caídas, e lançou para o pai um olhar misto de estranheza e censura. Rodrigo, desconcertado, fez cessar o movimento da perna. Criou-se entre ambos uma atmosfera de gelo. Era como se a criança estivesse a pensar: "Que negócio é esse? Por que duma hora pra outra descobriu que sou seu filho?".

Rodrigo fez Eduardo "apear do cavalo", deu-lhe uma palmada leve nas nádegas e disse:

— Vá brincar.

Voltou-se para Bibi, que, sentada no soalho, lidava com um macaquinho mecânico:

— Quem é a filha mais querida do papai?

Nesse momento percebeu que o olhar crítico de Maria Valéria estava focado nele. Teve a desagradável impressão de ter sido apanhado numa mentira. Quem salvou a situação foi Sílvia, que se acercou dele, enlaçou-lhe o pescoço com os bracinhos magros e beijou-lhe as faces.

Rodrigo andava também preocupado com suas relações com Flora. Havia entre ambos algo que o intrigava e que ele não saberia definir com precisão. Duma coisa tinha certeza absoluta. Flora não demonstrava mais para com ele o carinho de outrora.

Ao casar-se, era pouco mais que uma menina, tanto de corpo como de espírito. Adquirira, ao entrar na casa dos trinta, uma esplêndida maturidade física, mas (essa era a impressão de Rodrigo) fora a morte da filha que lhe dera uma completa maturidade espiritual.

Era hoje uma criatura de aparência repousada. Depois dum prolongado luto, interessava-se de novo por vestidos. Havia pouco chegara a pedir ao marido permissão para cortar o cabelo. Rodrigo — sinceramente chocado pelo inesperado pedido — debatera-se então entre o desejo de mostrar-se simpático e dizer sim, e o impulso de gritar: "Minha mulher de cabelos cortados como qualquer dessas piguanchas modernas? Ah! Isso é que não!". Dera uma resposta evasiva: "Pois tu é que resolves, meu bem, os cabelos são teus". Flora sorrira, dera de ombros, e conservara os cabelos compridos.

A ideia de que a esposa o *adorava* sempre lhe fizera um grande bem. A suspeita de que agora ela pudesse ter deixado de amá-lo inquietava-o e chegava quase a exasperá-lo.

Flora já não era a mulher de antes, mesmo tendo-se em vista que jamais fora uma amante ardente. Além do velho pudor, da relutância em desnudar-se ou mesmo em demonstrar que fazia *aquilo* por prazer — agora ela tomava uma atitude que Rodrigo não podia nem queria compreender. Ficava numa imobilidade de estátua, não fazia um gesto voluntário, não dizia uma palavra. Obedecia apenas, mas como quem cumpre uma obrigação a um tempo grotesca e sórdida.

E Rodrigo, que jamais estivera com outra mulher sem ouvir dela um elogio à sua virilidade e à sua habilidade como amante, exasperava-se.

Mais de uma vez tentara discutir claramente o assunto, mas Flora gelava-o sempre com um olhar ou uma palavra, fugindo a qualquer verbalização do problema.

No mais, era a esposa perfeita. Solícita, sensata, boa companheira e — o que era raro nas pessoas dum modo geral — dotada de um humor inalterável, dum comportamento regular.

Via-se que os filhos a amavam. As criadas a respeitavam. Maria Valéria, que no princípio a hostilizara, fizera com ela, já havia anos, uma *entente cordiale* que — apesar da diferença de idade entre ambas — aos poucos se transformara numa dessas amizades em que o entendimento mútuo é de tal modo completo, que às vezes dispensa o uso de palavras.

Por mais que buscasse uma explicação para a atitude da mulher, Rodrigo só encontrava uma: ela sabia de suas aventuras amorosas.

O bom senso realista da mulher era outra coisa que de certo modo o irritava. Flora encarava a vida e o mundo com o espírito prático de d. Laurentina. Por outro lado, tinha para com as pessoas, os animais e as coisas uma ternura que não devia ter herdado da mãe, mas do velho Aderbal.

Mais duma vez, à hora das refeições, quando ele fazia uma observação qualquer, percebia uma troca de olhares entre a mulher e a tia, como se ambas se dissessem: "Conhecemos bem essa bisca". Isso não o agradava. A verdade, porém, era que naqueles anos de vida matrimonial Flora, com sua intuição feminina, aprendera a conhecê-lo de tal modo, que era como se ele fosse transparente. Sabia quando ele mentia ou quando escondia pensamentos ou sentimentos. O que Rodrigo sentia ao ver-se "descoberto" não era nada lisonjeiro para seu amor-próprio. Procurava então justificar-se perante si mesmo, dizendo-se: "Está bem. Sou como uma casa de vidro. É o que a gente ganha por não ser hipócrita ou dissimulador como tantos que andam por aí".

Mas a sensação de inferioridade diante de Flora e Maria Valéria continuava, e era tanto mais forte quanto mais ele pensava na sua superioridade cultural sobre ambas as mulheres.

Um dia em que o sogro lhe veio falar sobre umas reformas que introduzira no sistema de trabalho do Angico — alterando uns "modernismos" instituídos pelo Bio —, Rodrigo, que não andava de muito boa veia, refletiu: "Não mando mais nada na minha estância". E, como visse Flora e Maria Valéria a moverem-se no Sobrado como rainhas, mandando e desmandando, sem dependerem de sua aprovação ou de seu conselho, pensou: "Também não mando nada na minha casa". E meio em tom de brincadeira e meio a sério, num amuo que achava pueril mas nem por isso menos legítimo, chegou à conclusão que secretamente desejava: "Não há mais lugar para mim nem aqui nem no Angico. Logo, posso me ausentar numa longa viagem".

E de novo pensou em ir a Paris. Mas não foi. Porque o sogro, interpelado sobre se havia dinheiro disponível no momento, respondeu que "a côsa não anda lá pra que se diga".

27

Floriano escrevia todas as semanas. Rodrigo notara, despeitado, que o rapaz quase sempre dirigia suas cartas à mãe ou à Dinda, raramente a ele. Isso o levou a reflexões amargas. Seria que o velho Licurgo tinha razão quando afirmava que os filhos deviam ser educados à maneira antiga, mais no temor que no amor dos pais? "Trato meu filho como se fosse meu irmão e no entanto ele não me estima."

Lembrou-se da cena do capão... Mesmo assim não compreendia a atitude do rapaz para com ele. "Não amei menos o meu pai por saber que ele era amante da Ismália Caré."

Um dia, porém, chegou uma carta de Floriano dirigida a ele: "Estimado Pai". Por que não *querido* pai? O rapaz começava ordinariamente suas cartas com um "Minha muito querida Mãe". Bom. A coisa era assim desde que o mundo era mundo. Os filhos sempre foram mais apegados às mães.

Rodrigo assumiu perante si mesmo (e ao mesmo tempo se considerou um pouco farsante por isso) a atitude de mártir. É o que mereço. Bem feito!

Dentro dele, porém, vozes gritavam que não! que não! Ele não merecia aquele tratamento. Adorava os filhos. Era capaz de todos os sacrifícios por eles!

A carta encheu-o de orgulho. O estilo do rapaz melhorava dia a dia, tomando uma coloração literária cada vez mais acentuada. Floriano contava incidentes da vida colegial e era com um certo humor à Dickens que descrevia os professores, seus cacoetes, indumentária, cheiros e tom de voz.

Rodrigo levou a carta à casa de d. Revocata Assunção, que a leu, sorrindo.

— Eu não lhe disse que o rapaz tem veia literária? Uma bela carta. Mas quando escrever a ele, diga-lhe que "vem de aparecer" é galicismo. E como vão as notas?

— Excelentes. Nos primeiros meses, a senhora se lembra, o Floriano me tirou o terceiro e o quarto lugar na classe. Mandei dizer: "Precisas honrar o nome dos Cambarás. Quero que daqui por diante tires sempre o primeiro lugar, custe o que custar". Ele prometeu e tem cumprido. Uma pena é que as notas de matemática não sejam tão altas como as outras...

— Faça-o advogado — disse a mestra.

— É uma boa sugestão.

Ao despedir-se, d. Revocata manifestou sua indignação ante o caso noticiado pelos jornais de que um professor norte-americano fora processado e levado a júri pelo governo de seu estado por ter ensinado a evolução em sua escola, numa pequena cidade do Sul dos Estados Unidos.

— Como vê — concluiu ela —, os protestantes não são mais tolerantes nem mais avançados que os católicos. É o eterno crê ou morre. Imagine — disse em voz alta, como que falando para uma classe — mentir a essas pobres crianças que Deus fez o mundo e tudo quanto nele há em seis dias e descansou no sétimo, tendo tirado Eva duma costela de Adão!

Rodrigo sorriu.

— Cuidado, dona Revocata. Se a senhora ensinar aos seus alunos que o homem descende dos macacos, vamos ter barulho.

O pincenê da professora relampejou a um movimento brusco de sua cabeça.

— Se se meterem com a minha vida, arraso-os.

Floriano voltou para casa em meados de dezembro. Tinha feito excelentes exames. Rodrigo achou-o não só mais alto, e já com um jeito de homem, como também um pouco mais desembaraçado. Maria Valéria examinou-o da cabeça aos pés, fazendo perguntas. Gente direita no internato? Boa comida? Por que tanta brilhantina no cabelo? E que ideia tinha sido aquela de viajar de trem com roupa domingueira, tomando toda a poeira da estrada?

Pegou uma escova e começou a escovar o rapaz com uma eficiência agressiva. Flora olhava para o filho e sorria. Achava-o engraçadíssimo naquelas calças compridas. Parecia mesmo um "pinto calçudo", como dissera a Dinda. Que idade ingrata! Havia naquele menino de quinze anos, de cara pintada de espinhas e buço cerrado, um desengonçamento a um tempo cômico e comovedor. Uma permanente expressão de acanhamento tocava-lhe os olhos, que jamais se fixavam frontalmente no interlocutor. E a voz, santo Deus! Agora barítono, segundos depois tenor ou contralto — parecia uma torneira da qual jorrasse alternadamente água quente, morna e gelada.

Floriano não sabia onde botar as mãos, apoiava todo o peso do corpo ora numa perna ora noutra. Parecia não saber como tratar os irmãos. No primeiro momento procedeu como se fosse um estranho, um visitante de cerimônia naquela casa. Eduardo e Jango o miravam como a um bicho raro, pois o mano mais velho tinha vindo *sozinho* de trem, de Porto Alegre, e, além disso, falava inglês. E, quando o rapaz, só para fazer alguma coisa, passou a mão pela cabeça de Bibi, numa tímida carícia, a menina encolheu-se e começou a choramingar.

Floriano saiu a andar por toda a casa, olhando sala por sala, como quem mata saudades. Flora notou, sensibilizada, que o rapaz parava diante da porta do quarto da irmã morta, hesitava por um instante e depois continuava seu caminho, sem entrar. Subiu mais tarde para a água-furtada e lá ficou fechado um tempão.

Tiveram um Natal festivo. Rodrigo mandou armar no centro do quintal um pinheiro da altura dos pessegueiros maiores. Pendurou nele uma quantidade de rútilos enfeites de estanho e vidro — esferas, cones, estrelas, florões... Para iluminar a árvore, em vez de velas empregou lâmpadas elétricas de muitas cores.

Convidou meio mundo para a festa. Além do peru recheado da Laurinda e duma grande quantidade de empadas, pastéis e doces, havia sobre as mesas, no quintal, travessas cheias de passas de figo, de uva e de pêssego, nozes, castanhas, amêndoas e avelãs. E, como se tudo isso não bastasse, o anfitrião encarregou o Bento de preparar um churrasco de carne de ovelha.

Era uma noite morna e estrelada, de ar parado. Os jasmins-do-cabo temperavam o ar com a sacarina de sua fragrância. Vaga-lumes piscavam por entre as árvores. Um deles pousou na cabeça da mulher do pastor metodista e ali ficou a brilhar como um diamante num diadema. O rev. Dobson sorriu, contou à esposa o que se passava, e acrescentou: "*Don't move, dear. You look like a queen*". E ambos continuaram a beber a sua limonada.

Um gaiteiro trazido do Angico tocava toadas campeiras. Maria Valéria, como um almirante na ponte de comando da nau capitânia, fiscalizava o quintal, da janela dos fundos do casarão, dando ordens às negras e chinocas que serviam os convidados.

Sentada a uma mesa na companhia do juiz de comarca, d. Revocata comeu com muita dignidade uma costela de ovelha. Respingos de farinha pontilhavam o narigão do Liroca, que não afastava o olhar de Maria Valéria.

Júlio Schnitzler surgiu na sua fantasia de Papai Noel, mas não fez o sucesso dos anos anteriores. Jango nem mesmo sorriu ao vê-lo entrar pelo portão, com o saco de brinquedos às costas e soltando as suas gargalhadas estentóreas. Eduardo e Zeca trocaram cochichos: sabiam já da grande mistificação e nem sequer procuravam disfarçar. Só Bibi e Sílvia ainda se impressionaram um pouco com o espetáculo.

Chiru Mena desafiou o gaiteiro para trovar e, cercados de convivas, ficaram ambos uma hora inteira a improvisar, sob aplausos e risadas.

Stein passeava inquieto sob os pessegueiros. Tio Bicho não se afastou um minuto do barril de chope. Carbone trinchou o peru com habilidade cirúrgica e Santuzza serviu-o com sabedoria administrativa.

O Gabriel da farmácia excedeu-se na cerveja, ficou sentimental, abraçou Rodrigo, choramingando que queria voltar a ser empregado dele, porque a farmácia já não era a mesma dos velhos tempos... "Está bem, Gabriel, está bem", murmurava o ex-patrão, batendo nas costas do prático, que desatou a chorar, suplicando: "Doutor, não me abandone. Eu sou seu filho!".

— Um café forte sem açúcar pro Gabriel — pediu Rodrigo a Flora, que passava naquele momento.

E entregou o rapaz aos cuidados da mulher.

28

Rodrigo passou janeiro, fevereiro e parte de março no Angico com toda a família. Foram meses de bom tempo excepcional, com amplos céus, límpidos e rútilos. Um calor seco que começava por volta das dez da manhã, atingia seu auge entre meio-dia e três da tarde, mas depois se ia atenuando até esvair-se em noites frescas ou tépidas, pontilhadas de estrelas, grilos e vaga-lumes.

Tornou a encontrar um certo prazer na vida do campo. Saía para as invernadas em companhia do sogro, antes de nascer o sol, laçava, dirigia a peonada no aparte do gado e mais de uma vez teve discussões — rápidas e cordiais — com o velho Aderbal, a propósito de assuntos de trabalho. Dormia sestas mais curtas, comia moderadamente, lia muito e conseguira até terminar dois artigos políticos que tencionava mandar para o *Correio do Povo*.

A Antoninha Caré, que se casara, havia pouco, com um posteiro da estância dos Fagundes, tinha abandonado definitivamente o Angico. Rodrigo fez mais de uma visita nostálgica ao capão da Jacutinga. Deitava-se ao pé da árvore onde a cabocla costumava esperá-lo e ali se quedava a ruminar os muitos prazeres que ela lhe dera, e a esperar vaga e absurdamente o aparecimento duma outra mulher... Com as mãos trançadas contra a nuca, ficava a escutar o canto dos pássaros e a gritaria dos bugios. Observava, divertido, as piruetas que estes faziam, saltando de galho em galho nas altas árvores.

E, como as outras chinocas da estância, por sujas ou feias, lhe fossem intragáveis, Rodrigo pôde dar-se o luxo da monogamia. Retemperava-se ao sol do Angico, limpava os pulmões e a mente — achava ele — respirando aquele ar puro e verde. Tostava a pele, afinava a cintura, perdia a papada incipiente, recuperava a confiança em si mesmo. Era outro homem.

À tardinha levava as crianças para o banho na sanga. Era nessas horas que sentia mais que em qualquer outra a falta do irmão. Tinha, às vezes, a impressão perfeita de ouvir a voz do Bio ou os bufidos que ele costumava soltar quando emergia dum mergulho no poço. Curioso: o mundo sem Bio não só lhe parecia menos divertido como também menos seguro.

Por onde andaria aquela alma? Por que sertões, canhadas, desertos ou serras? Ferido? Prisioneiro? Vivo? Morto? Lançava essas perguntas mudas para o céu da tardinha. As crianças espadanavam na água ou gritavam sob a cascatinha. Os cavalos e petiços que os haviam trazido até ali pastavam em calma à beira da sanga.

Os jornais mais recentes que haviam chegado ao Angico noticiavam que a Coluna estava agora no Piauí, e que Prestes tinha sido promovido a general. Mais de mil e duzentas léguas de marcha! Era incrível...

Quando os Cambarás voltaram para a cidade, os jornais davam como certa a vitória de Washington Luís.

— O país está narcotizado! — disse Rodrigo a Roque Bandeira e Arão Stein, que haviam almoçado no Sobrado aquele dia. — A oposição nem sequer apresentou candidato. Enrolou a bandeira. Ensarilhou as armas. Entregou-se ao mineiro!

Eram quase duas da tarde e os três amigos conversavam na praça, à sombra da figueira.

— E o pior — observou Tio Bicho — é que ninguém está interessado em votar. Dizem que houve uma abstenção enorme em todo o território nacional.

Rodrigo abriu os jornais que Bento trouxera, havia pouco, da estação. Correu os olhos por todas as páginas e por fim exclamou:

— Nenhuma notícia sobre a Coluna Prestes! Que é que vocês me dizem a isso?

Roque Bandeira sorriu. Estava em mangas de camisa, sem gravata, e de colarinho aberto. Respirava com dificuldade, dando uma impressão de empanturramento.

— Digo que essa é uma maneira mágica de destruir os revolucionários: ignorar a existência deles.

— Atitude típica da burguesia — interveio Stein, mordendo um talo de grama. — Mete a cabeça na areia para não ver o perigo, para não enfrentar a realidade.

Rodrigo contou que estava pensando em escrever um artigo sobre Luiz Carlos Prestes, intitulado "A gênese dum herói".

— Vejam esse fenômeno milagroso. Os jornais se calam mas existe neste imenso país uma vasta, misteriosa rede de comunicações que veicula as notícias. É por meio dessa rede que se divulgam as proezas do general Prestes e de sua "Coluna fantasma". É uma espécie de jornal contra o qual nada pode a lei de imprensa do Bernardes. E vocês sabem que o povo nunca se engana...

Tio Bicho sacudiu a cabeçorra:

— Isso é poesia, doutor Rodrigo. Não há quem se engane mais que o povo. Essa história de *vox populi, vox Dei* é uma peta.

Rodrigo voltou-se para Stein:

— É impossível que neste ponto não concordes comigo, Arão! O povo conhece instintivamente o que é verdadeiro e bom.

A fronte alta e branca do judeu pregueava-se em rugas de preocupação.

— O povo pode enganar-se a curto prazo — disse ele, depois de breve reflexão. — Mas a longo prazo sempre acerta.

— Estás ouvindo? — exclamou Rodrigo, voltando-se para Bandeira, que estava agora escarrapachado no banco. — É isso que eu quero dizer. E o povo já pressentiu que o Prestes é um novo herói que surge. É por isso que lhe deram o cognome de Cavaleiro da Esperança.

— Novo herói? — repetiu Stein. — O senhor quer dizer "novo mito".

— Não me interessa a palavra. Mito, herói, lenda, seja o que for...

Rodrigo encontrava-se de pé diante do banco em que os dois rapazes estavam sentados. Um sol intenso iluminava a praça, as sombras eram manchas dum azul violáceo sobre o chão cor de sangue de boi.

— O Brasil é um país sem heróis. Esta é a tese do meu artigo. Os que temos estão mortos fisiológica e psicologicamente, vocês compreendem? Na história da humanidade vemos heróis que funcionam e heróis que não funcionam. Como exemplo dos que funcionam, para não sair do continente americano, mencionarei Lincoln, Juarez e Zapata. Há neles uma seiva vital que a morte e o tempo não conseguiram destruir. São citados, queridos e imitados como se ainda estivessem vivos...

Tio Bicho coçava o peito, olhando sempre para Rodrigo com seus olhos empapuçados e sonolentos.

— Agora vejam os nossos heróis — continuou o senhor do Sobrado. — Tiradentes... Não passa dum tema escolar. A monotonia, a falta de colorido dramático de nossos livros didáticos mataram a figura do inconfidente, empanaram o símbolo. Tomem o Duque de Caxias... era um homem austero, um ilustre militar, um estadista, et cetera e tal... Mas como é possível admirar ou amar um herói "fabricado"? Aí está! Nossos heróis são construídos, feitos sob medida, quando o verdadeiro herói tem que brotar espontaneamente do chão nativo, compreendem? Desse solo prodigioso que é a alma do povo... do... da... vocês sabem o que eu quero dizer... Tem de ser a consubstanciação, a personificação dum anseio popular. — Sorriu e perguntou: — Estou já em tom de discurso, não estou? De vez em quando o deputado ressurge dentro de mim.

— Devem ser as energias adquiridas no Angico — observou Bandeira, sorridente.

E Stein, muito sério:

— Num sistema socialista como o da Rússia soviética, o herói não é necessariamente o guerreiro e muito menos o general ou o fazedor de discursos. O herói é não só o homem do povo que morreu pela Causa, como também o que se distingue dia a dia no trabalho das fábricas ou das granjas coletivas.

— Besteira! — replicou Tio Bicho. — Queiram ou não queiram, o herói de vocês comunistas é o Lênin.

— Mas deixemos a Rússia — pediu Rodrigo, erguendo o braço. — Vamos falar de homens e coisas que estão mais perto de nós. Este pobre país desmoralizado estava precisando dum herói. Não podemos continuar falando nas glórias da Guerra do Paraguai. É ridículo. Vivemos numa mediocracia. Temos tido homens de coragem, de caracu, como o Epitácio e o próprio Bernardes, não nego. Mas no Brasil ninguém pode ser herói e ao mesmo tempo inquilino do Palácio do Catete. Faltou a esses dois homens a aura romântica da oposição ou a auréola do martírio...

— Lincoln foi presidente dos Estados Unidos... — lembrou Bandeira.

— Sim, mas Lincoln de certa maneira era da oposição. Opunha-se à escravatura e à secessão. Não te esqueças de que ele foi assassinado. E, que eu saiba, não mandou ninguém para a Clevelândia.

— Há outra coisa que agora me ocorre — aduziu Rodrigo. — Um povo anglo-saxônico como o dos Estados Unidos não podia deixar de ter um ídolo que fosse uma mistura de sábio, pastor protestante e humorista. Já essa castelhanada do resto da América precisa de heróis a cavalo, como Bolívar, San Martín e outros. Creio que é muito difícil encontrar nessas republiquetas hispano-americanas estátuas de heróis que não sejam equestres...

— Conhecem a história do cavalo de Zapata? — perguntou Bandeira. — Contam que quando o caudilho mexicano foi assassinado, seu cavalo branco conseguiu fugir para as montanhas, transformando-se num mito, numa espécie de símbolo imortal da ideia revolucionária.

— Aí está! Cada povo tem o herói que merece. O nosso tem de ser como Prestes, uma mescla de guerreiro e taumaturgo. Um dia um peão do Angico me perguntou: "Doutor, é verdade que esse tal de Prestes fura montanha?". Ouvi gente do povo dizer que o homenzinho tem o corpo fechado pra bala. Já se contam dele histórias fantásticas e absurdas, mas que dão uma medida de sua popularidade, que dia a dia aumenta...

— E a barba que ele deixou crescer, de certo modo ajuda a lenda... — observou Tio Bicho.

— Mas a coisa não para aí. Se para as massas Prestes oferece, talvez involuntariamente, essa face de taumaturgo (o devorador de distâncias, o furador de montanhas, o homem que está em cinco lugares ao mesmo tempo), para as elites ele apresenta outra face igualmente portentosa: a do homem de coragem e caráter, o matemático, o lógico, o incorruptível.

— E o que comove e impressiona muita gente — diz Bandeira — é o caráter de "causa perdida" que tem a sua revolução.

— Isso! — exclamou Rodrigo. — É o prestígio do martírio. Vocês conhecem página mais bela que essa na nossa história? Uma coluna de mil homens escassos, maltrapilhos e mal armados tenta acordar o gigante adormecido!

— Mas o gigante continua deitado em berço esplêndido... — observou Bandeira.

— Esplêndido? Os soldados da Coluna estão sentindo na própria carne que o berço tem muitos pontos em que não é nada esplêndido: serras e boqueirões e matagais medonhos, zonas em que imperam a seca, o impaludismo, o mal de Chagas, a fome, o banditismo... Prestes é o novo Pedro Álvares Cabral: está descobrindo o Brasil, meninos! Que grande aprendizado para todos esses bravos tenentes que estão com ele: o João Alberto, o Juarez Távora, o Cordeiro de Farias, o Siqueira Campos!... Deus queira que nenhum morra. Porque um dia espero vê-los anistiados e de volta às suas unidades. Poderão ainda fazer muita coisa por este povo desgraçado!

Tio Bicho abafou um bocejo.

— Vai dormir, vagabundo! — exclamou Rodrigo. — Porque eu também vou.

Stein, que ficara todo o tempo calado e pensativo, fez uma observação atrasada.

— Sim, cada povo tem o herói que merece. A Itália só podia ter um herói de ópera.

— Ópera-bufa — acrescentou Bandeira.

— Não me falem no Mussolini! — bradou Rodrigo. — No princípio simpatizei com o gringo, mas desde que esse canalha mandou matar o Matteotti e dissolveu os partidos políticos cortei relações com ele.

Tio Bicho ergueu-se.

— Eu gosto da maneira como o doutor Rodrigo fala no Mussolini — disse —, como se o *Duce* fosse um chefe político de Palmeira.

— Pois olha, Roque. Se o Mussolini fosse intendente de Palmeira ou Soledade, a esta hora já tinham passado a faca nesse patife. E era bem feito! Até logo. Vou sestear.

E saiu num marche-marche na direção do Sobrado.

29

Aquele — 1926 — foi um ano significativo na vida de Rodrigo Cambará. "O nosso amigo voltou a ser o que era", observou um dia o velho José Lírio. "E o Sobrado está de novo como nos velhos tempos." Tinha razão. Não havia quem não considerasse um privilégio entrar no casarão dos Cambarás, privar com seus moradores, beber os vinhos de sua adega e provar os quitutes de sua cozinha. Sempre que um forasteiro de certa importância chegava a Santa Fé, a primeira pergunta que se fazia sobre ele era: "Já foi ao Sobrado?".

Rodrigo andava eufórico, cheio de belos projetos. Seus artigos apareciam no *Correio do Povo*. Lia muitos livros, em geral de maneira incompleta, mas apesar disso discutia-os com os amigos, como se tivesse penetrado neles profundamente. Apanhava no ar as coisas que outros diziam e depois, com imaginação e audácia, dava-lhes novas roupagens e usava-as como suas na primeira oportunidade. Roque Bandeira, que observava o amigo com olho terno mas lúcido, costumava dizer em segredo a Stein que Rodrigo possuía a melhor "cultura de oitiva" de que ele tinha notícia. De resto, não seria esse um hábito bem brasileiro? O que havia entre nossos escritores, artistas e políticos — afirmava — não era propriamente cultura, mas um tênue verniz de ilustração. O brasileiro jamais tinha coragem de dizer "não sei". Em caso de dúvida, respondia com um "depende", que não só o livrava da necessidade de confessar a própria ignorância como também lhe dava tempo para achar uma saída.

Foi também naquele ano que Rodrigo se sentiu tomado do desejo de realizar grandes coisas. Um dia, da janela da água-furtada do Sobrado, contemplou as ruas e telhados de Santa Fé e murmurou para si mesmo: "Preciso ajudar minha terra e minha gente". E uma voz apagada dentro dele ciciou, maliciosa: "E a mim mesmo. Mas de que modo? Não se sentia com disposição de entrar na Intendência, subir ao gabinete de Zeca Prates e dizer: 'Meu amigo, tenho umas ideias sobre o nosso município e quero colaborar contigo'". Sua intenção podia ser mal interpretada. E, de resto, seria um gesto inútil. Depois de eleito, o irmão de Terêncio caíra na rotina. Murmurava-se — e devia ser verdade — que era manobrado pelo Laco Madruga, como um títere. As finanças municipais viviam num estado crônico de insolvência. Por esse lado, portanto, nada se podia fazer.

Às vezes Rodrigo perguntava-se a si mesmo se o melhor não seria atirar mais longe a lança da ambição, fazendo-a passar as fronteiras do município e do estado. Concluía que a maneira mais eficaz de melhorar Santa Fé era melhorar o Brasil. Pensava então numa deputação federal. Mas por que partido? Sentia-se no ar, sem ligações políticas.

Vinham-lhe então impaciências. A revolução estava perdida. Washington Luís eleito e reconhecido. O país teria provavelmente de aguentar mais quatro anos de estado de sítio, com a imprensa amordaçada, os presídios cheios de prisioneiros políticos e o povo acovardado ou indiferente.

Em princípios de junho daquele ano, Washington Luís visitou Porto Alegre, onde recebeu as homenagens do governo do estado. O trem especial que o levou de volta a São Paulo parou por meia hora na estação de Santa Fé, onde a oficialidade da Guarnição Federal, o intendente municipal e o que *A Voz da Serra* costumava chamar de "outras pessoas gradas", esperavam o presidente eleito. A plataforma estava atestada de curiosos. Ouviram-se alguns vivas um pouco frios. Liroca, Neco e Chiru lá estavam no meio da multidão, ostentando provocadoramente seus lenços vermelhos. A banda de música do Regimento de Infantaria tocava dobrados marciais com tamanho vigor, que se tinha a impressão que a coberta de zinco da plataforma ia voar pelos ares daquele tépido meio-dia de fins de outono.

Ladeado pelo intendente e pelo comandante da guarnição, Washington Luís sentou-se no banco traseiro dum automóvel de tolda arriada e foi levado a passear pela cidade em marcha lenta.

Da janela de sua casa, Rodrigo viu-os passar. E, como Zeca Prates lhe tivesse feito um aceno cordial e o comandante da guarnição uma continência, o presidente eleito voltou a cabeça para o Sobrado e tirou solenemente o chapéu. Rodrigo correspondeu efusivamente ao cumprimento. "Simpático, o filho da mãe!" E o auto não havia dobrado ainda a próxima esquina e ele já estava cheio duma alvoroçada esperança. Fosse como fosse, o Brasil ia ter um presidente que era um verdadeiro tipo de *gentleman*. A pera grisalha, a estatura, a discreta elegância, a postura digna, tudo isso lhe conferia um *physique du rôle*. Que diabo! Era impossível que um homem civilizado como aquele fosse continuar a política sórdida e despótica de Artur Bernardes. "Abro-lhe um crédito", decidiu Rodrigo, como se o futuro do próximo quatriênio dependesse exclusivamente de sua benevolência.

30

Aquele inverno o Sobrado entrou numa fase intensamente musical. Rodrigo, que no dizer de Maria Valéria vivia com "o comprador assanhado", mandou buscar em Porto Alegre uma radiola RCA que vira anunciada no *Correio do Povo*, e instalou-a no escritório. Uma noite, depois de tentativas infrutíferas — descargas, assobios e roncos — para apanhar alguma estação de Montevidéu ou Buenos Aires, perdeu a paciência e decidiu devolver o aparelho. Foi quando Roque Bandeira teve a lembrança de trazer ao Sobrado o Ervino Kunz, curioso em coisas de mecânica e eletricidade, e o primeiro representante em Santa Fé duma nova espécie de gente que se estava formando no mundo: o "radiomaníaco". O alemãozinho corrigiu a antena, mexeu uns botões e de súbito conseguiu o milagre. Ouviu-se uma voz de homem, clara, grave, cheia, falando espanhol. Pouco depois os acordes dum tango arrastavam-se, gemebundos, na sala.

O rosto de Rodrigo iluminou-se. Mas as reações entre os que o cercavam naquela noite foram as mais diversas. Para as crianças a coisa toda positivamente cheirava a magia. Segundo Chiru, tudo aquilo era apenas "mais uma tramoia dos americanos para tirar o nosso dinheiro". Liroca olhava o "bicho" com prevenção, vagamente desconfiado — como confessou depois — de que o negócio não passava dum truque, e de que devia haver um disco de gramofone escondido dentro do aparelho.

Rodrigo achava que com a radiola o Sobrado ganhava dimensões novas.

— De tempo e espaço — sorriu Tio Bicho.

— Exatamente. Novas geografias me entram agora pela casa. O Sobrado se universaliza. Há também um progresso dentro do tempo. Antes, vários dias de viagem nos separavam dessas vozes e músicas platinas. Agora apenas segundos. Segundos? Qual!

Explicou aos amigos que eles ali no Sobrado ouviam a música daquela orquestra ao mesmo, ao mesmíssimo tempo que as pessoas que se encontravam no estúdio da *broadcasting* em Buenos Aires.

— Xô égua! — resmungou o Liroca.

Rodrigo não cessava de mexer nos botões. Lá vinha de novo a estática, os assobios que — como disse o Bandeira — davam a impressão de que demônios alucinados andavam pelo espaço a vaiar a Terra e a humanidade. Mas de súbito, contra o fundo caótico e cacofônico, desenhou-se nítida e cristalina a voz duma soprano.

— A "ária da loucura" — exclamou Rodrigo, excitado.

Olhou orgulhoso para os outros. Depois recostou-se no respaldo da poltrona e cerrou os olhos. Não era maravilhoso — pensou — que no casarão onde outrora sua avó Luzia dedilhara sua cítara estivessem agora ouvindo aquela voz e aquela melodia?

Stein sacudiu a cabeça. Sim, era tudo muito bonito. Santa Fé recebia aquelas expressões do progresso mecânico, mas havia ainda seres humanos que morriam de frio e de fome no Barro Preto, no Purgatório e na Sibéria.

— Todo o mundo sabe — observou Tio Bicho — que o progresso não é uniforme... e que não tem coração.

— Silêncio! — exigiu Rodrigo.

Durante aquele inverno, em que a radiola lhe tornou possível ouvir a temporada lírica do Teatro Colón de Buenos Aires, Rodrigo tornou a descobrir o quanto gostava de ópera. Como podia ter adormecido nele tão completamente aquela paixão?

Deixou de ir ao clube à noite, como fora seu hábito naqueles dois últimos anos. Agora, mal terminava o jantar, acendia um charuto, sentava-se na frente do rádio e ficava tentando captar as vozes e melodias que andavam pelo espaço.

Trazia amigos para casa, acomodava-os no escritório, dava-lhes vinhos e licores e, segundo a expressão de Flora, "queria obrigá-los a gostar de ópera a gritos e sopapos".

Uma noite, não conseguindo conter a impaciência diante daquela "cantoria", que não podia entender nem amar, Chiru Mena puxou conversa com Neco Rosa.

— Cala essa boca, animal! — explodiu Rodrigo. — Se não gostas de boa música, vai lá pra cozinha conversar com a negrada.

Chiru saiu, vermelho de indignação e vergonha. (Estavam presentes pessoas com quem não tinha intimidade.) Neco seguiu-o pouco depois. Por fim o velho Liroca também se esgueirou para fora do escritório, na ponta dos pés.

Desapontado, Rodrigo verificou um dia que "a rodinha da ópera" ficara reduzida apenas aos Carbone, que assim mesmo começavam a criar-lhe problemas. Como soubessem de cor a maioria dos trechos líricos, nunca se limitavam a ouvir, mas cantavam junto com os intérpretes. Quando chegava o momento de algum dueto importante, Santuzza e o marido erguiam-se de suas cadeiras e vocalizavam e representavam cenas inteiras.

Na noite em que levaram no Colón *La bohème*, a ópera favorita de Rodrigo, o sacrilégio chegou ao auge. Quando Mimi e Rodolfo, no palco do teatro municipal portenho, e Carlo e Santuzza, no escritório da casa dos Cambarás, cantavam simultaneamente o apaixonado dueto do final do primeiro ato, Rodrigo não se conteve, apagou bruscamente a radiola e exclamou:

— Me desculpem! Ou vocês ou eles. O Colón ou o Sobrado. As duas coisas ao mesmo tempo é que não pode ser!

Foi também naquele inverno que a voga da "vitrola ortofônica" e do disco tomou conta de Santa Fé. José Kern, que havia pouco abrira a sua Casa Edison, foi o responsável, ou melhor, um dos instrumentos da nova mania. Vendeu dezenas de vitrolas e centenas de discos à maioria dos fazendeiros de Santa Fé, gente que em geral só pagava suas contas uma vez por ano, na época da safra. E, inaugurando na cidade e no interior do município o sistema de vendas a prestações (que o velho Babalo achou imoral), permitiu que funcionários públicos, comerciantes menores e até empregados do comércio pudessem adquirir aquelas máquinas que iam aos poucos lançando no olvido ou no ridículo os gramofones de modelo antigo.

Stein comentou o fenômeno com uma ira de profeta bíblico. Era o cúmulo do absurdo! Pessoas que viviam sem nenhum dos confortos mais elementares da existência, em casas sem água corrente, em que as latrinas ou eram de cubos ou não passavam de fétidas fossas abertas no solo — compravam aqueles aparelhos entre cujos preços e suas rendas havia uma desproporção colossal.

— É assim que vai se fazendo sentir a garra do imperialismo ianque — dizia ele. — São os automóveis, os rádios, a gasolina, os gramofones... Aos poucos vamos nos transformando numa colônia dos Estados Unidos!

Nossa urbe agora vive cheia de música — escreveu o cronista d'*A Voz da Serra*. — *O disco, que havia morrido entre nós, ressuscita.*

As vitrolas da Casa Edison atiravam para a rua os dobrados marciais da Sousa's Band. E a voz de Claudia Muzzio, a morrer tuberculosa no último ato de *La traviata*, mais de uma vez chegou aos ouvidos indiferentes de muito caboclo que passava na rua a cavalo, pitando o seu crioulo. Mariquinhas Matos ficava em êxtase ouvindo Miguel Fleta cantar o *Ay-ay-ay!*. O Quica Ventura sentia-se insultado quando ouvia os guinchos, roncos e batidas dum *jazz-band*. Pensava em reunir gente para empastelar a Casa Edison e dar uma sova no Kern. As meninas do cel. Prates eram loucas pelo Tito Schipa. E muita gente agora cantarolava ou assobiava a "Valencia", inclusive Rodrigo Cambará, que se tomara de amores pela melodia, que lhe evocava a cálida e luminosa Espanha que ele encontrara e amara nos romances de Blasco Ibáñez. Contava-se que o próprio dr. Carlo Carbone fizera recentemente a ablação do rim dum paciente cantarolando durante toda a operação o *Garibaldi pum!*.

Nas reuniões do Comercial, agora animadas como nunca, o Jazz Mim tocava as músicas da moda. E jovens pares, sob o olhar escandalizado das comadres — as meninas com as saias pelos joelhos, os rapazes com seus "casaquinhos de pular cerca" e suas calças bocas de sino dançavam furiosamente o *charleston*.

Rodrigo comprou a maior vitrola que o Kern tinha à venda: uma Credenza de aspecto monumental, em estilo Renascimento. Levou-a para casa com algumas dezenas de discos e duma feita tocou vinte vezes seguidas a "Valencia"; e como a Leocádia continuasse a cantarolar a música na cozinha, com sua voz estrídula, Rodrigo, tomado dum súbito enjoo da melodia, quebrou o disco e atirou os cacos pela janela.

Por uma semana o rádio ficou esquecido no escritório, enquanto o dono da casa e os amigos davam toda atenção à Credenza, que fora entronizada na sala de visitas e que durante horas ("Prestem atenção aos graves... Não é um colosso? Parece que os cantores estão aí dentro") tocou discos de Chaliapin, Titta Ruffo, Galli-Curci, Tetrazzini...

Tio Bicho um dia confessou seu desamor à ópera.

— És um ignorante — disse Rodrigo. — De que gostas então?

— Ora, de Beethoven, para começar...

Rodrigo foi à Casa Edison e voltou de lá com uma pilha de discos com músicas de Beethoven, e uma noite quase os atirou na cara do Bandeira.

— Toma! Empanturra-te de Beethoven. Eu fico com o *bel canto*.

Voltou para junto da radiola.

Stein considerava a ópera uma expressão musical da burguesia. De resto achava que a música, como a religião, era uma espécie de ópio.

Maria Valéria olhava para todas aquelas máquinas, danças, músicas e modas com um olho antigo e moralista. Por aqueles dias vieram à tona em Santa Fé alguns fatos escandalosos. Quinota, a única filha solteira do finado cel. Cacique Fagundes, fugira de casa com um homem casado. Um empregado dos Spielvogel dera um desfalque na firma e emigrara para a Argentina. No Barro Preto uma mocinha abandonada pelo homem que a seduzira, prendera fogo nas vestes e morrera queimada.

Contava-se também que no Comercial os rapazes dançavam praticamente grudados aos corpos das moças, fazendo movimentos indecentes. Maria Valéria atribuía todas essas poucas-vergonhas às influências maléficas do gramofone, do rádio e do cinema, às quais Aderbal Quadros, igualmente alarmado ante a dissolução dos costumes, ajuntava as do automóvel, do aeroplano e do futebol.

Foi também em fins daquele triste e frio agosto que chegou a Santa Fé a notícia da morte de Rodolfo Valentino. O clube de suas admiradoras mandou rezar uma missa de sétimo dia em intenção à alma do patrono. A Gioconda saiu da igreja com os olhos vermelhos de tanto chorar. Uma de suas consócias desmaiou na calçada, à frente da Matriz. Alguns rapazes despeitados, que esperavam na rua o fim da cerimônia, romperam numa vaia às "viuvinhas do Vaselina".

Maria Valéria assistia à cena de uma das janelas do Sobrado, achando tudo aquilo uma pouca-vergonha. E, quando viu d. Vanja sair também da igreja, de mantilha preta na cabeça, a enxugar os olhos com seu lencinho de renda, murmurou: "O desfrute!". E fechou bruscamente a janela.

31

No dia em que completou quarenta anos, Rodrigo acordou sombrio como o céu daquela ventosa manhã de outubro. Recebeu sem entusiasmo os abraços e presentes dos membros de sua família e, durante todo o dia, plantou-se muitas vezes na frente do espelho, a examinar o rosto com um interesse cheio de apreensão.

Quando Flora lhe perguntou se ia convidar os amigos para virem à noite ao Sobrado, respondeu:

— Não convidei ninguém. Não há motivo para festa.

Os amigos, porém, vieram e encheram a casa. O aniversariante a princípio permaneceu calado e de cara amarrada, mas não tardou a entrar num "porre suave" de champanha, que o tornou loquaz e cordial como de costume. Discutiu sociologia e política com Terêncio Prates, que, recém-chegado de Paris, estava cheio de ideias e projetos. E, como Chiru Mena, em dado momento da conversação, manifestasse suas simpatias pela Liga Cívica Rio-Grandense, fundada havia pouco em Porto Alegre, "para fomentar os ideais separatistas", Rodrigo ergueu um dedo acusador e bradou-lhe na cara:

— O separatismo é um crime de lesa-pátria!

Chiru apelou para o dr. Terêncio. Não achava ele que o Rio Grande sempre fora preterido no cenário político nacional em que a última palavra ficava sempre com o bloco formado por São Paulo e Minas Gerais? Não lhe parecia também que desde o Império se fazia tudo pelo café e pouco ou nada pela pecuária? O charque fora a gaita no século passado, e agora estava ameaçado da mesma sorte. A má vontade do resto do país para com o Rio Grande era tão evidente que, quando se tratava de descobrir o desenho para um escudo do estado, um jornalista "não gaúcho" oferecera uma sugestão maldosa:

> *Nuvens negras no horizonte,*
> *De cima a baixo um corisco,*
> *O busto de Augusto Comte*
> *E a faca do João Francisco.*

— Mas é perfeito! — exclamou Tio Bicho, soltando uma risada.

Terêncio estava sério. Não era homem que brincasse com aqueles assuntos. Rodrigo chegou à conclusão de que o amigo não tinha o menor senso de humor. O estancieiro-sociólogo concordava que o Rio Grande constituía uma cultura à parte do resto do Brasil, mas na sua opinião a ideia separatista oferecia graves inconvenientes e perigos...

Do solene ventre da Credenza saía o vozeirão de Chaliapin, cantando a cena da morte de Dom Quixote. Ali na sala de visitas as mulheres estavam caladas, a escutar aquela voz que parecia doer dentro delas. Lágrimas escorriam pelas faces de boneca de d. Vanja. Sem conseguir esconder a comoção, Flora fungava, levava o lenço ao nariz, assoava-se. Santuzza, essa estava desfeita em pranto. Dom Quixote soluçava: "*Ma mère! Ma mère!*". A esposa de Terêncio Prates inclinou a cabeça para a dama que tinha a seu lado, e cochichou: "Ele está chamando a mãe". "Coitado!", disse a outra. Os seios da esposa do juiz de comarca arfavam de comoção. Só dois rostos se mantinham impassíveis, os olhos enxutos a fitarem meio agressivos a Credenza: o de Laurentina Quadros e o de Maria Valéria. Se as tristezas e incomodações da vida não conseguiam abatê-las, a troco de que santo haviam de comover-se com aqueles gritos e choros "em estrangeiro" que saíam do gramofone?

Dante Camerino apareceu mais tarde em companhia da noiva, a filha mais velha do Juquinha Macedo, ambos devidamente escoltados por uma tia solteirona da moça. Ninguém ignorava que os Macedos não faziam muito gosto naquele casamento, por causa da origem humilde do médico. "Afinal de contas, comadre, o rapaz foi engraxate, o pai dele é funileiro e, ainda por cima, calabrês... Tudo tem o seu limite, a senhora não acha?"

Fosse como fosse, o contrato de casamento se fizera, e agora ali estavam os noivos a um canto, de mãos dadas, encantados um com o outro. Liroca, que os observava com olho terno, segurou o braço de Rodrigo e murmurou-lhe ao ouvido: "Os rodeios se misturam no Rio Grande. Italiano casa com brasileiro. Alemão, com caboclo. Nas estâncias, nossos bois franqueiros e de chifre duro também estão se cruzando com gado indiano e europeu. Quero só ver no que vai dar tudo isso".

Rodrigo, porém, não lhe prestou atenção, pois continuava a discutir com os amigos as relações do Rio Grande com o resto do Brasil.

— Há um grande equívoco de nossos patrícios lá de cima com relação a nós, um equívoco que precisamos desfazer duma vez por todas. — Tornou a encher a taça de champanha. — Admiro o Euclides da Cunha e li *Os sertões* dez vezes — inventou, acreditando na própria mentira. — Mas não posso aceitar o paralelo que ele faz entre o sertanejo e o gaúcho, apresentando-nos como homens da primeira arrancada, que se acovardam quando encontram resistência. O Euclides esqueceu que os farrapos brigaram sozinhos contra o resto do país durante dez anos!

Tio Bicho, que até então permanecera calado, interveio:

— Temos sempre vivido num isolacionismo psicológico com relação ao resto do Brasil, e isso se deve em grande parte a Júlio de Castilhos e à Carta de 14 de Julho.

— Carta essa — completou Rodrigo — que hoje está morta, enterrada e putrefata.

Terêncio brincava com a corrente do relógio, pensativo.

— Pois eu acho — disse — que o Tratado de Pedras Altas foi um erro pelo qual todos nós, republicanos e maragatos, ainda iremos pagar muito caro.

— Não diga isso! — protestou Chiru.

— Castilhos — prosseguiu o estancieiro — foi o único estadista de verdade que este país jamais produziu. Reconhecia a tese do presidencialismo como sistema constitucional, admitia o poder presidencial a coexistir com o legislativo, mas, notem bem, não concedia a este uma só partícula de sua autoridade executiva...

Rodrigo escutava com o ar de quem não dá crédito aos próprios ouvidos.

O outro acrescentou:

— O que o doutor Borges de Medeiros devia ter feito em 23 era renunciar e não permitir que nossa Carta fosse mutilada como foi.

Rodrigo não se conteve:

— Mas meu caro, depois de quase quatro anos de Paris tu ainda me vens com essas ideias retardatárias?!

Terêncio Prates sacudiu lentamente a cabeça:

— Toda a força e todo o prestígio do Rio Grande repousavam no espírito do castilhismo. A reforma da Constituição que vocês assistas conseguiram (e eu, que sou republicano, reconheço nisso uma grande vitória) vai afrouxar nossa disciplina partidária, vai talvez com o tempo desintegrar o partido que ajudou a fazer e a manter a República.

Rodrigo pousou a mão no ombro do conviva:

— Falas como um velho republicano para quem só existe um partido, um só chefe, um só espírito, um só objetivo.

Liroca olhava enviesado para Terêncio, como se este fosse uma cobra venenosa que de repente se lhe atravessasse no caminho. Rodrigo foi até a sala de visitas e mudou o disco. Quando voltou ao escritório, o sociólogo falava sobre a plataforma de governo de Washington Luís.

— O novo presidente está bem orientado. Em Paris estudou o plano Poincaré. Veio disposto a instituir e levar a cabo uma nova reforma financeira...

— O homem do cavanhaque — interrompeu-o Chiru — declarou que governar é construir estradas. Para o Epitácio era fazer açudes. Para o Bernardes prender gente, amordaçar a imprensa...

Sem tomar conhecimento da interrupção, Terêncio olhou para Rodrigo (pois era evidente que só a ele se dirigia) e disse:

— O plano do doutor Washington é conseguir o equilíbrio orçamentário, cortando as despesas supérfluas, regularizando a dívida externa, consolidando a flutuante, e evitando os abusos de crédito. Ele acha (e nisso tem toda a razão) que a causa do nosso caos financeiro, da nossa fraqueza econômica e da carestia da vida, são as variações bruscas do valor da nossa moeda.

Rodrigo bebeu um gole de champanha, estralou os lábios e perguntou:

— Mas tu acreditas, Terêncio, que podemos fazer essa reforma financeira com o Getulio Vargas no Ministério da Fazenda?

— E por que não?

— Vocês têm a memória muito fraca. Não faz muito, ofereceram ao Getulinho um lugar na Comissão de Finanças da Câmara e ele o recusou, alegando que não entendia patavina do assunto.

Cerca das onze horas, quando o último conviva se retirou, Rodrigo fechou-se no escritório com Neco e Chiru.

— Vamos fazer uma farrinha, hein? Que é que vocês acham?

— Hoje? — estranhou o Chiru.

— Hoje mais que nunca.

— Tu mandas, eu obedeço.

— E tu, Neco?

O barbeiro hesitou.

— E que é que vais dizer a dona Flora?

— Não te preocupes com o que vou dizer à minha mulher. O problema é meu.

— Pois então vamos.

Saíram quando o relógio grande batia as primeiras badaladas da meia-noite. Chuviscava e havia no vento uma qualidade mordente. Rodrigo, que caminhava entre os dois amigos, levantou a gola do impermeável.

— Quarenta anos — murmurou. — Parece mentira. Estou começando a descer pelo outro lado da coxilha.

— Não sejas bobo! — interrompeu-o Chiru. — Agora é que entramos numa idade bonita!

— Aonde é que vamos? Vocês sabem de alguma mulher nova na terra?

— Sugiro a Pensão da Virgínia — disse o barbeiro. — Tem "material" novo lá.

Foram. E aquela noite Rodrigo Cambará teve na sua cama duas raparigas cujas idades, somadas, mal davam a sua.

32

Nos primeiros dias de novembro, foi procurado por um chefe maragato de Palmeira, que entrou no Sobrado com ares de conspirador, pedindo-lhe "um particular". Foram para o escritório, sentaram-se, o visitante puxou um pigarro e murmurou:

— O "leicenço" vem a furo por estes dias, doutor.

— Que leicenço?

— Ué... Então o coronel Macedo não lhe disse nada? A revolução.

Rodrigo encarou em silêncio o caboclo que ali estava à sua frente, retaco e bigodudo, de bombachas, botas e esporas. De pernas abertas, mais parecia montado que sentado na poltrona.

— O coronel Macedo ainda não voltou da estância...

O maragato passou pelo rosto um lenço encardido. Seus olhos tinham uma expressão acanhada.

— Pois o general Zeca Neto vai invadir o estado pelo sul e o general Leonel Rocha pelo norte... Não sabia?

Foi a custo que Rodrigo reprimiu um palavrão. Uma súbita irritação, uma cálida, formigante impaciência tomou-lhe conta do corpo. Pôs-se a tamborilar com os dedos nos braços da poltrona. Irresponsáveis! Levianos! Estavam com a neurose da revolução. Brincavam com fogo. Que histórias teriam contado a Zeca Neto para que o bravo e digno velho, aos setenta e cinco anos, decidisse abandonar a paz da sua estância para se meter noutra campanha?

— Mas esse movimento está bem articulado? — indagou. — Com que apoio contam os senhores?

— Umas quantas Guarnições Federais vão se revoltar. Eu vim saber se podemos contar com os correligionários de Santa Fé.

Rodrigo ergueu-se com gana de mandar o revolucionário para o inferno.

— Não sou chefe político. Por que não fala com o coronel Amaral?

O visitante mirava-o num silêncio de estupor. O suor escorria-lhe pela face curtida.

— Já falei...

— E que foi que ele disse?

O palmeirense soltou uma risadinha seca.

— Disse que era macaco mui velho, não metia mais a mão em cumbuca.

Rodrigo mirava agora fixamente a fotografia dos Dezoito do Forte, pensando em Toríbio. O caboclo foi sacudido por um acesso de tosse que o deixou afogado, apopléctico, os olhos lacrimejantes.

— Acho que o coronel Amaral tem razão — disse Rodrigo, pondo-se a caminhar dum lado para outro, sem olhar para o interlocutor. — Sou também contra o movimento. Vai ser mais um sacrifício inútil de vidas. Não há clima para revolução. A Coluna Prestes mais dia menos dia se dissolve. Dentro de duas semanas o novo presidente toma posse... Os senhores deviam pelo menos esperar. O homem pode levantar o estado de sítio, conceder a anistia geral... tudo é possível.

O maragato sacudia a cabeça negativamente, ainda afogado, olhando aflito para o chão na vã procura duma escarradeira. Por um instante Rodrigo temeu que o homem escarrasse no soalho.

— O Washington Luís é um preposto do Bernardes — disse por fim o caboclo com voz sumida. — O que ele quer é ver a nossa caveira.

— E os senhores esperam com essa "invasão" impedir que o presidente seja empossado?

— E se toda a Guarnição Federal do Rio Grande se levantar?

— Admiro o seu otimismo, mas vou lhe ser franco. Não conte comigo.

O outro estava perplexo. Esfregava as coxas lentamente, com as palmas das mãos, como para alisar as bombachas. A cábula dava ao rosto daquele homem de cinquenta e poucos anos uma expressão juvenil. Ficou longo tempo em silêncio, como se tivesse perdido a fala.

Sentindo que estava sendo demasiadamente rude, Rodrigo procurou remediar a situação:

— Toma um mate, coronel?

Quis dar à voz um tom afetuoso, mas não conseguiu. A frase soou dura e áspera, como se tivesse convidado o outro a retirar-se.

— Não, gracias. Tenho que ir andando. Vou cantar noutra freguesia. Me desculpe, doutor...

Apertou a mão do dono da casa e encaminhou-se para a porta da rua, arrastando as esporas e ajeitando no pescoço o lenço encarnado.

Ainda havia tempo de fazer um gesto cordial — refletiu Rodrigo — ou de dizer algumas palavras amáveis de despedida... Não fez o gesto nem encontrou as palavras. Nem sequer acompanhou o outro até a porta. Permaneceu no alto da escada do vestíbulo, incapaz de reprimir ou pelo menos esconder a irritação que o visitante lhe causara. E o fato de estar irritado por uma situação que era menos grave que grotesca exasperava-o ainda mais.

Só depois que voltou para o escritório é que compreendeu por que aquela visita o deixara tão perturbado.

É que o caboclo, sem querer nem saber, lhe evocara os aspectos negativos da campanha de 23: a frustração das marchas e contramarchas, que na maioria das vezes nada mais eram que fugas: a desorganização das colunas, a imprevidência dos comandantes, a indisciplina dos comandados: a sujeira, o desconforto, o desperdício de vidas... Sim, o homem de Palmeira recendia a revolução. Sua presença enchera a sala com um fartum de suor humano muitas vezes dormido, misturado com cheiro de couro curtido, poeira e sarro de cigarro de palha... Esses odores se haviam transformado no espírito de Rodrigo em imagens que ele preferia esquecer. Miguel Ruas agonizante no saguão da Intendência, a morte a passar-lhe no rosto o último pó de arroz... O cadáver de Cantídio, os olhos exorbitados, o peito esmagado...

Rodrigo acendeu um cigarro, sentou-se, soltou uma baforada de fumaça como para esconder a mais terrível de todas as lembranças: seu pai lívido e arquejante, a afogar-se no próprio sangue. De olhos fechados, com uma fúria que lhe vinha do próprio terror, precipitou-se ao encontro do perigo, recordou frio aquela hora, minuciosamente. Tornou a sentir a mornidão do sangue do Velho no próprio peito, viu aqueles olhos que aos poucos se embaciavam, ouviu o pan-pan ritmado do moinho d'água... ruminou, enfim, a angústia daquela hora trágica.

Agora estava tudo claro. Quem na realidade recebera o maragato havia poucos minutos não fora ele, Rodrigo, mas Licurgo Cambará. O Velho falara pela sua boca. Mais ainda: o filho reagira ao convite do revolucionário com as idiossincrasias, os nervos, o corpo do pai. Por um instante pelo menos conseguira ressuscitar um morto.

Dias depois, Chiru entrou no Sobrado como uma ventania.
— A procissão está na rua, menino! — gritou. — O Leonel Rocha já anda tiroteando pras bandas da Vacaria. O velho Zeca Neto entrou por Uruguaiana...

Rodrigo escutou-o sem entusiasmo. Tirou do bolso um charuto, mordeu-lhe a ponta, prendeu-o entre os dentes e ficou a acendê-lo com uma lentidão deliberada.

— Senta, Chiru. Te acalma. Bebe um copo d'água. Tua revolução já morreu na casca.

— Morreu coisa nenhuma! Espera-se um levante na Guarnição Federal de Santa Maria e outro na de São Gabriel.

Minutos depois apareceu o velho Liroca, que se sentou a um canto do escritório e ficou a olhar para Rodrigo com uma ternura canina.

— Sabes quem é o chefe civil do movimento? — perguntou Chiru.
— O doutor Assis Brasil. Ele e o general Isidoro estão dirigindo a coisa de Montevidéu.

Rodrigo atirou a cabeça para trás e soltou a fumaça que retivera na boca por alguns segundos.

— Então? — perguntou com um sorriso sardônico — O nosso egrégio *chefe* está dirigindo a revolução a distância, não? Provavelmente do quarto do melhor hotel de Montevidéu, perfumadinho, barbeadinho, metido num *robe de chambre* de seda... Pois se é assim, amigo Chiru, não tenhamos dúvida, o movimento está vitorioso.

Chiru estava espantado.
— Homem, que bicho te mordeu?
Nesse momento entrou o Neco Rosa, olhou para o dono da casa e disse, grave:

— Estamos esperando as tuas ordens.

— Não sejam bobos — respondeu Rodrigo. — Não tenho ordens.

De seu canto, Liroca murmurou:

— Sou soldado disciplinado. Se me mandam pegar na espingarda e ir pra coxilha, obedeço.

Rodrigo lançou-lhe um olhar oblíquo e pensou: "Obedeces e depois te borras na hora do combate". Mas não disse nada. Havia algo de patético naquele velho asmático e frágil, que ainda sonhava com revoluções.

Naquele dia os três amigos retiraram-se juntos do Sobrado: Neco calado e digno, Chiru vermelho e a resmungar queixas, Liroca cabisbaixo, o peito sacudido de suspiros. Rodrigo ficou a acompanhá-los com o olhar, debruçado numa das janelas do casarão, já com a vaga sensação de havê-los abandonado e traído. E se eles estivessem com a razão? — perguntou a si mesmo, vendo-os desaparecer entre as árvores da praça. — E se aquela revolução tivesse estatura para vencer?

Sua dúvida, porém, foi de curta duração. Dias depois, leu nos jornais a notícia de que a coluna de Leonel Rocha tinha sido derrotada num combate em Bom Jesus pelas tropas legalistas e que Zeca Neto e seus homens haviam tornado a transpor a fronteira, internando-se na Argentina. Era o fim.

Esperou a visita dos amigos para lançar-lhes em rosto o clássico "Eu não disse?". Não teve, porém, oportunidade para isso, pois o Chiru uma tarde embarafustou Sobrado adentro, exclamando:

— Aposto a minha fortuna como o Washington Luís não toma posse!

Fez uma pausa dramática e encarou o amigo, esperando que ele perguntasse por quê, mas como Rodrigo se tivesse limitado a encolher os ombros, sem curiosidade, Chiru despejou a notícia:

— Revoltou-se a Guarnição Federal de Santa Maria, sob o comando de dois tenentes, os irmãos Etchegoyens! Estão combatendo na cidade, pois o Regimento da Brigada Militar não aderiu ao movimento. E há barulho também em São Gabriel. — Segurou com força o braço do amigo. — Tu sabes o que isso significa, na véspera da posse do Cavanhaque?

No dia seguinte verificaram que a coisa significava muito pouco ou nada. O boletim de notícias do rádio comunicava que a posse do presidente da República se processara normalmente, e sob aclamações populares.

33

Na soalheira daquele bochornoso 1º de janeiro de 1927, a própria cidade de Santa Fé — de ruas quase desertas, as casas duma palidez cansada, sob a luz branquicenta da manhã — parecia curtir a ressaca das bebedeiras e comilanças a que boa parte de sua população se havia entregue na noite anterior.

Foi com mal contida irritação que Rodrigo Cambará desceu do quarto com a boca amarga (champanha, caviar e maionese de lagosta) para receber a visita do cel. Afonso Borralho, veterano da Guerra do Paraguai. Como costumava fazer todos os anos, no mesmo dia e à mesmíssima hora, o octogenário vinha ao Sobrado para apresentar aos Cambarás seus votos dum "próspero e feliz Ano-Novo". Fazia isso desde 1896, com uma pontualidade impecável, como uma espécie de funcionário exemplar do Tempo. Quem sempre o recebia, num misto de reconhecimento e impaciência, era o velho Licurgo. Agora cabia a Rodrigo fazer as honras da casa.

Acolheu o veterano com a amabilidade que seu mal-estar lhe permitia, tomou-lhe do braço, levou-o para a sala de visitas, fê-lo sentar-se.

— O senhor sempre forte e rijo, hein, coronel?

— Qual nada, doutor! Acho que este vai ser o meu último Ano-Novo.

Dizia sempre isso. Tinha uma voz rouca e cava. Barbas dum branco amarelado cobriam-lhe as faces angulosas, duma cor de marfim antigo. A fronte era alta, o nariz em sela, os cabelos, ainda abundantes e duma finura frouxa de retrós. Metido no seu terno de casimira preta, parecia um profeta bíblico vestido por um alfaiate de 1900.

Era o cel. Borralho uma das "relíquias vivas" de Santa Fé, como dizia e repetia a folha local. D. Revocata costumava apresentá-lo aos alunos como um exemplo vivo de patriotismo e dignidade humana. Não se concebia cerimônia cívica sem sua presença. Rodrigo admirava o ancião, mas achava que ele se estava compenetrando demais de sua condição de monumento municipal. Jamais sorria ou pilheriava, dava-se ares de oráculo, e ali estava agora numa postura de estátua.

Enquanto o visitante falava, Rodrigo sentia a cabeça latejar de dor. O calor era tanto, que ele tinha a impressão de que uma boca de fornalha acesa, do tamanho da abóbada celeste, respirava em cima de Santa Fé. O casarão também parecia pulsar sob o olho implacável do sol, como se um sangue grosso e quente corresse surdo por dentro das paredes, fazendo-as inchar.

E aquele homem vestido de casimira — trajo completo, com colete e colarinho duro — a falar, a falar: o tempo, a revolução, a crise da pecuária, velhos amigos mortos...

— Eu não aguento! — pensava Rodrigo, lavado em suor, a visão perturbada, nauseadamente consciente como nunca de ter um estômago. Por fim o cel. Borralho se retirou, depois de pronunciar todas as frases de praxe. Rodrigo ficou com a impressão nada animadora de que o veterano era um comissionado que a Morte mandava todos os anos bater à sua porta para cobrar-lhe mais uma prestação de vida. Essa ideia não lhe melhorou em nada o estado de espírito, como a dose de sal de frutas, tomada ao despertar, não lhe resolvera a situação gástrica.

Era tudo uma choldra! Os levantes no estado haviam fracassado. Não se tinha notícia certa do paradeiro da Coluna Prestes. Washington Luís governava sem oposição, recusando-se a conceder anistia geral. E lá estava o Getulinho aboletado no Ministério da Fazenda, como um dos grandes da República. E já se falava dele como sucessor de Borges de Medeiros. Sim senhor! O maroto havia feito sua carreirinha na maciota... "E eu aqui de mãos abanando... E por quê?" Olhou para o próprio retrato, como se sua imagem pintada pudesse responder à pergunta. "Por quê? O Getulio não é mais inteligente nem mais culto que eu. Somos quase da mesma idade. Fomos colegas na Assembleia. São Borja não é mais importante que Santa Fé. Então, como se explica que ele esteja no Rio feito ministro e eu esquecido aqui nesta bosta?"

Pensou no verão que tinha pela frente e atirou-se desanimado numa poltrona, com uma súbita, mas passageira, vontade de morrer.

Só pôde ir para o Angico em princípios de fevereiro. Levou toda a família e fechou o Sobrado. Encontrou Aderbal Quadros como sempre contente da vida e cheio de planos para a estância. Apenas uma preocupação — e Rodrigo riu-se dela — toldava o espírito do velho. Estava apreensivo ante a notícia que lera no último número do *Correio do Povo* chegado a suas mãos. O hidroavião *Atlântico*, do Kondor Syndikat, fizera sua primeira viagem de Porto Alegre à cidade do Rio Grande, levando passageiros e cento e sessenta e dois quilos de bagagens. Apesar do forte vento contrário, o percurso durara apenas duas horas e quarenta e cinco minutos. O velho sentia-se afrontado. Era uma imoralidade — disse ele ao genro — um despautério, que aquelas engenhocas de voar, fabricadas no estrangeiro, estivessem cortando e sujando os céus do Rio

Grande, que de direito pertenciam às aves e nuvens, isso para não falar no sol, na lua e nas estrelas, que eram de todo o mundo. Aquele progresso — continuou — estava aos poucos mudando a boa vida antiga do gaúcho, pois, assim como as máquinas registradoras haviam trazido a imoralidade para as casas de comércio, o aeroplano, como o automóvel, constituía um *insulto* ao cavalo, à diligência e à carreta.

— O governo federal já deu licença à Kondor Syndikat para estabelecer uma linha aérea entre Porto Alegre e o Rio de Janeiro — contou Rodrigo, para escandalizar o sogro. — E lhe digo mais, seu Aderbal, a primeira vez que eu tiver de viajar para o Rio, vou de avião.

Babalo nada respondeu. Montou a cavalo, saiu sem rumo pelas verdes invernadas, agitando macegas e espantando quero-queros, respirou a plenos pulmões o ar do campo, limpou o espírito de cuidados e irritações, voltou para casa assobiando, e não tocou mais no assunto.

Foi em princípios de março que, ainda no Angico, Rodrigo recebeu a notícia de que Luiz Carlos Prestes e os seiscentos e poucos homens que restavam de sua Coluna se haviam internado na Bolívia, depondo as armas.

Passaram-se duas semanas e Rodrigo começou a inquietar-se seriamente com a sorte do irmão. Se Bio estava vivo — refletia —, por que não se comunicava com ele? Escreveu uma carta ao embaixador do Brasil na Bolívia, perguntando-lhe se por acaso sabia do paradeiro dum certo maj. Toríbio Cambará, membro da Coluna Prestes.

Voltou no fim daquele mês para Santa Fé, onde o aguardava a pior das notícias. O Veiga, da Casa Sol, depois de muitos rodeios, pigarros e hesitações, revelou-lhe que um tropeiro de Santa Bárbara ouvira dizer que um conhecido seu de Passo Fundo abrigara uma noite em sua casa um ex-soldado da Coluna Prestes, que lhe contara ter visto Toríbio Cambará cair morto num combate, no interior do Ceará.

Rodrigo entregou-se a uma crise de choro.

— Não acredito — disse Maria Valéria.

Roque Bandeira chamou o amigo à razão:

— Tudo isso é muito vago — argumentou. — Veja bem, doutor. O Veiga não se lembra do nome nem do endereço do tropeiro que lhe contou a história que teria ouvido da boca duma terceira personagem ainda mais improvável que a primeira e a segunda.

No dia 1º de abril chegou ao Sobrado um telegrama. Num mau

pressentimento, Rodrigo meteu-o no bolso, sem abri-lo. Saiu a andar pela casa, agoniado, com a quase certeza de que aquele papel lhe trazia a notificação oficial da morte do irmão. Subiu para a água-furtada, tirou o despacho do bolso, virou-o dum lado e de outro, atirou-o em cima da mesinha de vime e ficou a mirá-lo de longe... De repente uma onda de esperança o envolveu. E se a mensagem fosse do próprio Toríbio? Claro. Podia ser. Era! Era!

Agarrou o telegrama e abriu-o com tal açodamento, que quase o rasgou ao meio. Estonteado, teve de ler o texto três vezes para compreendê-lo:

COMUNICO ILUSTRE AMIGO DESCOBRI ENTRE DETENTOS POLITICOS RIO SEU IRMÃO TORIBIO APRISIONADO FINS ANO PASSADO INTERIOR BAHIA E AGORA SUJEITO SER TRANSFERIDO ILHA TRINDADE PT MANDE INSTRUÇÕES URGENTE PT CORDIAIS SAUDAÇÕES

TEN.-CEL. RUBIM VELOSO

Rodrigo desceu precipitadamente e foi dar a grande notícia a Flora, Maria Valéria e Laurinda. Toríbio estava vivo! Toríbio estava vivo! Era isso o que importava. Mas sua alegria em estado puro não durou mais que uns escassos cinco minutos, porque em sua mente a ideia de *Toríbio vivo* foi dominada pela de *Toríbio preso*. Um Cambará na cadeia, como um reles criminoso. Toríbio degredado na ilha da Trindade! A ideia deixava-o de tal maneira indignado, que os amigos a quem mais tarde mostrou o telegrama, tiveram a impressão nítida que ele queria fazer outra revolução, organizar uma expedição punitiva contra o Rio de Janeiro, apear Washington Luís do poder e incendiar o Catete.

— Sossegue o pito — disse Maria Valéria.
— Mas ele vai morrer, Dinda!
— Não morre. Tudo acostuma. Até cadeia.
— Mas fica louco.
A Dinda quase sorriu quando disse:
— Bem bom do juízo seu irmão nunca foi...

Rodrigo resolveu embarcar no dia seguinte para Porto Alegre, onde tomaria o primeiro vapor para o Rio. Era uma pena que a linha aérea do Kondor Syndikat não estivesse ainda funcionando!

Antes de partir redigiu um telegrama endereçado ao ten.-cel. Rubim. Mostrou-o a Flora e Maria Valéria.
— Que é que vocês acham? Está muito forte?

GRATISSIMO TUA COMUNICAÇÃO MAS DESOLADO NOTICIA PT POBRE PAIS EM QUE OS HOMENS DE BEM ESTÃO NA CADEIA E OS LADRÕES E BANDIDOS NO PODER PT EMBARCO RIO HOJE MESMO PT AFETUOSO ABRAÇO

De lábios apertados, a velha ouviu em silêncio a leitura do despacho.
— Que tal, Dinda?
— Não carece ofender ninguém. Isso pode até dificultar a saída do Bio da cadeia. Por que não diz só que vai embarcar?

Flora foi da mesma opinião, mas Rodrigo, enamorado da própria violência, mandou expedir o telegrama tal como o havia redigido.

Embarcou no dia seguinte, tão carregado de malas que a tia perguntou:
— Ué? Vai se mudar pra Corte?

34

Duas semanas depois, telegrafava do Rio contando à sua gente que conseguira falar com Toríbio; que, contra sua expectativa, o encontrara de muito boa saúde; que havia contratado um grande advogado para tratar da libertação do irmão; e que esperava ter uma entrevista com Getulio Vargas no dia seguinte. As últimas linhas do telegrama prometiam para breve uma longa carta.

Esta chegou duas semanas depois. Flora leu aos amigos a parte em que Rodrigo narrava as circunstâncias romanescas da prisão de Toríbio:

A coisa se passou nos sertões da Bahia. O Bio e o seu piquete de vanguarda caíram numa emboscada. Alguns morreram, outros fugiram, e quatro, entre os quais estava o nosso herói, foram feitos prisioneiros. "Só me pegaram", contou o Bio, "porque meu cavalo recebeu um balaço na cabeça, caiu e eu fiquei com uma perna apertada debaixo dele. Os milicos se atiraram em cima de mim. Eram três. Me ergueram do chão e pensaram, os inocentes, que eu ia me entregar sem mais aquela. Consegui derrubar dois deles a socos e pontapés, mas vieram mais dois, me subjugaram e me levaram amarrado." Assim o nosso major e mais três companheiros foram conduzidos para o acampamento duma companhia da força legalista e amarrados a troncos de árvores para serem fuzilados ao amanhecer. Quando o dia clareou, começaram as execuções. Antes de passar cada prisioneiro pelas armas, o capitão que comandava o pelotão de fuzilamento interrogava-o, pedindo o nome e o lugar do nascimento. Anotava tudo isso numa caderneta, voltava pra junto dos soldados e dava ordem de fogo. Pouco antes de morrer, um dos revolucionários gritou meio rindo: "Até a vista, Major Toríbio!". Diz o Bio que nessa hora não conseguiu conter o pranto, e ficou fungando, sem poder enxugar os olhos, pois estava de mãos amarradas. O segundo a ser fuzilado recusou-se a dar o nome. Disse uma barbaridade que envolveu não só a mãe do capitão como a de todos os soldados do pelotão. Antes da ordem de fogo soltou um viva a Luiz Carlos Prestes e à liberdade. Nosso major me confessou que naquela hora ele não sabia o que era mais forte: se a sua pena de ver aqueles bravos morrerem de mãos e pés amarrados ou se a raiva, "não o medo", de saber que sua hora tinha chegado. Pensou assim: "Ora, um dia todos morrem, os bons e os maus, os valentes e os covardes, os santos e os bandidos. De bala, de doença ou de velhice". Mas no fundo ainda contava com algum acontecimento inesperado que o salvasse. Começou então a dizer, baixinho: "Ainda não fizeram a bala... ainda não fizeram a bala". O terceiro condenado, poucos segundos antes de receber a descarga, gritou: "Atirem, covardes!". E soltou uma gargalhada. Quando chegou a hora do Bio, o sol já tinha aparecido. O capitão aproximou-se do major. Era um homem com cara de moço-família, estava pálido, de voz engasgada e mãos trêmulas. O Bio viu logo que o rapaz não dava para aquelas coisas. "Como é o seu nome?" O Bio, que tinha deixado crescer a barba, teve vontade de responder: "Antônio Conselheiro". Mas achou melhor dizer direito como se chamava e de onde era. "E por falar em Rio Grande, moço, lá na minha terra não estamos acostumados a morrer de mãos amarradas. Gaúcho macho prefere morrer peleando. Se algum favor lhe peço, é que me deixe morrer de arma na mão." O outro se fez de desentendido. "De que cidade do Rio Grande você é?" Quando o Bio disse Santa Fé, a cara do milico se iluminou. E agora pasmem todos! O capitão em seguida perguntou: "É parente do doutor Rodrigo Cambará?". Respondeu o nosso caudilho: "Acho que sou! Somos filhos do mesmo pai e da mesma mãe". O oficial gritou para os soldados: "Desamarrem este homem!". Pegou o Bio pelo braço, levou-o para sua barraca, deu-lhe um bom café com bolachas e contou: "Sou o Antiógenes Coutinho. Estive na sua casa, conheci a sua família. E se hoje estou aqui é graças ao seu irmão, que me salvou a vida". E repetiu a história que todos vocês conhecem.

Assim, o Bio escapou de ser fuzilado no sertão da Bahia, foi levado para Salvador, onde durante mais de um mês quase apodreceu num calabouço infecto, com vinte ou trinta outros prisioneiros políticos. Um dia meteram toda essa gente no porão dum navio de carga, que zarpou para o Sul. Bio me contou com pormenores os horrores dessa viagem. Para principiar, passaram todo o tempo com água a meia canela. Parecia um navio negreiro. O fedor no porão era medonho, pois todos faziam suas necessidades ali mesmo. Quanto ao que se dava aos prisioneiros para comer, nem é bom falar, vocês podem imaginar. Um deles morreu durante a travessia e os outros só deram pela coisa quando o cadáver começou a cheirar mal.

Chegadas ao Rio, essas pobres criaturas tiveram destinos diversos. O Bio foi atirado numa das famigeradas geladeiras da Polícia. Como trazia um bom poncho, um caboclo alto e forte que, pela sua truculência e sua força física, era uma espécie de chefe dos prisioneiros da cela, atirou-se em cima do nosso major com a intenção de tirar-lhe o poncho, pois lá dentro o frio e a umidade eram de dar pneumonia até em pedra. Para resumir o caso: o Bio deu uma surra tão tremenda no sujeito, que o deixou estirado no chão. Como resultado, não só conservou o poncho como também daí por diante ficou sendo o chefe do grupo.

Semanas depois, foi transferido para uma cadeia mais decente (mas não muito) e mantido incomunicável por dois meses. Foi ali que um dia o ten.-cel. Rubim o descobriu por puro acaso.

Não me foi fácil conseguir licença para ver o meu irmão. Eu não saberia descrever nosso encontro. Não tenho vergonha de dizer que chorei como uma criança ao abraçá-lo. O Bio, esse só ria, mas ria às gargalhadas como se aquilo tudo fosse a coisa mais engraçada do mundo. Continua barbudo, está com o corpo todo escalavrado, mas forte e são de lombo. Para aguentar as geladeiras da Polícia, só os pulmões do Bio!

Agora pasmem de novo! Esse gauchão de dedos grossos e desajeitados durante o tempo de cadeia aprendeu com um companheiro de cela a fazer trabalhos de paciência. Construiu um navio com pauzinhos coloridos dentro duma garrafa. Quando ele me mostrou a sua obra, fiquei com um nó na garganta e lágrimas de novo me brotaram nos olhos.

E assim, como vocês podem ver, a vida, para alegria de D. Vanja, às vezes imita os folhetins de capa e espada.

A segunda carta, chegada dias depois, dizia:

Tenho feito o barulho que posso na imprensa do Rio em torno do caso do Toríbio. Conversei também com o Dr. Getulio, que me recebeu muito bem, todo sorridente, mas nada prometeu de positivo. "Não vai ser fácil", disse ele, "trata-se dum assunto político fora da competência do meu ministério." Ora bolas! Todo o mundo sabe como se fazem as coisas neste país de opereta. E depois, não se trata de competências de ministérios, mas da saúde, da vida e da liberdade dum gaúcho corajoso e digno. Fiquei com vontade de mandar o Ministro da Fazenda àquela parte. Mas foi bom que eu tivesse me contido, porque no dia seguinte o Getulio me comunicou, por intermédio de um de seus oficiais de gabinete, que, depois de confabular com o Ministro da Justiça, achava que havia esperanças...

No mesmo dia Flora recebeu um telegrama urgente:

BIO LIBERADO PT EMBARCAREMOS IMEDIATAMENTE PT CARINHOS

RODRIGO

35

No dia seguinte ao da sua chegada a Santa Fé, Rodrigo reuniu amigos no Sobrado, para comemorar com uma ceia o que ele chamava de "a volta do filho pródigo". Fascinado pela analogia, mandou matar um "bezerro cevado".

Maio findava, o outono andava a enevoar os céus e a desbotar as folhas dos cinamomos e dos plátanos. O inverno já mandava pelo vento discretos avisos de que não tardaria a pôr-se a caminho. Maria Valéria, sempre atenta às coisas da natureza e do calendário, achou que já era tempo de abrir a despensa e entregar ao consumo doméstico as primeiras caixetas das pessegadas e marmeladas feitas em fevereiro.

Tio Bicho cultivava seus peixes, lia seus filósofos e engordava. Arão Stein, apaixonado pelo caso de Sacco e Vanzetti, escrevia artigos incendiários para jornais semiclandestinos, procurando provar que a justiça dos Estados Unidos condenava esses dois mártires à cadeira elétrica não pelo assassínio do pagador duma companhia de calçados (pois nada de *irrefutável* ficara provado contra os réus), mas sim por serem ambos anarquistas. Não se tratava, portanto, dum ato de justiça, e sim duma cruel, indigna, clamorosa vingança política.

Mas alguns santa-fezenses, para os quais Hollywood se havia tornado mais importante que Washington, pareciam concentrar seu interesse na guerrinha local que agora se travava, por motivos óbvios, entre as "viúvas do Valentino" e o novo clube das fãs de John Gilbert.

Noticiavam então os jornais que a Warner Brothers acabava de produzir o primeiro filme sonoro da história: *The Jazz Singer*. Uns quatro ou cinco rapazes intelectualizados de Santa Fé, que costumavam referir-se ao cinema como "a sétima arte", e eram adoradores de Charlie Chaplin, achavam que dar voz às figuras da tela seria a mais grosseira e ridícula das heresias. Entrevistado por *A Voz da Serra*, o Calgembrino, do Cinema Recreio, foi franco: "Fita falada? Aposto como esse negócio não pega".

Também por aquela época andava o mundo inteiro (inclusive e principalmente o rev. Robert E. Dobson) entusiasmado com a façanha de Charles Lindbergh, um americano de vinte e seis anos que, no seu pequeno aeroplano, *The Spirit of St. Louis*, atravessara o Atlântico, dos Estados Unidos à Europa, num voo ininterrupto.

Para Liroca, porém, herói mesmo, herói de verdade, era Toríbio Cambará. Na reunião no Sobrado, passou quase a noite inteira a mirá-lo com olhos afetuosos e cheios de admiração. Ficou furioso com o dr. Terêncio Prates, que, por mais de meia hora, procurou chamar para a sua pessoa as atenções gerais, comentando o último livro que recebera de Paris: *La Vie de Disraëli*, de André Maurois.

* * *

— Como é, major? — perguntou Neco Rosa. — Que tal foi a campanha?

Toríbio, que estava escarrapachado numa poltrona, ao lado de Tio Bicho, consumindo com ele garrafa sobre garrafa de cerveja preta, respondeu:

— Divertida.

E tratou de mudar de assunto. Mais tarde outros tentaram, mas em vão, fazer o vanguardeiro da Coluna Prestes contar suas proezas.

Rodrigo andava dum lado para outro, radiante por ter o irmão de volta à querência são e salvo, mas um nadinha enciumado por vê-lo como figura central da reunião. Houve um instante em que, continuando a paródia da parábola bíblica, representou dois papéis ao mesmo tempo: o do pai do filho pródigo e o do irmão despeitado.

Depois que a maioria dos convidados se retirou — fechado no escritório com o irmão, Chiru Mena, Neco Rosa, José Lírio e Roque Bandeira —, Toríbio soltou a língua.

Foi José Lírio quem deu o mote:

— Uma marcha linda, major!

— Linda? Nem sempre, amigo Liroca.

Fez-se um silêncio de expectativa. Todos os olhares se focaram no maj. Toríbio, que a essa altura da festa tinha abandonado a cerveja em favor da caninha. Com seu jeitão lerdo e pesado de boi manso, os olhinhos entrefechados, ele sorria para algum pensamento gaiato.

— Pois aqui onde vocês me veem, amigos, já invadi o Paraguai.

— Como foi a coisa? — perguntou Neco Rosa, mostrando os dentes num riso de antecipado gozo.

— Depois da queda de Catanduvas, o negócio ficou feio pro nosso lado. O melhor jeito da gente chegar ao Mato Grosso era cortar pelo Paraguai. Eu fazia a vanguarda do 2º Destacamento. Até brinquei com o João Alberto: "Já que estamos aqui, comandante, por que não aproveitamos a ocasião pra derrubar o governo paraguaio?".

— Esse Bio... — sorriu Liroca, sacudindo a cabeça.

O guerrilheiro remexeu-se na poltrona:

— Estou me lembrando dum baile que arranjamos em território paraguaio, na fronteira com o Mato Grosso...

As caras de Chiru e Neco reluziram de malícia. Liroca osculava o herói com seu olhar canino.

— A vila se chamava Pero Juan Caballero. Pequenita. Uma porcaria. Quero dizer, porcaria no tamanho, mas muito mais divertida que Santa Fé. Tinha vários cabarés que funcionavam todas as noites.

— Mas em que tipo de casa? — quis saber Rodrigo.

— Ranchos de taipa, com chão de terra batida.

— Música de gaita, naturalmente...

— Não. Violas, violinos, umas flautas e harpas de bugre. Me cheguei pra uma china paraguaia, delgadita mas de boas ancas, e convidei a bichinha pra dançar uma polca. Estavam comigo uns dez revolucionários. Também se serviram das chinas. Comecei a ver pelos cantos uns muchachos meio trombudos e farejei barulho. Mas tomamos conta do baile. O João Alberto tinha me recomendado que tivesse muito cuidado, não queria encrenca com governo estrangeiro, nossa briga era só contra o do Bernardes... Proibiu a venda de bebidas, mas qual!... vocês sabem, sempre se dá um jeito de conseguir uma branquinha por baixo do poncho. Mas o que eu sei é que lá pelas tantas o pessoal foi se esquentando, se excedendo, e aqueles paraguaios mal-encarados acabaram virando bicho. Não me lembro como foi que a coisa começou. Só sei que de repente um índio cor de cuia cresceu pra cima de mim de faca em punho. Nem pisquei. Apliquei-lhe um pontapé nos bagos e ele largou a faca e se dobrou todo, gritando de dor. Quando vi que estavam sangrando a facadas um companheiro nosso no meio da sala (a música nem tinha parado!), saquei do revólver e o tiroteio começou. Nossas patrulhas entraram em ação e foi uma confusão danada. Imaginem vocês um entrevero dentro dum rancho pequeno...

Calou-se. Liroca, para quem as palavras do guerrilheiro eram um vinho capitoso, perguntou:

— Morreu muita gente?

— Nem tanto. Dois nossos e um paraguaio. Mas uns dez ou doze se lastimaram...

Toríbio fez nova pausa para beber um trago de caninha. De novo o sorriso malicioso lhe encrespou os lábios.

— No outro dia tornamos a entrar no Brasil — prosseguiu — e tocamos pras cabeceiras do rio Apa. E vocês querem saber da melhor? Umas duas dúzias de paraguaias se vestiram de homem pra acompanhar o destacamento. — Soltou um suspiro. — Mas o João Alberto não quis saber da brincadeira. Guerra era guerra! Mandou elas voltarem para a fronteira. E a pé. Dez quilômetros! Foi uma pena. Eu já tinha a minha bugra marcada na paleta.

O relógio grande começou a bater meia-noite.

— E depois? — perguntou o Neco, que estava montado numa cadeira, ambos os braços pousados no respaldo.

Rodrigo tirou da gaveta da escrivaninha um mapa do Brasil e estendeu-o em cima da mesinha, diante da poltrona que o irmão ocupava. Toríbio inclinou-se para a frente, franziu o cenho:

— Sou ruim pra mapas... Quem entende bem deste negócio é o Prestes... Ah! — A ponta de seu dedo grosso e tosco resvalou sobre a carta geográfica e parou num ponto. — Aqui neste lugar atacamos o inimigo com uma carga de cavalaria. Eu tinha comigo gente do Rio Grande e boa cavalhada. Me lembrei muito de 23...

— Que efetivo tinha a coluna? — indagou Rodrigo.

— Quatro destacamentos num total de pouco mais de mil e quinhentos homens.

— Mal armados?

Toríbio deu de ombros:

— Ninguém se queixava. Tínhamos até metralhadoras pesadas. Mas lá por fins de junho... deixe ver... Eu me perco nesse negócio de datas... Sim! Em junho de 1925, entramos em Goiás.

— Mas qual era o plano de vocês?

— Cruzar o Brasil Central, ir arrebanhando pelo caminho cavalos e gado, requisitando munição de guerra e de boca, recrutando gente... voluntários, naturalmente.

— Que tal o João Alberto? — perguntou Chiru.

— É um bicho que eu estimo e respeito. Tem a cabeça fria. Mesmo na hora do maior perigo não perde as estribeiras. Pensa claro, faz o que é certo. Uma vez, na retranca duma metralhadora pesada, ele e mais uns poucos companheiros aguentaram um ataque violento da cavalaria inimiga em número muito superior. Quem socorreu o pernambucano foi um gaúcho muito amigo dele, o major Nestor Verissimo, que, com seu piquete, fez uma contracarga que obrigou os atacantes a recuarem.

Toríbio sorriu, com ar evocativo.

— O João Alberto achava o Nestor tão parecido comigo que às vezes, assim um pouco de longe, até me confundia com ele. Quando queria se referir ao Verissimo, ele me dizia "o teu irmão gêmeo". Pois esse gaúcho de Cruz Alta tinha boas. Uma vez na linha de fogo, no meio das balas, resolveu descansar porque fazia duas noites e dois dias que não dormia. Disse pra um companheiro: "Se a coisa piorar, me acordem". Deitou-se, fechou os olhos e pegou logo no sono. É um bárbaro.

— Fala o roto do esfarrapado... — sorriu o Neco.

— Há uns tipos que não vou esquecer mais — prossegue Toríbio — nem que eu viva mil anos. — Calou-se por alguns instantes, sorrindo decerto para as suas memórias. — Um deles é o coronel Luís Carreteiro, caboclo alto, reforçado, morenaço, de barba e bigode, a cabeleira já meio querendo branquear. Andava mais enfeitado que mulher de gringo. Não gostei nada da fantasia dele. Umas bombachas largonas cheias de bordados e botões de madrepérola. Chapelão de abas anchas, com barbicacho. Lenço colorado no pescoço. Peito cheio de medalhas e penduricalhos. Chilenas de prata que faziam barulho de libra esterlina quando ele caminhava. Dois revólveres na cintura. Parecia mais um caubói de cinema que um gaúcho de verdade. A gente tinha a impressão que ele tinha se preparado não pra marchar com a Coluna, mas pra tirar o retrato. Na fita do chapéu lia-se um letreiro, numa mistura de castelhano e português: "Não dou nem pido ventaja". Contou que era do Rio Grande do Sul e que, muito moço, tinha feito a Revolução de 93. Botei o homem de quarentena, mas no primeiro combate vi que tinha valor. Era macho mesmo. Daí por diante desculpei todo aquele carnaval.

— O bicho aguentou até o fim da marcha? — perguntou Liroca.

— Até o fim da vida dele.

— Morreu de bala ou de arma branca? — tornou a perguntar José Lírio.

Esses pormenores tinham para o veterano uma importância mágica.

— Parece mentira. O coronel Carreteiro tomou parte em muitos combates, e nunca foi ferido. Morreu na cama, de uremia.

— Que injustiça!

Rodrigo ergueu-se para se servir de conhaque.

— Que homens como tu, o Nestor e outros gaúchos "duros pro frio" tenham aguentado a marcha eu compreendo — disse. — Mas nunca pensei que esses "tenentinhos" tivessem caracu...

— Pois é pra ver como são as coisas. Eu também me enganei com muitos deles. Quem fazia a nossa retaguarda era o Cordeiro de Farias, um moço simpático, muito bem-educado, e de fala macia. Olhei pra ele e pensei: "Chii, este menino bonito não vai aguentar o repuxo". Mas qual! Aguentou. E lindo. Uma ocasião o Cordeiro e seu destacamento ficaram tiroteando com a vanguarda legalista do Bertoldo Klinger. Queimaram até o último cartucho, contiveram o inimigo e assim deram tempo pro resto da Coluna escolher uma posição mais conveniente pro combate.

— E o Siqueira Campos? — indagou Neco, ao mesmo tempo em que Chiru perguntava:

— E o Juarez Távora?

— Desses nem preciso contar nada, porque vocês conhecem bem... Os jornais sempre falavam neles. Flor de gente. Coragem sem fanfarronada.

— O que prova — interveio Roque Bandeira — que valentia não é privilégio de gaúcho.

Liroca lançou um olhar de reprovação para o lado de Tio Bicho. Como ousava dar palpites aquele gordo sedentário, aquele gaúcho renegado que jamais vira de perto uma revolução em toda *su perra vida*?

36

Rodrigo, agora sentado num dos braços da poltrona do irmão, bateu no ombro deste:

— E o Chefão? O Prestes?

Toríbio ergueu o copo, que Chiru se apressou a encher de caninha.

— No princípio foi um caro custo convencer a minha gente a acreditar no homem como nosso comandante. Vocês sabem... O pessoal implicava com a vestimenta dele, uns culotes esquisitos, e com aquelas lutas cheias de mapas que o homem sempre carregava no cavalo... Depois, a barba não iludia ninguém. Por trás dela estava um menino. Nossa tropa era muito misturada, tinha de tudo: gente desligada do Exército, revolucionários de 22 e 23, peões de estância, doutores, estancieiros, comerciantes, caixeiros de loja, índios vagos, tudo... Olhavam para o Prestes com desconfiança. Mas o homem se impôs. Acabou mandando mais que o Miguel Costa. Depois da queda de Catanduvas, a Coluna estava desmoralizada, alguns falavam até em emigrar. Mas o Prestes bateu pé e disse que fosse embora quem quisesse, porque ele ia continuar. Daí por diante ninguém teve mais dúvida quanto à chefia da Coluna.

— E o Miguel Costa?

— Aí está outro sujeito de fibra. Um pouco difícil de entender. Falava pouco. Mas macho. Caiu ferido mais tarde, quando eu já estava preso, e a Coluna rumbeava de novo para Mato Grosso. Uma bala no peito, ferimento feio. Foi um companheiro de cadeia no Rio que me contou a história. Quem socorreu o Miguel Costa foi o João Alberto. Diz que o coitado botava sangue pela boca (me lembrei do velho Licurgo). O rombo era enorme, quase se podia ver o coração batendo... Pois o homem aguentava tudo sem gemer. Fizeram-lhe um curativo ligeiro, botaram iodo na ferida, tudo isso no meio do combate. E o homem dê-le a botar sangue pela boca. Todos achavam que ele estava perdido, mas conseguiram costurar o talho e dois meses depois o Miguel Costa já andava de pé, pronto pra outra.

Rodrigo de novo caminhava dum lado para outro. Todas aquelas histórias o deixavam numa excitação febril: mescla de entusiasmada admiração e inveja, pois *ele não tinha participado da marcha heroica*. Intrigava-o saber que "tenentinhos" que não haviam passado da casa dos vinte se tivessem atirado naquela grande aventura, indo até o fim. Que força os animaria? Com que misteriosas reservas morais contariam? Que iria acontecer-lhes, agora que estavam exilados ou presos? Haveria alguma esperança de que um dia fossem reincorporados à vida nacional?

Tio Bicho abafou um bocejo, mas seus olhos interessados não se afastavam do rosto de Toríbio, que prosseguiu:

— Mas chega de falar nos graúdos, nos graduados, nesses que sempre tiveram os nomes nos jornais. Vamos falar nos outros, na soldadesca. Havia uns tipos macanudos. Alguns conheci de perto, brigaram a meu lado. Outros vi de longe. E de outros só ouvi falar, pois não eram do meu destacamento. Davam um romance. E que romance!

O Zé Bigode, guarda do arquivo da Coluna, um misto de funcionário e revolucionário, defendia sua carga como um tesouro. Vadeava rios com ela nas costas, sem molhar um papel. Contava-se que um dia, no pior dum combate, em vez de abrigar-se atrás dos peçuelos que continham o arquivo, preferira proteger este com o próprio corpo.

O Pé de Anjo era especialista em assaltar trincheiras a peito descoberto, e tivera o corpo quatro vezes furado por balas.

E o Zé Viúvo? Esse era um voluntário maranhense, e ficara aleijado em consequência dum ferimento recebido na linha de fogo. Também não quis ficar para trás, e por algum tempo foi carregado em padiola pelos companheiros. Por fim ele mesmo improvisou umas muletas, com galhos de árvores, e continuou a marchar "por conta própria". Dizia-se que era uma coisa portentosa ver aquele homem na hora do combate, a atirar de pé com sua carabina, o corpo sustentado pelas muletas.

O caso do negro Ermelindo era dos mais comoventes. Juntara-se à Coluna para acompanhar um jovem que ele ajudara a criar, filho dum estancieiro do Rio Grande do Sul do qual o crioulo fora peão durante quase quarenta anos. Ermelindo servia seu amo como um fiel escudeiro, cuidando-lhe da roupa, da comida e das armas. Sua dedicação era tamanha que os companheiros de destacamento lhe chamavam "Anjo da Guarda". Duma feita, numa escaramuça de patrulhas, seu protegido, que era tenente, ficou para trás e um piquete de cavalaria inimigo precipitou-se na direção dele. Ermelindo sentou o joelho em terra e começou a atirar com sua Mauser, ao mesmo tempo que gritava: "Vai-te embora, guri! Vai-te embora! Tenho pouca munição e quando as bala se acabar tenho de entreverar com a chimangada". Como era maragato, para ele o inimigo só podia ser chimango. O tenente safou-se. Depois de disparar o último tiro, Ermelindo puxou da espada e esperou a carga. Morreu varado de balas.

— Havia um sargento protestante — continuou Toríbio —, um tal de João Baiano, que não perdia oportunidade pra fazer sermões e ler trechos da Bíblia que carregava num embornal, de mistura com balas de revólver. Conheci também um católico beato, o tenente Belchior, melenudo e mal-encarado. Ajudava a rezar missa onde encontrasse igreja e padre, botava uma daquelas vestimentas de sacristão por cima da adaga e da pistola e lá ficava a tocar campainha e a alcançar coisas pro vigário. Um espetáculo!

Era espantosa a coragem e a capacidade de resistência daquela gente. A Coluna não tinha serviço médico organizado. Toríbio lembrava-se do caso dum companheiro cujo peito fora varado por uma bala, e que se curara no mato, mastigando as ervas que os sertanejos lhe recomendavam. Um outro recebera um tiro que lhe entrara na boca e lhe saíra na nuca. O homem sobreviveu e continuou a seguir a Coluna.

37

O relógio bateu uma badalada. Nenhum daqueles homens ali no escritório teve consciência disso. Pareciam estar todos dentro duma dimensão épica e intemporal.

— Isso é melhor que fita de cinema — comentou o Chiru dando uma palmada no ombro de Toríbio, que perguntou:
— Será que sobrou alguma coisa do jantar?
Rodrigo foi até a cozinha, de onde voltou com uma travessa cheia de pedaços de galinha e peru com farofa, sarrabulho e fatias de pão. Toríbio e Tio Bicho foram os primeiros a se servirem. Ninguém reclamou pratos e talheres. Usaram os dedos, como que contagiados pelo espírito da Marcha.
— Agora precisamos dum bom vinho tinto! — exclamou o anfitrião.
Foi buscar duas garrafas de borgonha e novos copos.
— Sim, havia mulheres seguindo a Coluna — disse o guerrilheiro, após um silêncio, satisfazendo a curiosidade do Neco. — Eram casadas ou amasiadas com soldados ou oficiais. Na minha opinião a Santa Rosa era a mais extraordinária de todas.
Contou, enternecido, a história da mulher. O marido era soldado do destacamento de Cordeiro de Farias e ambos seguiam a Coluna desde o Rio Grande do Sul. Ficou grávida e seu ventre foi crescendo durante a marcha. "Então, Santa Rosa, pra quando é a festa?" A mulher sorria: "Pra qualquer dia destes, se Deus quiser". Nos últimos tempos recusava-se a andar a cavalo, seguia os soldados a pé "pra fazer a criança baixar e nascer mais ligeiro". Uma noite vieram as dores. O inimigo andava por perto. Alguém se arriscou a sugerir que deixassem Santa Rosa pra trás. Houve protestos gerais. Todo o mundo queria bem àquela mulher destemida e dedicada, que acompanhava o marido através de perigos e durezas.
— E vocês sabem o que fez o João Alberto? — disse Toríbio. — Pois esse pernambucano com cara de pau no fundo é um sentimental. Retardou a retirada por algumas horas, pra Santa Rosa ter a criança. Fizeram um fogo, aquentaram água numa lata, meteram dentro dela uns trapos, e a função começou. Mas o grosso do destacamento não pôde esperar muito tempo. Deixamos a mulher pra trás, com um pequeno grupo de voluntários, e seguimos nosso caminho.
Toríbio ficou um instante pensativo, como quem sente saudade de alguma coisa.
— Somos todos umas vacas — murmurou, sacudindo a cabeça e mastigando um bom naco de galinha, os lábios lustrosos de banha. — Marchei com os outros pra obedecer ordens, mas fiquei com um remorso danado. O inimigo podia agarrar e liquidar a Santa Rosa e os companheiros. Depois de algumas horas de marcha, notei que o Nes-

tor estava com uma cara engraçada, assim como quem quer dizer alguma coisa e não encontra jeito. Sabem o que era? O major Veríssimo estava preocupado com o que pudesse acontecer a Santa Rosa e à sua guarda. Por fim falou franco com o João Alberto, que não teve outro remédio senão permitir que o major e mais trinta homens voltassem para escoltar a mulher até onde estávamos acampados. No outro dia, de manhãzinha, um dos nossos soldados veio a todo o galope anunciar que a criança tinha nascido sem novidade. Era macho e ia se chamar José. Nesse mesmo dia apareceu a Santa Rosa montada a cavalo, com o filho nos braços, rodeada pela sua escolta. Para resumir a história, a criança cresceu durante a marcha, andava escanchada nas cadeiras da mãe e às vezes pendurada no pescoço dum que outro soldado.

Lágrimas escorriam pelas faces do velho Liroca. Rodrigo não podia nem tentava esconder sua emoção. Tio Bicho soltou um arroto e disse:

— É uma pena que mulheres como essa jamais passem para a história. Para principiar, nem sabem que existe tal coisa...

Toríbio ergueu-se, espreguiçou-se, tornou a encher o copo de vinho, ficou um instante a olhar para a bebida e depois:

— Mas havia outras — disse. — Umas horrorosas, verdadeiras megeras. De vez em quando aparecia uma bonitinha. Das feias a pior era a Cara de Macaca. Andava sempre com gibão e chapéu de couro. — Soltou uma risada. — Agora estou me lembrando duma boa história. Um dia o amásio da cangaceira tomou um porre monstro e resolveu acabar com a vida dela. Ergueu o revólver na fuça da mulher, puxou o gatilho mas a arma negou fogo. A sertaneja tirou a arma da mão do companheiro, agarrou ele pelo gasnete, levou o bicho ao comandante do destacamento, contou toda a história mas suplicou pelo amor de Deus que não castigassem "o coitado".

Outra figura popular entre os soldados era a Tia Maria. Tinha o hábito de festejar as vitórias da Coluna com tremendas bebedeiras. Duma feita, num lugar chamado Piancó, bebeu tanto que acabou ficando para trás. O inimigo trucidou-a.

A enfermeira Hermínia costumava ir buscar os feridos na linha de fogo. A Chininha, gordíssima, apesar das longas marchas a pé, não conseguia emagrecer. E a Joana era tão pequena, que na travessia dos rios quase se afogava, quando a água dava apenas pelo peito dos soldados. Houve quem fizesse versos contando a odisseia da Albertina, flor de moça, que um dia deixou a Coluna para ficar cuidando dum tenente que, além de tuberculoso, tinha sido ferido em combate. Foi presa e degolada por um batalhão de civis.

Fez-se um silêncio. Rodrigo sentou-se e ficou de olhos cerrados, pensando nas coisas que o irmão acabara de contar. Neco acendeu um cigarro de palha. Toríbio e Chiru o imitaram.

Quando o relógio bateu as duas da madrugada, os seis amigos estavam ainda no mesmo lugar. Toríbio, mais desperto que antes, ainda falava.

— Aconteciam coisas engraçadas. Uma vez passamos a noite num convento de dominicanos, em Porto Nacional, nas margens do Tocantins. — Aproximou-se da mesa e apontou para um lugar no mapa. — Aqui. E pela primeira vez na minha vida dormi com um padre.

— Opa! — exclamou Chiru.

— Quero dizer, dormi no mesmo quarto. Os padres nos trataram à vela de libra. Mas não resisti... roubei um livro do meu companheiro de quarto... Eu andava sem nada pra ler...

— Não me diga que era o Livro de Horas — brincou Tio Bicho.

— Era o *Rocambole*, uma brochura esbeiçada e sebosa. O livro me acompanhou por vários meses. Muitas noites, à luz das fogueiras, eu me distraí com ele... Depois perdi o volume. Não. Desconfio que o Nestor me roubou. — Soltou uma risada.

Liroca olhava atentamente para o mapa. Queria saber exatamente qual tinha sido o trajeto da Coluna.

— O nosso plano, depois de sair de Ponta Porã, era cruzar o Brasil Central e depois rumbear pro Nordeste. Invadimos Minas Gerais porque esse era o caminho mais fácil para chegar ao coração de Goiás. Foi então que vi uma coisa que nunca esperava ver na vida: o rio São Francisco. Continuamos a marchar pro Norte e, quando estávamos perto da Bahia, quebramos à esquerda, entramos em Goiás e tocamos pro vale do Tocantins.

— E tu sempre foste fraco em corografia do Brasil! — exclamou Rodrigo.

— A marcha através de Goiás foi divertida, fácil. O estado é bonito, o clima, bom. O João Alberto me dizia, olhando o planalto: "Seu Bio, aqui é que está o futuro do Brasil. Quando é que esses governos de borra vão compreender?".

— Quanto tempo levaram para atravessar Goiás? — indagou Liroca.

— Sei lá! Eu não carregava calendário. Nem relógio. Quem sabia dessas coisas era o Prestes e o João Alberto. Eu não. Mas... o que sei dizer é que era primavera e começavam as chuvas. A tropa estava agora bem montada, bem alimentada, comendo boa carne. Foi assim que chegamos ao Maranhão.

— Minha nossa! — exclamou o Liroca, olhando para o mapa. — Como vocês foram longe, major!

— Depois descemos pro Sul e fizemos um estrupício danado no Nordeste — continuou Toríbio. — Muito vilarejo invadi com o meu piquete de vanguarda. Quase tomamos a capital do Piauí. Chegamos a fazer o cerco e travar combate. Esperávamos um levante dentro de Teresina, mas a coisa gorou. Perdemos nesse ataque uns cem homens, dos bons.

Fez um silêncio. Rodrigo afrouxou o laço da gravata, desabotoou o colarinho e o colete: estava agora mais deitado que sentado na poltrona. Seus olhos continuavam fitos no rosto do irmão, que prosseguiu:

— Foi lá que prenderam o Juarez Távora. Assim, tivemos de entrar no Ceará sem o nosso cearense, com quem a gente contava pra fazer uns contatos e animar o povo. Atravessamos o Rio Grande do Norte e entramos na Paraíba. Marcha forçada. O passeio tinha acabado. Agora não só as forças do governo andavam nos nossos calcanhares como também batalhões de jagunços. Fomos encontrando surpresas pelo caminho. Gente que devia estar do nosso lado atirava em nós. Nossos soldados, mais de metade, estavam atacados de malária. Havia horas que dava no pessoal uma tremedeira danada, que era triste e ao mesmo tempo engraçado de ver.

Toríbio apanhou a última coxa de galinha, meteu-lhe os dentes e, com a boca cheia, retomou a narrativa:

— No limite de Paraíba com Pernambuco me aconteceu outra coisa engraçada. Como disse há pouco, nunca tinha dormido com padre. Outra coisa que eu nunca tinha feito com padre era brigar. Pois no Piancó fui obrigado a dar uns tirinhos no padre Aristides, que na minha opinião era mais cangaceiro que sacerdote. Primeiro nos armou uma cilada, veio de bandeira branca... depois abriu fogo. Pois o diabo do homem defendeu a cidade com seus paroquianos e capangas. Era valente com as armas. Morreu em ação. Por causa do raio desse padre quase nos perdemos do resto da Coluna. Só nos juntamos com ela em terras de Pernambuco. Daí por diante tudo piorou. Tínhamos sido bem recebidos em todos os estados que cruzamos, até o Piauí. Depois a coisa mudou de figura. Corria por toda a parte a notícia da morte do padre Aristides, e em cada lugarejo onde a gente chegava nos recebiam à bala. Uma vez me acerquei dum rancho, gritei: "Ó de casa", pedi um copo d'água e o que me deram foi uma descarga de chumbo. Depois foi o deserto, o calor e não queiram saber o que é passar sede. Mil vezes pior que fome. Nunca senti tanta saudade dos campos e das aguadas do Angico!

Tornou a rir:

— Me lembrei muito do Euclides da Cunha. Me parecia que eu tinha entrado dentro do livro dele. Tu sabes, Rodrigo, li *Os sertões* muitas vezes, principalmente a parte da campanha de Canudos. O diabo queira brigar com jagunço! Onde a gente menos esperava, lá estavam eles de tocaia. A gauchada que me acompanhava andava louca da vida. Queriam cargas de cavalaria (o terreno não se prestava), entrevero em campo aberto... Essa história de ficar esperando o inimigo atrás dum toco de pau não era com eles. Depois, quando se metiam pelas caatingas, se feriam nos espinhos e saíam furiosos. — Encolheu os ombros. — Mas que era que se ia fazer? Dança-se de acordo com o par. Tocamos pra diante. E como se os jagunços não bastassem, tínhamos outros inimigos: bichos pequenos e grandes e outras calamidades... Uma ocasião o 2º Destacamento pegou uma sarna braba, e mesmo na hora do combate os soldados tinham de parar pra se coçarem.

Toríbio limpou as mãos lambuzadas de banha nos lados das calças. Deu alguns passos no escritório, sentou-se na escrivaninha e tornou a falar:

— A situação melhorou um pouco quando entramos em Minas Gerais. Os legalistas tinham uma concentração nas margens do São Francisco e nós fomos informados que mais tropas iam ser enviadas do Sul para nos atacar. O remédio era voltar para trás.

— O movimento é a vitória — murmurou Liroca, repetindo sua citação napoleônica favorita.

— Tornamos a entrar na Bahia. Foi lá que me pegaram. Vocês conhecem a história. Mas a Coluna continuou, cruzou Pernambuco, Piauí, meteu-se de novo naqueles campos sem fim de Goiás, atravessou o Mato Grosso e se internou na Bolívia.

— Quantos quilômetros ao todo, major? — perguntou Chiru.

— Não contei. Pra mim distância é movimento. Tempo também é ação. O que eu queria era cancha. Já disse que não carregava no bolso nem folhinha nem relógio. O sol me dizia quando era dia e as estrelas, quando era noite. Quando não havia estrela, a escuridão tinha a palavra. Mas ouvi dizer que a marcha da Coluna Prestes cobriu quase trinta mil quilômetros.

— *A la putcha!* — exclamou Liroca.

38

O relógio bateu mais uma badalada. Chiru abriu a boca, num bocejo musical. Rodrigo olhou para o relógio-pulseira. Mas Neco e Liroca estavam ainda a escutar, interessados, as palavras do vanguardeiro de Prestes, que, com a voz agora amolentada pelo sono, ainda falava.

— Inventavam cobras e lagartos da Coluna. Diziam em todo o sertão que nós levávamos feiticeiras e que de noite elas dançavam na frente das metralhadoras, e essa dança fazia os soldados ficarem com o corpo fechado. — Toríbio escancara a boca num bocejo. — Essa história de flauta e música tem o seu fundamento. Sempre que a gente acampava, o João Alberto, que é louco por música, fazia funcionar uma vitrola que andava sempre com ele, e tocava os seus discos com uma agulha que com o uso ficou rombuda. Acho que algum espião inimigo ouviu a música e viu as nossas vivandeiras na luz da fogueira dos acampamentos...

— Atribuíam ao Prestes poderes sobrenaturais — disse Rodrigo, que estava quase morto de sono e ao mesmo tempo fascinado pela narrativa do irmão.

— É. Diziam que o homem era adivinho. Inventaram até que, com aquelas suas barbas, o Prestes era uma nova encarnação de dom Pedro II que voltava para tomar conta do Brasil. Outros garantiam que até a princesa Isabel andava com a gente.

Fez-se um silêncio. Os olhos de Neco aos poucos se apequenavam de sono. Liroca soltou um suspiro:

— Que epopeia!

Toríbio tirou o casaco e a camisa e ficou com o dorso completamente nu.

— Fiz a maior parte da travessia assim... Só botava camisa e casaco de noite, quando a temperatura caía... e quando eu tinha camisa e casaco. Perdi as botas em Pernambuco. Andei de pé no chão durante vários dias.

— Teu peito parece um mapa — sorriu Rodrigo.

Na pele queimada de sol viam-se cicatrizes, lanhos, manchas. Toríbio, sorridente, mostrava as marcas uma a uma com o dedo.

— Chumbo... chumbo... chumbo... — contou doze delas. — Esta aqui foi duma bala que me pegou de raspão. Esta outra não sei bem... um bicho qualquer me mordeu de noite, a ferida apostemou, tive febre.

— Escorpião — sugeriu Liroca, novelesco.

— Quem sabe! E esta aqui, perto da mamica, foi um talho de faca, num corpo a corpo. E o resto, amigos, são arranhões dos espinhos das caatingas, talhos de ponta de pedra... e recuerdos da prisão do Rio. O filho da mãe do carcereiro me queimou a mão com a chama duma vela... estão vendo a marca? Só de implicância. Quebrei-lhe todos os dentes. Daí por diante ficou que nem doce de coco, muito meu amigo, me trazia comidinhas especiais...

Tornou a atirar-se na poltrona e abriu a boca num prolongado bocejo. Bateu no braço do irmão:

— E tu, patife, que não querias que eu fosse pra revolução! Te lembras? Vê só quanta coisa eu ia perder se tivesse ficado...

Eram quase três da madrugada quando Liroca, Chiru e Neco se retiraram do Sobrado, arrastando consigo Tio Bicho, que a todo transe queria ficar para continuar a beber.

Toríbio e Rodrigo permaneceram ainda alguns instantes no escritório, num duelo de bocejos, ambos sonolentos mas sem muito ânimo para subirem a seus quartos.

— Como vai o Zeca? — perguntou o guerrilheiro.

— Muito bem. Foi o primeiro da classe este semestre. Os maristas estão muito orgulhosos dele.

— Não puxou por mim...

Toríbio sorriu, e uma ternurinha lhe brilhou nos olhos mal abertos. Depois ficou a mirar sua "obra-prima" — o navio de paus de fósforos que na cadeia ele armara dentro duma garrafa — que estava agora em cima da escrivaninha.

— Vou dar esse negócio pro meu guri — murmurou ele.

Ergueu-se, acercou-se da mesa, ficou a olhar por alguns segundos para o retrato do velho Licurgo, que ali estava. Depois, tornou a aproximar-se do irmão.

— Nunca duvidaste do meu juízo...

— Ué, Bio? Nunca.

— Sabes que nunca fui de ver visões.
— Claro.
— Nem um mentiroso...
— Homem, que negócio é esse?
Toríbio coçou a cabeça.
— Desde o nosso encontro no Rio estou pra te contar uma coisa que me aconteceu, mas ainda não tive coragem...
Rodrigo ergueu-se, picado pela curiosidade.
— Fala, rapaz! Tens algum problema? Desembucha.
— És a primeira pessoa a quem vou contar a história. A primeira e a última. E te peço que não repitas a ninguém.
— Vamos, homem.
— A coisa aconteceu pouco depois do combate do Piancó. Eu e uns oito companheiros estávamos perdidos no mato. Chegamos a uma clareira e vimos dois caminhos: um que ia pra direita e outro pra esquerda. Qual deles nos podia levar de volta ao grosso do destacamento? Não havia tempo a perder. O inimigo andava por perto. Cinco dos companheiros não tiveram dúvidas: atiraram-se para a direita e se sumiram no mato. Esporeei o cavalo para ir atrás deles quando, de repente, o animal se assustou de qualquer coisa. Pensei que era onça. Olhei pra frente e vi um vulto atravessado no meio das árvores. Agora não vás me chamar de doido. O dia estava claro e eu vi, mas *vi* mesmo o velho Licurgo a cavalo, de lenço branco no pescoço, bem como no dia que foi morto. Fiquei gelado. Papai me fazia sinais com a cabeça e com a mão, dando a entender que eu não devia seguir por aquele caminho. Dei de rédeas e me toquei pela estradinha da esquerda, sem olhar para trás. Os três homens que estavam comigo me seguiram. Não tínhamos andado nem cinco minutos quando ouvimos um tiroteio. Compreendemos que os outros companheiros tinham caído numa emboscada. Nunca mais soubemos notícias deles...

Rodrigo, arrepiado, olhava para o irmão sem dizer palavra. Toríbio pegou a garrafa com o navio e ergueu-a contra a luz. Um galo cantou longe na madrugada.

Reunião de família IV

1º de dezembro de 1945

Sete e meia da manhã. Floriano barbeia-se diante do espelho do quarto de banho, pensando que dentro de alguns minutos terá de enfrentar a família à mesa do café. À medida que passam os dias, mais constrangedores se vão tornando para ele esses encontros. A presença física de Sílvia causa-lhe uma perturbação cada vez mais difícil de dissimular.

Que fazer? — pergunta mentalmente à imagem que do espelho também o contempla com ar indagador. Que fazer?

Os olhos ainda um tanto enevoados de sono, dois ou três fios prateados apontando entre os cabelos negros das têmporas, o tom de marfim dos dentes, acentuado pelo contraste com a espuma branca que lhe cobre as faces — Floriano sorri para a própria imagem, tendo ao mesmo tempo consciência dum narcisismo que o desagrada, pois ele (ou o Outro?) deseja mesmo acreditar que não é, nunca foi vaidoso.

Ali está um sujeito que o conhece melhor que ninguém: o olho implacável que lhe vigia e critica pensamentos, gestos, palavras e até sentimentos. Como seria bom poder livrar-se desse incômodo anjo da guarda, desse capanga metafísico!

A cerimônia matinal de fazer a barba foi sempre para Floriano a hora de dialogar com seus fantasmas, fazer planos para a vida e para os livros, ruminar emoções passadas, corrigindo às vezes o que aconteceu, imaginando *o que poderia ter feito e dito* em determinadas ocasiões, em suma, passando a vida a limpo. Essa é também a hora em que costuma projetar suas fantasias no futuro, dando às coisas que estão para vir o desenho mais conveniente a seus desejos.

Apanha o aparelho Gillette e começa a escanhoar uma das faces. Curioso: não consegue dissociar este devaneio meio sonolento e voluptuoso das suas masturbações da infância, aqui neste mesmo quarto. Não haverá acaso entre esses dois exercícios solitários um certo parentesco, pelo lado do faz de conta? E não serão ambos em última análise um melancólico pecado contra a existência autêntica?

Passa agora a lâmina pelo pescoço. (No pátio da Intendência degolavam-se maragatos.) Degolar o Outro, liquidar o Anjo... Não. O melhor será descobrir uma fórmula mágica para promover a fusão das duas partes de seu Eu. Deixar de ser ao mesmo tempo sujeito e objeto: eis a questão. Unificar-se... Avante, Garibaldi!

É sempre assim. Todas as suas autoanálises acabam em farsa. Tempo houve em que achava isso uma atitude estoica diante da vida. Seria pelo menos uma paródia de estoicismo... Agora, porém, sabe que suas fugas pela porta do humor nada mais são que a tentativa de pregar um rabo de papel colorido nos seus problemas, pintar um bigode caricatural na face dramática da vida, em suma, eliminar ou atenuar o caráter ameaçador de tudo quanto — por misterioso, estranho, hostil ou insuperável — lhe possa aumentar a angústia de existir. Sim, não se levando a sério e não levando a sério suas situações, ele se exime da responsabilidade de viver a sério. Mas, por outro lado, o levar-se demasiadamente a sério não oferecerá riscos maiores? A incapacidade de duvidar, de rir dos outros e de si mesmo não poderá levar um homem à intolerância e ao fanatismo?

Por um instante Floriano fica atento aos ruídos da casa e da manhã. Depois aproxima mais o rosto do espelho, para escanhoar o queixo. Se ele se livrasse do Outro, que vantagens teria na vida? Para principiar, quando se deitasse com uma mulher (fosse ela quem fosse) iria inteiro para a cama — carne, ossos, nervos, vísceras, sangue — e não teria aquele Fiscal absurdo e frio a seu lado, a observá-lo e a insinuar coisas que lhe aguçavam o sentimento de culpa e ridículo. Sim, e quando escrevesse, escreveria com o corpo todo, sem ter o Outro — no fundo um representante dos Outros, da Família, da Crítica, da Sociedade, da Ordem Estabelecida —, sem ter aquele Censor a ler por cima de seu ombro... Merda então para o Outro! Merda para a Família! Merda para a Sociedade! Merda para a Crítica! Merda para a Ordem Estabelecida! E por fim merda para a Merda! E assim, senhoras e senhores, fechamos o círculo, voltando ao ponto de partida, isto é, à Merda inicial.

Floriano grita de repente o palavrão, fazendo estremecer o chuveiro de lata pintada de verde que pende do teto. (Adolescente, ele cantava aqui árias de ópera, orgulhando-se de fazer vibrar o chuveiro: pois Caruso não tinha quebrado um copo com um dó de peito?)

O homem do espelho parece apreensivo. A escatologia não é solução. Floriano quer pronunciar a Palavra com absoluta convicção, com um certo fervor cívico e até religioso. Talvez nisso esteja a sua salvação. Mas qual! Sente que no fundo é ainda o menino bem-comportado, de boa família, que não escreve nem diz nomes feios, porque Papai e Mamãe não querem, a Dinda não quer, a Professora não quer...

Dum pequeno talho no queixo lhe escorre uma gota de sangue, que tinge a espuma de carmesim. Morango com nata batida: a sobremesa predileta de Mandy. O homem estendido na calçada em Chicago, seu sangue avermelhando a neve... Sangue nos algodões e gazes nos baldes da sala de operações do dr. Carbone. *Do you like strawberries and cream, dear?* O apartamento de Mandy, a janela aberta sobre a baía de San Francisco... *No, dear, I don't.*

Mas em que ficamos? Qual a solução? Antes de mais nada, qual o problema? Mesmo em pensamento lhe é difícil, constrangedor, verbalizar sua situação. *Estás apaixonado pela mulher do teu irmão.* Quem constrói a frase é o Outro. Nessa formulação está encerrado um julgamento moral, uma censura. Não será mais verdadeiro dizer simplesmente: *Estou apaixonado por Sílvia?* Mas *apaixonado* será a palavra exata? A palavra nunca *é* a coisa que pretende exprimir. A realidade não é verbal. Merda para a semântica!

Floriano põe a água da torneira a correr e nela lava o aparelho de barbear. Depois torna a ensaboar as faces.

Só há duas soluções possíveis. Ou tomo Sílvia nos braços e a levo para longe daqui e vamos viver nós dois a nossa vida, mandando o resto para o diabo... ou então me convenço duma vez por todas de que não há solução... e me vou embora amanhã. Não há meio-termo. Mas não terei sido sempre o homem dos meios-termos, das meias soluções? E... e será que ela *ainda* me ama?

E por um momento lhe vem, agudo, urgente, o desejo de fugir. Fugir de Santa Fé, do Sobrado, sim, da morte do Pai e do amor de Sílvia.

Não! Desta vez é preciso ficar. Vim para enfrentar a situação. Esse problema e os outros. Se é para o bem de todos e felicidade geral da nação, diga ao povo que fico. (D. Revocata em cima do estrado, peitos murchos, bigodes de granadeiro.)

Passa agora a lâmina pelo espaço entre o nariz e o lábio superior. Mas distrai-se, vendo refletida no espelho a bandeirola tricolor da janela. Nos banhos da meninice muitas vezes o sol projetava-lhe no peito manchas vermelhas, verdes e amarelas. Isso lhe inspirara aos doze anos um poema.

> *O sol me pinta no peito*
> *a bandeira do Rio Grande.*

Vêm-lhe à mente agora imagens do sonho que teve há duas ou três noites. Andava atrás de Sílvia dentro dum imenso casarão cheio de portas fechadas e proibidas, ao longo de imensos corredores; o casarão era ora o Sobrado, ora o internato do Albion College, ora um quartel... e ele perseguia o vulto branco (seria mesmo Sílvia?) mas não conseguia alcançá-lo... E de repente se viu deitado em sua cama e Sílvia entrou no quarto na ponta dos pés (ou era Mandy?) e meteu-se nua debaixo das cobertas... Ele quis tocá-la mas não conseguiu mexer-se, estava paralisado, incapaz dum gesto... e a mulher imóvel a seu lado, esperando. E, quando finalmente conseguiu mexer-se e ia abraçar Sílvia — pois agora tinha a certeza de que era ela —, despertou...

Fica a imaginar a sensação de ter Sílvia desnuda nos braços, mas só de pensar nisso lhe vem um sentimento de culpa mesclado de uma fria vergonha, como se por desejá-la fisicamente ele estivesse cometendo uma espécie de "incesto branco". Não se trata da mulher de seu irmão? E não foi ela criada no Sobrado quase como sua irmã? (Ah! mas a diferença de idade nos separava na infância... e as minhas prolongadas ausências... Seja como for, merda para o incesto!)

Por muito tempo ele se defendeu da ideia de que desejava Sílvia como mulher. Preferia acreditar que sua afeição por ela pouco ou nada tivesse de carnal. Leituras e superstições da adolescência. *La chair est triste, hélas!, et j'ai lu tous les livres.*

Havia de me acontecer essa... a mim, que sou o capitão. (*Três a mexer, quatro a comer... quem falar primeiro come, menos eu que sou capitão.*) Mas preciso me analisar mais a sério. E me barbear melhor...

O sangue continua a escorrer-lhe do corte.

Sejamos realistas. O que se passa comigo é que há mais de um mês não tenho mulher: a castidade forçada aumenta meu desejo por Sílvia. Logo, o remédio é procurar uma mulher... Mas quem? Onde? Como? A ideia de recorrer a uma prostituta lhe é constrangedoramente repugnante. Outro preconceito, meu amigo! (A voz de Tio Bicho.) A pessoa não é a sua profissão ou a sua função!

Sônia no Hotel da Serra. Floriano repele imediatamente a sugestão, procura, quase em pânico, esquecê-la. A ideia lhe veio porque ele a temia ou ele a temia por ter a intuição de que ela se aproximava, inapelavelmente? Está claro que a coisa toda é absurda, indecente, indigna, impossível. (Tio Bicho: "Palavras, palavras, palavras! E tu não sentes nada do que estás dizendo".) Dormir com a amante do pai? A possibilidade deixa-o estranhamente excitado. Como e por que negar que se sente fisicamente atraído pela rapariga? Mas como negar também que a ideia o envergonha? E por que imaginar que Sônia *queira* dormir com ele? Só por ter pensado nessa possibilidade Floriano se despreza, e por desprezar-se fica irritado, sentindo-se ridiculamente como um cachorro que tenta morder o próprio rabo.

Gosto de sangue na boca. Floriano parte um pedaço de papel higiênico e cola-o sobre o minúsculo manancial.

Existir não será, entre outras coisas, estar condenado a, mais tarde ou mais cedo, comer as porcarias da Vaca Amarela? Ninguém é Capitão. Talvez só Deus. Ou talvez não exista nenhum Capitão. O que não exclui a existência da Vaca Amarela. Bandeira diria que o Capitão é uma verdade abstrata, ao passo que a Vaca Amarela *é* uma realidade existencial.

Larga o aparelho Gillette. Afinal de contas preciso acabar com essa ideia pueril de que é possível atravessar a vida sem ferir ninguém nem sujar as mãos. Escrever mil vezes como castigo a frase: *Não devo iludir-me: não sou um sujeito decente.* Por que não me aceitar a mim mesmo como sou e arcar com todas as consequências? Sim, as más e as boas. O Outro, o do espelho, replica: "Bela desculpa para fazeres tudo quanto desejas sem olhar o interesse dos outros". Besteira! Vocês (mas vocês quem?) inventaram e nos impingiram a vergonha do corpo, a vergonha dos desejos do corpo e como resultado disso nos transformaram em eunucos.

Enquanto enxuga o aparelho de barbear, sempre a assobiar um trecho do adágio do *Quinteto para clarineta e cordas*, de Brahms, a melodia lhe desenha na mente a figura de Sílvia. De certo modo essa música é Sílvia. Ao banho!

Despe-se, coloca-se debaixo do chuveiro e puxa no barbante — a mesma engenhoca da infância — pensando no banheiro coletivo do Albion College. Nas manhãs de inverno os rapazes tiritavam e gritavam sob o chuveiro gelado, seus corpos despedindo "fumaça". Floriano sorri, lembrando-se de Mr. Campbell, que invariavelmente entrava no quarto de banho a essa hora, a pretexto de apressar os rapazes, e ali se deixava ficar, lançando olhares ávidos para a nudez dos meninos. *Come on, boys! Hurry up! Hurry up!* E cantava canções inglesas, batendo palmas para marcar o compasso; uma lubricidade meio fria e senil lhe vidrava os olhos injetados de bebedor de uísque.

Floriano torna a pensar em Sônia, e contra sua vontade compara-a com Sílvia, como fêmea, e se odeia por fazer isso, mas nem assim consegue afastar esses pensamentos. Esfrega com força o sabonete na cabeça, no pescoço, no torso, com frenética energia, como na esperança de poder tirar do corpo todos esses desejos, e limpar o pensamento dessas sujeiras. Merda para a limpeza!

Deixa o quarto de dormir pouco antes das oito. Acaba de enfiar umas calças de alpaca cor de chumbo e uma camisa de linho branco. Agora aqui vai ao longo do corredor a pensar, contrariado, que terá de pôr gravata e casaco às dez da manhã para assistir à inauguração do busto do cabo Lauro Caré e aguentar a oratória e as patriotadas sob o olho do sol. Sim, e terá também de apertar a mão do prefeito municipal e do comandante da Guarnição Federal, e comunicar-lhes que ali está como representante do dr. Rodrigo Cambará, etc., etc., etc. Como está passando o senhor seu pai? Melhor, muito obrigado. E a senhora sua mãe? Mas que é que a senhora minha mãe tem a ver com isto? Vamos, senhores! Depressa com os discursos e os hinos! Ó mísero apátrida! Ó homem sem passaporte! Serás acaso incapaz de vibração cívica? Que sentes ao ouvir o nosso hino? Nó suíno? Cacófato! Serei um cacófato vicioso nesse concerto patriótico. Desculpem o mau par.

Floriano para junto da janela que dá para o patamar da escada interna e olha para fora. Que sol! Que céu! Que verdes! No fim de contas quem tem razão mesmo é o Hino Nacional. "Nossos bosques têm mais vida e nossa vida em teu seio mais amores".

Passa a mão pelas faces, arrependido já de as ter friccionado com loção de alfazema. A Dinda detesta qualquer água de cheiro. Jango tem em péssima conta homem que se perfuma. Mas quando é que vou aprender a fazer o que me agrada sem me preocupar com os outros?

Quando entra na sala de jantar, que recende a café recém-passado, o relógio de pêndulo começa a bater as oito. Além de Maria Valéria, só Sílvia se encontra à mesa. Ao ouvir os passos de Floriano, ergue a cabeça e sorri. A velha nem dá tempo ao recém-chegado para lhes dizer bom-dia.

— Estava com bicho-carpinteiro no corpo? — pergunta. — Passou a noite caminhando.

Floriano depõe um beijo na testa da Dinda, depois senta-se, apanha um guardanapo, desdobra-o e estende-o sobre o regaço.

— Quem foi que lhe contou?

— Ouvi seus passos.

— Como é que sabe que eram meus e não do Jango ou do Eduardo?

— Conheço muito bem o tranco do meu gado. Jacira! Traga esse café duma vez.

O relógio bate a última badalada, que soa longa, com uma gravidade meio fanhosa e desafinada como a fermata dum velho cantor de ópera que está perdendo a voz mas que ainda não perdeu a dignidade.

É um som antigo, familiar mas nem por isso totalmente amigo. O menino Floriano sempre sentiu nele algo de autoritário e quase fatal. Era o "relógio grande" quem lhe dizia que era hora de levantar da cama, de ir para a escola e voltar para a cama à noite. Havia em suas ordens um tom definitivo e irrevogável.

E agora, como é preciso dizer alguma coisa, Floriano conta que quando criança sempre teve uma vontade danada de saber que era que a máquina do tempo tinha "na barriga".

— Um dia teu pai te pegou mexendo na caixa do relógio — diz Maria Valéria — e te deu umas palmadas.

— Teria sido papai ou a senhora?

— Foi seu pai. Ainda não estou caduca.

Sílvia sorri, e seus dentes alvos e regulares aparecem.

— Pra mim — diz ela — esse relógio sempre foi uma pessoa, um membro da família. Mas confesso que tinha um certo medo dele. Um dia eu estava sozinha aqui e de repente ele bateu... Levei um susto e desatei o choro. Foi quando dona Maria Valéria apareceu e eu me agarrei nas saias dela. Lembra-se, Dinda?

A velha encolhe os ombros.

— Se eu fosse contar todas as vezes que vocês se agarraram nas minhas saias...

Jacira entra trazendo uma bandeja com um bule de café, outro de leite e um prato de torradas. Coloca todas essas coisas fumegantes em cima da mesa.

Floriano olha em torno. A luz da manhã, entrando pelas janelas, parece esforçar-se por dar um pouco de alegria e brilho à baça severidade desta sala.

Desde que veio morar no Sobrado, Sílvia se tem empenhado numa campanha lenta mas pertinaz para vestir a nudez do casarão e dar-lhe alguma graça. Tudo lhe ficou um pouco mais fácil depois que Maria Valéria perdeu a visão. A velha, por exemplo, não sabe que uma toalha de linho amarelo cobre agora a mesa, nem que o serviço de café é de cerâmica cor de terra de siena, em desenho não convencional. Se soubesse, protestaria contra todo "este desfrute". Faz relativamente pouco que se veem tapetes nos soalhos das salas principais do Sobrado, cortinas nas janelas e uns quadros nas paredes: reproduções de Degas, Cézanne, Utrillo e Renoir. Antes, além do retrato de Rodrigo, dumas fotografias ampliadas e pintadas a óleo de pessoas falecidas, enquadradas em funéreas molduras cor de ouro velho, o mais que Maria Valéria se permitia ter em casa em matéria de "arte" eram os cromos das folhinhas que a Casa Sol distribuía como brinde entre seus fregueses. Quanto a móveis e utensílios, ela e Jango se contentavam com o mínimo. Esta mobília de jacarandá lavrado, pesada e triste, sempre causou um certo mal-estar a Floriano, que, quando menino, descobriu entre ela e os ataúdes do Pitombo um certo ar de família. Dentro da grande cristaleira, que lembra uma vitrina de museu — juntamente com bibelôs, xícaras de porcelana e cálices de cristal que jamais se usam —, vê-se a famosa coberta de mesa de louça holandesa, herança de sua bisavó Luzia e que, segundo a tradição oral da família, pertenceu originalmente ao príncipe Maurício de Nassau.

Sílvia acaba de encher de leite com algumas gotas de café a xícara de estimação de Maria Valéria, presente que o dr. Carl Winter lhe deu no Natal de 1905 — um xicarão que ostenta um ramo de flores amarelas e azuis pintado à mão, circundando um coração branco em relevo, sobre o qual se lê em letras douradas: ZUM ANDENKEN.

O maior aliado que o sol encontra aqui na sua tentativa de animar o ambiente é a reprodução em tamanho natural dum quadro de van Gogh, de cores vivas e quentes, e que parece ser também um foco de luz.

Maria Valéria segura a xícara com ambas as mãos e leva-a aos lábios. A fumaça lhe sobe para o rosto dum moreno terroso de cigana, onde rugas fundas se cruzam e entrecruzam como gretas no leito adusto dum rio que secou. Por um instante Floriano fica a comparar a face da velha com a da figura do quadro.

— Não achas que a Dinda e aquele camponês podiam ser parentes chegados? — pergunta.

Sílvia, que tem o bule de café na mão, lança rápido olhar para trás e depois, tornando a encarar o cunhado, diz:

— Primos-irmãos. — E, mudando de tom: — Preto ou com leite?

— Preto, por favor.

Floriano empurra para o centro da mesa a xícara, que a cunhada, de braço estendido, enche de café. A cor de sua tez, dum moreno parelho, enxuto e cetinoso, parece continuar fragmentada nos pratos, xícaras e pires. Floriano lembra-se de que viu essas mesmas qualidades na pele duma dançarina chinesa no Chinatown de San Francisco da Califórnia. A criatura, que dançava completamente desnuda na atmosfera crepuscular do cabaré, lhe trouxera à mente, de maneira perturbadora, a imagem de Sílvia.

— Mais alguma coisa?

— Não. Obrigado.

Floriano puxa a xícara, serve-se de açúcar e começa a passar manteiga numa torrada, com um cuidado lento e exagerado, como se quisesse esconder-se atrás desse gesto para melhor ruminar suas lembranças proibidas. Maria Valéria dá ordens em voz alta a Jacira. Da cozinha vêm os resmungos de Laurinda. Ruído de passos no andar superior.

Foi talvez naquela noite californiana, em plena Guerra, que pela primeira vez ele teve consciência da natureza carnal de seu amor por Sílvia. A chinesinha movia-se na pista perseguida pela luz do holofote. Em torno dela marinheiros e soldados embriagados diziam-lhe gracejos ou simplesmente urravam. Segurando um balão amarelo de borracha, com o qual escudava o sexo, ela rodopiava leve como uma figurinha de papel. Seus seios miúdos, firmes como as nádegas, tinham algo de patético. E ele seguia a dançarina com os olhos, perturbado pela descoberta...

Toma um gole de café e olha para a cunhada, irresistivelmente. Sim, ela tem algo de oriental. (Algum antepassado bugre?) No rosto alongado, de pômulos salientes, os olhos de castanha e mel são levemente oblíquos. Quando ela sorri o nariz se franze, os zigomas se acentuam, apertando os olhos, que ganham uma expressão entre lânguida e menineira. Aos vinte e sete anos, Sílvia tem algo que a Floriano parece uma espécie de precoce aura outonal: é como se a criatura andasse permanentemente tocada pela luz de maio. Sua voz fosca, surpreendentemente grave num corpo tão frágil, sugere a cor e a esquisita fragrância da folha seca. De novo uma clarineta toca na mente de Floriano uma frase do adágio do *Quinteto* de Brahms. Mas é preciso dizer alguma coisa.

— Acho que já te contei, Sílvia, por que comprei essa reprodução de van Gogh. Encontrei-a numa livraria de Nova York. Gostei das cores, desse fundo de laranja queimado contrastando com o blusão azul e o chapéu cor de sol. Mas o que mais me tocou foi a cara desse camponês mediterrâneo. Achei nele uma parecença extraordinária com vovô Babalo...

Sílvia torna a voltar a cabeça.

— Tens razão...

— ... a cara angulosa, a tez tostada, a barbicha branca, os olhos ao mesmo tempo bondosos e lustrosos de malícia. E repara nas mãos... que integridade! São mãos de gente acostumada a mexer na terra.

— Eu me lembro que, ao ver este quadro pela primeira vez, o velho Liroca notou logo essa espécie de lenço vermelho que o homem tem no pescoço e perguntou: "Quem é o maragato?".

De novo Sílvia está voltada para Floriano, e desta vez os olhos de ambos se encontram. Ela baixa a cabeça em seguida. Ele faz o mesmo, mordisca uma torrada, toma um gole de café — amargo, pois não o mexeu — e depois olha para Maria Valéria, que passa mel numa fatia de pão.

É admirável — reflete — como apesar de ter os olhos velados pela catarata a velha caminha por toda a casa, sobe e desce escadas, sem jamais dar um passo em falso ou colidir com pessoas, móveis ou paredes. É como se tivesse a guiá-la uma espécie de radar. Um dia, como alguém a elogiasse por isso, resmungou: "Depois de velha virei morcego".

Ruídos de passos na escada.

— É o Jango — murmura a Dinda.

Poucos segundos depois Jango entra na sala. Está sem casaco, veste uma camisa branca de mangas arregaçadas acima dos cotovelos, bombachas de brim xadrez e botas. Resmunga um bom-dia geral, senta-se ao lado da mulher e, sem olhar para ninguém, começa a servir-se.

— Esse amanheceu com o Bento Manoel atravessado — resmunga Maria Valéria.

— Não achei a minha faca de prata — diz Jango.

— Já está na tua mala — informa Sílvia.

— Mandaste lavar o meu lenço branco de seda?

— Mandei. Está também na mala.

O sol bate em cheio no rosto de João Antônio Cambará. Em suas faces, dum moreno iodado, azuleja sempre a sombra duma barba cerrada, por mais que ele as escanhoe. Tem uma vigorosa cabeça de campeiro a que as costeletas dão um ar um pouco espanholado e anacrônico. Nos olhos escuros e apertados do irmão, Floriano descobre algo que em seu jargão particular poderia ser definido como "uma expressão babalesca". No físico Jango se parece principalmente com o avô paterno. É o mais alto dos Cambarás, o que levou Maria Valéria a dizer um dia que "esse menino mais parece filho do Sérgio Lobisomem que do Rodrigo". Quanto ao temperamento, Jango herdou de ambos os avós o amor pela vida do campo e uma certa impaciência com relação ao que ele costuma chamar de "bobagens de cidade".

Floriano observa o irmão furtivamente. A presença de Jango é dessas que logo se impõem ao olfato e à vista. Recende a suor, de mistura com sarro de crioulo e com o cheiro de couro curtido das botas e da guaiaca. Há certas pessoas vagas, meio apagadas, como um pastor metodista que Floriano conheceu quando menino: parecem desenhadas a lápis e depois pintadas com aquarela diluída. Mas Jango, de cabelos negros e sobrancelhas bastas, braços peludos e traços fisionômicos nítidos — é positivamente um desenho feito a nanquim e colorido com têmpera.

Enquanto Maria Valéria e Sílvia confabulam em voz baixa, decidindo o que vão mandar preparar para o almoço, Floriano fica olhando para dentro da sua xícara e analisando o Jango que ele "vê" na galeria fotográfica de sua memória, em meio de incontáveis retratos, uns mais apagados que outros.

Que será que ele pensa de mim? E que será que *eu* penso mesmo dele? Se não nos entendemos melhor, a culpa por acaso não será mais minha que dele? Acho que Jango sente por mim uma afeição morna misturada com certa perplexidade diante do bicho raro que sou: o homem que viaja, escreve e lê livros, que detesta a vida de estância e que — pecado dos pecados! — gosta de música... Minha afeição por ele talvez seja o resultado dum hábito combinado com a consciência dum dever. (Nunca tentei esconder nem de mim mesmo que sempre tive mais afeição pelo Eduardo.) Sim, às vezes Jango me irrita pelas suas qualidades positivas que tanto põem em relevo as minhas negativas. (*Positivo* e *negativo*, entenda-se, de acordo com a tábua de valores do Rio Grande.)

Talvez o que me separa dele seja o meu espírito crítico... Mas desde quando tenho espírito crítico? Não vivo a dizer a mim mesmo que sou mais um mágico que um lógico? Que sei eu! Temos vivido muito separados um do outro geograficamente, mas a verdade é que nossa maior separação deve ser na dimensão dos temperamentos. Acho Jango superior a mim. Ah! Como busco solução fácil para os problemas! Rebaixo-me, sou um réprobo, pequei contra os deuses guascas, bato no peito, faço ato de contrição e liquido o assunto. Não senhor! Nada é tão simples assim. Sou *diferente* de Jango, nem melhor nem pior. Jango, que em matéria de leitura não vai além do *Correio do Povo*, deve ter lido pouquíssimos livros em toda a sua vida, ao passo que eu já perdi a conta dos que li e reli. Mas como é grande o número das coisas que ele sabe e eu não sei — coisas práticas, coisas essenciais! Essenciais? Opa! Uma palavra perigosa. Grande demais. Mas Jango goza de intimidade com a terra, conhece as manhas do céu e do tempo, tem os pés bem plantados no chão. Não é um estrangeiro no território que habita. Seu conhecimento das pessoas e dos bichos é instintivo, deixa longe o falso psicologismo de meus romances. ("A modéstia", dizia d. Revocata, "é uma das mais belas virtudes que ornamentam o caráter humano." Mas merda para a modéstia! "Menino, não diga nome na mesa!") Há nele muita coisa que me desagrada: essa melena, essas costeletas platinas, a voz um pouco pastosa, como se tivesse sempre na boca um naco de churrasco gordo. E esse tom afirmativo e autoritário de quem está habituado a lidar com a peonada. Sim, e seu apego muar a um punhado de ideias feitas, de prejuízos... Essa tendência de considerar "coisa louca" tudo quanto esteja fora de seu código ético, de seus hábitos e de seu gosto. É o homem da tábua rasa. Fanático do trabalho, nada existe que despreze mais que o vadio. Fanático da propriedade, poderá ser tolerante para com um assassino, porém jamais perdoará a um ladrão de gado. Senhor de mui arraigado senso de hierarquia, parece achar que, se há ricos e pobres no mundo, é apenas em virtude dum decreto divino inapelável. Mas poderá alguém honestamente negar que ele seja um homem bom, decente, e um amigo fiel?

Maria Valéria grita uma ordem para a cozinha. Floriano ergue os olhos. Sílvia, visivelmente perturbada, mantém os olhos baixos e mexe o café com a colher, dando a esse gesto uma importância exagerada. Jango continua a mastigar pão vigorosamente e a tomar largos sorvos de café, sempre com o cenho franzido. Por alguns segundos Floriano fica a olhar fascinado para o irmão.

Ali está um homem que tem objetivos claros. Viver a sua vida, ter filhos e criá-los à sombra de sua autoridade e dentro de seus princípios... conduzir bem seus negócios, manter a propriedade que possui, aumentando-a sempre que possível... Nas horas vagas, divertir-se... Mas qual é seu conceito de diversão? Detesta cinema: coisa pra crianças ou para vadios. Não tem — parece — nenhuma necessidade de música. Como o velho Licurgo, não consegue assobiar nada, além da melodia óbvia do "Boi barroso". Quais então os seus prazeres? O chimarrão, um assado de costela, um crioulo, melancia fresca, banho na sanga, bons cavalos, corridas em cancha reta, rinhas de galo... Sim, e mais esse gosto, que lhe deve encher o peito, de saber-se coproprietário de vastos campos povoados, essa volúpia de dar ordens, de entregar-se à atividade campeira como ao mais excitante e viril dos esportes. De vez em quando uma "espiada" na cidade e — quem sabe? — uma escapadinha sexual, mas muito discreta, pois um homem deve antes de mais nada manter sua fachada de respeitabilidade...

A voz de Jacira:

— Dona Maria Valéria, o enfermeiro disse que o doutor já acordou.

— Está bem. Aquente a água pro chimarrão.

Floriano censura-se a si mesmo. Não devia estar analisando meu irmão dessa maneira, mas sim procurando *aceitá-lo* tal como ele é. Sim, e amá-lo. Principalmente amá-lo. A ele e a todos os outros. Talvez seja esse o caminho da minha... (Até em pensamentos lhe soa falsa a palavra *salvação*.) Construir pontes e outros meios de comunicações entre as ilhas do arquipélago — não será mesmo o supremo objetivo da vida?

Volta a cabeça e olha para a velha ilha que é Maria Valéria — ilha de clima áspero (na aparência apenas), roída pela erosão, batida pela intempérie e pela idade. A velha está agora de cabeça alçada, narinas palpitantes, farejando o ar, como um cão de caça:

— Quem é que está me cheirando a barbearia?

— Sou eu, Dinda — confessa Floriano.

Jango levanta a cabeça e diz sério:

— Logo que cheguei também senti...

Floriano não consegue conter-se:

— Desculpa. Eu sei que teu perfume predileto é o de creolina.

Arrepende-se imediatamente de ter pronunciado essas palavras.

Jango lança-lhe um olhar hostil e diz:

— Creolina é cheiro de quem trabalha.

Pronto. Recebeste o que mereces. E lá se vai águas abaixo a pinguela que existia entre a ilha-Jango e a ilha-Floriano...

O marido de Sílvia parte um pão sovado quase com raiva. Floriano fica a olhar disfarçadamente para os dedos do irmão, longos, fortes e nodosos como raízes. Essas mãos maltratadas, mas cheias duma grande integridade, o fascinam e ao mesmo tempo lhe causam uma vaga inveja. São mãos que sabem fazer coisas — trançar lombilhos, curar bicheiras, plantar, colher, usar a plaina, o formão, o serrote, a tesoura de tosquiar —, mãos hábeis e úteis. Sim, mãos que também sabem castrar. Floriano ouve mentalmente as palavras que o velho Liroca um dia lhe disse: "Quando Jango capa um animal, o talho nunca infecciona. Flor de mão!". Mas, lançando um rápido olhar para Sílvia, ele sente de maneira aguda o contraste entre a fragilidade da moça e a rudeza do marido. Quer-se mal, despreza-se ao pensar que naquele inesquecível ano de 1937 tudo dependera duma palavra sua, dum gesto seu. E ele não fizera esse gesto, não pronunciara essa palavra. Idiota!

Idiota! Mas não se insulta com muita convicção. Talvez as coisas estejam certas da maneira como estão. Qual! Está claríssimo que Sílvia e Jango não se entendem, não são felizes um com o outro. Quem a merece sou eu. Merece? Fugi dela como um covarde. Encontrei admiráveis desculpas para não fazer o gesto decisivo. E depois fiquei ressentido, quase irritado porque ela casou com o Jango. Querias — ridículo romanticão! incurável egoísta! —, querias que ela te permanecesse fiel e ficasse aqui como uma Penélope guasca a tricotear eternamente um suéter para este Ulisses sempre ausente e indeciso.

Neste momento Flora entra, bate de leve no ombro de Jango: "Como vai, meu filho?", passa a mão na cabeça de Sílvia, toca no braço de Maria Valéria. "Bom dia!", beija o rosto de Floriano e depois vai sentar-se à outra cabeceira da mesa.

Por que beijo só para mim? — pergunta Floriano a si mesmo. Essa preferência não só o constrange como também lhe pesa como uma ameaça potencial à sua liberdade.

— Jacira! — exclama a velha. — Traga mais café e mais leite quente. — Seus olhos de estátua estão voltados na direção de Flora. — Onde estão os lordes?

Refere-se a Bibi e Sandoval. Jacira, que entra neste momento, informa:

— Dona Bibi deixou um bilhete, pra eu acordar eles às nove e levar café na cama.

— Não leve coisa nenhuma! — exclama a velha. — Se quiserem, que venham tomar café na mesa com os outros. Isto não é hotel.

— A Bibi e o Marcos voltaram da rua muito tarde ontem — diz Flora.

— Eu ouvi.

— Estiveram jogando *bridge* na casa do doutor Prates.

— Jogando o quê?

— *Bridge*, um jogo de cartas.

A velha franze o nariz, com nojo. Flora pega o bule para servir-se de café. Suas mãos tremem. Embacia-lhe os olhos machucados uma expressão que é ao mesmo tempo de abandonada tristeza e quase de susto — a gazela indefesa que no meio do mato começa a pressentir a aproximação dum grande perigo. Seu rosto, sem um pingo de pintura, parece esculpido em cera. (O menino Floriano detestava os anjos de cera do Pitombo, símbolos de morte que lhe davam um medo mesclado de náusea.) Flora envelheceu alguns anos nestas últimas semanas...

Os cabelos embranqueceram de repente. Ou deixou de tingi-los? (Odeia-se por causa desse pensamento, no qual descobre um grão de sarcasmo.) Mas não pode deixar de reconhecer que sente muito mais ternura por esta mãe envelhecida e apagada do que pela outra que via no Rio, perturbadoramente jovem, bem cuidada, bem vestida e sempre maquilada.

Floriano não se sente feliz por verificar que suas reações de homem adulto não diferem muito das do menino que não queria aceitar, por indecente, a ideia de que os pais ainda pudessem ter hábitos e apetites de gente moça — do menino para quem só as prostitutas é que andavam enfeitadas, perfumadas e de cara pintada.

Sempre as contradições! Apesar de partidário do divórcio e de seu horror cerebral às atitudes convencionais, reagiu como um moralista ao casamento por contrato de Bibi. Ele, o puritano impuro!

Agora aqui está, perturbado como um colegial, por ter Sílvia ali do outro lado da mesa, lutando entre o desejo de olhar para ela e o temor de revelar seu segredo. E como pode sequer pensar em levá-la daqui, se a simples ideia de que os outros possam *desconfiar* de seu amor deixa-o aterrorizado?

Faz-se na sala um silêncio que Floriano sente prenhe das *coisas que não se dizem* sobre a situação: a presença de Sônia em Santa Fé, a visita que Rodrigo lhe fez, o perigo de que ele repita a façanha e morra na cama da rapariga, naquele sórdido quarto de hotel... (Sórdido? Outra vez o puritano. Nem sequer conheço o hotel.) A amante do dr. Rodrigo é o grande assunto do momento, mais sensacional talvez que o da eleição presidencial. A cidade inteira comenta a história, enriquecendo-a com fantasias maldosas. Há dois dias Esmeralda Pinto não se conteve e veio ao Sobrado visitar Flora, que a recebeu fria na sala de visitas, sentada na ponta da cadeira. Depois do introito costumeiro — "Como vais, Flora? Muita saudade do Rio? E o doutor Rodrigo, está melhor?" — a maldizente municipal entrou de chofre no assunto, que era evidentemente o objetivo principal da visita. "Por falar no doutor Rodrigo, eu invejo a coragem dele. Trazer essa moça para um lugar pequeno como Santa Fé, e ainda por cima ir visitar ela no hotel... Te digo, Flora, é preciso ter muito caracu." Flora não disse palavra, limitou-se a olhar impassível para a mexeriqueira. "Não vais me dizer que não sabes... Todo mundo sabe, até as pedras da rua... Todo mundo comenta o acinte. Pobre da Flora, dizem, tão distinta, tão boazinha, não merecia." Flora mantinha os lábios apertados. "Queres saber de uma coisa?", continuou a outra. "Se fosse comigo, eu entrava naquele hotel e tirava a china de lá a bofetadas." Nesse momento d. Maria Valéria surgiu à porta e gritou: "Fora daqui, sua cadela!".

Quem quebra agora o prolongado silêncio é a velha:

— Ontem os cupinchas do Rodrigo ficaram até tarde conversando lá em cima. O Dante devia proibir esses ajuntamentos.

— Proibir? — repete Floriano. — A senhora não conhece o papai.

— Conheço *como se lo hubiera parido*, como dizia o Fandango.

Floriano sorri ao ouvir tais palavras da boca duma virgem.

— Mas quem insiste nessas reuniões é ele. Manda chamar os amigos, reclama quando eles não vêm...

— O pior — insiste a velha — são esses tais de queremistas que aparecem aos magotes. Ficam horas e horas lá em cima, pitando e bebendo, e o sem-vergonha do Rodrigo aproveita o entrevero e pita e bebe também com os outros...

Jango ergue a cabeça e, com a boca cheia de pão, diz:

— O papai está praticamente dirigindo o movimento queremista no município. Eu até me admiro de ele não ter insistido em ir falar em praça pública.

A velha alça a cabeça e fica à escuta. Soam passos na escada.

— É o touro xucro — murmura ela.

Eduardo entra, resmunga um mal audível "Bom dia para todos" e senta-se ao lado de Floriano.

— Bom dia, mal-educado! — exclama a velha. — Não dormimos juntos.

— Eu disse bom dia — replica Eduardo, sorrindo.

— Só se foi pra ouvido de cachorro. Não ouvi nada.

Flora serve café para o recém-chegado.

— Deves ter dormido muito pouco, meu filho. Voltaste tarde ontem.

— Às três — apressa-se a informar a velha.

— Como é que a senhora sabe a hora? — indaga Floriano.

Maria Valéria leva o indicador à testa:

— Tenho um relógio aqui dentro.

Floriano lança um olhar furtivo para Sílvia. As mãos de Jango amarfanham o guardanapo amarelo que ele leva aos lábios. Eduardo assobia baixinho uma melodia que Floriano não consegue identificar. Positivamente, esta é a família mais amelódica do mundo! Tem vontade de estender o braço, abraçar o irmão, fazer-lhe perguntas cordiais. Mas contém-se, inibido pela lembrança das recentes agressões do outro. Claro que ele não pode levar Eduardo rigorosamente a sério. Não que ele não seja sincero ou inteligente no que diz... O que lhe parece um pouco juvenil e risível é o seu fervor frenético de templário.

Jango olha para Eduardo e diz:

— Então amanhã temos finalmente essas famosas eleições...

— A primeira em quinze anos — diz o irmão mais moço. — Parece mentira.

Esfregou a palma da mão na coroa da cabeça, num gesto que se lhe torna compulsivo sempre que tem de falar na presença de mais de uma pessoa. É curioso — reflete Floriano — como por trás de toda essa agressividade se possa esconder uma tão grande timidez.

— E os comunistas esperam eleger esse candidato mixe de última hora? — pergunta Jango, num tom provocador.

Eduardo dá de ombros.

— Está claro que não. Se apresentamos um candidato nosso é porque não podemos votar num nazista nem num reacionário. E, depois, queremos dar um balanço nas nossas forças eleitorais.

Toma um gole de café, e pouco depois pergunta:

— E vocês esperam eleger o brigadeiro?

— E por que não?

— Não sejas bobo. O Getulio recomendou aos seus apaniguados que votem no Dutra. O general está eleito.

— Queres apostar?

— Não.

— Irá haver barulho? — pergunta Maria Valéria, que não concebe carreira, rinha de galo e eleições sem briga.

— Vai tudo correr bem, Dinda — assegura-lhe Floriano.

— Não sei... — murmura a velha. — Mas eu preferia os tempos do doutor Getulio. Não tinha eleição pra incomodar a gente.

— Nem diga isso! — protesta Jango.

Floriano pousa a mão no pulso da tia-avó e diz, sorrindo:

— Mas alguém tem alguma dúvida? A Dinda é totalitária. Esse foi sempre o regime político e econômico do Sobrado.

— Não sei o que vacê está dizendo. Mas eu preferia que não houvesse eleição.

Jango faz um gesto que lembra a Floriano o velho Aderbal: afasta de si a xícara vazia. (Faz sempre isso com o prato, ao terminar cada refeição.) Tira do bolso da camisa um cigarro de palha feito e acende-o.

— Voltas hoje para o Angico? — indaga Eduardo.

É uma pergunta inocente, mas Floriano sente de imediato suas possibilidades de perigo. E não se engana, porque Jango responde com voz sombria:

— Vou, e sozinho como sempre. — Faz um sinal com a cabeça na direção de Sílvia. — Esta moça aqui não gosta lá de fora...

— Por favor, Jango — murmura ela —, não vamos recomeçar...

— Ora, Sílvia, todo o mundo sabe que tu tens raiva do Angico.

Sílvia lança um olhar de súplica para a sogra, como a pedir-lhe auxílio. Mas o socorro vem de outro quadrante.

— A Sílvia precisa ficar, Jango — intervém Maria Valéria. — Se ela for pro Angico, quem é que vai me ajudar a cuidar do Rodrigo?

Floriano olha instintivamente para a mãe, que baixa os olhos. Desta vez a frechada foi dirigida contra ela. Maria Valéria não se conforma com a atitude de retraimento de Flora para com o marido. Ela se limita a aparecer periodicamente à porta do quarto e a perguntar: "Precisa de alguma coisa?", feito o quê se retira para continuar no seu silêncio arredio. Floriano, porém, compreende o drama da mãe, que deve debater-se continuamente *entre o dever de esposa e o orgulho de mulher*. (E a formulação do problema nesses termos lhe soa desagradável e ridiculamente como uma situação de novela de rádio.)

— Vocês se lembram do Manequinha Teixeira? — pergunta Jango, soltando uma baforada. — Casou-se com uma moça que não gostava da campanha. Quando ele ia pra estância, ela ficava na cidade. Pois tanto o rapaz ficou sozinho, que acabou se amasiando com uma china.

Floriano sente o sangue subir-lhe à cabeça. Não se contém:

— A moral da tua história é muito simples, Jango. No fundo o que o Manequinha Teixeira merecia mesmo era a china.

— Meninos — grita Maria Valéria. — Vamos parar com isso!

Jango ergue-se intempestivamente, atirando o guardanapo em cima da mesa.

— Está pronta a minha mala? — pergunta.

Sílvia limita-se a fazer um sinal afirmativo com a cabeça.

— Pois então, até outro dia!

Sai da sala pisando duro. Faz-se um silêncio, quebrado poucos segundos depois por Maria Valéria:

— Jacira, vá levar a água pro chimarrão do doutor.

Floriano serve-se de mais café, sem vontade, apenas para fazer alguma coisa, já que não sabe o que dizer. Pensa em erguer-se da mesa mas não atina como fazer isso de maneira natural, sem dar a esse movimento um caráter dramático.

Quando, alguns minutos depois, Sandoval e Bibi entram na sala — ele muito expansivo, de calças e sapatos brancos, camisa esportiva italiana cor de jade, um lenço dum verde-musgo amarrado ao pescoço, o cabelo muito lambido e reluzente; ela vestida de vermelho com ar azedo mas já completamente maquilada, com uma pesada máscara de *pancake* no rosto — Floriano se faz a si mesmo estas perguntas: por que estamos todos aqui reunidos? Que grande acontecimento esperamos? E a primeira resposta que lhe ocorre, deixa-o gelado. *Estamos todos, duma maneira ou de outra, esperando a morte do dono da casa.*

Tomado de uma súbita pena do pai, sente um enternecido desejo de vê-lo.

O relógio lá embaixo está ainda a bater nove horas quando Floriano entra no quarto do doente. Ao passar pelo enfermeiro, que monta guarda à porta como um cão de fila, contém a respiração, pois Erotildes como de costume está envolto na sua aura fétida.

— Que milagre! — exclama Rodrigo.

Mais sentado que deitado na cama, entre travesseiros, tem na mão a cuia de mate e ao seu lado, em cima da mesinha, a chaleira com água quente.

— Senta, meu filho. Que é que há de novo?

Floriano senta-se na ponta da cadeira, o busto ereto, como numa visita de cerimônia, mas percebendo imediatamente o absurdo de sua postura, corrige-a, procurando ficar mais à vontade.

— De novo? A inauguração da herma do herói, daqui a pouco... E as eleições amanhã.

— Não. Quero saber que é que há de novo contigo.

— Comigo? Nada.

— Deves estar morrendo de tédio neste cafundó do judas.

— Nem tanto.

— Estás, eu sei. — Rodrigo toma um longo sorvo de mate. — Me arrependo de ter te trazido. Não tens nada que fazer aqui.

Bela deixa para entrarmos no nosso ajuste de contas — reflete Floriano. Posso dizer: "O senhor está enganado. Tenho uma coisa muito importante a fazer em Santa Fé: acabar de nascer. Esta é a grande oportunidade. Talvez a última". Mas continua calado. Por quê? Sente que a hora não é propícia ao tipo de conversação que precisa ter com o Velho. Jamais conseguiu escrever ou ler com proveito o que quer que fosse de sério nas primeiras cinco ou seis horas após o nascer do sol. Tem a impressão de que até a música de Bach quando ouvida pela manhã perde parte de seu sabor, como a fruta gelada. É como se a leveza fresca da atmosfera matinal se comunicasse às ideias e aos problemas, diminuindo-lhes o peso específico. Sim, esta luz de ouro novo que agora entra alegre pelas janelas, parece ter a capacidade de atravessar as pessoas e as coisas, deixando-as transparentes e vazias de conteúdo dramático.

— Mas não estou arrependido de ter vindo — diz em voz alta. — Afinal de contas um congresso de família é sempre interessante...

Ia quase dizendo *edificante*, o que tornaria o sarcasmo (involuntário?) ainda maior.

— Fresco congresso — murmura Rodrigo, apanhando a chaleira para tornar a encher a cuia.

Vozes humanas vêm da praça, em frases ou gritos. São como dardos soltos na grande manhã luminosa. Rodrigo faz menção de entregar a cuia ao filho, mas não completa o gesto.

— Ia esquecendo que não tomas mate.
— Pecado mortal segundo a teologia gaúcha, não?
— Pecado venial. Os mortais são outros.

Contemplando o filho com uma mistura de afeto e impaciência, Rodrigo pensa: "Pecado mortal é ter um corpo como o teu e não usá-lo inteiro. Pecado mortal é viver a vida que levas. Qualquer dia ainda vou te dizer estas coisas na cara. Agora não. Estou cansado. Mas quem me dera os teus trinta e quatro anos!".

Floriano contempla o pai, esforçando-se para não deixar transparecer na fisionomia a pena que sente dele.

Este rapaz terá alguma coisa a me dizer? — pergunta-se Rodrigo a si mesmo. Decerto quer me falar sobre a Sônia, me pedir que mande embora a rapariga. Sempre foi do lado da mãe. Não o censuro, é natural. Mas por que não desembucha logo?

Pigarreia, mete a mão por dentro da camisa, apalpa o tórax à altura do coração. Floriano percebe por entre a cabelama do peito do velho o lampejo de alumínio duma medalhinha oval com a imagem duma santa.

— Como está se sentindo?
— Pior que rato em guampa. O Dante quer me empulhar com suas falsas esperanças. Pensa que esqueci toda a medicina que me ensinaram.

— Mas a crise aguda não passou? Agora não é apenas...?

Rodrigo interrompe-o com um gesto de impaciência.

— Qual nada! É o que vocês literatos chamam de "mentira piedosa". Eu sei que pode sobrevir uma recidiva repentina e violenta... e adeus, tia Chica! Não me iludo, meu filho, os meus infartos foram relativamente benignos, com repouso e dieta séria eu podia ir longe. Mas depois deste edema pulmonar agudo, estou condenado. É questão de tempo.

À noite me seria fácil acreditar que ele vai morrer mesmo — reflete Floriano. — Agora não. Há muita esperança na manhã. Muita beleza nessa cabeça tocada de sol. Muito apetite de vida nesses olhos.

— E sabes como é que vou acabar? Pois eu te digo. Tenho uma insuficiência ventricular esquerda. Vou morrer de assistolia. Para falar ainda mais claro: vou morrer asfixiado. Quando eu era menino, a história que mais me apavorava era a do homem que tinha sido enterrado vivo. Tu vês, essa morte foi escolhida a dedo pra mim...

Agora devo me levantar — pensa Floriano —, pousar a mão no ombro dele e dizer, jovial: "Acabar coisa nenhuma. Não se entregue. O senhor vai aos oitenta". E por que continuo aqui sentado e silencioso? Porque estou mesmo convencido de que ele vai morrer? Porque sei que ele não acreditará nas minhas palavras? Ou porque tudo pareceria teatral, convencional ou piegas? Ou será porque já descrevi uma situação como esta num de meus romances? Por quê? Por quê? Vamos, ainda é tempo! Amanhã, depois que ele se for, sentirei remorso por não ter feito o gesto.

— Às vezes — continua Rodrigo —, quando estou aqui sozinho, pensando na morte, pergunto a mim mesmo se não seria melhor meter uma bala nos miolos e acabar logo esta agonia.

Floriano olha instintivamente para a mesinha de cabeceira em cuja gaveta Rodrigo guarda o revólver. Imagina-se entrando no quarto na calada da noite, na ponta dos pés, para roubar a arma. E só de pensar no que essa cena tem de melodramático, ele sente nas faces e nas orelhas um calorão formigante de vergonha.

Rodrigo espera e deseja do filho um gesto de amor. Por que está ele ali de olhos baixos, calado, com as mãos segurando os joelhos, como um réu?... Sim, é curioso, Floriano tem um permanente ar de réu. É incrível que meu filho não tenha nenhuma intimidade comigo. Talvez o culpado disso seja eu. Mas não, deve ser o sangue dos Terras. Para ser justo não devo esquecer que às vezes eu também tinha ar de réu na frente do velho Licurgo. Agora aqui estou como pai. Não tenho nenhuma vocação para o papel.

Torna a encher a cuia, que aperta com uma das mãos, sentindo-a quente, com algo de humano — seio ou nádega de mulher.

— Ah! — exclama. — Tive um sonho engraçado a noite passada. Vou ver se me lembro direito...

Feliz por ver a conversação tomar outro rumo, Floriano anima-se:

— Somos uma família de sonhadores. Eu sonho tanto, que às vezes desperto cansado com a impressão de haver passado a noite em claro.

Rodrigo fica por um instante a pescar imagens nas águas turvas do sonho, tal como esse lhe ficou na memória.

— Bom... Eu estava sentado, não sei bem onde, se aqui ou no Rio... Só sei que era uma roda de chimarrão. Enchi a cuia e passei-a à pessoa que estava mais perto de mim, dizendo: "Muito cuidado, que ela está rachada". Mas senti que essa pessoa não estava acreditando muito no que eu dizia. Fiquei preocupado, respirando com dificuldade, porque sabia que se alguém apertasse a cuia com mais força ou a deixasse cair eu ia sentir todas essas coisas no corpo... Não me lembro do que aconteceu depois... Ah! Eu estava encalistrado porque a cuia não tinha bomba... Os outros percebiam isso mas não diziam nada, para não me ferir, e eu passei agoniado todo o tempo que a cuia corria a roda... e já estava até meio brabo, querendo brigar. Não é engraçado?

— A cuia é evidentemente a imagem de seu coração... veja a semelhança na forma. E não preciso dizer-lhe o que a bomba simbolizava...

— Não me venhas com as tuas interpretações.

— O senhor se lembra de quem estava nessa roda de chimarrão?

— Não — mente Rodrigo, negando ao filho elementos para prolongar o assunto.

Lembra-se bem de que eram mulheres... mulheres cujas feições ele não podia distinguir direito, mas cuja identidade misteriosamente adivinhava...

Não posso continuar nesta posição — reflete Floriano. — Preciso fazer alguma coisa.

Ergue-se, aproxima-se da janela e fica a olhar para a fachada da velha Matriz, lembrando-se das muitas vezes em que essa imagem, fundida ou alternada com a do Sobrado e a do mausoléu dos Cambarás, lhe assombrou a memória, durante o tempo em que viveu no estrangeiro: a casa onde nascera, a casa onde fora batizado e onde seu cadáver possivelmente seria encomendado, e a "última morada".

Há entre esses "abrigos" uma certa identidade — reflete. — Os três estão de certo modo ligados à ideia de nascer e morrer: símbolos maternos, portanto. Zeca poderia dizer que entre o berço e a vida terrena representados pelo Sobrado e a morte do corpo simbolizada pelo jazigo perpétuo da família, a igreja ali estava como uma promessa de vida eterna... Ah! Se eu pudesse acreditar nisso — mas acreditar intensamente, não só com o cérebro mas com todo o corpo —, tudo estaria resolvido...

No coreto da praça um homem experimenta o microfone dizendo num tom monocórdio: um... dois... três... quatro... cinco... seis...

— Daqui a pouco — queixa-se Rodrigo — vou ter que ouvir o bestialógico do comandante da Guarnição Federal e o do representante do prefeito... A pústula do Amintas vai também deitar falação. Se eu não estivesse tão esculhambado era capaz de sair daqui e ir dizer a esses calhordas uma meia dúzia de verdades.

— Por exemplo...

— Ora, diria a esse povo o que representou a participação da Força Expedicionária Brasileira na Guerra, do ponto de vista moral. E aproveitaria a ocasião para mostrar o que o Brasil deve ao governo do Getulio. Isso como prelúdio... Depois entrava na história dos Carés, começando na Guerra do Paraguai, em que um antepassado do Laurito salvou meu tio Florêncio, que estava ferido, carregando-o nas costas... Passaria pelas revoluções de 93, 23 e 30, para finalmente chegar a 1945.

Torna a encher a cuia, dá um chupão na bomba, faz uma careta e grita:

— Enfermeiro!

Recusa-se a pronunciar o nome Erotildes, que lhe parece indigno de homem. O ex-sargento surge à porta, perfilado.

— Me traga mais água quente.

O homenzarrão apanha a chaleira e retira-se. Rodrigo prossegue:

— Li a ordem do dia em que o Laurito foi citado. Foi numa das tentativas de nossa gente para tomar Monte Castelo. O rapaz saiu com uma patrulha de reconhecimento, a patrulha caiu numa emboscada, o tenente que a comandava ordenou a seus homens que se retirassem, pois eram em número menor que o do inimigo, e estavam numa posição desvantajosa. O cabo Caré recusou obedecer à ordem, ficou para trás, sentou joelho em terra, abriu fogo contra os nazistas e ali se plantou, protegendo a retirada dos companheiros, que conseguiram salvar-

-se. Só encontraram o cadáver do rapaz duas semanas mais tarde, coberto de neve e abraçado ao seu fuzil-metralhadora. Tinha sete balaços no corpo.

— As sete dores de Nossa Senhora. Os sete pecados mortais. O senhor sabe duma coisa? Temos aí elementos para uma canonização ou pelo menos para uma beatificação.

— Não seja cínico, Floriano. Sei que esse não é o teu feitio. Por que é que vocês intelectuais vivem posando de cépticos, fingindo que não são sentimentais, que não acreditam em patriotismo nem em civismo? É impossível que a façanha do Laurito não te entusiasme. Se o velho Licurgo fosse vivo, aposto como estaria rebentando de orgulho do neto, embora sua cara de pedra não revelasse nada. Era fechado como um Terra. Tu, além de Terra, és Quadros. Tens vergonha de teus próprios sentimentos.

— Está claro que a proeza do Lauro Caré me comove, me entusiasma. Não sou diferente dos outros. Ainda hoje, quando ouço um dobrado marcial, sinto arrepios cívicos. Quando tocam o Hino Nacional tenho ímpetos de invadir o Paraguai ou a Argentina e de matar castelhanos (É isso que o senhor quer?) e de morrer abraçado ao auriverde pendão. Está satisfeito?

Rodrigo solta uma risada. Sua mão treme, a erva úmida lhe cai da cuia sobre o peito da camisa, manchando-o de verde.

— És um caso perdido! — exclama, sacudindo a cabeça.

— Mas acontece — prossegue Floriano — que tudo isso é irracional, uma deformação, um reflexo condicionado, um resultado da educação defeituosa que tivemos e que nos prepara para a aceitação passiva da guerra como uma fatalidade. Há duas ideias muito convenientes às classes dominantes: uma é a de que pobres sempre os haverá (e nisto elas contam com o testemunho das Escrituras) e a outra é a de que as guerras são inevitáveis. Vocês todos estão encantados com a ideia do Laurito herói. Pois eu penso no Laurito agonizando, esvaindo-se em sangue, com sete balas no corpo, morrendo sozinho, numa montanha da Itália... Não seria preferível que ele estivesse vivo, em Santa Fé, a manejar o seu torno, a exercer o seu artesanato?

Rodrigo ergue o braço e aponta para o filho um dedo acusador.

— Se esse menino e centenas de milhares de outros não tivessem sacrificado suas vidas na luta contra a tirania nazista, hoje os beleguins do Hitler nos estavam dando ordens e pontapés no traseiro. Gostarias disso?

— Está claro que não.
— Então? Continuas achando que o Laurito morreu em vão?
— Precisamos aprender a analisar a guerra sem ilusões românticas, sem o tamborzinho inglês ou o estudante alsaciano. Temos de ver *todo* o problema e não apenas parte dele. Essas centenas de milhares de soldados morreram convencidos de que estavam defendendo suas pátrias e salvando o mundo da tirania. A curto prazo estavam mesmo. Mas não devemos esquecer certas contradições monstruosas. As armas e as balas que mataram os soldados aliados foram em parte financiadas por capitais ingleses e americanos, pelos grupos que ajudaram a Alemanha nazista a armar-se, com a esperança de que ela se lançasse sobre a Rússia. Muitos desses *nobres* motivos que levam os homens à guerra não passam às vezes de sórdidas intrigas mercantis. O resto é neurose coletiva estimulada pela propaganda.
— Parece até que estás te convertendo às ideias do teu irmão comunista... Mas esqueces que as causas das guerras não são apenas econômicas. É preciso levar em conta também o instinto agressivo do homem...
— De acordo, mas esse instinto agressivo pode ser dirigido num bom sentido construtivo, tanto no plano individual como no social. Pelo menos devemos *tentar* isso.

Por alguns instantes ficam ambos em silêncio. Depois, mexendo a bomba de prata com ar distraído, Rodrigo diz:
— Queres então dizer que os atos de bravura de homens como o cabo Lauro Caré e tantos outros para ti não têm valor nenhum...
— Claro que têm! Um imenso valor, mesmo na gratuidade e no absurdo. Valem em si mesmos numa afirmação do homem como homem, na sua capacidade de enfrentar o perigo, de dominar o medo, de lutar e arriscar-se pelo que lhe parece justo e bom. Eu não perco a esperança de que um dia esses heróis possam atingir um bom senso tão grande quanto a sua coragem física.

Rodrigo olha para o filho fixamente, por alguns segundos, silencioso e sério, e depois explode:
— Queres saber duma coisa? Vai-te à merda! E me dá um cigarro.
Floriano sorri.
— O senhor sabe que não fumo.
— Não fumas, não bebes, não jogas... Que é que fazes?
— Faço o resto, que não é pouco.

Quando esse filho da mãe cair em si — reflete Rodrigo — vai ser tarde. Estará velho, feio e impotente.

— Senta — diz em voz alta. — Quero te contar umas cenas que estive recordando hoje.

Floriano torna a sentar-se. Rodrigo aponta para a janela, que emoldura um quadro: o céu límpido, as copas das árvores da praça, as torres da Matriz, a cúpula do edifício da Prefeitura...

— Hoje quando acordei fiquei pensando nas voltas que a vida dá... Parece mentira que eu, Rodrigo Cambará, já fui intendente municipal deste burgo podre. Te lembras? O culpado foi o Getulio. Insistiu para que eu aceitasse a minha candidatura. Tinha sido eleito presidente do estado, disse que precisava de mim. Não tive outro remédio.

— Sempre quis saber que foi que o senhor sentiu ao ver-se dentro do gabinete que o coronel Madruga ocupou por tanto tempo.

— Nojo. Mandei imediatamente fazer uma limpeza geral no edifício, desinfetar as salas com formol, pintar de novo as paredes, tirar enfim aquele cheiro de sangue, suor e mijo, aquele bodum de várias gerações de sacripantas e bandidos.

Erotildes entra com a chaleira, que repõe sobre a mesinha.

— Mais alguma coisa, doutor?

— Não. Pode ir embora. E feche a porta.

Rodrigo segue com o olhar o enfermeiro que se retira. Depois de ver a porta fechar-se, diz:

— E tu ainda me vens com teus sonhos de igualdade... Mas, como eu ia dizendo... Vinte dias depois da minha posse, quase duzentos e cinquenta operários estavam abrindo valas nas ruas de Santa Fé...

Enche a cuia, toma um gole prolongado, sorri e prossegue:

— ... e um trem com dez vagões cheios de tubos e outros materiais chegava à estação. O doutor Rodrigo Cambará cumpria a promessa que tinha feito ao eleitorado e a si mesmo: dar um serviço de água e esgotos a Santa Fé antes de terminar seu primeiro ano de governo! Que me dizes?

— Eu me lembro da reação popular.

— Engraçado! Te lembras apenas do aspecto negativo do problema. Natural! No princípio quase todos ficaram contra mim. Desandaram num falatório desenfreado, porque eu estava demolindo as finanças do município... porque aquilo era uma loucura... porque eu ia sacrificar várias gerações de santa-fezenses... porque a cidade não aguentava despesas daquele porte... e porque isto e porque aquilo. Chegaram até a insinuar que eu estava metendo a mão nos cofres municipais, quando na realidade eu tirava dinheiro de meu próprio bolso, me arruinava quase, para ajudar as obras. Te lembras daquele drama, *O inimigo do povo*? Claro que te lembras, pois eu te via sempre às voltas com o Ibsen. Pois é. Olha o que aconteceu ao doutor Stressmann ou Stockmann... ou coisa que o valha. O povo é inconsequente e ingrato.

Estende o indicador na direção de Floriano.

— E tu tens aí o resultado. Agora todo o mundo me aplaude, me dá razão. Fiz naquele tempo por um preço irrisório o que hoje custaria uma fortuna. O empréstimo que o município contraiu está pago e a vida da cidade melhorou. Mas... ah! Antes de reconhecer isso a canalha tinha de me difamar, de pedir a minha cabeça, de me crucificar...

Faz uma curta pausa em que fica pensativo, acariciando a cuia. Depois pergunta:

— Te lembras do meu plano para acabar com a pobreza de Santa Fé?

Floriano sacode afirmativamente a cabeça. Mal tomou posse do cargo, Rodrigo saiu a visitar comerciantes, fazendeiros e capitalistas do município para pedir-lhes o auxílio financeiro de que necessitava a fim de levar a cabo o seu grandioso projeto de liquidar os ranchos miseráveis e nauseabundos do Purgatório, do Barro Preto e da Sibéria, substituindo-os por casas de madeira, modestas mas limpas e razoavelmente confortáveis, que seriam entregues gratuitamente aos "desprotegidos da sorte". Não fazia propriamente pedidos: dava ordens, impunha quantias, não aceitava negativas. Quase bateu na cara dum Spielvogel que recusou contribuir para o fundo, alegando que já pagava impostos altos ao município. Por fim, de posse duma importância considerável em dinheiro, mandou começar a construção das casas, mas da maneira como fazia todas as coisas: depressa, com paixão e sem plano. Quando viu terminado o primeiro grupo de moradas, erguidas em terras pertencentes à municipalidade, deu-lhe o nome de Vila Esperança e inaugurou-o festivamente com discursos, foguetório e banda de música. A mudança dos primeiros habitantes do Barro Preto convocados para povoar a vila processou-se sem maiores dificuldades. As famílias vinham de bom grado, trazendo a prole e os tarecos. Houve, porém, um caboclo que recusou mudar-se: Juca Cristo, assim chamado por causa da barba, da cabeleira longa, dos olhos doces e duma certa reputação de milagreiro. Morava com a mulher e cinco filhos num pardieiro construído em cima dum pântano e feito de taquaras, esterco e latas de querosene. As crianças, magras, macilentas, seminuas e cobertas de muquiranas, viviam em promiscuidade com cachorros e porcos. Daquele chão, daquele rancho e daquela gente despedia-se uma fedentina medonha. Mas por uma razão qualquer, sentimental ou supersticiosa, Juca Cristo negava-se a abandonar sua moradia. Rodrigo decidiu tratar do assunto pessoalmente. Numa fria manhã de agosto, encaminhou-se para o Barro Preto, parou a cinco metros da morada do caboclo e gritou por ele; Juca Cristo apareceu com toda a família. "Quero que se mudem hoje mesmo", disse o senhor do Sobrado. O caboclo, molambento, encardido, descalço, pregou o olhar no chão e balbuciou: "Não carece, doutor. A gente está bem aqui". Rodrigo tentou todos os meios suasórios, e quando viu que não conseguia nada, tornou-se ameaçador, falou em autoridade e em polícia. Mas Juca Cristo manteve-se irredutível. Sua arma agora era o silêncio. E o intendente de Santa Fé ali estava, furioso e ao mesmo tempo embaraçado, recendente a Chantecler, metido no seu sobretudo com gola de astracã — parado e impotente diante daquele pobre-diabo esquelético e esquálido, atrás do qual se enfileiravam a mulher de cor terrosa, com horríveis varizes nas pernas, e aquelas crianças opiladas e subnutridas, cujos molambos esfiapados se agitavam ao vento gélido da manhã.

— Estou pensando no caso do Juca Cristo... — diz agora Floriano.
— Tens uma memória infernal para as coisas negativas!
— O senhor não vai me dizer que não é uma grande história...
— Lá isso é! Te confesso que passei os piores momentos da minha vida no dia em que enfrentei o Juca Cristo e a família. Palavra, eu preferia estar diante dum pelotão de fuzilamento... Mas não podia ficar desmoralizado. Quando vi que não havia outro remédio, mandei um funcionário da Intendência atirar querosene no rancho e tocar fogo nele...
— Temos aí o eterno problema dos fins e dos meios.
— Minha consciência me dizia que eu estava procedendo bem. Mas assim mesmo a coisa foi dura. Ao ver o rancho em chamas, a família rompeu a gemer e a chorar, o Juca Cristo caiu de joelhos, ergueu os braços como um profeta e começou a gritar coisas para o céu. Me amaldiçoou, me rogou pragas, disse horrores... Eu já não sabia se lhe pedia desculpas ou se lhe dava um pontapé na cara. A mulher, essa parecia uma possessa, atirada no chão, rolava no barro, soltando guinchos. E os olhos daquelas crianças... Santo Deus! Estavam fitos em mim com uma expressão de pavor como se eu fosse um monstro, um incendiário! Aí tens outra prova de que o povo não sabe bem o que lhe convém. Ah! Meus inimigos naturalmente aproveitaram a oportunidade para me atacar. Imagina, só porque eu quis melhorar a vida duma família. Não vás me dizer que também achas que procedi mal.

— Está claro que não. Mas me parece que não se cura câncer com pomadinhas caseiras.

— Bolas! Nem com literatura.

— Não pense que não compreendo o seu gesto...

— Não se trata de compreender gestos. Olha a realidade, os fatos. Contribuí ou não contribuí para melhorar a vida da gente da minha terra?

— Contribuiu, não nego. O Bandeira vive a citar um filósofo segundo o qual a verdade só se revela na ação.

— Pois estou inteiramente de acordo com esse filósofo, seja ele quem for.

Faz-se um silêncio. Rodrigo tem um curto acesso de tosse e Floriano julga perceber em seus olhos uma sombra de susto. Mas acalma-se, pigarreia, passa os dedos pela garganta, respira fundo e depois, mais calmo, torna a despejar água quente na cuia e a chupar a bomba.

— A Intendência me deu muitos cabelos brancos — diz ele, sorrindo —, mas houve momentos cômicos. Ainda hoje de manhã estive me lembrando de um episódio, dos melhores... Tu sabes como a nossa gente é sem cerimônia, alivia a bexiga em qualquer parte. Se cachorro procura árvore ou poste, para nossos caboclos qualquer parede serve... Pois bem. Um mês depois que mandei pintar e desinfetar a Intendência já não se podia mais aguentar o cheiro de urina que vinha do pátio. É que todo o mundo, funcionários e pessoas de fora, usava a parte traseira do edifício como mictório. Mandei pregar boletins e cartazes em toda a parte, proibindo terminantemente o abuso e ameaçando os infratores com multas. Pois bem. Um belo dia eu entrava na Intendência pela porta dos fundos quando vi um gaúcho todo paramentado, botas, esporas, sombreiro e pala, encostado a uma parede, vertendo água. Não me contive. Avancei na direção dele e apliquei-lhe um bom pontapé no rabo. O homem deu um pulo, virou-se, assustado, já com a mão no revólver, mas quando me reconheceu ergueu os braços, começou a gaguejar: "Me desculpe, doutor, me desculpe...", e a todas essas a esguichar urina como um chafariz, e eu recuando para não ser atingido pelos esguichos do homem, e já sem saber se me ria ou se ficava brabo... Foi uma cena grotesca. Nunca vi maior cábula numa cara. Era um subdelegado do interior do município e tinha vindo para me pedir uma audiência. Não teve coragem. Estava encafifado e ao mesmo tempo ofendido. Montou a cavalo e voltou para seu distrito no mesmo dia. Estás a ver que a história se espalhou (houve duas ou três testemunhas) e na Intendência não se falou noutra coisa durante dias.

Rodrigo inclina-se e põe a cuia do lado da chaleira.

— Aí tens uma cena para o teu próximo romance.

Floriano limita-se a sorrir. E o pai acrescenta:

— Está claro que não podes usá-la. Eu sei. Não é de *bom gosto*. Vocês romancistas costumam passar a realidade por um filtro purificador e o resultado é uma vida pasteurizada, expurgada, capada... E eu te pergunto se a vida real tem alguma consideração para com nossa sensibilidade e o nosso bom gosto. O velho Teixeira está no fundo duma cama comido pelo câncer, sabias? Eu estou aqui com o coração e o pulmão bichados. Compara aquele retrato lá embaixo com este original...

— Qual nada! O senhor está muito bem para um homem de sessenta anos.

— Cinquenta e nove.

— Pois parece cinquenta.

— Tenho espelho no quarto. Sei como me sinto. Mas grita ao enfermeiro que me traga o café. Estou com fome.

Floriano obedece.

— No fim do meu sexto mês de Intendência — diz-lhe o pai, quando ele retorna ao quarto — já andava enojado daquilo, louco para largar o cargo. Estava cansado da papelama, da rotina, da burocracia, dos pedintes, da adulação, da pequenez das pessoas e dos seus problemas... E também farto de Santa Fé, com uma vontade danada de fazer uma viagem a Paris.

— A campanha da Aliança Liberal foi então providencial.

— Chegou na hora exata. Eu me sentia neste fim de mundo como um parelheiro que precisa de cancha maior.

Floriano ouve mentalmente a voz de Eduardo: "O que o velho não conta é que em 1929 os negócios do Angico iam mal e ele encontrou na campanha política e mais tarde na revolução uma saída para as suas dificuldades financeiras. Esse foi o caso não apenas dele como também o de centenas de outros estancieiros e homens de negócios. O que prova que o marxismo está rigorosamente certo". E em pensamento Floriano responde: "Tens apenas uma parte da verdade. O econômico não explica *tudo*. Houve também um poderoso fator psicológico. Esqueces que nosso pai em 29 tinha já entrado na casa dos quarenta, a idade em que o homem começa a fazer-se perguntas sobre si mesmo e sua vida, e a pensar no pouco tempo de mocidade que lhe resta. Não é natural que um homem da vitalidade do Velho se estivesse sentindo sufocado, maneado, dentro das limitações de Santa Fé?".

— Foi uma grande campanha — diz Rodrigo, olhando para a janela. — Me atirei nela de corpo e alma, tu te lembras... Os rodeios estavam misturados, maragatos e republicanos faziam as pazes, velhos inimigos se reconciliavam à sombra da bandeira da Frente Única. O Liroca, esse andava transfigurado, como se estivesse presenciando um milagre. A mim me coube dirigir o movimento na Serra. O próprio Getulio me escreveu pedindo isso. Ah! Mas não foi fácil, tive de engolir uns caroços duros. Logo que se anunciou a nova frente política no estado, o Amintas me mandou um emissário: queria fazer as pazes comigo a todo o transe. Relutei, desconversei o quanto pude, mas tu sabes, não guardo rancor a ninguém, o homem insistiu e eu acabei dizendo que viesse. O filho da mãe se vestiu de preto, se perfumou de Jicky e veio me ver na Intendência, se desfez em elogios à minha pessoa. Se desculpou das infâmias que tinha dito e escrito a meu respeito, só faltou me beijar os pés. Me trouxe uma faca de prata de presente. Tive vontade de dizer: "Meta no rabo". Mas aceitei, para não discutir. Dias depois apresentou-se o Madruga. Esse, mais discreto, se limitou a me apertar a mão, sem me olhar de frente. Puxou um pigarro, resmungou duas palavras e se foi. E agora me diz uma coisa, Floriano. Nesta hora em que eu podia estar na rua fazendo essa campanha e ajudando o Getulio, não é uma injustiça eu estar fechado aqui neste quarto, como um mutilado, um inválido?

Floriano sacode afirmativamente a cabeça.

— Mas tu não podes compreender isso direito — continua Rodrigo — porque não tens como eu a política no sangue. Puxaste pelo velho Babalo.

Erotildes entra com uma bandeja, que põe na mesinha ao lado da cama: café com leite e torradas secas.

— Querem me matar de fome?

E, como Erotildes esteja à sua frente, com o dente de platina a brilhar, Rodrigo grita:

— Está bem, pode ir embora!

Volta-se para Floriano:

— Tu vês, nem comer direito me deixam. Isto é vida?

— Tenha paciência.

— A paciência não é das minhas virtudes, tu sabes.

Rodrigo põe açúcar na xícara, mexe o café, mergulha nele uma torrada e põe-se a comê-la com uma voracidade sem gosto.

— Seu apetite é um bom sinal.
O pai encolhe os ombros, toma um gole de café.
— Eu me lembro muito bem das eleições de 30 — diz Floriano, passeando à toa pelo quarto.
— Uma farsa! — exclama Rodrigo, de boca cheia. — A situação recorreu à fraude. A máquina política do governo federal entrou em atividade. A revolução se impunha como um corretivo às urnas.
— Nós também fizemos a nossa fraudezinha...
— Como? — protesta Rodrigo, e uma partícula úmida de pão lhe salta dos lábios como um projétil.
— Então o senhor não se lembra?
— Não me lembro de coisa nenhuma.
— Pois a história está fresca na minha memória por ter representado o meu primeiro contato direto com o "processo democrático". Eram cinco da tarde, no dia das eleições, e eu estava na praça lendo *Le Jardin d'Épicure* (por sinal era um livro com notas suas à margem), quando o Chiru se aproximou e disse: "Teu pai está te chamando". Acompanhei-o até a Intendência, onde estavam instaladas várias das mesas eleitorais. O senhor me segurou o braço e murmurou (vou lhe repetir suas palavras textuais): "Meu filho, a esta hora os lacaios do Washington Luís em dezoito estados da União estão falsificando as atas e esbulhando a eleição. Se não fizermos o mesmo, estamos perdidos. A nossa causa é boa e o fim justifica os meios". Foram estas exatamente as suas palavras. Lembra-se?
Os olhos postos no soalho, mastigando lentamente, Rodrigo parece consultar a memória.
— O senhor então me mostrou seus companheiros que estavam todos empenhados em assinar nas atas nomes de eleitores imaginários, para aumentar os votos para Getulio Vargas e João Pessoa. Em suma, queriam que eu também colaborasse... Minha relutância caiu diante da sua veemência. Ainda me segurando o braço com força, o senhor me puxou para uma mesa, fez-me sentar, me meteu uma caneta entre os dedos e me apresentou o livro de atas. E, com as orelhas ardendo, ali fiquei a assinar nele os nomes que me vinham à cabeça, em letra ora redonda ora angulosa ora caída para a direita ora para a esquerda...
— Repito que só tens memória para as coisas negativas.
— E sabe qual foi a maneira que encontrei de varrer a testada? Foi inventando e escrevendo nomes como Jérôme Coignard da Silva, João Gabriel Borkmann da Cunha, Dorian Gray de Almeida, Hendrik Ib-

sen de Oliveira. Era como se eu estivesse mandando uma mensagem cifrada à Posteridade nestes termos: "Forçado a me acumpliciar nesta fraude, submeto-me à comédia *cum grano salis*". E enquanto eu escrevia, uma voz dentro de mim repetia um estribilho: "Isto então é democracia? Isto então é democracia?".

Rodrigo olha para o filho e diz:

— Exatamente. Aquilo era democracia. Foi por essa e por outras que o Getulio compreendeu que nosso povo não estava e não está amadurecido para o regime democrático. Naturalmente não concordas.

— Não. Na minha opinião, que vai contra a sua e contra a do Eduardo, só há um caminho para uma boa democracia: é ainda uma democracia defeituosa como as que temos tido.

Faz-se um novo silêncio. Por alguns segundos o enfermo toma o seu café e come as suas torradas. Por fim, diz:

— Na tua opinião, a Revolução de 30 foi desnecessária...

Floriano encolhe os ombros. E no silêncio que de novo se faz, pai e filho pensam ao mesmo tempo naquela noite de 3 de outubro de 1930. E ambos têm na mente o mesmo fantasma: a imagem do ten. Bernardo Quaresma.

Às dez menos quinze, quando Neco Rosa entra no quarto de Rodrigo, encontra-o sozinho.

— Tratante! Estás atrasado. Fecha essa porta.

Neco obedece. Depois coloca o chapéu e a bolsa em cima duma cadeira.

— E que tal, chê, como vamos? — pergunta o barbeiro.

— Mal. Viste a Sônia?

— Vi.

— Como vai?

— Meio chateada. Contou que passa o dia fechada no quarto do hotel, lendo. Pediu que te agradecesse os livros que mandaste.

— Algum recado?

— Nada especial. Só diz que está com muita saudade.

— Neco, fala com toda a sinceridade. Alguém andou dando em cima da menina?

— Ninguém.

— Palavra de honra?

— Palavra de honra.

— Vamos duma vez com essa barba!

Neco Rosa tira os petrechos da maleta, despeja um pouco da água da chaleira na tigela de metal, onde deitou um pouco de sabão em pó, e mexe-a com o pincel, para fazer espuma. Amarra uma toalha ao redor do pescoço de Rodrigo e põe-se a ensaboar-lhe o rosto.

— As eleições amanhã... — começa.

Mas o outro interrompe-o:

— Neco, vou te pedir um grande favor.

— Diga.

— Preciso ver essa menina hoje, custe o que custar.

Neco para, com o pincel no ar, lançando para o amigo um olhar enviesado.

— Que é que estás arquitetando?

— Muito simples. Quando saíres daqui, vai ao hotel e diz à Sônia que hoje, estás ouvindo?, *hoje*, ali por volta das seis da tarde ela passe devagar pela calçada da praça, na frente do Sobrado...

Neco continua a mirar o amigo com o rabo dos olhos.

— Não estou te entendendo direito...

— Eu estarei com a cama perto da janela, para vê-la passar.

— Mas isso não é arriscado?

— Deixa o risco por minha conta.

— Às seis o dia ainda está claro!

— Se não estivesse eu não podia ver a cara dela, animal!

O movimento do pincel recomeça. Neco dá de ombros.

— Está bem. Sua alma, sua palma.

— Diz pra ela que também estou louco de saudade. Que faça mais esse sacrifício. Talvez seja o último...

Segura de repente com ambas as mãos as lapelas do casaco do barbeiro e exclama:

— Neco, eu vou morrer! Tu não compreendes? Eu vou morrer!

Seus olhos enevoam-se. Suas mãos caem. Neco abre a navalha e começa a passá-la freneticamente no assentador, como a preparar-se para degolar o amigo.

Agora os sons duma banda de música atroam os ares. É um dobrado: "El capitán". Lágrimas brotam nos olhos do senhor do Sobrado.

Desconcertado, Neco aproxima-se da janela, olha a praça e, para fazer alguma coisa, começa a contar o que vê:

— Vai começar a festa... Quem diria, hein? O Laurito Caré feito herói nacional... Chii... O coreto está cheio de oficiais com crachás no peito. A praça toda embandeirada como clube de negro. Vem chegando uma companhia do Regimento de Infantaria... O busto está coberto com a bandeira brasileira.

— Me fazes ou não me fazes esta barba? — vocifera Rodrigo.

Floriano marcou um encontro com Roque Bandeira no Café Poncho Verde, onde está agora sentado a uma mesa junto da janela, a olhar para fora.

Se eu tivesse de descrever num romance esta praça neste exato momento... que faria? O problema mais sério não seria de espaço, mas de tempo. Como dar em palavras o quadro inteiro com a rapidez e a luminosa nitidez com que a retina o apanha? Impossível! O remédio é reproduzir um por um os elementos do quadro. Mas por onde começar? Do particular para o geral? Tomar, por exemplo, aquela menininha de vestido azul-turquesa que ali passa na calçada, lambendo um picolé tão rosado quanto sua própria língua? Ou partir do geral e descer ao particular? Nesse caso eu começaria pela abóbada celeste e me veria logo em dificuldades para definir a qualidade desse azul sem mancha — sem *jaça*, como se dizia no tempo do Bilac, quando os escritores tinham uma paixão carnal pelas palavras. Depois qualificaria a luz do sol — ouro? âmbar? mel? topázio? chá? Podia escrever simplesmente "a luz do sol das cinco horas duma tarde de dezembro"... e o leitor que se danasse! Está claro que viriam a seguir as árvores: cedros, plátanos, jacarandás, paineiras, cinamomos... O pintor frustrado que mora dentro de mim não poderia deixar de anotar o contraste entre o vermelho queimado dos passeios interiores da praça e o verde vivo e lustroso da relva dos canteiros. Mas que importância pode ter esse pormenor pictórico depois da destruição de Hiroshima? E por falar em Hiroshima, lá vai o Takeo Kamuro, o primeiro e o único residente japonês de Santa Fé, puxando por cordéis os balões que, como um enorme cacho de uvas amarelas, azuis, vermelhas e verdes, esvoaçam sobre sua cabeça. Leva também um cesto cheio de ventoinhas tricolores de papel de seda. No centro do redondel, cercado de crianças que erguem as mãos para os balões, o japonês parece um haicai vivo... Mas escrevendo tudo isso eu não ajudaria muito o leitor a visualizar o quadro. A cena toda tem um ar alegre e meio rústico de feira: homens, mulheres e crianças a passearem pelas calçadas ou sentados nos bancos: senhoras e senhores idosos debruçados às janelas de suas casas que dão para a praça. O vento faz esvoaçar (terei eu um dia a coragem de usar o verbo *flabelar*?) as bandeirinhas de papel — do Brasil e do Rio Grande — que os funcionários da Prefeitura laboriosamente colaram em extensos barbantes que, presos nos galhos das árvores, atravessam a praça em duas longas diagonais. E os cheiros? Grama, poeira ensolarada, pipoca, fumaça de cigarro, perfumes de todos os preços. E os sons? As vozes humanas... os alto-falantes da Rádio Anunciadora, um em cada esquina da praça, despejando no ar implacavelmente uma valsa vienense. A corneta fanhosa do sírio que vende picolés. Que mais? (Lá se vai o método!) Cachorros, passarinhos, uma pandorga rabuda no ar, longe... Uma criança correndo atrás duma bola em cima dum canteiro... Um gaúcho pobre passando na rua montado num bragado de olhos tristes... Os automóveis cruzando pela frente do café... O busto de Lauro Caré no centro da praça, frente a frente com o de d. Revocata Assunção, tendo a separá-los o redondel de cimento, onde moças e rapazes deslizam, sozinhos ou aos pares, nos seus patins de rodas...

Terminado o inventário, teria eu dado ao leitor uma ideia do quadro? Duvido. Neste particular a pintura, arte espacial, é mais feliz que a literatura. De resto, que importância real poderá ter a descrição duma paisagem numa história de seres e conflitos humanos? Talvez o melhor seja resumir tudo assim: *Eram cinco da tarde, na Praça da Matriz, a essa hora cheia de gente que vinha ler a estátua do Cabo Lauro Caré, herói da Força Expedicionária Brasileira, inaugurada pela manhã.*

— Falando sozinho?

Floriano volta a cabeça e vê Tio Bicho a seu lado.

— Ah! Estava *pintando* a praça.

Soltando um suspiro de alívio, o outro se acomoda na cadeira ao lado do amigo, tira a palheta da cabeça e coloca-a em cima da mesa. Passa o lenço pela carantonha reluzente de suor, chama o garçom, pede uma cerveja gelada, descalça os sapatos e fica a acariciar os joanetes.

— Como te foste de inauguração? — indaga.

— Ora... aguentei como pude.

— E os discursos... muito infectos?

— Um dos oradores me deu a impressão de que sem o auxílio do Brasil os Aliados jamais teriam derrotado a Alemanha. E o nosso inefável Amintas Camacho, que por sinal esteve sublime, afirmou que o Laurito Caré, ajudando a Itália a livrar-se do jugo nazista, tinha pago a dívida de honra e de gratidão que o Rio Grande contraiu com Giuseppe Garibaldi em 1835...

— Muita gente?
— Uma pequena multidão.
— A avó do busto compareceu?
— Sim, toda de preto, muito digna, como uma verdadeira dama.
— Dona Ismália é uma dama.
— Os pais do Laurito choraram durante todo o tempo da cerimônia, mas a avó ficou impassível, de cabeça erguida, os olhos secos e serenos.
— Deve ter sido uma cabocla bonita, porque o velho Licurgo teve um rabicho danado por ela.
— Sabes duma coisa? Às vezes sinto uma certa vontade de conversar com a velhinha, perguntar-lhe coisas sobre o meu avô. Acho que ela o conheceu melhor que ninguém.
— É possível que o coronel Licurgo fosse menos fechado e enigmático deitado do que de pé. E por falar em avô... aquele que lá vem não é o velho Aderbal?
Aponta na direção do Sobrado. Floriano olha, sorri e diz:
— Em carne e osso...
E Tio Bicho completa:
— ... com seus oitenta e pico na cacunda.

No seu tranco de petiço maceta, tão conhecido em Santa Fé e arredores, Aderbal Quadros atravessa a rua palmeando fumo picado, com uma palha de cigarro especada atrás da orelha. As largas abas do chapéu campeiro sombreiam-lhe a cara emagrecida, onde as falripas brancas da barba e do bigode esvoaçam. Veste um casaco de riscado, bombachas da mesma fazenda, calça botas de fole e traz um lenço branco amarrado ao pescoço. Chegou há pouco do Sutil, deixou o cavalo no quintal do Sobrado e agora vem "dar uma olhada" no busto do cabo Caré.

Um grupo de curiosos cerca a herma, discutindo a parecença fisionômica. O trabalho foi feito meio às pressas pelo escultor duma casa de monumentos fúnebres de Porto Alegre, que teve como único modelo uma fotografia. Laurito Caré aqui está com um capacete de guerra na cabeça, o torso apertado no dólmã militar, uma medalha no peito.

Chico Pais, que hoje abandonou sua padaria muitas vezes para vir "espiar a estauta", proclama que a esta só falta falar. E acrescenta: "O Laurito, quando era pequeno, foi meu empregado, me ajudava a tirar pão do forno". Cuca Lopes, que em movimentos de piorra tem andado ao redor do monumento, examinando-o dos mais variados ângulos, profere agora sua sentença: "Não está parecido. O Laurito era mais magro e não tinha nariz tão grande".

Quica Ventura olha obliquamente para a estátua, de longe, resmungando para o Calgembrino do cinema, que está a seu lado: "Muito corridão dei nesse moleque quando ele pulava a cerca lá de casa pra me roubar laranja. Agora está aí feito herói. Xô mico!". Solta uma cusparada no chão.

Aderbal Quadros aperta os olhos, foca-os na figura de bronze e pensa: "A testa e a boca são do finado Licurgo". Mas nada diz. Alguém lhe bate no ombro. Babalo volta-se.

— Olha quem está aqui! — exclama. — Como vai essa bizarria, Liroca?

Abraçam-se. José Lírio, enfarpelado na roupa domingueira de casimira preta, com a qual compareceu esta manhã à inauguração do busto, brinca com a libra esterlina que lhe pende da corrente do relógio. As pontas dum lenço maragato aparecem acima das bordas do bolso superior do casaco. Liroca acerca-se do monumento, tira respeitosamente o chapéu, e lê pela quinta vez a inscrição da placa:

AO CABO LAURO CARÉ, SOLDADO DA FORÇA EXPEDICIONÁRIA BRASILEIRA, E QUE MORREU COMO UM BRAVO NA ITÁLIA, NA DEFESA DA PÁTRIA E DA DEMOCRACIA — A SUA CIDADE NATAL ORGULHOSA E GRATA.

— Quem diria! — murmura ele para Babalo. — Um piá que muita vez eu vi na rua de pé no chão, fazendo mandaletes. — Seu peito arfa ao ritmo duma respiração áspera e cansada. — Os Carés sempre pelearam em campo aberto, mas esse menino teve de brigar em montanha, como cabrito. Mas brigou lindo, como homem. Sangue não nega. Cambará misturado com Caré só podia dar isso...

Aderbal Quadros pita agora em calmo silêncio, a fumaça de seu cigarrão sobe no ar. Com passos incertos de bêbedo, Don Pepe García aproxima-se do busto, mira-o com seus olhos injetados, murmura: "Pútrida!" e continua seu caminho, vociferando contra a arte comercial e contra o capitalismo engendrador de guerras que matam a flor da mocidade. E, pisando nas flores dos canteiros, grita para o céu:

— Me cago en la leche de la madre de todos los héroes!

O dr. Carlo Carbone, todo vestido de linho branco, sai da sua Casa de Saúde de braço dado com a segunda esposa, e encaminha-se para o centro da praça, a cabeça descoberta, as barbas e os cabelos completamente brancos. O ex-coronel dos *bersaglieri* conserva, apesar da idade, uma postura rígida. Seus passos e gestos são vivos, e todos afirmam que suas mãos de cirurgião não perderam nada da antiga firmeza e habilidade.

— Olha só aquele velho desfrutável — ronrona Liroca ao ouvido de Babalo, tocando-o com o cotovelo. — Quando dona Santuzza bateu com a cola na cerca, ele ficou desesperado, inconsolável... Falou até em suicídio. No entanto um ano depois casou com essa gringa de Garibaldina, quase quarenta anos mais moça que ele. É ter muita vocação pra corno!

Babalo abstém-se de qualquer comentário.

O dr. Carbone mostra a herma à esposa e conta-lhe que um dia operou Laurito Caré dum quisto sebáceo. Desprende-se dela, dá dois passos e toca com o indicador o centro da testa da escultura: "Bem aqui". Ela sorri. É alta, duma boniteza agreste de colona: seios abundantes, duas rosas naturais nas faces. O médico torna a agarrar-lhe o braço. Sua cabeça mal chega aos ombros da mocetona, que ele proclama *"bella comme una pittura di Caravaggio"*.

Ouve-se um grito lancinante. Liroca e Babalo voltam a cabeça. Uma criança chora aos berros no redondel, os braços erguidos para o balão amarelo que acaba de escapar-lhe das mãos e sobe, impelido pela brisa, quase toca no galo do cata-vento da Matriz e depois se vai, rumo do poente.

Sentado ainda à sua mesa de café, Floriano acompanha com o olhar o balão amarelo, pensando em Sílvia, desejando sair de mãos dadas com ela por esses campos ao sol (a ideia pode ser piegas mas a coisa em si seria boa) e caminhar, caminhar rumo de horizontes impossíveis, procurando no espaço uma solução que o tempo lhes nega. E, ao pensar essas coisas, beberica o horrendo café que acabam de servir-lhe. Tio Bicho toma um largo sorvo de cerveja, ficando com bigodes de espuma, que lambe voluptuosamente com a língua pontiaguda, dum róseo pardacento. O balão desaparece do campo de visão de Floriano, mas a imagem de Sílvia ainda continua em sua memória... Sílvia dançando nua na noite californiana, o balão amarelo sobre o sexo. E ele chega a ressentir na memória os odores daquele cabaré de Chinatown: comida chinesa, uísque e chá de jasmim.

Tio Bicho toca-lhe o braço.

— Olha quem vem lá...

Floriano avista Irmão Zeca e Eduardo, um vestido de preto e o outro de branco. Caminham lado a lado ao longo de um dos passeios da praça. Agora param, ficam frente a frente, parecem discutir, o marista sacode negativamente a cabeça. Edu ergue o jornal que tem na mão, bate nele como para mostrar alguma coisa.

O outro encolhe os ombros. Retomam a marcha, atravessam a rua, entram no café e sentam-se à mesa de Floriano e Bandeira. Este último toma o jornal das mãos de Eduardo. É o *Correio do Povo* de hoje, chegado pelo avião da manhã.

— Ouçam esta... — diz o Tio Bicho, com o jornal aberto diante dos olhos. — A Liga Eleitoral Católica recomenda a seu eleitorado os nomes do general Dutra e do brigadeiro Eduardo Gomes para presidente da República, e declara que nenhum católico deve votar no candidato dos comunistas. Que é que vocês tomam? Um guaraná, Zeca?

O marista apalpa distraído o crucifixo que lhe pende do pescoço.

— Guaraná coisa nenhuma! — diz. — Uma cerveja gelada.

— Esse é dos meus! — exclama Tio Bicho, dando uma palmada nas costas do rapaz e fazendo desprender-se da batina uma tênue nuvem de poeira. Volta-se para Eduardo: — E tu, camarada?

— O mesmo.

Floriano chama o garçom e pede as bebidas. Tio Bicho continua a folhear o jornal.

— Esta é boa. Escutem. O Comitê Pró-Fiuza analisa os candidatos à presidência da República. *Dutra: candidato dos integralistas, espiões e criminosos que avisaram os submarinos do Eixo da saída de nossos pacíficos navios mercantes, mandando à morte milhares de patrícios.* Agora o Eduardo Gomes. *Candidato dos velhos politiqueiros, da alta aristocracia e dos agentes do capitalismo estrangeiro colonizador.*

Sempre de olhos baixos, a manipular seu crucifixo, Irmão Zeca sacode a cabeça murmurando:

— Nada disso tem sentido.

O garçom põe sobre a mesa duas garrafas de cerveja e dois copos. Os recém-chegados servem-se e começam a beber com o entusiasmo da sede. Tio Bicho continua a ler:

— *Disse em discurso não precisar do voto dos marmiteiros.* (Marmiteiros são os trabalhadores pobres que conduzem suas marmitas para fazer suas refeições nos locais de trabalho.)

O marista alça vivamente a cabeça:

— Vocês acreditam que o brigadeiro tenha mesmo dito isso? Que achas, Bandeira?

— Pode ser uma intriga, como a das famosas cartas do Bernardes em 1922. E o fato da intriga ser agora contra o Zé Povinho e não contra o Exército é um sinal dos tempos... E um bom sinal.

— Se o brigadeiro não disse isso — opina Eduardo —, pelo menos pensou, porque essa é a atitude mental de sua classe. Seja como for, ele é o candidato dos americanos. Ninguém ignora que o golpe de 45 foi encorajado por um discurso do embaixador dos Estados Unidos.

A voz descomunal do locutor da Rádio Anunciadora engolfa o largo, anunciando o filme que o cinema do Calgembrino vai exibir esta noite. Depois a música repenicada dum choro começa a jorrar dos alto-falantes, metálica e distorcida. O café se vai enchendo aos poucos de gente. À maioria das mesas discute-se política. Fazem-se apostas em torno das eleições de amanhã, dizem-se bravatas. Floriano avista o cel. Laco Madruga, que passa na calçada, encurvado, envelhecido e murcho, arrastando os pés e o inseparável bengalão. E dizer-se que a figura desse bandido assombrou tantas horas da minha meninice!

Um automóvel estaca à frente da Prefeitura e de dentro dele salta, lépido e atlético, José Kern, o rosto e o cachaço luzidio dum vermelho de lagosta, os cabelos louros já desbotados pela idade. É candidato a deputado pelo Partido de Representação Popular. Floriano lembra-se de que viu e ouviu um dia Kern num comício integralista, aqui nesta mesma praça, erguendo no ar o dedão profético e ameaçando todos aqueles que se recusavam a colaborar com os camisas-verdes. Agora proclama-se democrata nos milhares de cartazes em tricromia espalhados por todo o município, pedindo o voto de todos os cristãos "que queiram livrar a nossa Pátria da influência de nefastas doutrinas exóticas".

Roque Bandeira solta uma gargalhada. E, como os outros querem saber onde está a graça, Tio Bicho lhes mostra numa das páginas do jornal um clichê no qual o gen. Eurico Gaspar Dutra aparece em uniforme de gala a receber algo das mãos dum cavalheiro solenemente vestido de fraque e calças listadas. Ao lado da fotografia, a seguinte legenda, que Bandeira lê com gosto:

Esta condecoração não foi recebida do Papa. Dutra recebeu-a de Hitler, por intermédio do Embaixador Kurt Prueffer "por serviços de excepcional relevância", a 25 de abril de 1940, já em plena guerra. É a Cruz de Ferro, Heil, Hitler! E ainda não foi devolvida... Quem votará neste democrata?

— Não deviam usar esses métodos... — diz o marista. — Eu vinha dizendo ao Edu, sou contra o vale-tudo.
Eduardo volta-se para o amigo:
— Mas vocês aceitam o vale-tudo quando se trata de combater o comunismo. Valeu tudo para destruir o Harry Berger, para manter o Prestes nove anos na cadeia, para perseguir, torturar e assassinar membros do Partido Comunista. Que diabo de ética é essa?
Mais uma vez Floriano alarma-se ante a seriedade do irmão. Não tem um pingo de senso de humor — reflete. — Palavra, esse menino me assusta.
O marista, com ar pensativo, começa a raspar com a unha o rótulo duma das garrafas.
— Tu sabes, Edu, que nunca aprovei esses métodos. São contra a minha maneira de sentir, de pensar, de viver...
— Está bem. Não vou cometer a injustiça de te julgar capaz de recomendar a tortura e a crueldade. Mas essa tua deformação profissional, vamos dizer assim, te faz torcer todos os argumentos para enquadrá-los na filosofia escolástica. Metes santo Tomás de Aquino onde ele não cabe, não pode caber. Nenhuma filosofia funciona quando se trata de problemas reais, sentidos e sofridos por pessoas que estão vivas aqui e agora.
Tio Bicho dobra o jornal, põe-no sobre a mesa, toma um gole de cerveja, que lhe desce pela gorja com um glu-glu alegre:
— Há um território vago de valores transcendentes cuja entrada está completamente vedada à maioria das criaturas humanas. Sempre digo que precisamos duma filosofia do homem total, de algo prático, militante, existencial, que funcione no plano da realidade cotidiana.
Floriano sorri, pensando: lá vem o Tio Bicho com seus filósofos de *colis postaux*... Os dedos de Zeca tamborilam no mármore da mesa ao compasso do choro.
— O homem total? — reflete Eduardo, encarando Bandeira. — Está claro que essa noção existe, e é de Karl Marx. Não se trata duma definição filosófica e abstrata do homem, dessa safada escamoteação teológica que transfere as dificuldades humanas do plano do tempo histórico para o da eternidade, fugindo à solução dos problemas que todos os dias nos esbofeteiam a cara.

Tio Bicho e Irmão Toríbio entreolham-se. O primeiro pisca um olho. Mas Eduardo continua:

— É muito fácil mandar o padre Josué apascentar suas ovelhinhas da Sibéria, do Barro Preto e do Purgatório, dizer a esses miseráveis que aguentem com paciência e em silêncio a sua desgraça, porque a verdadeira felicidade está no Céu e não aqui, neste "vale de lágrimas", e que os que sofrem nesta vida serão automaticamente recompensados na outra. É uma operação puramente retórica, que tem a vantagem de ser conveniente à Igreja e ao mesmo tempo de não custar nada à burguesia apatacada, que o clero prestigia e defende...

Enquanto Eduardo fala, Floriano observa Zeca, procurando descobrir nele algo de Cambará. Troncudo como o pai, tem no entanto esse marista de menos de trinta anos uma expressão de cordura que Floriano não se lembra de jamais ter visto no rosto de Toríbio Cambará, cujas proezas caudilhescas e eróticas são talvez o elemento mais rico e colorido do folclore do Sobrado e do Angico. Nem sempre, porém, consegue o irmão reprimir certos impulsos e paixões, que Tio Bicho classifica como o "potro interior". Há momentos em que o animal se liberta, empina-se, nitre, solta um par de coices e foge a todo o galope... Entretanto essas explosões — na maioria das vezes puramente verbais — são de curta duração. O marista consegue de novo laçar o potro, prendê-lo na soga, e tudo nele volta à habitual aparência de calma. O animal daí por diante se limita a espiar para fora, de quando em quando, pela janela desses olhos escuros e intensos.

Tio Bicho pousa a mão gorda e pequena, sarapintada de manchas pardas, no ombro de Eduardo:

— Até certo ponto estou contigo — diz. — Essa história de quererem pôr dum lado a natureza com todas as suas leis e do outro o homem com sua liberdade, me parece um truque besta, um dualismo falso. Acho que a liberdade humana é uma coisa que se conquista, e que se afirma na nossa capacidade de domínio sobre a natureza. — Volta-se para Floriano. — Que tal, romancista? Estás comigo?

Floriano encolhe os ombros, vago. Sabe que agora vão resvalar para uma discussão interminável, como tem acontecido tantas vezes nestes últimos dias. Eduardo não perde oportunidade para doutriná--lo, e o curioso é que faz isso com uma seriedade tão sem malícia e às vezes tão agressiva, que dá a impressão de que na verdade ele se está doutrinando a si mesmo, mais que aos outros. E como é difícil discutir ideias num café barulhento, numa tarde barulhenta, numa época barulhenta! E esta bebida requentada, negríssima e meio azeda, não melhora em nada a situação.

— Não foi Marx o primeiro nem o único a tentar essa teoria do homem total — diz Zeca.

E Edu replica:

— Não estou me referindo à totalidade cósmica, metafísica e abstrata, mas sim à totalidade humana. O homem é um produto da própria atividade. Ele conquistou a sua liberdade no plano social e no plano da história. Estudando o desenvolvimento social do ser humano, Marx descobriu um conjunto de fatos em que a história natural do homem coincidia com a sua história social.

Tio Bicho interrompe-o para dizer com fingida solenidade:

— Neste ponto nos despedimos. Passe bem e faça boa viagem!

— Tu falas em conquista da liberdade — intervém Floriano, dirigindo-se ao irmão. — Achas que na Rússia soviética o homem é livre?

— O homem novo da nova Rússia está em formação. Não representa ainda o homem total, mas sim uma etapa rumo desse objetivo. A técnica moderna vai acabar desenvolvendo todas as possibilidades do homem soviético para que então seja possível a sociedade comunista.

— A técnica! — exclama o Irmão Zeca. — Os comunistas enchem a boca com essa palavra. Censuram os católicos por acreditarem em absolutos e num Deus único e no entanto adoram centenas de deuses e de absolutos.

— Na minha opinião — diz Floriano — o grande perigo que estamos correndo hoje é o da desumanização do homem, que se perde cada vez mais numa floresta de máquinas. Estamos correndo o risco de acabar sendo uma coletividade de robôs. Está claro que não me refiro ao nosso mundo latino-americano nem aos países subdesenvolvidos em geral, mas sim àqueles em que existe ou começa a existir uma superindústria e uma supertécnica.

Eduardo sorri um sorriso superior.

— Esse perigo — diz — só pode existir nos países capitalistas de produção desordenada, onde imperam os trustes, cujo objetivo primordial é o lucro, e onde a economia anda às cegas, sem plano, dominada por grupos que se entredevoram e periodicamente provocam as guerras. Mas nos países socialistas as máquinas não escravizam os seres humanos porque estão nas mãos do Estado. Na Rússia a técnica é usada a favor do homem e não contra ele. Mas me deixem continuar a exposição...

Através da janela Floriano vê na praça o mudo e rápido desenrolar-se duma cena que o diverte. Um velhote aproxima-se do japonês, compra-lhe um balão vermelho e encosta nele a ponta do cigarro aceso, fazendo-o estourar. Depois atira fora o pedaço de borracha que lhe ficou na mão e continua, muito sério, seu caminho.

— Segundo a noção do homem total — está dizendo Eduardo —, seus órgãos, suas funções naturais se transformam no decurso de seu desenvolvimento social e histórico. Tu negas isto, Zeca?

O marista hesita: o potro dentro dele parece escarvar-lhe o peito.

— A vida social do homem — continua o mais jovem dos Cambarás — e sua história na face da Terra têm a força de transformar suas funções naturais, seus sentidos, o tato, o gosto, o olfato, a visão, o ato de comer, de beber, de procriar. A essa transformação Marx chama apropriação pelo homem da Natureza e de sua própria natureza.

"O Baixinho vai ganhar de rebenque erguido!", grita alguém com voz estrídula na mesa próxima, soltando em seguida uma risadinha. Os quatro amigos voltam instintivamente a cabeça. Um garçom passa com uma bandeja cheia de canecões de chope. A música dum *paso doble* enche agora o largo, dando-lhe um vago ar entre festivo e dramático de praça de touros.

— E aqui chegamos ao ponto nevrálgico da questão — prossegue Eduardo, depois de tomar um gole de cerveja. — Existem milhões de criaturas humanas no mundo inteiro que estão excluídas desta ou daquela atividade social, deste ou daquele privilégio ou poder. As massas não vivem: vegetam.

— É o que o teu chefe chama de "alienação do homem" — acrescenta Tio Bicho.

Eduardo olha para Floriano:

— Tu mesmo falavas outro dia lá em casa nessa alienação, só que raciocinavas dentro dum psicologismo estreito, sem te preocupares com os aspectos concretos e imediatos dessa alienação. Tu és desses que em face duma lâmpada acesa querem estudar o fenômeno da luz em si mesmo, sem jamais procurar saber nada da lâmpada que produz a luz, dos fios a ela ligados, da corrente elétrica que passa por esses fios, e do dínamo que produz essa corrente.

— E assim por diante até Karl Marx — sorri Bandeira.

— Até Deus — corrige-o Zeca.

Eduardo está ainda a olhar intensamente para o irmão:

— Tu te refugias num vago humanismo estético ou poético, feito, eu não duvido, de boas intenções... vagamente religioso (apesar de teu agnosticismo) mas absolutamente inoperante, contemplativo e cretino.

Floriano sorri e pergunta a si mesmo: por que os silêncios e os olhares críticos de Jango sempre me irritam mais que a agressividade verbal do Eduardo?

Este se recosta no respaldo da cadeira, passa a mão pela cabeça, lança para a praça um olhar vazio, e continua:

— O sistema capitalista reduziu todas as necessidades humanas a uma necessidade única: a do dinheiro, seu valor máximo. Tu mesmo, Floriano, vives a proclamar isso... E qual é a técnica do homem de negócios capitalista senão a de criar necessidades nas outras pessoas a fim de forçá-las a uma nova dependência? Como resultado disso, todo o mundo vive de crédito, no regime inflacionário da prestação, hipoteca o seu futuro, perde a identidade e a liberdade... Quanto maior for o número de artigos produzidos pela indústria no sistema capitalista, maior será o reino das coisas alheias que escravizam o homem...

Floriano pensa agora numa noite de tempestade da sua infância. Os relâmpagos, visíveis através das bandeirolas do quarto, de quando em quando clareavam a treva interior. As trovoadas faziam estremecer as vidraças do casarão. Sem poder dormir, ele esperava que o temporal se desfizesse em chuva, pois sabia que só assim ele se aliviaria daquele peso opressivo no peito, daquela sensação de fim de mundo. Foi então que viu um vulto à luz dum relâmpago. Reconheceu Eduardo, que entrava no quarto, corria para sua cama, metia-se debaixo das cobertas, achegava-se a ele e lhe murmurava junto da orelha: "Tou com medo". Abraçou o irmão mais moço, cochichando: "Não é nada. Dorme, isso logo passa". E seu medo desapareceu dissolvido no medo maior do outro, cujo coração batia acelerado de encontro ao seu. Dentro de alguns minutos cessaram os trovões e os relâmpagos, a chuva começou a cair. Eduardo dormia sereno em seus braços.

— A técnica — prossegue este último, e Floriano de novo sorri da seriedade didática do irmão —, dando ao homem o domínio sobre a Natureza, tornou possível a felicidade social. No nosso mundo ocidental essa felicidade é privilégio duns poucos. O comunismo despertou as massas, deu-lhes a consciência de seus direitos, para que elas reclamem a sua parte nesse progresso e nesse bem-estar.

Inclina-se, apoiando ambos os braços sobre a mesa, e prossegue, incisivo:

— O Roque se engana quando afirma que não existe uma ideia militante adequada à nossa época e à nossa realidade cotidiana. Ela existe, e é a que acabo de expor: a noção marxista do homem total. Em vez de usar o falso trampolim duma definição abstrata, acadêmica, partimos do exame concreto dos acontecimentos históricos e procuramos fazer que o homem supere, ultrapasse por atos e não por pensamentos todos os seus conflitos, oposições, separações, desencontros e contradições... Vocês vivem a perguntar: "Que é o homem? De onde vem?". Ora, nós os marxistas preferimos pensar no que o homem pode vir a ser, e em até que ponto ele pode ser o arquiteto de si mesmo.

Inclina-se ainda mais, fica quase a tocar com a boca o gargalo de uma garrafa. Floriano lembra-se do tempo em que o Edu de seis anos lhe vinha dar "concertos", soprando muito compenetrado num garrafão de vinho vazio, procurando tocar uma música que mentalmente ele devia estar ouvindo em toda a sua riqueza melódica, mas que na sua reprodução se reduzia a duas notas.

Tio Bicho fita em Eduardo seus olhos claros e diz:

— Até certo ponto somos correligionários, menino. O que me impede de ir mais longe contigo é que, assim como não acredito na capacidade do homem de fazer-se santo, como proclama a fé religiosa, não confio na sua habilidade para conseguir a felicidade terrena ou social como a tua fé, Edu, apregoa.

— Tu sabes que não tenho nenhuma *fé*.

— Como não? Vocês comunistas se sacrificam a ponto de estarem dispostos a morrer pela causa do proletariado, da fraternidade universal e quejandas besteiras. Por outro lado não acreditam em recompensas numa outra vida, e, se morrem, nada ganharão também nesta... Assim sendo, o que leva vocês a esses sacrifícios é inescapavelmente uma fé que transcende a dialética marxista. Logo, comunismo *é* religião.

Por um instante o que Floriano lê no rosto do irmão é uma expressão de indignada perplexidade. E, antes que ele reaja, Bandeira torna a falar.

— Tanto para o comunista como para o cristão (talvez eu devesse dizer especificamente "o católico"), o fim justifica os meios...

— Não me venhas outra vez com essa cantiga... — replica Eduardo. — Olhem, o que posso dizer é que se os *meios* da Rússia marxista são às vezes violentos, é preciso não esquecer que eles são apenas *meios*, isto é, processos transitórios, ao passo que os fins do capitalismo são permanentes: a injustiça social, a busca do lucro por uma minoria com o sacrifício da maioria. A decantada "civilização ocidental e cristã" tem estado sempre a serviço de grupos financeiros e econômicos como a DuPont, a Standard Oil, a Krupp... E agora, com a bomba atômica, os Estados Unidos poderão defender com mais eficiência a dignidade e a integridade da pessoa humana, como ficou provado com a destruição de Hiroshima e Nagasaki. Claro, é preciso esclarecer que japonês não é bem "gente". Nem negro. Nem mexicano. E (não nos iludamos) nem nós sul-americanos...

— Não é bem assim, Edu! — protesta o marista. — Os fins que os comunistas visam são imanentes e históricos, e portanto os meios de que eles se servem terão de ser fatalmente humanos e materiais. Explica-se desse modo o fato de terem seus líderes de recorrer frequentemente à violência. Agora, nós os católicos vivemos em relações íntimas com o sobrenatural, de sorte que nossos meios serão sempre sobrenaturais e espirituais. Jamais exercemos a violência, quer física quer espiritual, sobre o homem. A Igreja o deseja livre, com a liberdade de escolher entre o Bem e o Mal.

— Vocês não descobriram ainda — sorri Tio Bicho — que o diabo é subvencionado pelas igrejas cristãs? (E a católica é a que paga a quota maior.) Sem Pero Botelho o "negócio" religioso não funcionaria. O fim do diabo bem poderia ser o fim de Deus.

— É através do reconhecimento da transcendência — prossegue o marista, sem dar maior atenção às palavras de Bandeira — que o homem se libera. A negação dela o transforma num escravo. A falta de transcendência leva vocês comunistas a essa brutalidade de linguagem e de atos que elimina desde o início qualquer possibilidade de diálogo. — Sorri e, por um instante, Floriano julga ver a expressão pícara de Toríbio Cambará no rosto do filho. — E se hoje dialogas conosco é porque estás aqui em minoria. No dia em que o comunismo triunfar (que Deus nos acuda!) e tu fores feito comissário, estaremos todos perdidos.

Agora é Rodrigo Cambará quem surge repentino em Edu, quando este agarra o jornal dobrado e trata de atingir com ele o marista, entre as pernas, exclamando: "Nesse dia eu te capo, ordinário!".

E os quatro desatam a rir.

— Como vamos nos entender — continua Zeca, de novo sério —, se estás preocupado apenas com a salvação do homem na Terra e não acreditas na existência duma alma que transcende o corpo? O homem é uma criação de Deus, o centro do universo. O dogma da queda e da redenção, que tanto ridicularizas (talvez porque no fundo ele te preocupe mais do que desejarias), dá ao ser humano a certeza de que dele depende a salvação ou a perdição de sua vida.

— Vocês falam, por exemplo, na "pessoa humana" — replica Eduardo — como se ela não passasse duma abstração, duma entidade estática. O marxista, pelo contrário, vê no indivíduo uma realidade complexa. O homem é um núcleo, um centro de relações ativas em contínuo processo de transformação.

Tio Bicho faz com a cabeça um sinal de assentimento.

— Tu vives a afirmar — diz o marista — que a Igreja não se preocupa com a miséria das massas. Não é verdade. Péguy escreveu, e eu estou apaixonadamente de acordo com ele, que é necessário fazer uma revolução temporal para conseguir a salvação eterna da humanidade, pois é insensato deixar que os homens continuem no inferno da miséria. É indispensável fazê-los transpor a linha que os separa da pobreza, que já é um purgatório em si mesma. Nossa obrigação de cristãos é a de estar presentes em todos os esforços do mundo no sentido de construir uma sociedade mais humana. O verdadeiro cristão não terá de ser necessariamente contemplativo, mas militante. E se pensas, Edu, que na hora em que a tua revolução estiver nas ruas eu vou me esconder atrás do altar, estás muito enganado. Saio para enfrentar vocês de homem para homem, com batina ou sem batina.

Bandeira, que tem estado a fumar cigarro sobre cigarro, desata numa risada convulsiva que se emenda com um acesso de tosse. Ergue-se e, dobrado sobre si mesmo, faz uma volta convulsiva ao redor da mesa, e depois, mais calmo, torna a sentar-se. O potro volta à soga. Irmão Toríbio prossegue:

— Não é só o pecado de Adão a causa dos sofrimentos da humanidade. São os pecados que os homens continuam a cometer dia a dia, hora a hora, minuto a minuto. A ambição desmedida, a falta de verdadeiro amor ao próximo, a ausência duma tábua de valores morais rígida, a libertação dos instintos, tudo isso conduz ao crime, à guerra, às revoluções, às desigualdades sociais, às crises econômicas e a todas as outras.

— Ainda estás no domínio das palavras e das boas intenções — replica Eduardo. — Como diz Emmanuel Mounier, que por sinal é anticomunista: "A palavra separada do *engagement* resvala para a eloquência, e o farisaísmo está, ainda que imperceptivelmente, no âmago de toda a eloquência moral".

Floriano vê o japonês atravessar a rua: vendeu todos os balões, leva nas mãos apenas uma ventoinha que o vento faz girar. O sol da tarde acentua-lhe o amarelo do rosto.

— Não é verdade também — diz Irmão Toríbio — que a Igreja aprove o sistema semifeudal que existe em países como o nosso. Chamamos ao latifúndio "terras de injustiça".

— Mas não é isso que o nosso vigário prega em seus sermões — intervém Tio Bicho. — Segundo ele, a propriedade é um direito divino.

— O vigário é uma besta! — relincha o potro. Mas em seguida, percebendo que se excedeu, o marista procura corrigir-se. — O padre Josué, coitadinho, é um santo homem, mas um tanto ingênuo. Em matéria de literatura, além do Livro de Horas, acho que só lê as *Vozes de Petrópolis*.

Agora quem ri é Eduardo. Mas nem por isso deixa de voltar ao ataque:

— Só um inocente pode acreditar na santidade duma Igreja como a católica, cujo passado não está absolutamente isento de atos de violência, crueldade e injustiça.

— A Igreja — explica Zeca, escandindo bem as sílabas — é santa na sua estrutura divina, mas é também humana porque seus sacerdotes são homens que todos os dias precisam pedir perdão a Deus pelos seus erros e pecados. A Igreja é transcendente no tempo pela sua mensagem de ressurreição, mas não pode ficar indiferente às formas que assumem as sociedades humanas. Não vou negar que temos tido bispos e arcebispos e cardeais demasiadamente políticos e até politiqueiros, que se portaram como se a missão da Igreja fosse apenas a de sobreviver no tempo e na Terra. E outra coisa! É um engano também pensar que o católico despreza o corpo. Não senhor. O corpo para nós também é importante. E o admirável é que a Graça pode salvar não somente a alma como também a carne.

— Não acredito na alma — diz Roque — e não tenho o menor interesse em salvar este corpo.

— Um dia destes — continua o marista — o Floriano me dizia que na sua opinião a Igreja se fortaleceria espiritualmente se voltasse às catacumbas. Eu respondi que essa era uma ideia romântica e ultrapassada. E, seja como for, em certos países hoje em dia a Igreja foi obrigada a voltar mesmo às catacumbas. Vocês precisam compreender que a fé cristã não é uma ideologia ou um mito social, político ou econômico. É uma transcendência. Mas nem por isso nós os católicos deixamos de nos interessar pelos problemas e pelas dores do homem na Terra, no famoso plano histórico a que o Eduardo dá tanta importância. Estamos sempre do lado das forças da justiça e do amor, pois só há uma maneira de o cristão provar que ama a Deus: é amando seus semelhantes.

Eduardo faz uma careta de cepticismo. Floriano olha na direção do Sobrado e pensa simultaneamente em Sílvia e no pai. O marista continua com a palavra:

— E depois, sejamos sinceros, não sou daqueles que acreditam na possibilidade de qualquer pessoa, nem mesmo num sacerdote, passar pela vida com as mãos imaculadas...

— Diz isso ao Floriano — atalha-o Eduardo, olhando provocadoramente para o irmão. — Ele é o grande discípulo de Pôncio Pilatos.

— Há pouco — diz o marista — li uma frase que muito me agradou. É mais ou menos assim: "Devemos lutar como se tudo dependesse de nós e pormo-nos de joelhos como se tudo dependesse de Deus". Repito que não é possível deixar de sujar as mãos em assuntos terrenos. Só um neutralismo absoluto nos poderia manter de mãos limpas. E, nesta hora, na minha opinião a neutralidade é uma covardia. Quando nos negamos à luta, estamos condenando milhares de seres humanos à desgraça. Estamos pecando por omissão.

— Entendo — interrompe-o Eduardo — que com toda essa conversa estás procurando justificar também a Inquisição...

— Não é precisamente isso. Mas ouve o que vou te dizer. A Inquisição cometeu crimes injustificáveis e horrendos pelos quais nós nos penitenciamos e oramos. Mas, seja como for, as suas vítimas eram postas, em última instância, nas mãos de Deus, o Supremo Juiz. Por isso afirmamos que mesmo quando a autoridade (que segundo santo Tomás de Aquino é um mal necessário e uma consequência do pecado, bem como a propriedade), mesmo quando a autoridade comete erros, tais erros não são irremediáveis, porque Deus terá a última palavra, e os inocentes serão redimidos.

— É monstruoso! — exclama Eduardo. — Como pode uma pessoa que pensa dizer uma coisa dessas?

Tio Bicho ergue-se lentamente, depois de calçar os sapatos, e põe o chapéu na cabeçorra.

— O Zeca acaba de falar não apenas em nome da Igreja como também do Partido Comunista. Substitua-se a expressão "Deus, Supremo Juiz" por "Presidium do Soviete Supremo", e teremos também justificados os expurgos e todos os outros crimes do comunismo. Vamos sair e tomar um pouco de ar!

Floriano chama o garçom e pede a nota.
— Não! — exclama Tio Bicho. — O nosso proletário que pague a despesa. No fim de contas o *show* foi dele...

Acham-se os quatro amigos há já algum tempo a andar à toa na praça agora quase deserta. Os alto-falantes da Anunciadora estão mudos. O sol escondeu-se por trás da Matriz, cuja sombra se projeta sobre a rua, atingindo os primeiros canteiros. Vem de algum quintal próximo a fumaça aromática e evocativa de ramos de jacarandá queimados.

Olhando para o busto de Lauro Caré, Bandeira pensa em voz alta:

— Não é mesmo estranho que esse piá, que pouco ou nada sabia de geografia e história, acabasse morrendo na Itália, numa guerra que decerto nunca chegou a compreender direito?

— O destino dos Carés — glosa Eduardo — foi sempre lutar na "guerra dos outros", sem nenhum proveito para o seu clã. Esse bem podia ser também um monumento ao Alienado Social.

Num cartaz colado à base do coreto, vê-se o retrato dum homem jovem de cara larga, expressão simpática mas um tanto palerma, acima deste letreiro: *Vote em* LINO LUNARDI, *candidato de* GETULIO.

— O filho do Marco, candidato à deputação pelo Partido Trabalhista... — murmura o Tio Bicho. — Positivamente, este mundo velho está de patas para o ar. — Acende outro cigarro. — Tomem nota: vai ser eleito. Tem todas as qualidades para vencer. É analfabeto e filho de pai rico. O Marco está gastando uma fortuna com a propaganda desse *bambinão*.

Sentam-se os quatro num banco e ficam longo tempo em silêncio a olhar para o busto. Eu gostaria — pensa Floriano — de fazer uma experiência: chamar a atenção do Eduardo para esta doce hora do entardecer em que as sombras vão ficando cor de violeta, a luz se faz mais branda e dourada, dando à paisagem não só mais dignidade como também uma espécie de quarta dimensão, impossível quando o sol está alto. Qual seria a reação dele? Claro, acharia que apreciar a tarde pela tarde é algo assim como fazer arte pela arte — um fútil e inútil passatempo pequeno-burguês... Não, mas talvez eu me engane. E se ele estiver agora pensando romanticamente na companheira que deixou no Rio, na sua "Passionária do Leblon" com quem parece estar mantendo uma correspondência tão ativa? E por onde andará o pensamento do filho de Toríbio Cambará? Desta vez quem vai quebrar o silêncio sou eu.

— Estive há pouco imaginando uma fábula moderna — diz. — Prestem atenção. Mr. Smith, cidadão americano, luta na Primeira Guerra Mundial para *"to make the world safe for democracy"*. É ferido em ação e, quando a guerra termina, volta para suas atividades comerciais, esforça-se à melhor maneira ianque para obter seu lugar ao sol e acaba ficando rico. Vem a Segunda Guerra Mundial e o filho de Mr. Smith alista-se na Força Aérea de seu país, é mandado em várias missões de bombardeio sobre a Alemanha, e as bombas de seu avião, financiadas com o dinheiro dos impostos de homens como seu pai, destroem algumas fábricas, pontes, represas e ramais ferroviários... Na volta de uma dessas tarefas, seu aparelho é abatido pela artilharia alemã e o jovem Smith perde a vida. Pois bem. Terminou a guerra, firmou-se a paz e agora tudo indica que os Estados Unidos vão dar ajuda financeira à Alemanha para que ela se reerga. Teremos então o nosso Mr. Smith a contribuir com altos impostos para reconstruir as fábricas, pontes, represas e ramais ferroviários destruídos pelo filho que ele perdeu e que ninguém jamais lhe poderá restituir. Não é uma farsa insensata e cruel?

Num pulo Eduardo ergue-se e posta-se na frente do irmão, batendo forte com o jornal contra a própria coxa:

— E esse Mr. Smith continua achando que a *free enterprise*, o sistema capitalista competitivo em que vive, é o regime ideal! Palavra, Floriano, eu não te compreendo. Vês claro o problema e no entanto te recusas a erguer um dedo para melhorar a situação. Só posso atribuir isso a um comodismo não apenas vergonhoso como também criminoso.

— Ó Edu, não me venhas outra vez com essa besteira. Qualquer psicólogo te dirá que o comodista é o homem normal. O outro, o que quer morrer, matar ou sacrificar-se por uma causa, esse é um masoquista ou um sadomasoquista.

Eduardo quase encosta o jornal no nariz do irmão quando lhe diz:

— Vocês intelectuais indecisos se refugiam na psicanálise e na semântica para escaparem à responsabilidade de tomar uma posição política definida.

Floriano rebate:

— Essa necessidade de extremismo, meu filho, não passa duma doença romântica e juvenil. Vocês parecem achar que só por ser extremista a posição política do comunista terá de ser necessariamente a melhor ou a única. Tenho verdadeiro horror a certos sujeitos que se levam demasiadamente a sério, fica tu sabendo. Essas ideias dogmáticas que andam por aí são camisas de força que eu me recuso a vestir. Vocês marxistas se colocam no ponto de vista da história para poderem apossar-se do futuro e em nome dele se avocarem o direito de sacrificar as gerações de hoje, em benefício das de amanhã. Ora, humanidade já é uma abstração. Humanidade do futuro é uma dupla abstração. Recuso dar aos comunistas ou a quem quer que seja essa carta branca. Vocês pedem ao mundo um perigoso crédito em tempo e em vidas humanas. É uma operação que o povo tem toda a razão de temer e à qual positivamente *eu* me nego.

— Se me provares — replica Eduardo — que o regime capitalista não mata gente aos milhões por omissão ou comissão, em guerras, revoluções ou então por absoluta falta de justiça social, se me provares isso eu me comprometo a tomar a primeira comunhão domingo que vem.

— E eu pago o véu! — diz Tio Bicho.

— Outra coisa — acrescenta Floriano. — Quando um homem, seja ele quem for, está disposto a tolher a liberdade de seus semelhantes, a torturá-los ou a assassiná-los em nome duma ideia política ou de qualquer outra "verdade"; quando se está compenetrado demais de seu papel de Regenerador, de Profeta ou de Vingador, enfim, quando sua paixão política ou religiosa se faz fanatismo, esse homem na minha opinião passa a ser um perigo social, está precisando urgentemente dum tratamento psiquiátrico.

— Já que te impressionam tanto os casos de psicopatologia — diz Eduardo —, o teu quietismo, a tua indiferença, a tua abulia não serão também uma neurose?

Floriano encolhe os ombros.

— Pois se forem... serão neuroses das quais não poderá vir nenhum mal social, me parece.

— E nenhum bem! Até o Zeca reconhece que nesta hora em que os bandidos são militantes, a neutralidade ou a indiferença dos homens de bem é, além duma covardia, um crime.

Tio Bicho, que se abana com o chapéu enquanto passa o lenço pela testa, murmura:

— Acho que vamos acabar chegando à cômica conclusão de que de nós quatro o único cristão puro é ainda aqui o nosso romancista...

Floriano avista de seu banco o velho Aderbal, que neste momento sai a cavalo pelo portão do Sobrado — teso em cima da sela, a cabeça erguida, a imagem viva do "monarca das coxilhas", figura de retórica que o Amintas tantas vezes usou no seu discurso da manhã.

Eduardo caminha impaciente dum lado para outro, na frente do banco, passando as mãos perdidamente pelos cabelos.

— Houve um tempo — diz Floriano, sentindo uma preguiça boa que lhe vem da tarde — em que quase me deixei levar pelo canto de sereia do comunismo. Para ser mais exato, o que me empurrava para a extrema esquerda era menos a sedução do marxismo do que as contradições e injustiças do capitalismo. Este absurdo sentimento de culpa que nós os intelectuais (com o perdão da má palavra) carregamos, me levava a perguntar a mim mesmo se eu não estaria cometendo um erro, permanecendo à margem da luta social, e se não me devia atirar de olhos fechados nos braços de Papai Stálin, nem que fosse apenas como um protesto contra o regime em que vivemos. Ora, essa dúvida não durou muito, porque logo comecei a tomar consciência também das contradições e injustiças do regime comunista. Cheguei à conclusão de que o remédio marxista estava matando o paciente com a cura. Em outras palavras, vocês, Eduardo, estavam jogando fora o bebê com a água do banho!

Sem sequer voltar a cabeça para o lado do irmão, e sempre a andar dum lado para outro, Eduardo murmura:

— Com esse tipo de humor e de raciocínio, darias um excelente redator para a *Time* e para a *Life*.

O outro prossegue:

— Reconheço a grande dívida que a humanidade tem para com Karl Marx. Mas não devemos esquecer que os acontecimentos deste século não confirmaram em absoluto a convicção do Velho de haver descoberto as leis que governam a história. Acho a crítica marxista à sociedade capitalista do século XIX perfeita: não há nada a tirar ou a acrescentar. Mas acontece que o capitalismo se tem modificado. E a ideia de que a luta proletária seria definitiva, capaz de abolir o Estado e criar uma sociedade sem classes me parece baseada num desconhecimento quase completo da psicologia humana. A socialização dos meios de produção não suprimiu automaticamente a luta pela existência individual. Longe de conseguir a abolição das classes, o Estado soviético se transformou num instrumento de opressão sem precedentes, e acabou criando não só uma tremenda burocracia como também uma classe privilegiada.

Eduardo estaca na frente do irmão e pergunta:

— Quem te contou isso! Foste à Rússia? Leste a respeito da União Soviética outra literatura que não essa encomendada e divulgada pela Wall Street?

— O marxismo — continua Floriano, sem tomar conhecimento da interrupção — começou sendo um método científico, uma ideia dialética e acabou por transformar-se numa ideologia, numa mística, num dogma e finalmente numa religião secular, numa igreja militante, já com seu calendário de santos e mártires...

— Protesto contra a comparação — acode Zeca, entre sério e brincalhão.

— Eu te confesso — diz ainda Floriano — que a minha fé ou, se não gostares da palavra, o meu desejo de justiça social não vai tão longe a ponto de me fazer entregar voluntariamente ao comissário a minha liberdade pessoal...

— Essa famosa liberdade — completa Eduardo — que diariamente entregas a todos os tipos de pressão externa e interna, inclusive a que vem das notícias mundiais deformadas por agências como a Associated Press e a United Press, que fazem o jogo dos trustes, dos monopólios e dos cartéis.

— Mantendo a falácia da ditadura do proletariado — prossegue Floriano —, a Rússia soviética instituiu uma tirania estatal, um sistema supercapitalista, supernacionalista e militarista em que o homem deixa de ser um fim em si mesmo para se transformar num instrumento dos interesses desse gigante impessoal, dessa máquina econômica em que os meios de produção permanecem *ainda* nas mãos dum pequeno grupo.

Com o jornal debaixo do braço, Eduardo está agora parado de costas para o interlocutor, assobiando como para não ouvir o que ele diz.

— Não estou interessado em salvar o mundo capitalista nem em esconder suas tremendas deficiências e contradições — continua Floriano —, mas não vejo por que aceitar a solução soviética como a única alternativa. Na Rússia tudo é planificado implacavelmente, desde a economia até a literatura e a arte. Os *kulaks* que se negaram a aceitar a coletivização de suas terras foram deportados, presos ou executados. Trótski foi declarado fascista e Ivan, o Terrível, proclamado herói soviético. Ora, deves reconhecer que para engolir tudo isso é preciso ter muita fé ou então ser muito ingênuo...

— Negas também — pergunta Eduardo — que tenha havido progresso social e econômico na Rússia depois da Revolução de Outubro?

E que a União Soviética seja hoje uma potência mundial tão importante quanto os Estados Unidos?

— Não nego. E vou mais longe. Reconheço também que devemos à presença ativa da Rússia no mundo, e ao trabalho dos comunistas através de todos os outros países, essas mudanças que estão por assim dizer esquerdizando o capitalismo, obrigando-o a revisar sua política.

— Não me venhas com essa... — começa Eduardo, mas Floriano fala mais alto:

— Digo-te mais, rapaz: sem essa ação catalisadora da Rússia estaríamos marcando passo em matéria de política social... Mas por outro lado se o comunismo soviético vier a dominar o mundo, estaremos perdidos.

— Que propões então? A República de Platão?

— Confesso que me sinto um tanto ridículo expondo um programa político, social, econômico — olha o relógio — às seis da tarde, em plena praça de Santa Fé. Mas posso te adiantar que o regime ideal seria um socialismo humanista: o máximo de socialização com o máximo de liberdade individual. Nesse regime a terra e o capital seriam comuns, mas o governo, democrático. Numa palavra: esse sistema deveria não só conseguir uma democracia social como também preservar a democracia política, sem o que terá destruído exatamente aquilo que todos queremos salvar: a liberdade, a identidade e a dignidade do homem.

Tio Bicho, que parece despertar de sua modorra, diz:

— Bravo, muito bem, o orador foi vivamente cumprimentado. Mas nem só de ideias e sonhos vive o homem. Minha barriga já está roncando. Acho que podíamos começar a pensar em comer. Vocês jantam comigo?

Floriano aceita o convite. O marista diz que não pode. Eduardo não toma conhecimento dele, e torna a falar:

— Suponhamos que esse teu regime ideal seja possível (o que não creio), que estás tu fazendo para que esse mundo se torne real? Escrevendo poemas? Rezando? Vives acomodado, encaramujado, em permanente estado de contemplação. Teu socialismo é o do "bom moço" que quer apaziguar sua consciência de liberal e ao mesmo tempo não ficar de todo malvisto pela burguesia.

Floriano ergue-se, espreguiçando-se, e responde sem rancor:

— Queres saber o que estou fazendo? Estou resistindo a vocês como resisti e resisto aos fascistas, recusando-me a aceitar a escravidão do homem, a anulação da personalidade como o *único* caminho da salvação social. E olha que já não é pouco.

Começam os quatro a caminhar devagarinho na direção do Sobrado. Tio Bicho coloca-se entre os dois irmãos, tomando o braço de um e de outro.

— Vocês querem saber — pergunta — por que não levo a sério essas panaceias sociais? É porque não creio, repito, na bondade inata do homem, nessa coisa que o Zeca vive a proclamar. O homem está mais perto do animal do que ele próprio imagina. Tem ainda a marca da *jungle*. Essa história de amor cristão, altruísmo, et cetera, não passa de conversa fiada. O homem hipocritamente se atribui sentimentos e qualidades que na realidade não possui. Em matéria de espírito, vive muito além de suas posses reais. É, vamos dizer, um carreirista safado no plano moral. Saca contra o Banco da Decência e dos Sentimentos Nobres S. A., onde absolutamente não tem fundos, mesmo porque esse banco no final de contas é também uma fraude. Mas a verdade é que os cheques se descontam, têm valor, andam de mão em mão... e vocês sabem por quê? Porque todos somos falsários, estamos desonestamente no jogo. E assim a comédia continua.

O marista, que vem logo atrás do trio, sacode a cabeça e diz:

— Tu não acreditas nisso, Bandeira, sei que não acreditas. Não nego que a natureza animal do homem o empurre muitas vezes para o mal. Mas a noção da existência de Deus nos distingue dos irracionais. Essa ideia é a porta de nossa salvação não só espiritual como até mesmo corporal.

— Se fôssemos mais modestos — conclui Bandeira —, se tivéssemos uma opinião menos alta de nós mesmos e nos mantivéssemos no limite de nossas "contas bancárias espirituais", talvez vivêssemos num mundo melhor, de menos enganos e erros.

Uma mulher caminha lentamente por uma das calçadas da praça. Reconhecendo-a, Floriano estaca instintivamente. Os outros também fazem alto, percebendo de imediato de quem se trata. Sônia Fraga, a amante de Rodrigo Cambará, está neste momento passando pela frente do Sobrado!

Vestida de branco, traz ainda na pele muito do sol de Copacabana. Óculos escuros escondem-lhe os olhos. Os cabelos, dum castanho-profundo, caem-lhe lustrosos sobre os ombros. Tem pernas longas, seios e nádegas empinados, e seu andar, a um tempo leve, ondulante e firme, sugere algo de garça e de gata.

O marista baixa os olhos, pigarreia, manipula o crucifixo. Eduardo põe-se a assobiar sua musiquinha sem melodia. Para disfarçar, Tio

Bicho busca no bolso um cigarro, prende-o entre os dentes, risca um fósforo, que falha três vezes — e a todas essas continua de olhos postos na "visão". Floriano segue a rapariga, fascinado, notando que ela mantém a cabeça todo o tempo voltada para o casarão. Na janela do quarto de Rodrigo divisam-se os contornos duma pessoa.

Sentado no leito, junto da janela, Rodrigo Cambará vê Sônia passar. Tem na mão o frasco de Fleurs de Rocaille, que mantém junto das narinas, aspirando-lhe o perfume para ter a ilusão de que está mais perto daquele corpo querido. O coração bate-lhe descompassado, uma ardência quase sufocante sobe-lhe pela garganta, lágrimas escorrem-lhe pelas faces.

Caderno de pauta simples

Ao anoitecer tivemos de chamar o médico às pressas; o Velho se encontrava em estado de angústia, respirando com dificuldade e temendo uma recidiva do edema.

Nosso Camerino medicou seu impossível paciente e proibiu-o de receber visitas esta noite, fosse de quem fosse.

Está claro que a passagem de Sônia pela frente do Sobrado deixou-o perturbado. Estou certo também de que foi ele quem pediu à rapariga que fizesse aquele passeio.

O curioso é que nós quatro ficamos desconcertados ante a cena, cada qual à sua maneira e por suas razões. Para disfarçar meu embaraço, procurei comentar o fato objetivamente, mas esbarrei no silêncio encabulado do Zeca e no silêncio indignado do Edu. Mas Bandeira, refeito do choque (no fundo esse filósofo que quer parecer cínico não passa dum moralista), tratou de encarar a situação racionalmente. Examinamos seus muitos aspectos e naturalmente não chegamos a nenhuma solução.

Irmão Zeca escapuliu-se ao primeiro pretexto. Eduardo resmungou marxices. Achará ele que num Estado comunista coisas como essa não podem acontecer? Esperará que um soviete brasileiro possa regular o desejo carnal, controlar os pruridos sexuais, burocratizar o amor?

Curiosa a inibição que todos sentem (inclusive eu mesmo) de atacar de frente, como coisa natural, os assuntos de sexo...

Estou pensando agora numa coisa. Como poderei escrever o meu "pretensioso" romance-rio sobre os gaúchos, esses saudáveis carnívoros sensuais, sem falar (e muito) em sexo? Ou sem deixar que eles usem livremente sua própria linguagem, com todos os palavrões que com tanta frequência e espontaneidade lhes saem das bocas?

Privá-los desse vocabulário escatológico seria quase o mesmo que capá-los. Sim, uma castração psicológica. E um atentado à autenticidade da história.

As pessoas em geral têm mais medo das palavras do que das coisas que elas significam. Para muita gente é mais fácil cometer um desses atos que se convencionou chamar de imorais do que dar-lhe expressão verbal.

Por outro lado, conheço velhas damas gaúchas completamente desbocadas e verbalmente pornográficas mas que, não obstante, na vida privada são esteios da virtude e da moralidade, impecáveis matronas romanas.

/

Sônia me pareceu um misto de ave pernilonga e felino. Agora, revendo-a com a memória, sinto nela algo de reptil. É a teiniaguá da lenda da salamanca do Jarau. A lagartixa encantada que desgraçou o sacristão. Uma teiniaguá que não carrega seu carbúnculo ardente na cabeça, mas noutro lugar.

Há poucos dias reli essa lenda na versão de Simões Lopes Neto. Estou pensando agora que minha iniciação sexual aos quinze anos tem uma certa analogia com a aventura do gaúcho Blau Nunes.

Alma forte e coração sereno! A furna escura está lá: entra! entra! — disse o fantasma do sacristão. — E se entrares assim, se te portares lá dentro assim, podes então querer e serás ouvido.

Mas havia sete provas a vencer.
Blau Nunes foi andando. Entrou na boca da toca, meteu-se por um corredor de onde outros sete corredores nasciam.

Foi numa noite de dezembro, nas férias depois do meu primeiro ano no Albion College. Por ordem de meu pai, tio Toríbio apadrinhava minha iniciação, levando-me à casa duma mulher. Pelo caminho dava-me conselhos, como a alma do sacristão dera a Blau. Entramos no Purgatório, metemo-nos em becos e labirintos como os com que se defrontou o herói da lenda.

Mãos de gente invisível batiam no ombro de Blau Nunes.

Eu sentia no ombro a mão de minha mãe
e parecia-me ouvir sua voz:
Não vás! Volta, meu filho! Não vás!

Blau meteu o peito por entre um espinheiro de espadas.

Na escuridão duma ruela esbarrancada, atravessamos uma cerca de unhas-de-gato, cujos espinhos me arranharam as mãos.

Blau Nunes foi andando. Eu também.
Num cruzamento de carreiros ouviu-se um ruído de ferros que se chocavam.

Na frente dum boliche homens brigavam num corpo a corpo. Adagas e espadas tiniam, tio Toríbio sussurrou:
Não é nada. É uma patrulha do Exército contra uma patrulha da polícia. Puxou-me pelo braço e entramos noutro beco, que desembocava noutro beco, de onde saía ainda um outro beco. Um suor frio me escorria pelo corpo.

Vai então jaguares e pumas saltaram aos quatro lados de Blau Nunes.

No lusco-fusco cachorros nos atacaram, latindo, os dentes arreganhados. Tio Toríbio espantou-os com pedradas.

Blau Nunes meteu o peito e continuou a andar.
Agora era um lançante e ao fim dele o gaúcho parou num redondel tapetado de ossamentas humanas.

Passamos por um pequeno cemitério, e minha imaginação viu no escuro esqueletos brancos dançando uns com os outros.

Por fim chegamos à casa da mulher.
Escolhi esta rapariga — disse Tio Toríbio — porque é limpa e de confiança. Não é china de porta aberta. Por sinal, mora com a família.

Blau Nunes foi rodeado por uma tropa de anões, cambaios e galhofeiros, fandangueiros e volantins, que pulavam como aranhões e faziam caretas impossíveis para rostos de gente.

Quando entramos na mei'água as crianças da casa (uns sete, contei, mesmo no meu espanto) nos cercaram pulando e gritando, feios, seminus e barrigudos.

Por trás dum cortinado havia um socavão reluzente. E Blau Nunes viu sentada numa banqueta, fogueando cores como as do arco-íris, uma velha encurvada e toda trêmula.

Sentada a um canto, pitando um cigarro de palha cuja brasa lucilava na penumbra, vi uma velha encarquilhada. Tio Toríbio murmurou:
É a avó da menina.
E, dirigindo-se à velha: Boa noite, dona Pulca, onde está a Carmelinda?
No quarto. 'Tá esperando. Pode entrar.

Meu tio me deixou sozinho com a teiniaguá, que se enroscou em mim e me puxou para a cama.

E então procurei sôfrego a cova escura e úmida
varei o cerro coberto de matagal.
Meu coração batia

meu corpo inteiro latejava
eu tinha vencido as sete provas
e dentro da salamanca estava o tesouro
e os prazeres cobiçados
e o meu documento de homem.

/

Basta. Levei longe demais a fantasia. Decerto forcei a memória a me fornecer elementos para a analogia.

Blau Nunes, alma forte e coração sereno, venceu os sete obstáculos. Ofereceram-lhe como prêmio todos os dons que um mortal pode desejar. Mas ele disse que cobiçava a teiniaguá.

Eu queria a ti, porque tu és tudo!
És tudo o que eu não sei o que é,
porém que atino que existe fora de mim,
Em volta de mim
Superior a mim...
Eu queria a ti, teiniaguá encantada!

Estará nessa lenda a chave da alma e do destino do gaúcho? Enigma a decifrar.

/

Avisto ali na estante de livros a lombada do Pygmalion de Bernard Shaw. Uma brochura da Coleção Tauchnitz. Apanho-a e leio a dedicatória na terceira página.

>For my dear, dear Floriano,
>with best wishes from his
>devoted
>	Marjorie W. Campbell
>
>Porto Alegre, December 5, 1928

O Albion College... Importante capítulo da minha adolescência.

Éramos acordados às seis e meia da manhã. Ginástica às sete. Banho frio às sete e meia. Café às oito.

Antes de cada refeição Mr. Campbell lia pequenos trechos da Bíblia com sua voz de mordomo inglês.

Nas manhãs de sábado, numa paródia de alpinismo, saíamos a escalar o morro da Polícia.

O diretor abria a marcha, com seu verde chapéu bávaro, sua camisa escocesa, seus knickerbockers, suas botinas com agarradeiras nas solas, e sua bengala com ponteira de metal.

Os alunos o seguiam em fila indiana.

Sem tirar o cachimbo da boca, Mr. C. costumava cantar pelo caminho uma canção que os Tommies cantavam durante a Guerra.

> It's a long way to Tipperary
> It's a long way to go...

A mulher do diretor em geral caminhava a meu lado, e achava sempre um pretexto para me pegar a mão.

Help me, dear boy!

Os meninos caminhavam com o olhar no chão. Dizia-se que o morro estava infestado de aranhas venenosas.

Quando chegávamos ao cume, Mr. C. respirava a plenos pulmões, movendo ritmicamente os braços, e exigia que fizéssemos o mesmo.

Nesses momentos assumia ares de triunfador, como se tivesse acabado de atingir as culminâncias do Himalaia. Só lhe faltava plantar no topo do morro a bandeira da Inglaterra.

Voltávamos para o colégio, cansados. E com um apetite de lobos.

/

Foi no meu derradeiro ano no Albion, na época em que sofri de insônias.

Mrs. Campbell compadeceu-se de mim — pity! pity! poor boy! — e me fazia tomar todas as noites, antes de ir para cama, um copo de leite morno.

Uma ocasião, depois que as luzes do dormitório se apagaram, ela entrou furtivamente no meu quarto, perguntou como eu me sentia, ajeitou-me as co-

bertas, acariciou-me rapidamente os cabelos, sussurrou: sleep tight, dear boy, and have sweet dreams — *e se foi.*

Outra noite, já tarde, sua presença no quarto se denunciou primeiro por uma fragrância de lavanda. Ouvi quando a mulher do diretor fechou a porta, vi seu vulto acercar-se de mim.

Pobrezinho! Insônia é uma coisa tão, tão horrível!

Sentou-se na cama e disse que ia cantar em surdina uma velha balada da Escócia, para me ninar. Sua voz, trêmulo falsete, era uma caricatura de soprano.

A coisa toda me divertia, e ao mesmo tempo me fazia sentir pena da criatura, e também me constrangia e alarmava, pois eu sabia o que estava para vir.

No princípio da balada, Mrs. C. me afagava os cabelos.

No meio da balada era meu ombro que seus dedos friccionavam.

Quando a cantiga terminou, a mão da inglesa insinuou-se por baixo das cobertas e, como uma aranha-caranguejeira, me subiu coxa acima, à procura de algo que não lhe foi difícil encontrar.

Senti a respiração arquejante da mulher bafejar-me a face.

Soltando um gemido débil, Mrs. C. meteu-se inteira debaixo das cobertas. Don't be afraid, dear one!

Decerto julgava que me ia desvirginar. Tive ímpetos de dizer-lhe que era homem, que já conhecera muitas mulheres.

Continuei, porém, calado e imóvel, deixando que ela tomasse todas as iniciativas.

Seus beijos, quentes na intenção mas frios no contato, sabiam a Odol e a uísque.

Nessa primeira noite Mrs. C. manteve um relativo decoro. Mas nas seguintes seus ardores foram ganhando aos poucos uma intensidade frenética. Por fim ela já me murmurava ao ouvido, com seu sotaque britânico, obscenidades brasileiras. (Onde, quando e com quem as teria aprendido?)

Havia momentos em que eu me assustava, com a impressão de que ia ser devorado ou privado de alguma parte essencial da minha anatomia.

Havia momentos em que o Cambará que dormia dentro de mim despertava e vinha à tona. E eu tinha então a orgulhosa ilusão de que estava cavalgando o Império britânico!

Mrs. C. devia andar pelos seus trinta e cinco anos, mas para o adolescente era uma senhora idosa.

Isso não só me impedia de ter por ela um desejo autêntico, integral, como também me deixava perturbado, com a desagradável sensação de estar cometendo incesto.

A esse constrangimento se mesclava o puro temor de sermos descobertos.

E Mr. Campbell — perguntei uma noite. — E se ele entra de repente e descobre tudo?

A mulher, que me apertava contra seu corpo, soltou uma risadinha seca.

Não se preocupe. Mr. Campbell a esta hora anda atrás de seus meninos. Tem um fraco pelos louros de pele branca. Eu prefiro os morenos.

Depois de nosso primeiro contato carnal, pensei que a inglesa não me desse mais uma noite de folga.

Enganava-me. Mrs. C. era metódica. Vinha a meu quarto apenas nas noites de quarta-feira.

Fiquei sabendo depois que tinha outros amantes. No internato havia mais rapazes morenos que louros...

Essa situação durou quase todo um ano letivo.

Quando os colegas descobriram a minha história, não me deixaram mais sossegar com seus trotes e dichotes, suas alusões veladas ou claras ao caso.

Mas neguei tudo. Continuei a negar até o fim.

Depois daquele ano não tornei a rever o Albion College.

Jamais contei essa aventura a quem quer que fosse.

Por que a relembro agora?

Talvez para contar ao homem adulto o segredo do adolescente.

Aconteceu também que naquele último ano de internato meu amor platônico por Mary Lee havia chegado a seu zênite.

A menina teria seus treze ou quatorze anos.

Loura e espigada, parecia uma guardadora de gansos saída dum conto de fadas.

Era, para o adolescente, uma espécie de anti-Marjorie Campbell.

Uma personificação das coisas belas, puras e inatingíveis.

Filha dum missionário episcopal, americano de Alabama, morava na casa vizinha ao colégio. Frequentava os Campbells, a cuja mesa muitas vezes se sentava, no refeitório geral, para meu encanto e espanto.

Eu a adorava de longe.

Muitas vezes, escondido atrás do tronco de um dos cedros do jardim, ficava contemplando a menina dos cabelos de ouro, que, sentada na beira da fonte do fauno, traçava com o dedo desenhos n'água.

Certa manhã (findava o ano, e nós já fazíamos as despedidas) reuni todas as forças de que era capaz, furtei uma rosa vermelha do jardim e dei-a a Mary Lee.

Ela se negou a aceitar a flor. Encolheu os ombros. Virou-me as costas. E com sua clara e fina voz de cristal, disse:
I don't like you, negro boy. Go back to where you belong.

Não me lembro de nada que me tenha doído tanto como esse gesto e essas palavras.

FIM DO SEGUNDO TOMO

Cronologia

Esta cronologia relaciona fatos históricos a acontecimentos ficcionais dos três volumes de *O arquipélago* e a dados biográficos de Erico Verissimo.

O deputado

1917
O Brasil declara guerra à Alemanha.
Em 11 de novembro, ocorre a Revolução Comunista na Rússia. Começo da formação da União Soviética.
Na Europa, levantes de soldados e marinheiros do Exército alemão forçam a Alemanha a pedir armistício. A paz é assinada a seguir e funda-se a Liga das Nações Unidas.
No Rio Grande do Sul, Borges de Medeiros é reeleito para mais um mandato.

1922
Em fevereiro realiza-se a Semana de Arte Moderna no Teatro Municipal, em São Paulo.
Em julho, em meio às revoltas tenentistas, eclode a revolta do Forte de Copacabana.
Fundação do Partido Comunista do Brasil (PCB).
Início do governo de Artur Bernardes.
Na Itália, ascensão do fascismo.
No Rio Grande do Sul, para as eleições do

1916
Nascimento de João Antônio Cambará (Jango), filho de Rodrigo e Flora.

1918
Nascimento de Eduardo Cambará, filho de Rodrigo e Flora. Nascimento de Sílvia, afilhada de Rodrigo, que se casará com Jango.

1920
Nascimento de Bibi Cambará, filha de Rodrigo e Flora.

1922
Em fim de outubro, Licurgo afasta-se do Partido Republicano por não concordar com a política de Borges de Medeiros para os municípios.
Rodrigo e Flora retornam de uma viagem ao Rio de Janeiro.
Rodrigo renuncia ao cargo de deputado estadual pelo Partido Republicano.
Rodrigo participa ativamente da campanha oposicionista.

1917
Erico Verissimo vai para o internato do Colégio Cruzeiro do Sul, em Porto Alegre.

1922
Em dezembro, Erico vai passar as férias em Cruz Alta, mas com a separação dos pais não volta ao colégio. Começa a trabalhar no armazém do tio. Nessa época, seu escritor brasileiro preferido era Euclides da Cunha.

governo estadual,
o Partido Federalista e
os dissidentes do Partido
Republicano fundam
a Aliança Libertadora
(que depois origina
o Partido Libertador)
e lançam a candidatura
de Joaquim Francisco
de Assis Brasil.
Borges de Medeiros
vence as eleições, em
meio a acusações
de fraude.

Lenço encarnado

1923
Inconformados,
federalistas e dissidentes
começam uma rebelião
armada. Os republicanos
seguidores de Borges
de Medeiros passam a
ser conhecidos como
"chimangos".
Os federalistas
(maragatos) passam
a ser chamados de
"libertadores". A luta
armada se expande por
todo o estado.
Em 7 de novembro é
assinado um armistício
entre federalistas.
Em 14 de dezembro,
paz definitiva com o
acordo conhecido como
Pacto de Pedras Altas.
A paz foi assinada no

1923
Licurgo, Rodrigo e
Toríbio organizam a
Coluna Revolucionária
de Santa Fé e partem
para o interior do
município e adjacências.
No inverno, Licurgo
é morto em combate,
num tiroteio contra os
inimigos governistas.
Com o acordo de paz,
Rodrigo e Toríbio
voltam ao Sobrado.

1923
Alguns tios e pelo
menos um primo de
Erico se engajam no
conflito, do lado dos
federalistas.

castelo de Assis Brasil, na presença do ministro da Guerra, gen. Setembrino de Carvalho.
Morre Rui Barbosa.

Um certo major Toríbio

1924
Em julho, Revolução Tenentista em São Paulo. As forças legalistas atacam a cidade, usando até aviões. Sob o comando do gen. Isidoro Dias Lopes, os rebeldes se retiram para oeste, chegando ao norte do Paraná.
Em outubro eclodem revoltas nas guarnições militares da região das Missões, no Rio Grande do Sul. Perseguidos, os rebeldes se movem para o norte, iniciando a Coluna que levaria o nome do cap. Luiz Carlos Prestes.
Reúnem-se às colunas revolucionárias de São Paulo e começam a marcha que durou dois anos e percorreu 24 mil quilômetros pelo território nacional.

1924
Morre Alicinha, a filha predileta de Rodrigo. Desolado, Rodrigo abandona definitivamente a profissão de médico, vende a farmácia e o consultório.
Em dezembro, Toríbio sai de Santa Fé e se junta à Coluna Prestes.

1925
Floriano vai para um colégio interno em Porto Alegre.

1924
Os Verissimos tentam, sem sucesso, mudar-se para Porto Alegre.

1925
Os Verissimos retornam a Cruz Alta.

Em abril, a Coluna Prestes avança para o norte, incitando as populações locais a reagir contra as oligarquias. Morre Lênin.		
1926 Fim do governo de Artur Bernardes. O paulista Washington Luís é indicado para substituí-lo na presidência.		**1926** Erico torna-se o sócio principal de uma farmácia em Cruz Alta, mas o negócio não prospera.
1927 A Coluna Prestes se desfaz e os principais líderes refugiam-se na Bolívia.	**1927** Toríbio, feito prisioneiro, escapa de ser fuzilado. Localizado pela família no Rio de Janeiro, retorna a Santa Fé.	**1927** Erico dá aulas de inglês e literatura.

O cavalo e o obelisco

1928 Getulio Vargas é eleito governador do Rio Grande do Sul.	**1928** Rodrigo Cambará torna-se intendente de Santa Fé.	**1928** Erico Verissimo publica seu primeiro conto, "Ladrão de gado", na *Revista do Globo*. Começa a namorar Mafalda Volpe, a quem cortejava desde o ano anterior.
1929 Quebra da Bolsa de Valores de Nova York. Colapso da economia	**1929** Floriano decide tornar-se escritor.	**1929** Noivado de Erico Verissimo e Mafalda Volpe em Cruz Alta.

cafeeira no Brasil. Paulistas e mineiros se desentendem sobre a sucessão presidencial. O gaúcho Getulio Vargas e o paraibano João Pessoa, como vice, lançam-se candidatos pela oposição. Vitória eleitoral de Júlio Prestes, candidato dos paulistas, em meio a acusações de fraude.

1930
Inconformadas, as oligarquias dissidentes resolvem assumir o comando de uma conspiração contra o governo.
Em 30 de julho, João Pessoa é assassinado no Recife. Embora o crime tenha motivos pessoais, deflagra enorme comoção política, favorecendo a revolta. Em 3 de outubro, eclode a revolta no Rio Grande do Sul. Em seguida, oposicionistas insurgem-se no Nordeste, sob o comando de Juarez Távora, e em Minas Gerais. Ocorrem tiroteios sangrentos em Porto Alegre, que logo cai em poder dos rebeldes.
Na iminência de uma guerra civil, os chefes militares depõem o

1930
Rodrigo arregimenta forças oposicionistas em Santa Fé e invade o quartel do Exército, obrigando o filho mais velho, Floriano, a participar da luta. Morre o ten. Bernardo Quaresma, amigo da família, que defendia a posição legalista. Rodrigo aceita o convite de Getulio Vargas, chefe da revolução vitoriosa, e viaja ao Rio de Janeiro no mesmo trem que o novo presidente.

1930
Em Cruz Alta há tiroteio e um tenente legalista de sobrenome Mello é morto depois de matar um sargento rebelde. Apesar de simpatizar com os revolucionários, Erico decide acompanhar o enterro do tenente. No caminho enfrenta a ira de um sargento que ameaça matá-lo.
O episódio é retratado no livro com algumas mudanças, no caso do ten. Quaresma.
A Farmácia Central, de que Erico era sócio, abre falência.
Em 7 de dezembro, Erico e Mafalda mudam-se para Porto Alegre, onde ele trabalha como secretário da *Revista do Globo*.

presidente Washington Luís. Em 3 de novembro, Getulio Vargas assume o governo provisório do Brasil.

Noite de Ano-Bom

1930-1931
Para resolver a crise financeira da família, Rodrigo aceita um cartório no Rio. Flora e os filhos mudam-se para o Rio de Janeiro.

1930
Erico trabalha na *Revista do Globo* e frequenta a roda dos intelectuais de Porto Alegre. Conhece, entre outros, Augusto Meyer.

1931
No começo do ano, Erico conhece Henrique Bertaso. Em 15 de julho, Erico e Mafalda casam-se. Para melhorar o orçamento, Erico começa a traduzir livros.

1932
Em São Paulo, insatisfação contra o governo. Exigência de nova constituição para o Brasil. No Rio Grande do Sul, Borges de Medeiros adere ao movimento. Em 9 de julho, começa a luta armada em São Paulo. Após três meses

1932
Em Santa Fé, Toríbio apoia a revolta.

1932
Erico publica *Fantoches*, seu primeiro livro de contos com forma teatral.

de guerra civil, os
rebeldes rendem-se às
forças federais.
Formação da Ação
Integralista Brasileira
(AIB), liderada por
Plínio Salgado.

1933
Ascensão do nazismo na
Alemanha.

1933
Erico traduz
Contraponto, de Aldous
Huxley, e publica
Clarissa.

1934
Promulgação da
terceira Constituição
brasileira, que
estabeleceu avanços
como o voto secreto e o
voto feminino. Getulio
Vargas permanece na
presidência.

1934
O romance *Música ao
longe* ganha o prêmio
Machado de Assis, da
Cia. Editora Nacional,
junto com romances de
Dionélio Machado,
João Alphonsus e
Marques Rebelo.

1935
Criação da Aliança
Nacional Libertadora
(ANL). Luiz Carlos
Prestes, líder da Coluna
e membro do PCB, é
eleito presidente de
honra do partido.
Em 11 de julho, o
governo federal decreta
o fechamento dos
núcleos da ANL.
Em 27 de novembro,
eclodem revoltas
militares de inspiração
comunista, sobretudo
no Rio de Janeiro e em
Natal, onde se forma
um governo provisório.

1935
Em 9 de março, nasce
Clarissa, primogênita
de Erico e Mafalda.
Publicação dos romances
Música ao longe e
Caminhos cruzados,
que ganha o prêmio
da Fundação Graça
Aranha. Publicação de
A vida de Joana d'Arc.
Caminhos cruzados
desperta a ira
de críticos de direita —
esse livro, e o fato de ter
assinado um manifesto
antifascista, leva Erico
a ser fichado como
comunista na polícia.

O movimento não obtém apoio popular e logo é sufocado. No país todo sucedem-se prisões em massa de esquerdistas, entre elas a do escritor Graciliano Ramos.

1936
O gen. Franco se insurge contra o governo republicano na Espanha. Início da Guerra Civil Espanhola.
Os falangistas (partidários de Franco) recebem armamento e ajuda militar dos fascistas italianos e dos nazistas alemães. Os republicanos recebem apoio da União Soviética. Formam-se Brigadas Internacionais de apoio aos republicanos. Cerca de 30 mil combatentes acorrem do mundo inteiro para lutar contra os falangistas. Entre eles vão dezesseis brasileiros: dois civis e catorze militares.

1937
Preparativos para as eleições presidenciais de 1938. Getulio Vargas consegue apoio de dois generais, Góes Monteiro e Eurico

1936
De Santa Fé, Arão Stein, amigo de Rodrigo, parte para a Espanha para juntar-se às Brigadas Internacionais.
O mesmo faz Vasco, personagem do romance *Saga*, de Erico Verissimo.

1937
Começa o romance de Floriano com a norte-americana Marian (Mandy) Patterson. Rodrigo, figura política influente do governo

Erico vai ao Rio de Janeiro pela primeira vez.

1936
Em 26 de setembro, nasce Luis Fernando, filho de Erico e Mafalda.
Publicação de *Um lugar ao sol*.

1937
Erico publica *As aventuras de Tibicuera*. Convidado por Henrique Bertaso para ser conselheiro editorial da editora Globo,

Gaspar Dutra. Em 10 de novembro, o Congresso é fechado, alguns comandos militares são substituídos e o *Diário Oficial* publica uma Constituição outorgada, chamada de "Polaca". Em dezembro, todos os partidos políticos são extintos. Implantação do Estado Novo.	Vargas, vai a Santa Fé para tentar convencer os amigos da legitimidade do golpe. Enfrenta a oposição de seu irmão, Toríbio. Em 31 de dezembro, festeja-se o noivado de Jango e Sílvia, afilhada de Rodrigo. Rompimento entre os irmãos Rodrigo e Toríbio. Toríbio vai a uma festa num bar e é morto durante uma briga.	Erico cria com ele a coleção Nobel, que influenciaria muitas gerações de leitores.

Do diário de Sílvia

1938 Os integralistas tentam derrubar Getulio Vargas, mas são derrotados. Plínio Salgado exila-se em Portugal.	1938 Floriano e Mandy se separam. Ela vai para os Estados Unidos.	1938 Erico publica *Olhai os lírios do campo*, seu primeiro grande sucesso nacional.
1939 Os republicanos são derrotados na Espanha. Muitos membros das Brigadas Internacionais se refugiam na França, onde permanecem em campos de concentração. Em 1º de setembro, a Alemanha invade a Polônia. Início da Segunda Guerra	1939 Arão Stein refugia-se na França. O personagem Vasco, de *Saga*, faz o mesmo. 1940 Em abril, Arão Stein volta a Santa Fé. Antes, repatriado ao Brasil, fora preso e torturado no Rio como comunista.	1940 Erico faz sua primeira sessão de autógrafos em São Paulo. Publica *Saga*, romance sobre a Guerra Civil

Mundial. Em 17 de setembro, a União Soviética também invade a Polônia. Partilhando esse país, alemães e soviéticos celebram um pacto de não agressão.
De 28 de maio a 3 de junho, a França é derrotada. Soldados ingleses e franceses que não aceitam a derrota são evacuados para a Inglaterra na Retirada de Dunquerque, um dos episódios mais dramáticos da Segunda Guerra. Os alemães começam o bombardeio da Inglaterra pelo ar.

1941
Em junho, a Alemanha invade a União Soviética, pondo fim ao pacto de não agressão. Em dezembro, os alemães são derrotados em Moscou, mas continuam lutando em Stalingrado, numa batalha que dura um ano e quatro meses.
Em 7 de dezembro, os japoneses atacam de surpresa a base norte-americana de Pearl Harbor. Desenham-se definitivamente as grandes formações da Segunda Guerra: de um lado, os Aliados e a

1941
Em 24 de setembro, Sílvia começa a redigir um diário, no qual reflete sobre o fracasso amoroso de seu casamento. Registra também como o grupo do Sobrado vive os acontecimentos da Segunda Guerra.
Em 26 de novembro, Floriano passa alguns dias no Sobrado, antes de seguir para os Estados Unidos como professor convidado na Universidade da Califórnia.

Espanhola, parcialmente inspirado no diário de um combatente brasileiro nas Brigadas Internacionais.

1941
Erico visita os Estados Unidos pela primeira vez, a convite do Departamento de Estado norte-americano. Publica *Gato preto em campo de neve*, sobre essa viagem.
Em maio, Erico presencia o suicídio de uma mulher que se joga de um edifício no centro de Porto Alegre. O infeliz episódio o inspira a escrever o romance *O resto é silêncio*, algum tempo depois.

União Soviética; do outro, o Eixo, com Alemanha, Itália e Japão.

1942
Em 23 de agosto, diante do torpedeamento de navios brasileiros, o governo declara guerra ao Eixo.

1942
Em julho, Floriano publica o romance *O beijo no espelho*.
Em Santa Fé, como em cidades brasileiras reais, há quebra-quebra em lojas e empresas cujos proprietários são alemães ou seus descendentes.
Em 14 de setembro, o pintor Pepe García retorna a Santa Fé.

1943
Os alemães são derrotados em Stalingrado, na União Soviética, em janeiro.
Em 13 de maio, os alemães e italianos são derrotados no Norte da África.
Em 11 de junho, os Aliados iniciam a invasão da Itália.
Em 26 de novembro, Roosevelt, Churchill e Stálin reúnem-se em Teerã.

1943
Nos Estados Unidos, Floriano reencontra Mandy.
Arão Stein é expulso do Partido Comunista sob acusação de ser trotskista.

1943
Erico publica o romance *O resto é silêncio*, no qual registrou o primeiro projeto de *O tempo e o vento* sob a forma de uma visão do escritor Tônio Santiago.
Vai para os Estados Unidos para dar aulas na Universidade da Califórnia, em Berkeley.

1944
Em 6 de junho, os Aliados desembarcam na França. Em 16 de julho, chega a Nápoles, na Itália, a Força Expedicionária

1944
Em Monte Castelo o cabo Lauro Caré morre ao enfrentar sozinho uma patrulha alemã. Torna-se herói de guerra.

1944
Depois de encerrar o ano letivo em Berkeley, Erico permanece na Califórnia e dá aulas no Mills College, em Oakland.

Brasileira para lutar ao lado dos Aliados. Em setembro, a FEB entra em ação, seguindo para o Norte da Itália.
De 29 de novembro de 1944 a 20 de fevereiro de 1945, Batalha de Monte Castelo, entre tropas brasileiras e alemãs. Vitória dos brasileiros.

Reunião de família e Caderno de pauta simples

1945
Em 8 de maio, a Alemanha se rende aos Exércitos Aliados e à União Soviética, e põe fim à guerra na Europa. As tropas brasileiras que estão na Itália retornam ao Brasil.
Em 6 de agosto, os Estados Unidos lançam uma bomba atômica sobre Hiroshima, no Japão.
Em 9 de agosto, lançam uma bomba atômica sobre Nagasaki.
O Japão se rende incondicionalmente. Fim da Segunda Guerra Mundial.
Em 29 de outubro, no Rio de Janeiro, golpe

1945
Floriano Cambará, que está na Universidade da Califórnia como professor convidado, prepara-se para voltar ao Brasil.

1945

Em setembro, Erico Verissimo, que estava nos Estados Unidos, volta ao Brasil e vai morar na rua Felipe de

militar para derrubar o presidente Getulio Vargas. Vargas renuncia em 30 de outubro e segue para o Rio Grande do Sul. No começo de dezembro, o gen. Eurico Gaspar Dutra é eleito para a presidência da República e Getulio Vargas para o Senado.	Doente, com problemas cardíacos, Rodrigo volta para o Sobrado com a família. Sônia Fraga, jovem amante de Rodrigo, também o acompanha. Rodrigo sofre um edema agudo de pulmão.	Oliveira, em Porto Alegre. Já tem planos para escrever um romance sobre a história do Rio Grande do Sul. Inicialmente, o título desse romance seria *Encruzilhada*.
Encruzilhada	1945 Em 1º de dezembro, inauguração de um busto em homenagem ao cabo Lauro Caré na praça da Matriz. Floriano comparece, representando o pai. Em 18 de dezembro, Arão Stein se enforca diante do Sobrado. Em 22 de dezembro, durante a madrugada, Rodrigo sofre novo infarto e morre como não queria: na cama. É enterrado no mesmo dia. Na noite de Ano-Bom, Floriano começa a escrever o romance da saga de uma família gaúcha através da história: *O tempo e o vento*.	

Crônica biográfica

Erico Verissimo escreve *O arquipélago*, terceira parte de *O tempo e o vento*, entre janeiro de 1958 e março de 1962. Foram mais de 1600 páginas datilografadas, num processo extremamente difícil de criação, segundo depoimento do escritor no segundo volume de *Solo de clarineta*, seu livro de memórias. *O arquipélago* foi publicado em três volumes: os dois primeiros no final de 1961 e o terceiro no ano seguinte.

O Retrato, a segunda parte da trilogia, fora lançado em 1951. Há um longo período entre a publicação da segunda e da terceira parte de *O tempo e o vento*. Durante esse intervalo, em 1953, Erico escreve *Noite*, novela que lembra o conto "O homem da multidão", de Edgar Allan Poe. No mesmo ano muda-se com a família para os Estados Unidos, onde permanecerá até 1956, como diretor do Departamento de Assuntos Culturais da União Pan-Americana, secretaria da Organização dos Estados Americanos. Em 1955 viaja em férias ao México e em seguida publica uma narrativa de viagem intitulada *México*. Em 1959, quando já começara a escrever *O arquipélago*, vai à Europa pela primeira vez, fazendo uma longa visita a Portugal e também a Espanha, Itália, França, Alemanha, Holanda e Inglaterra.

Erico enfrentava a última parte de *O tempo e o vento* com temor. A magnitude da obra o assustava um pouco. Em *O Continente* acompanhara um século e meio da formação guerreira do Rio Grande do Sul. A quase ausência de documentação facilitara sua liberdade de imaginar. Em *O Retrato* começara a desenhar o processo de modernização do estado e o embaralhamento dos laços tradicionais na fictícia Santa Fé. Mas agora a complexidade crescente da matéria o assustava, por convergir vertiginosamente para o presente. As sucessivas viagens e os outros livros lhe ofereciam caminhos de fuga.

Várias vezes, diz Erico em suas anotações, sentou-se diante da máquina de escrever para encarar o romance... e nada vinha à tona, ou ao papel. Numa dessas oportunidades, por exemplo, distrai-se e, sem dar-se conta, desenha rostos de índios mexicanos — nasce daí mais um livro de viagens. Erico atribui a *México*, escrito em 1956, o mérito de começar o "descongelamento da cidade de Santa Fé e dos personagens de *O arquipélago*". Mas não é de todo improvável que a decisão de começar a escrever essa última parte e de prosseguir até o fim com pressa crescente também lhe tenha ocorrido aos poucos, mas dramaticamente, devido a sua condição de saúde.

Segundo suas memórias, em abril de 1957 Erico teve um primeiro aviso: uma angustiante taquicardia durante uma conferência. E no verão de 1958, quando já começara *O arquipélago*, testemunha a morte de um jovem turista na praia de Torres. Tenta ajudá-lo, mas sem sucesso. O acontecimento o faz refletir sobre a vida e a morte e desperta no escritor alguma urgência no sentido de terminar a trilogia. Em 1959, porém, decide realizar uma protelada viagem à Europa — e os personagens de *O arquipélago* são mais uma vez postos de lado...

Em 1960, de volta a Porto Alegre, continua a trabalhar intensamente no livro, várias horas por dia, até o entardecer. Tem duas máquinas de escrever. Uma tradicional, negra — e reservada para os momentos de dúvida e impasse. Outra nova, de fabricação chinesa e de cor vermelha, abriga os momentos inspirados, quando escreve páginas e páginas sem parar.

No entanto, na noite de um domingo de março de 1961, Erico sofre a primeira crise cardíaca grave. Medicado com urgência por médicos amigos, acha que vai se recuperar logo. Mas na noite de segunda para terça sobrevém-lhe a segunda crise, já anunciando um infarto. O escritor só se levanta da cama dois meses mais tarde, para retomar o romance a todo o vapor. Diz ele que destruiu o primeiro capítulo do livro — em que o dr. Rodrigo Cambará sofre um ataque de insuficiência cardíaca que lhe provoca um edema pulmonar — e o reescreveu. Agora tem conhecimento direto da matéria.

Erico termina *O arquipélago* no ano seguinte, nos Estados Unidos, quando faz uma viagem para visitar a filha, o genro e os dois netos. Há um terceiro a caminho. Clarissa, a filha mais velha, casara-se em 1956 com David Jaffe, físico norte-americano. Seu primeiro filho, Mike, nasceu em 1958. O segundo, Paul, em 1960.

Muitos já disseram que o escritor Floriano Cambará, filho do dr. Rodrigo, é uma espécie de espelho da alma de Erico Verissimo. É verdade. Mas, sem querer reduzir a ficção a mero espelho da vida do romancista, é possível perceber, com esta breve crônica biográfica, que o próprio dr. Rodrigo também é, em parte, um espelho do olhar de Erico. Tolhido pela convalescença, ameaçado pela ideia de ser o primeiro Cambará a morrer numa cama, o personagem de Erico quer pôr em dia sua vida, acertar as contas com o filho, com a nora, com o passado, com o mundo.

Em *Solo de clarineta*, Erico lastima o destino de seu personagem: "Eu sabia que o pai de Floriano ia morrer no último capítulo do livro, e isso me dava uma certa pena. Aquele homem sensível e sensual adorava a vida". Nos últimos momentos, o dr. Rodrigo tem uma conversa definitiva com o filho. É uma conversa sincera, que não recua nos momentos difíceis. No fim, ao despedir-se, Floriano diz ao pai que espera que o diálogo não lhe tenha feito mal. O pai responde: "Mal? Pelo contrário. Eu andava louco por conversar contigo. Tu é que me fugias".

A frase pode se estender ao escritor real, fora do livro. Criador e criatura se encontraram e seus destinos se confundiram por um momento. O espírito de Erico, como o de Floriano, estava pronto para novas partidas.

Erico Verissimo nasceu em Cruz Alta (RS), em 1905, e faleceu em Porto Alegre, em 1975. Na juventude, foi bancário e sócio de uma farmácia. Em 1931 casou-se com Mafalda Halfen von Volpe, com quem teve os filhos Clarissa e Luis Fernando. Sua estreia literária foi na *Revista do Globo*, com o conto "Ladrão de gado". A partir de 1930, já radicado em Porto Alegre, tornou-se redator da revista. Depois, foi secretário do Departamento Editorial da Livraria do Globo e também conselheiro editorial, até o fim da vida.

A década de 30 marca a ascensão literária do escritor. Em 1932 ele publica o primeiro livro de contos, *Fantoches*, e em 1933 o primeiro romance, *Clarissa*, inaugurando um grupo de personagens que acompanharia boa parte de sua obra. Em 1938, tem seu primeiro grande sucesso: *Olhai os lírios do campo*. O livro marca o reconhecimento de Erico no país inteiro e em seguida internacionalmente, com a edição de seus romances em vários países: Estados Unidos, Inglaterra, França, Itália, Argentina, Espanha, México, Alemanha, Holanda, Noruega, Japão, Hungria, Indonésia, Polônia, Romênia, Rússia, Suécia, Tchecoslováquia e Finlândia. Erico escreve também livros infantis, como *Os três porquinhos pobres*, *O urso com música na barriga*, *As aventuras do avião vermelho* e *A vida do elefante Basílio*.

Em 1941 faz uma viagem de três meses aos Estados Unidos a convite do Departamento de Estado norte-americano. A estada resulta na obra *Gato preto em campo de neve*, primeira de uma série de livros de viagens. Em 1943, dá aulas na Universidade de Berkeley. Volta ao Brasil em 1945, no fim da Segunda Guerra Mundial e do Estado Novo. Em 1953 vai mais uma vez aos Estados Unidos, como diretor do Departamento de Assuntos Culturais da União Pan-Americana, secretaria da Organização dos Estados Americanos (OEA).

Em 1947 Erico Verissimo começa a escrever a trilogia *O tempo e o vento*, cuja publicação só termina em 1962. Recebe vários prêmios, como o Jabuti e o Pen Club. Em 1965 publica *O senhor embaixador*, ambientado num hipotético país do Caribe que lembra Cuba. Em 1967 é a vez de *O prisioneiro*, parábola sobre a intervenção dos Estados Unidos no Vietnã. Em plena ditadura, lança *Incidente em Antares* (1971), crítica ao regime militar. Em 1973 sai o primeiro volume de *Solo de clarineta*, seu livro de memórias. Morre em 1975, quando terminava o segundo volume, publicado postumamente.

Obras de Erico Verissimo

Fantoches [1932]
Clarissa [1933]
Música ao longe [1935]
Caminhos cruzados [1935]
Um lugar ao sol [1936]
Olhai os lírios do campo [1938]
Saga [1940]
Gato preto em campo de neve [narrativa de viagem, 1941]
O resto é silêncio [1943]
Breve história da literatura brasileira [ensaio, 1944]
A volta do gato preto [narrativa de viagem, 1946]
As mãos de meu filho [1948]
Noite [1954]
México [narrativa de viagem, 1957]
O senhor embaixador [1965]
O prisioneiro [1967]
Israel em abril [narrativa de viagem, 1969]
Um certo capitão Rodrigo [1970]
Incidente em Antares [1971]
Ana Terra [1971]
Um certo Henrique Bertaso [biografia, 1972]
Solo de clarineta [memórias, 2 volumes, 1973, 1976]

O TEMPO E O VENTO

Parte I: *O Continente* [2 volumes, 1949]
Parte II: *O Retrato* [2 volumes, 1951]
Parte III: *O arquipélago* [3 volumes, 1961-1962]

OBRA INFANTOJUVENIL

A vida de Joana D'Arc [1935]
Meu ABC [1936]
Rosa Maria no castelo encantado [1936]
Os três porquinhos pobres [1936]
As aventuras do avião vermelho [1936]
As aventuras de Tibicuera [1937]
O urso com música na barriga [1938]
Outra vez os três porquinhos [1939]
Aventuras no mundo da higiene [1939]
A vida do elefante Basílio [1939]
Viagem à aurora do mundo [1939]
Gente e bichos [1956]

Copyright © 2004 by Herdeiros de Erico Verissimo
*Texto fixado pelo Acervo Literário de Erico Verissimo (PUC-RS) com base
na edição* princeps, *sob coordenação de Maria da Glória Bordini.*

*Grafia atualizada segundo o Acordo Ortográfico da Língua Portuguesa de 1990,
que entrou em vigor no Brasil em 2009.*

CAPA E PROJETO GRÁFICO Raul Loureiro

FOTO DE CAPA Luiz Carlos Felizardo [Fazenda Cerca Velha, Vacaria, RS, 2003]

FOTO DE ERICO VERISSIMO Leonid Streliaev, 1974

SUPERVISÃO EDITORIAL Flávio Aguiar

CRONOLOGIA E CRÔNICA BIOGRÁFICA Flávio Aguiar

PESQUISA Anita de Moraes

PREPARAÇÃO Cristina Yamazaki

REVISÃO Maysa Monção e Isabel Jorge Cury

ATUALIZAÇÃO ORTOGRÁFICA Página Viva

*Os personagens e as situações desta obra são reais apenas no universo da ficção;
não se referem a pessoas e fatos concretos, e sobre eles não emitem opinião.*

1ª edição, 1963 (20 reimpressões, 1998)
2ª edição, 2003
3ª edição, 2004 (10 reimpressões)

Dados Internacionais de Catalogação na Publicação (CIP)
(Câmara Brasileira do Livro, SP, Brasil

Verissimo, Erico, 1905-1975.
   O tempo e o vento, parte III : O arquipélago, vol. 2 /
Erico Verissimo ; ilustrações Paulo von Poser. — 3ª ed. —
São Paulo : Companhia das Letras, 2004.

ISBN 978-85-359-1585-3 (COLEÇÃO)
ISBN 978-85-359-0566-3

   1. Romance brasileiro I. Poser, Paulo von.
II. Título. III. Título: O arquipélago, vol. 2.

04-7305   CDD-869.93

   Índice para catálogo sistemático:
    1. Romances : Literatura brasileira 869.93

Todos os direitos desta edição reservados à
EDITORA SCHWARCZ S.A.
Rua Bandeira Paulista 702 cj. 32
04532-002 – São Paulo – SP
Telefone: (11) 3707-3500
www.companhiadasletras.com.br
www.blogdacompanhia.com.br
facebook.com/companhiadasletras
instagram.com/companhiadasletras
twitter.com/cialetras

Esta obra foi composta em
Janson por Osmane Garcia Filho
e impressa em ofsete pela Gráfica Paym
sobre papel Pólen da Suzano S.A.
para a Editora Schwarcz em maio de 2025

A marca FSC® é a garantia de que a madeira utilizada na fabricação do papel deste livro provêm de florestas que foram gerenciadas de maneira ambientalmente correta, socialmente justa e economicamente viável, além de outras fontes de origem controlada.

Esta obra foi composta em
Janson por Osmane Garcia Filho
e impressa em ofsete pela Gráfica Paym
sobre papel Pólen da Suzano S.A.
para a Editora Schwarcz em maio de 2025

A marca FSC® é a garantia de que a madeira utilizada na fabricação do papel deste livro provém de florestas que foram gerenciadas de maneira ambientalmente correta, socialmente justa e economicamente viável, além de outras fontes de origem controlada.